contents

KB153915

SCENARIO

QUARTERLY
시나리오
2015년 겨울호

시나리오 표준계약서
문화체육관광부 장관 고시에 즈음하여

한국영화가 이 땅에 상륙한 지 90여 년, 어언 한 세기가 흘렀습니다.

그 긴 세월 동안 많은 영화인들과 함께 영화의 꽃이며 설계도를 구축해온 시나리오 작가들은 단 한 줄의 저작권의 보호나 혜택도 없이 지난한 삶을 버텨왔습니다.

한 세기… 그 오랜 세월을 시나리오 작가들은 찬바람이 스며드는 단칸방에서 언 손을 호호 녹여가며 펜으로 가슴을 찌르고 눈을 쑤시면서 얼마나 많은 피와 눈물과 땀을 흘리다가 서럽게 이승을 버리고 갔는지 모릅니다.

각 분야에서 모든 작가들이 모두 누리던 저작권 보호법을 시나리오 작가들만 누리지 못하고 마치 노예계약서나 다름없던 계약서에 목줄을 동여매고 한 세기를 정말 힘겹게 오직 영화 발전과 육성에만 온갖 정열을 불태워오다가 연간 관객동원 1억 명을 돌파하는 호황의 시대가 되니 이제야 '시나리오 표준계약서'가 공시되어 만시지탄 늦은 감이 없지 않습니다.

아직 맨땅에 헤딩해야 하고 갈 길은 멀고 험난합니다.

그러나 이제라도 시나리오가 그나마 권위를 회복하고 위상을 되찾은 것은 시나리오의 해방과 독립이 아닐 수 없습니다.

〈한국 시나리오 작가협회〉는 시나리오 표준계약서의 장관 고시를 진심으로 환영합니다.

아울러 그동안 수고해주신 〈문화체육관광부〉〈영화진흥위원회〉〈감독조합〉〈감독협회〉〈피디조합〉〈제작자협회〉〈작가조합〉 등 영화계 ㅈ단체들과 영화인들에게도 감사의 뜻을 전합니다.

특히 '올바른 표준계약서'를 위하여 고군분투하신 한지승 감독, 전영문 피디, 〈젊은 작가 모임〉의 이미정 작가, 〈66인 작가모임〉의 한수련 작가, 장은경 작가, 〈시나리오 마켓 운영위원회〉에서 표준계약서에 관한 제반문제를 논의해주셨던 송길한 전(前) 운영위원장을 비롯한 운영위원들, 그동안 지지와 성원을 아끼지 않으셨던 〈올바른 영화 표준계약서를 위한 창작자 모임〉의 작가, 감독, 피디, 제작자 등 139명의 영화인들에게도 고마움을 전합니다.

2015년 10월 20일에 공표된 시나리오 표준계약서는 저작권법과 공정거래법을 바탕으로 하여 합리성, 실효성, 지속성을 확보한 것이라는 데 의의가 있습니다. 그것은 앞으로 시나리오 창작의 기폭제가 되어 한국영화를 더욱 다양하고 풍요롭게 발전시킬 것입니다. 이러한 표준계약서가 제작, 기획, 연출, 기술 등 타 분야로 연동되고 확장되기를 기대합니다. 그간 논의 과정에서 발생했던 이견과 대립마저도 반면교사가 되기를 바랍니다.

표준계약서가 영화계에 정착이 된다면, 그동안 불합리한 계약 관행에 반발하여 타 분야로 이탈했던 창의적 스토리 인재들이 다시 영화계로 돌아올 것입니다. 창작자들이 오직 창작에만 열중하도록 시스템이 보호해주고, 창작으로 인해 맺은 열매는 온전히 창작자의 몫이 되는 영화계가 되기를 희망합니다. 이는 영화계로 첫발을 내딛으려는 예비

영화인들에게 확고한 이정표가 될 것입니다.

관행에 맞서 포기하지 않고 끝까지 의지를 관철시킨 신인작가들에게 박수를 보냅니다. 그들이 장벽에 가로막혀 힘에 겨워 할 때 기꺼이 손을 잡아주고 독려해준 선배 영화인들에게도 다시 한 번 감사드립니다. 당신들은 영화계에 위대한 유산을 남긴 개척자이자 승자입니다. 앞으로 다가올 시대를 꿰뚫고 대비하는 진정한 영화인입니다. 여러분의 눈물겨운 노력으로 이제야 비로소 영화계의 생태계 복원이 시작되었습니다. 모두 다 수고 많으셨습니다. 감사합니다.

사단법인 한국시나리오작가협회

이사장 문상훈

흥겨운 장터의 축제를 떠올리며

| 구효서 |

  시나리오와의 첫 인연은 1992년이거나 1993년이었을 것이다. 다니던 출판사를 그만 두고 오로지 글만 써서 삶을 버텨내 보자고 다짐했던 즈음이었다.

  등단 5년차인 무명의 신인 소설가로서는 매우 용기 있는 결단처럼 보였겠으나 실은 직장에서 밀려난 거나 마찬가지였다. 재주라고는 겨우 원고지 채우는 것밖에 없는 사람을 출판사는 오래 인내해 주지 않았던 것이다. 창작은 창작이고 출판은 출판이라는 사실을 어느 정도는 뼈저리게 느꼈다고 할까.

  등단하던 해 첫아이가 태어났고 직장을 그만두던 해 둘째가 태어났다. 두 아이의 아빠는 소설가라는 이름의 실업자였다. 아무거나 써 보자고 해서 시나리오를 택했던 것은 아니었다. 그때까지만 해도('그때까지만 해도'라는 말을 쓰면서 왜 쓸쓸하고 조심스러운 걸까.) 시나리오를 문학이라고 굳게 믿었기 때문이다. 순수 창작 시나리오가 문학잡지에 발표되던 시절이었으니까. 그런데 요즘은 그 많은 문예지에 희곡이나 시나리오가 실리지 않는다. 그래서 나는 지금 다시 묻고 싶은 것이다. 나에게, 문학 및 출판에게, 그리고 시나리오를 쓰는 작가들에게. 시나리오는 문학예술인가?

고리타분하고 공허한 질문처럼 들릴지 모르겠으나 자타에 의해 문단인으로 자리매김 된 사람이 시나리오 잡지에 글을 싣는 명분이 무엇이겠는가. 시나리오가 반드시 문학이어야 한다는 뜻이 아니다. 장르에 대한 논의를 펼치는 자리도 아니지 않은가. 다만 문학인으로 시나리오에 관해 언급할 수 있는 거의 유일한 명분이 문학일 수밖에 없다는 말을 하고 싶은 것이다.

내가 처음 읽은 시나리오 원고는 윤대성의 「추락하는 것은 날개가 있다」이었을 것이다. 이문열 작가의 소설을 각색한 것이라서 더욱 관심이 컸을 것이다. 그러나 그보다 먼저 읽었던 것은(몇 줄에 지나지 않는 것이었지만) 나운규의 「황무지」 친필 시나리오였다. 「추락하는 것은 날개가 있다」가 실려 있던 책이 그 즈음 영화진흥공사에서 펴낸 「한국시나리오 선집」 제8권이었는데, 나운규의 친필 원고가 표지였던 것. 철필로 눌러 쓴 張老人 "얘들이 다 갓나. (朴에게)" 朴 "방으로 드러가 안즈십시오." 라는 필체가 어제 쓴 것처럼 너무도 명료했고 그 때문에 시나리오를 읽고 쓰기도 전에 가슴이 벅차오르던 기억이 생생하다.

그 뒤로 시나리오를 열심히 읽고 써서 응모하기도 했고 분에 넘치는

구효서

1957년 강화도 출생. 1987년 중앙일보 신춘문예 소설 당선. 한국일보문학상, 이효석문학상, 황순원문학상, 대산문학상, 동인문학상 수상. 소설집 『깡통따개가 없는 마을』 『도라지꽃 누님』 『시계가 걸렸던 자리』 『저녁이 아름다운 집』 『별명의 달인』 장편소설 『늪을 건너는 법』 『비밀의 문』 『라디오 라디오』 『나가사키 파파』 『랩소디 인 베를린』 『동주』 『타락』 등이 있다.

평가도 받았으며 덕택에 신문과 잡지에서만 보던 몇몇 감독을 만났고 훌륭하신 시나리오 작가 선생님께 지도를 받을 기회도 생겼다. 그러나 정작 시나리오로는 영화에 참여하지 못했고 내 원작 소설이 각색되어 홍상수 감독의 〈돼지가 우물에 빠진 날〉, 육상효 감독의 〈터틀넥 스웨터〉, 김수용 감독, 김지헌 각색의 〈침향〉이 상영된 적이 있다. 말하자면 나는 시나리오 쪽으로는 이무기인 셈이어서 누군가 시나리오를 잘 써서 성공하면 한편으로는 샘이 나면서도 솔직한 맘으로 박수를 힘껏 쳤던 것도 사실이었다.

그런데 그동안 시나리오를 읽을 기회가 좀처럼 없었다. 혼자 생각했다. 이미 나의 작업영역을 소설로 굳혀 버렸기 때문일까. 하지만 예전처럼 문학잡지에 시나리오가 실렸다면 이토록 과문할 수는 없었을 텐데. 장르 세분화 시대니까 당연히 시나리오 잡지들이 따로 있었겠지. 한국 영화의 규모가 여러 면에서 확장되었다고 하니 그만큼 좋고 많은 시나리오 작품을 발표하고 수용하는 전문매체가 있었을 거야. 내가 게으르고 시나리오에 대한 관심에 인색했을 뿐.

그러나 자주 이용하는 인터넷 서점 검색창에 '시나리오 잡지'라고 쳐봐도 잡지는 뜨지 않았다. '시나리오 매체' '시나리오 전문잡지' 등을 차례로 쳐 봤으나 마찬가지였고, '월간 시나리오'라고 쳐보니 드디어 세련된 도서 이미지가 떴다. 그러나 그것은 영국에서 발행하는 외서 잡지 『SCENARIO』였다. 흑백 톤의 심플한 표지에는 analyses, trends, ideas, futures라는 흰 글자가 박혀 있었다. 다시 '계간 시나리오'를 쳐보니 역시 아무 잡지도 뜨지 않았다.

한국에는 시나리오 잡지가 아예 없는 건가? 오천만 인구에 천만 관객 작품 두 편이 동시에 대박을 터뜨리는 나라에? 각본 없이 영화를 만드나? 궁금증이 줄을 이었다. 각본이 있다면 누군가는 쓴다는 얘기인데 누가 어떤 작품을 쓴다는 걸 어떻게 알까. 나운규의 경우처럼 모든 감독이 각본까지 다 쓰나. 아니라면 그냥 그 세계에서 알음알음으로 부탁하고 그러는 건가. 그렇다면 일반 독자가 금방 발표한 따끈따끈한 시나리오 작품을 읽을 기회는 없는 건가. 영화가 아닌 시나리오 단계에서 작가와 작품을 만나고 그 개성을 선호하며 다른 작가의 작품과도 비교하는 등의 읽는 행복을 누릴 수는 없는 건가. 영화 제작단계에서 수정되고 변형되기 이전, 문학작품으로서의 originality는 확보하기도 확인하기도 어렵다는 걸까. 작가가 시나리오의 최근 경향들을 다양하게 경험하고 자신의 창작에 능동적으로 반영하며 경쟁할 수는 없는 건가. 시나리오 작가 지망생이나 신인들이나 아직은 무명인 작가들은 그럼 어떻게 자신과 작품의 존재를 세상에 알리나. 현상 모집에 당선되거나 제작사와의 인맥 유지가 방법의 전부인가. 요즘말로 개별적인 트라이를 해야 하는 건가. 연출과 제작을 꿈꾸는 신진들은 공적인 매체가 아닌 사적인 알음알음과 입소문을 통해서만 시나리오를 만날 수밖에 없다는 말인가. 이것이 정녕 오늘날 대한민국 인구 대비 영화 관람객 수효에 걸맞은 형편인가. 문화예술 당국은 이 사실을 모르고 있을까. 혹시 시나리오를 문학예술이 아닌 어떤 것의 부속제품으로만 취급하여 산업통상자원부에서 관리하는 것은 아닐까. 그러하더라도 그것이 시나리오 전문매체에 대한 지원 부재의 이유가 될 수 있을까. 혹 지원은 넉넉한데 만들 사람이 없거나 만들 능력이 없는 것은 아닐까. 아니면 지원이라는 것의 규모가 판촉용 수첩 제작비용 정도에 지나지 않는 것은 아닐까. 범영화권의 인사들의 생각은 어떨까. 시나리오를 읽거나 읽을 독자들이 대한민국에서 스스로 자취를 감춘 것일까. 과연 제 발로? 잡지가 없다면 시나리오와 관련한 analyses, trends, ideas, futures에 대한 관심과 논의를 어떻게 진행시켜 나아갈 수 있다는 걸까. 그런 필요쯤은 행사의 일환으로 열리는 세미나나 심포지엄 혹은 영화 전문잡지를 통해 얼마든지 수용해 낼 수 있다고 여기는 걸까. 얼마간은 그럴 수 있겠지만 얼마든지는 아니지 않은가. 영화를 만드는 사람들마저 영화에 있어 시나리오의 기능과 역할은 '얼마간'에 지나지 않는 거라고 말하고 싶은 걸까. 영화 및 시나리오 전문인이 아니어서, 말하자면 이쪽에 무지해서 나의 궁금증은 이토록 길어지는 것일까. 차라리 터무니없고 지나친 궁금증이라면 참으로 다행이겠으나 나는 아무래도 시나리오 전문잡지가 없다는 사실 하나만은 믿을 수 없고 믿고 싶지 않다.

30년을 문학잡지에 소설을 발표해온 사람으로서는 영화보다는 문학 형편에 더 정통할 수밖에 없겠어서 문학 쪽 얘기로 글을 마치고자 한다. 사실은 소설 쪽도 위기다. 문학의 위기에 대한 담론이 심심치 않게 발화되고 실제로 문학의 시대가 지났다는 것을 피부로 느끼며 소설은, 특히 전문 소설가가 주력하고 있는 단편소설은 이대로 고사하는 것이 아닌가 싶을 만큼 독자의 수가 줄고 있다. 여기서 말하는 문학이나 소설은 이른바 순문학 혹은 본격문학이라 일컬어지는 영역이다.

문학의 위기가 영화 탓이라고 영화 쪽에다 원망을 쏟는 작가들이 있기는 하지만 엄격히 말하면 그들의 원망이 향하는 곳은 영화가 아니라 돈이다. 돈의, 돈에 의한, 돈을 위한 소설도 원망받기는 마찬가지. 그렇기 때문에 아무 영화에나 원망을 쏟는 것은 아니다.

예술과 돈은 당초부터 천적 관계는 아니었다. 돈 없이는 다빈치도 베토벤도 없었을 것이니 돈과 예술은 상생의 관계였던 때도 있었다. 말하자면 돈과 예술이 어떤 관계를 어떻게 맺느냐가 문제일 뿐이다. 돈은 돈만을 위하고 작가는 돈에 의해서만 소설을 지향한다면 돈과 예술의 선순환은 망가지고 문학의 다양성은 급속히 깨질 것이며 누구나 대박의 꿈만 꾸며 마침내 문학은 그 이름과 함께 소멸해 갈 것이다. 문학이 소멸한 곳에 문학가와 독자가 있을 리 없다.

그러나 문학은 아직 메이저리티(majority)로 살아 있다. 그것이 가능한 것은, 말할 것도 없이, 독자가 있기 때문이다. 그리고 독자와 동반관계인 작가들의 눈물겨운 내핍과 자기 직분에 대한 운명을 건 대응이 늠름했기 때문이라고 소설가의 한 사람으로서 자부한다. 신경숙의 표절 사태로 출판자본이 '권력'이라는 이름 아래 도마에 오르고 비판받았지만 아직은 문학 출판자본이 돈만을 위해 작동하지는 못한다. 돈의 출처인 독자의 구매가 무엇보다 강력한 권력이기 때문에 출판사는 돈을 벌기 위해서라도 독자가 원하는 작품을 출간해야 하는 것이다.

좋은 영화는 좋은 시나리오를 필요로 할 것이다. 그러나 좋은 것은 정해져 있지 않은 법. 돈이 되지 않는 것이 좋은 것일 수도 있다. 좋은 것이라면 돈을 포기할 수도 있어야 한다는 말이겠는데 과연 그럴 수 있을지. 돈의 출처인 관객이 찾아준다면 목숨이라도 걸겠지만 관객이 찾아줄지 의문이다. 아무려나 좋은 작품에 관객의 좋은 권력이 작동해주기를 바랄 수밖에 없다. 돈과 관계없이 좋은 작품에 좋은 관객이 들면 작가는 맘껏 좋고 다양한 시나리오를 쓸 것이고 돈과 예술간 상생의 선순환은 회복될 것이며 작가군도 훨씬 풍성해질 것이다. 하지만 작가가 독자나 관객에게 뭐라 할 수 없다. 결코 탓할 수 없다. 작가에게는 그저 작가적 양심을 걸고 자신의 신념 안에서 좋은 작품이라면 더는 그 무엇도 생각하지 않고 오직 끝까지 작품을 완성해 내는 자세가 필요하지 않을까. '시나리오는 문학예술인가?'라고 던진 서두의 질문은 이와 같은 맥락에서였던 것이다. 시나리오의 복귀, 혹은 시나리오의 자기 위상 회복도 여기에서 비롯되어야 하지 않을까. 그것만이 한국 영화를 한때의 산업적 붐으로서가 아닌 수준 높은 다양성의 세계로 지속적으로 이끌고 마침내는 돈과 명예까지 함께 할 수 있게 하는 파트너로서의 시나리오의 의무가 아닐까.

내 말이 현시점에서 시나리오를 쓰고 공부하는 사람에게 너무 가혹하다는 것을 모르지 않는다. 그러나 시나리오에 관한 모든 문제가 오직 시나리오인들에게만 있다고 말하는 것도 아니다. 오늘의 말은 다만 일개 문학인으로서 갖는, 그나마도 일견(一見)에 지나지 않을 뿐이다. 무엇보다 중요한 것은 문학을 명분으로 시나리오의 현재를 걱정하는 한 문단인의 소박한 깜냥을 말할 수 있는 지면이 생겼다는 것이다. 가장 기쁜 것은 이것이지 않겠는가. 제국의 모든 길은 로마로 통한다고 하지만 시나리오에 관한 모든 works, analyses, trends, ideas, futures는 전문잡지로 속속 집결해야 하지 않을까. 각각의 작고 큰 일견들이 모여 백견이 백출하는 장으로서의 전문성 높은 잡지는 그 존재 자체만으로도 시나리오인과 영화인의 꿈이며 축제가 아닐 수 없는 것이다.

21세기의 시나리오

| 정성일 |

21세기가 되었을 때 '새로운' 한국영화는 언제 시작되었는가, 라는 질문을 안고 영화 비평가들 사이에서 긴 라운드 테이블을 가진 적이 있었다. 그때 모두들 1996년에 한국영화의 어떤 단절이 벌어졌다는 데 동의하였다. 나는 차례로 열거하겠다. 그해 2월에 강제규의 〈은행나무 침대〉가 개봉하였다. 그런 다음 블록버스터라는 (제작비를 중심으로 한 투자와 배급의) 변화가 생겼다. 그해 5월 홍상수의 〈돼지가 우물에 빠진 날〉이 개봉하였다. 이 난데없는 영화는 갑자기 새로운 방식을 끌어들였다. 그 해 11월 거의 아무도 관심 없었지만 김기덕의 〈악어〉가 개봉하였다. 우연의 일치이겠지만 이 세 명은 그런 다음 각자의 방식으로 밀고 나아가기 시작했다. 이듬 해 허진호의 〈8월의 크리스마스〉와 이광모의 〈아름다운 시절〉이 동시에 칸 영화제에 초대받았다. 1998년에 이창동의 〈초록 물고기〉와 정지우의 〈해피 엔드〉로 데뷔하였다. 그리고 임상수가 〈처녀들의 저녁식사〉를 찍었다. 그해 거의 기적처럼 첫 두 편의 영화가 완전히 흥행적으로 실패했던 박찬욱이 〈JSA 공동경비구역〉으로 돌아왔다. 이듬해 김지운이 〈조용한 가족〉

으로 데뷔했다. 2000년 봉준호가 〈플란더스의 개〉를 만들었다. 그렇게 21세기가 시작하였다.

나는 여기서 오직 시나리오의 관점에서만 말하겠다. 오랜 시간 동안 한국영화에서 시나리오는 연출과 분리된 영역이었다. 물론 긴 시간 동안 작품에 관해서 이야기를 나누고 아이디어를 교환하긴 하지만 연출은 시나리오가 나올 때까지 기다렸다. 1996년 '이후'의 세대들은 이상할 정도로 감독 자신이 직접 시나리오를 쓰기 시작했다. 때로 누군가와 같이 쓰지만 감독 자신이 시나리오를 쓰는 과정에서 주도권을 포기하거나 양보하지 않았다. 혹은 처음에는 같이 썼지만 점점 자신이 직접 쓰는 방법을 택해 나갔다. 이 감독들이 소식이 뜸할 때 우연히 만나 요즘 뭐 하세요, 라고 물으면 약속이나 한 듯이 시나리오를 쓰고 있어요, 라고 대답했다. 하지만 이 감독들은 자신이 시나리오 작가를 겸하고 있다고는 추호도 생각하지 않는다. 이 경향은 재빨리 영화 산업 전반에 확산되어 가기 시작했다. 21세기에 들어서서 한국영화는 칸 영화제에 여러 차례 초대되었다. 이 영화제에서 각본상을 수상했을 때

정성일

영화감독/영화평론가

영화잡지 『로드쇼』와 『키노』의 편집장을 역임했다. 서울단편영화제 집행위원장, 전주영화제 프로그래머, 시네마 디지털-서울 영화제(aka. CINDI) 수석프로그래머를 지냈으며, 현재 한국영화 아카데미와 한국예술종합학교 영상원에서 강의하고 있다. 『임권택, 임권택을 말하다』 인터뷰집과 『김기덕, 야 생 혹은 속죄양』 비평집 책임편집을 했으며 『언젠가 세상은 영화가 될 것이다』와 『필사의 탐독』 두 권의 평론집이 있다. 첫 번째 영화 〈카페 느와르〉가 베니스영화제를 비롯해 14개 영화제에 초청되었으며, 두 번째 영화 〈천당의 밤과 안개〉가 올해 부산영화제 뉴커런츠 경쟁부문에 초청되었다.

그 영화는 〈시〉였고 수상자는 이창동이었다. 잘 알고 있는 데로 이창동은 이 영화를 연출했을 뿐만 아니라 시나리오를 직접 썼다.

또 다른 한 가지 설명. 나는 한국영화아카데미라는 학교에서 긴 시간 동안 학생들을 가르쳤다. 아마 1996년 세대들이 막 등장했던 그 직후였던 것 같다. 이 학교는 졸업하면 충무로에 나가서 데뷔작을 찍는 걸 목표로 한다. 이때 이 학교에는 시나리오 학과에 관한 약간의 우여곡절이 있다. 처음에는 연출과만 있었고 그런 다음 촬영과가 생겼다. 그런 다음 시나리오과와 프로듀서과가 번갈아 생긴 다음 다시 폐과를 하고 다시 만들고 다시 폐과를 시켰다. 여기에는 여러 가지 이유가 있다. 하지만 무엇보다 결정적인 이유는 연출과 학생들이 시나리오과 학생들의 시나리오로 영화 제작을 원치 않았기 때문이다. 그들은 그냥 자기가 시나리오를 써서 그걸 연출하기를 원했다. 반대로 시나리오과 학생들은 연출과 학생들이 제안하는 시놉시스로 시나리오를 쓰기를 원치 않았다. 그들은 자기 시나리오가 영화화 되는 것을 보고 싶어 했다. 이 과정은 매년 반복되었고 학교는 그걸 중재할 방법이 없다는 것을 깨달았다. 남은 것은 둘 중 하나를 선택하는 것이었고 결과는 당신이 알고 있는 그대로이다. 나는 이 과정이 비단 영화 아카데미에서만 벌어진 일이라고 생각하지 않는다.

여기까지 읽은 다음 당신은 내게 반문을 제기하고 싶을지도 모른다. 그건 소위 작가주의 영화들이나 그런 것 아닌가요? 나는 동의하지 않는다. 두 편의 천만 영화 〈도둑들〉과 〈암살〉을 찍은 최동훈은 언제나 자기가 시나리오를 쓴다. 〈추적자〉로 데뷔했고 모두가 기다리고 있는 〈곡성〉을 이제 막 완성했다는 나홍진도 자기가 시나리오를 쓴다. 곽경택은 남에게 시나리오를 맡기지만 마지막 완성인 '파이널'이라고 부르는 판본은 반드시 자기가 다시 쓴다. 나는 더 많은 이름을 거명할 수 있다. 물론 시나리오 작가의 시나리오를 기다리는 감독들도 분명히 있다. 하지만 점점 더 많은 감독들이 시나리오를 직접 쓰고 직접 연출하는 것은 이제 누구도 부정할 수 없는 하나의 경향이 되었다.

여기서 질문의 핵심은 왜 갑자기 이런 일이 벌어졌느냐는 것이다. 어느 날 갑자기 감독들이 시나리오를 잘 쓰기 시작한 것도 아니고 반대로 시나리오 작가들이 일제히 감독이 되기로 결심한 것도 아니기 때문이다. 나는 이 질문을 좀 더 멀리서 볼 필요가 있다고 생각한다. 이 사태가 벌어진 시간은 한국 영화사에서 자본의 흐름이 근본적으로 바뀌는 이행의 시기였다. 그리고 이 과정에서 한국영화 제작 방식의 변화가 시작되었다. 우리들은 이 변화 안에서 누구도 독립적으로 활동할 수 없다는 사실을 환기해주기 바란다. 다소 무자비하게 말하겠다. 공장에서 제작 방식이 바뀌면 그 과정에서 위계질서는 근본적인 변화를 겪을 수밖에 없으며 그 변화에 대해서 항의하는 것은 사실상 무의미하다. 왜냐하면 그것이 새로운 규칙이기 때문이다. 물론 공장을 점령하는 방식이 남아있기는 하다. 하지만 그 공장도 수많은 공장의 하나이기 때문에 단 하나의 공장을 점령하는 것은 사태를 해결하는 데 아무 도움도 주지 않을 것이다. 때로는 정반대로 이 공장은 다른 공장들이 느끼는 위기감 때문에 엄격한 관리에 들어갈 수도 있다.

사태를 단순하게 설명하기 위해서 간단하게 말하겠다. 이 시기에 전통적인 제작자들은 일시에 토대가 와해되기 시작하는 경험을 해야만 했다. 그건 새로운 제작자들이 훌륭해서가 아니다. 이제까지 생각하지 못했던 투자와 배급을 동시에 결합한 자본이 이 시장을 점령하기 위해 찾아왔기 때문이다. 그 자본은 한국영화 산업 전체를 다 합친 것보다 더 큰 자본을 지닌 규모였으며, 전통적인 제작자들이 자신들의 철옹성 같은 방어선이라고 생각한 기존 극장들을 무시하고 자신들의 극장을 훨씬 큰 규모로 짓기 시작했다. 말하자면 전통적인 제작자들로서는 절대로 무너질 리가 없는 하늘이 무너진 것이다. 새로운 제작자들은 이

자본에게 유일하게 없는 것이 소프트웨어라는 사실을 재빨리 깨달았고 자발적으로 투항하여 새로운 자본에 유리한 방식으로 제작을 '대행' 하기 시작했다. 새로운 자본은 그때 영화를 잘 알지 못했고 일정 기간 동안 학습의 시간이 필요했다. 새로운 제작자들에게 좋은 소식. 그들은 정확하게 그 틈새를 보았고 그 과정에서 자신들의 제작사를 전통적인 제작사들과의 별다른 경쟁 없이 세울 수 있었다. 나쁜 소식. 새로운 자본의 학습기간은 생각보다 짧았고 그들은 이 과정에서 새로운 재능을 입사시켜서 직원으로 만든 다음 그들을 자본의 전투 앞 열에 세우기 시작했다. 물론 당신도 다 잘 알고 있는 이야기다.

이제부터가 내가 할 이야기다. 이때 새로운 제작자들은 새로운 감독들과 일하기를 원했다. 그건 두 가지 이유에서다. 하나는 그들이 원하는 소재를 가진 감독들을 마음대로 고르기를 원했다. 이제는 좀 더 솔직하게 말하겠다. 새로운 제작자들의 마인드는 사실상 감독과 다를 바 없었다. 단지 그들은 자기 손에 피를 묻히고 싶지 않았다. 그래서 그 손에 피를 대신 묻혀줄 사람을 원했다. 그들은 자신의 '코드와 맞는' 감독을 원했다. 여기에 한 가지 더 첨언하겠다. 올 라운드 플레이어 같은 감독이란 존재하지 않는 법이다. 이렇게 반문하겠다. 〈올드 보이〉를 홍상수에게 만들어달라는 건 불가능한 요구다. 마찬가지로 〈지금은 맞고 그때는 틀리다〉를 박찬욱에게 만들어 달라는 것도 불가능한 요구다. 이때 새로운 제작자들은 나이가 어렸고 그들은 선배들에게 무례한 요구를 할 수 없었다. 그때 새로운 제작자들은 거의 혈안이 되어서 단편 영화제를 보러 다녔다. 물론 처음에는 모두들 불안했다. 하지만 현장에서의 어떤 훈련도 없었던 새로운 감독들이 좋은 영화를 만들기 시작했다. 〈여고괴담〉은 그때 그렇게 나온 영화였다. 곽경택, 임순례, 윤종찬, 김태용, 민규동, 정윤철은 어떤 연출부 생활도 하지 않았다. 물론 더 많은 이름이 있다. 그때 그들은 예외 없이 자기가 직접 시나리오를 썼다. 두 번째 이유. 이 시기가 해외로 유학을 다녀온 첫 번째 세대가 막 졸업하고 들어온 것과도 겹쳤다. 또한 1990년대 초반에 비디오 캠코더로 영화를 찍어본 경험을 가졌던 첫 번째 세대가 정치의 봄을 맞이하면서 전투적인 지하를 떠나 제도 안으로 들어오기 시작했다. 이들은 모두 자기가 시나리오를 써서 찍는 방식에 익숙했고 남에게 시나리오를 맡기는 것을 불안하게 여겼다.

자본의 새로운 환경과 새로운 세대가 기묘할 정도로 정확하게 맞아떨어졌다. 그들은 서로 동일하지는 않지만 서로의 이해관계를 평화롭게 주고받았다. 시나리오 작가들에게 사태가 더 나쁘게 진행된 것은 심지어 감독들이 서로 다른 감독의 시나리오를 써 주는 방식으로 발전했다는 사실이다. 올해 〈무뢰한〉을 연출한 오승욱은 그때 박광수 아래에서 함께 연출부 생활을 했던 허진호를 위해 〈8월의 크리스마스〉를, 그리고 이창동을 위해서 〈초록 물고기〉를 썼다. 그런 다음 자신의 시나리오 〈킬리만자로〉로 데뷔하였다. 봉준호는 〈유령〉의 시나리오를 장준환과 함께 썼고 그런 다음 〈남극일기〉의 시나리오를 썼다. 박찬욱도 몇 편의 시나리오를 썼다.

나는 한국영화에서 시나리오 작가의 위대한 시대는 그들이 좋은 감독의 파트너였던 시절이었다는 사실을 환기시키고 싶다. 이를테면 1960년대에 이만희 곁에는 백결이 있었다. 1970년대에 새로운 영화를 만들었던 영상시대 동인들 곁에는 최인호가 있었다. 1980년대에 임권택 옆에는 송길한이 있었다. 물론 나는 훨씬 더 많은 파트너들 사이의 예술적 우정을 호명할 수 있다. 이 자리는 한국영화사를 설명하기에 적절치 않다. 그런데 1990년대가 되자 갑자기 이 관계가 끝났다. 첫 번째 질문, 정말 아무도 시나리오 작가라는 파트너를 원하지 않게 된 것일까. 여기에는 약간 예상치 않은 사태가 벌어졌다는 것을 셈에 포함시켜야 한다. 1996년 '이후' 세대의 새로운 경향 중의 하나는 시나리오 작가 자신이 직접 감독이 되기 시작한 것이다. 유명한 예. 송능한은 〈넘버 3〉를 찍어서 데뷔했고, 김대우는 〈음란서생〉으로 데뷔했고, 박훈정은 〈혈투〉로 데뷔했다. 그들은 각자의 자리에서 시나리오 작가로 가장 촉망받으며 빛나는 별이었다. 이 숫자는 점점 더 많아졌고 또 많아질 것이다. 이상할 정도로 1996년 '이전'까지 시나리오 작가들은 자기의 자리를 지키려고 했다. 누군가 혹시 연출에 관심이 있냐고 물어볼 때 그들을 예외 없이 망설이지 않고 그건 자신과 다른 영역이라고 부정했다. (일부의) '이후' 세대들은 종종 연출자가 되기 위해서 일시적으로 시나리오 작가를 선택한 것처럼 보이는 태도를 취하기 시작했다. 신기한 것은 (혹은 당연하게도) 이것은 한국영화에서 시나리오와 연출의 분야에서만 일어난 일이다. 촬영이 그런 태도를 취하거나 혹은 배우가 그런 사례는 아주 예외적인 경우였다. (하지만 디지털 장비가 점점 경량화 되고 소수의 스태프만으로 촬영이 가능해지면서 점점 더 많은 배우들이 연출을 하기 시작했다. 올해 부산영화제에는 조재현, 문소리, 윤은혜가 연출자로 서로 다른 부문에 이 영화제에 초대되었다. 아마 이 경향은 점점 가속화될 것이다)

그러므로 21세기 영화에서 당신들께서는 한 가지 사실을 먼저 받아들여야 한다. 시나리오 작가는 영화에서 점점 더 독립된 영토를 잃어갈 것이다. 많은 작가들이 연출로 이동하고 있고 그보다 더 많은 감독들이 시나리오를 직접 쓰는 것을 두려워하지 않으며 영화산업 안에서 제작자와 투자자는 그런 현상을 더 이상 불안하거나 이상하게 여기지 않는다.

하지만 좀 더 복잡한 문제가 기다리고 있다. 오늘날 한국영화에서 투자자들은 누구도 시나리오를 영화 제작에 돌입하기 '직전의 파이널' 버전이라고 생각하지 않는다. 예전에는 시나리오가 끝나는 날이 헌팅을 떠나는 날이었다. 지금은 투자 여부를 결정하기 위해 테이블에 올라온 시나리오는 단지 '피칭을 위한' 설계도에 지나지 않는다. 이미 누군가는 경험해보았을 것이다. 이 시나리오는 테이블에서의 긴 협상이 끝날 때까지 어떻게 수정을 견뎌내야 할 지 알 수 없는 운명에 놓이게 된다. 씬의 구성이 이리저리 옮겨가고 때로는 사라진다. 제작자와 연출은 이 과정에서 대부분 시나리오 작가에게 어떤 양해도 구하지 않는다. 들리는 말로는 한편으로 배우 매니지먼트 회사의 요구에 따라 일부 장면이 사라지거나 갑자기 급조된다고도 한다. 아는 시나리오 작가 중의 하나는 자기가 쓴 영화의 기술 시사를 다녀온 다음 내게 냉소적으로 말했다. "영화를 보는데 그냥 처음 보는 이야기더라구요."

첫 번째 조언. 당신은 두 종류의 시나리오가 있다는 것을 먼저 받아들여야 한다. 하나는 정말 작품을 위한 시나리오다. 하지만 이때 반드시 필요한 사람이 있다. 당신의 시나리오를 믿어줄 감독이 필요하다. 유감스럽게도 시나리오는 희곡과 달리 혼자서 존재할 수가 없다. 그래서 당신의 시나리오를 믿는 감독이 그걸 들고 현장에 도착해야만 한다. 다른 하나는 재빨리 그저 당신의 시나리오는 투자를 받기 위한 미끼라는 사실을 받아들여야 한다. 이 말을 들으면 당신께서는 분노할지도 모르겠다. 나는 지젝이 키에르케고르의 철학에서 참을 수 없는 사실을 받아들이는 다섯 단계를 빌려 이 과정을 설명하겠다. 먼저 그것을 부정하는 것이다. 그런 게 무슨 창작이야! 그런 다음 부정하는 것이다. 얼마나 무시무시한 곤경에 빠졌는가! 도저히 빠져나갈 길이 없네. 그리고는 타협으로 이어진다. 좋아, 하지만 그래도 여전히 내가 필요하잖아. 그러니 그 정도는 참아보겠어. 그런 다음 우울증에 빠진다. 아, 어차피 이 길을 택한 이상 이 저주받은 신세를 받아들여야만 해. 마침내는 자신이 미끼를 써야 한다는 사실을 받아들일 수밖에 없다는 사실을 인정하는 과정이 반복될 것이다.

두 번째 조언. 프랑스 영화비평지 『카이에 뒤 시네마』는 올해 4월호에 「어떻게 시나리오를 쓸 것인가」라는 특집을 다루면서 로버트 맥기의 〈스토리〉를 더 이상 읽지 말라고 충고했다. 이유는 두 가지다. 하나는 더 이상 아무도 그런 '판에 박힌' 영화를 보고 싶어 하지 않고 다른 하나는 그렇기 때문에 아무도 그렇게 쓰지 않는다는 것이다. 물론 파리의 시네필들과 서울의 대중들이 동일한 태도를 취할 것이라곤 생각하지 않는다. 하지만 한 가지는 분명하다. 이야기의 룰이 바뀌었다. 그런데 이상할 정도로 시나리오 작가들은 고전적인 법칙을 방어한다는 인상을 준다. 이것이 많은 영화감독들이 긴 설득의 시간을 갖는 대신 직접 쓰는 가장 큰 이유 중의 하나다. 한 가지 더 첨언을 하겠다. 시나리오 심사를 들어가면 그 수많은 작품들에서 가장 중요하게 생각하는 것은 무슨 이야기냐가 아니라 그 작품의 아이디어가 무엇이냐는 것이다. 왜냐하면 이 시나리오가 영화화 될 때 마지막까지 살아남는 것은 이야기가 아니라 누구도 미처 생각하지 못했던 그 아이디어기 때문이다. 이것은 오늘날 영화의 제작 과정이 가져온 조건의 결과이자 관객들의 첫 번째 관심이기도 하다. 만일 평범한 아이디어를 좋은 이야기로 써서 좋은 영화를 만들고 싶다면 아마 그 시나리오는 당신이 연출해야 할 것이다. 우리는 신춘문예 당선작을 뽑는 것이 아니다. 좀 더 간단하게 설명하겠다. 〈괴물〉은 괴물과 어떻게 싸우느냐보다 한강에 괴물이 나타났다는 아이디어가 죽인다.

세 번째 조언. 자, 나는 여기서 원래의 자리로 돌아갈 수밖에 없다. 나는 당신이 좋은 시나리오 작가라고 믿는다. 그런데 좋은 시나리오 작가란 무엇인가? 그건 세계와 인간에 대한 좋은 비전을 갖고 있는 작가다. 그런 시나리오를 쓰는 당신의 작품이 영화로 옮겨질 수 있는 방법은 무엇인가. 그건 예전에도 지금도 단 한 가지뿐이다. 당신의 비전을 공유할 수 있는 감독과 만나서 서로의 우정을 교환하는 것이다. 이보다 더 나은 방법은 없으며 게다가 달리 이 문제를 해결할 수 있는 방법도 없다. 당신은 나의 이 조언이 뻔하다고 생각할지 모르겠다. 하지만 이 사람만이 당신의 시나리오를 끝까지 방어할 것이며 그 시나리오 안의 인물들을 지켜줄 것이며 그 안에서 벌어진 사건을 진심으로 믿을 것이며 거기서 모든 작업을 출발시킬 것이다. 그러면 당신은 내게 푸념할 것이다. 물론 지금 그런 감독이 있긴 하죠. 그런데 그 사람은 이미 너무 유명해서 저를 필요로 하지 않는군요. 당신 대답은 틀렸다. 그 감독은 당신과 비전을 공유하는 것이 아니라 당신이 그 감독의 영향을 받아서 지금 그런 시나리오를 쓰고 있는 것이다. 그래서 그 감독은 당신이 필요하지 않은 것이다. 당신과 당신이 만나야 할 감독 사이를 이어줄 중매업자는 어디에도 없다. 그건 당신이 아직 미숙하기 짝이 없는 세계를 지닌 감독을 만나 그의 화면 안에 숨어있는 비전을 발견하고 난 다음에야 비로소 우정이 시작될 것이다.

한 가지 예를 들겠다. 임권택은 1977년에 〈족보〉를 찍었다. 이 영화는 걸작이다. 몹시 아름답고 몇몇 장면은 이 연출자가 이미 대가의 경지에 이르렀음을 보여주었다. 하지만 이 영화의 시나리오가 좋은가, 라고 질문하면 거기에 대해서는 긍정하기 어렵다. 그때 임권택은 아직 완전한 작가에 이르지 못했다. 그가 진정한 자기 이야기를 자기 화법을 가지고 연출하기 시작한 것은 1979년 〈짝코〉부터다. 이때 무슨 일이 생겼는가. 송길한이 그를 위해서 시나리오를 쓰기 시작했다. 반대로 물어보겠다. 송길한은 〈짝코〉를 쓰기 전에 어떤 대표작을 가지고 있었는가. 미안하지만 그는 기억할만한 영화를 아직 쓰지 못했다. 두 사람은 각자의 길을 걸어온 다음 결국 만나서 그들의 비전을 공유하고 함께 하나의 세계를 만들어낸 것이다. 당신은 이 이야기를 지나간 한국영화사의 아름다운 기억으로만 돌려서는 안 된다. 반대로 불타는 질투심을 안고 당신은 지금 당신을 기다리고 있는 그 누군가와 당신만의 새로운 우정을 보여주어야 한다. 그것이 시나리오 작가의 운명이자 생명이다. 나는 지금도 한국영화에서 21세기에 여전히 그런 우정이 가능하다는 것을 보고 싶다. 정말 보고 싶다. 그러므로 당신을 응원한다.

한국영화 시나리오 걸작선〈1〉

짝코

시나리오 | 송길한
감　독 | 임권택
1980년도 작품

CAST

짝코 (20대~60대 후반)	빨치산, 짝코 부대 두목
송기열 (20대~60대 후반)	전투 경찰, 경사
점순 (20대~30대 후반)	여공비, 짝코의 첫사랑
화숙 (30대 초)	짝코의 내연녀
정미	송기열의 아내
상미	송기열의 처제
복만	송기열의 전경시절 부하
곡성댁	짝코의 어머니
실장	갱생원 중환자실

그 밖의 다수인물

All history is contemporary history.
모든 진정한 역사는 동시대사이다.
— Benedetto Croce

1. 서울 도심의 한적한 거리 (새벽)

순찰차 한 대가 경광등을 번쩍이며 달려온다. 순찰차, 급정거를 하더니 그대로 후진해 길가에 멎어선다. 노숙자 하나가 낡은 모포를 뒤집어쓴 채 죽은 듯 쓰러져 있다. 순찰차에서 경찰이 내려와 노숙자 곁으로 온다.

경찰 이봐요, 이봐! (반응이 없자) 이봐요! 일어나요, 일어나! (언성을 높인다.)

그제야 몸을 꿈틀거리는 사내, 모포를 들치고 모습을 드러낸다. 도수 높은 안경을 낀 초췌한 모습의 송기열이다.

경찰 일어나요. 이런 데서 자면 어떡합니까?

송기열, 무거운 몸을 일으켜 앉는다.

경찰 술 드셨죠? 주민등록증 좀 봅시다.
송기열 (도리질) 없습니다요. 집도 절도 없는 떠돌이가 무슨 증명이 있겠소.
경찰 따라와요.
송기열 어디를요?
경찰 영감님 같은 분들을 모아 밥도 주고 잠도 재워주는 데가 있어요.
송기열 (생기가 돌며) 거, 거기가 어디당가요?

2. 서울 외곽/갱생원 정문 앞 (낮)

호송용 승합차가 달려와 멎어선다. 경비실에서 제복의 경비원이 나와 철
책 문을 열어준다. 이내 안으로 달려 들어가는 승합차.

3. 갱생원 사무실 앞

승합차가 와서 멎는다. 인솔 직원이 문을 열고 나오자 몇몇 초라한 행색의
행려자들과 송기열이 따라 나온다. 송기열, 낯선 듯 주위를 둘러보고 한
쪽 다리를 절룩거리며 일행을 따라간다.

4. 사무실 안

인솔 직원이 일행을 데리고 들어와 입퇴원 담당에게 서류를 건넨다.

직원 신병 인수증입니다.
담당 (서류를 훑어보고) 거기들 앉아요.

일행, 긴 의자에 죽 앉는다.

담당 여긴 여러분처럼 주거지가 없고 연고자가 없는 행려 환자들을 수용하는 뎁
니다. 인원이 많아서 물건을 분실할 염려가 있으니 각자 소지품부터 내놓도록
하세요. 연고자가 나타나 퇴원하게 되면 돌려줄 겁니다.

송기열이 담당 앞으로 와서 호주머니를 뒤지더니 동전 몇 개를 꺼내 테이
블에 놓는다.

담당 다른 것은 없어요?

송기열, 뒤져보란 듯 두 손을 치켜든다. 담당이 송기열의 몸을 더듬다가 눈이 둥그레진다.

담당 아니, 이게 뭐요? 포승줄 아뇨? 이런 걸 왜 가지고 다녀요?
송기열 (멋쩍어) 예. 그냥 좀 쓸 디가 있어서….
담당 이거 초장부터 골죽이는군. 규정상 압수…!

낭패의 빛이 되는 송기열.

5. 갱생원 의무실 앞

직원이 일행을 데리고 안으로 들어간다.

6. 의무실 안

가운을 걸친 의사가 청진기로 송기열의 가슴을 진찰한다.

의사 (끄덕이고) 됐어요. 다음 분….

송기열, 일어나 밖으로 나간다.

직원 무슨 병입니까? 중환잔가요?

의사 (끄덕인다.) 경찰병원에서 진단한 대로 위암인데 얼마 안 남았어요.

7. 생활관 앞

생활관 건물들이 군대 막사처럼 늘어서 있다. 직원을 따라가는 일행. 절룩거리며 걷는 송기열의 모습이 바람에 날릴 듯 가벼워 보인다.

8. 생활관 (중환자실) 안

벽의 받침대엔 TV가 있고, 통로 양편으로 길게 놓인 침상이 마치 군대 내무반 같다. 간편한 생활복 차림의 행려자들 20여 명이 여기저기 눕거나 앉아서 장기를 두고 담배를 피우고 있다. 문이 열리며 직원을 따라 신입 일행과 송기열이 절룩거리며 들어온다. 사내들이 후다닥 장기판을 치우고 자세를 고쳐 앉는다.

직원 (호통) 왜 또 실내에서 담배 피우는 거야? 정 이렇게 지시를 어기면 내일부턴 담배 배급을 일체 중단해 버리겠어! 도대체 실장은 뭐하는 거야? 단속도 않고….

중년의 실장이 나와서 머리를 긁적인다.

실장 죄송합니다. 주의 시키겠습니다.
직원 이 사람들 오늘 들어온 신참들이야. 원내 규율을 어기지 않도록 교육 철저히 시켜요.

실장 알겠습니다.

직원이 나가자 실장이 신입자들에게 손짓한다.

실장 일루 와, 일렬로 서!

일행, 실장 앞에 와 죽 선다.

실장 주목! 난 왕년에 청량리, 영등포에서 수많은 똘마니들을 거느리고 밤업소를 주름잡던 사시미 박이야. 앞으로 내 지시를 어기는 사람은 나이 불문, 과거불문 성역 없이 조질 거니까, 알아서들 기라우. 알겠나?

신입 일행들, 주눅이 들어 끄덕인다. 너무도 익숙해 단숨에 내리 읊는다.

실장 그럼 지금부터 원내 생활 수칙을 말하겠어. 06시 기상, 07시 세면, 08시 아침식사, 09시부터 열 시까지 자유 시간, 열 시에서 열두 시까지 원내 미화 작업 및 일광욕, 12시부터 13시까지 중식, 13시부터 15시까지 세탁 및 목욕, 15시부터 17시까지 운동 및 청소, 17시부터 18시까지 실내 자유 시간, 20시 정각 취침.

경청하고 있는 신입 일행과 송기열.

실장 다음. 이유여하를 막론하고 동을 이탈하지 말 것, 실내에선 정숙을 지키고 일체 금연. 모든 애로사항은 실장인 나에게 직접 보고할 것이며 절대 외부에 발설하지 말 것. 아침 기상 시 옆 사람이 일어나지 않으면 흔들어보고, 만약 그가 움직이지 않으면 내게 즉시 보고할 것. 무슨 말인지 알겠나?

신입 일행들 끄덕인다.

실장 그럼 식사시간까지 휴식들 해.

신입 일행, 침상에 죽 걸터앉는다. 나이든 고참이 빈정대듯 뇌까린다.

고참1 잘못 들어왔어. 여긴 폐차장이야, 인간 폐차장.

고참2 여기서 지내려면 한동안 뻥이칠 거야. 길바닥에서 죽는 것보다 나을지

모르지만….

송기열 주말 같은 때 외출은 할 수 있지요?

사내1 외출 좋아하네. 여기가 무슨 호텔인 줄 알아?

사내들이 웃음을 터뜨린다.

고참1 여긴 한 번 들어오면 그것으로 다 땡이야, 땡~!

송기열 땡이라뇨?

고참2 끝장이란 말야. 죽기 전엔 아무도 못 나가니까.

송기열 뭐요? (벌떡 일어난다.)

실장 (막아서며) 왜 이래!

송기열 당장 나갈 거요! 아직 밖에서 해야 할 일이 남았는디, 이런 데서 썩을 순

없어! 비켜! 비키란 말여!

실장 (나가려는 송기열을 틀어잡으며) 이게 왜 첫날부터 꼬장 죽이고 난리야! 싯

다운! 싯 다운 못해!

송기열 (막무가내) 놔! 저리 비켜! 민주국가에서 거주와 신체의 자유를 막다니

이래도 되는 거여? 놔, 이거! 놓란 말여, 놔!

소란스레 실랑이를 벌이는데 저만치 침상 한쪽에 모포를 덮어쓰고 누워있던 사내가 신경질적으로 고함친다.

사내 거 조용히 좀 못해! 어떤 자식여? 떠드는 게.

짧게 깎은 머리에 부리부리한 눈이 인상적인 짝코다. 그 모습을 눈여겨보는 송기열. 어딘지 낯익은 듯 안경을 바짝 당겨쓴다. 순간 그의 눈이 커진다. 그런 송기열을 보고 짝코도 뭔가 켕기는 듯 표정이 굳어지더니 슬그머니 모포를 덮고 돌아눕는다.

송기열 나 여기서 절대로 안 나갈 겁니다! 절대로!

선언하듯 결연히 내뱉고 짝코 쪽으로 절룩거리며 다가간다. 그런 그를 의아하게 보는 실장과 사내들.

송기열 나 좀 보드라고!

짝코가 덮어쓰고 있는 모포를 확 벗겨낸다. 마지못해 인상을 쓰며 몸을 일으켜 앉는 짝코. 그의 한쪽 주먹이 긴장으로 굳어져 있다.

짝코 대체 어디서 궁글어온 놈인디 난리를 죅이고 지랄이여!
송기열 (삼킬 듯 짝코의 멱살을 틀어쥐며) 짝코! 니놈이 짝코 맞지? 이 개새끼, 살아서 여기 숨어 있을 줄 꿈에도 몰랐다! (치를 떤다.)
짝코 (뿌리치며) 놔, 이거! 간밤에 꿈자리가 사납더니 살다가 별 미친놈을 다 보겠네!
송기열 이 갈아 마셔도 시원찮을 놈! 니놈이 아무리 철가면을 써도 소용없어!

30년 동안 오로지 니놈 하나를 잡기 위해 살아온 나여, 임마!

짝코 어허, 이거 생사람 잡을 놈이시! 여기가 어디라고 정신병원에 가야 할 놈이 들어와 지랄을 떠는 거여, 나 원 참!

송기열 좋아! 그럼 증거를 대주마. (주머니에서 낡은 수첩을 꺼내 펼치더니 단숨에 읽어 내려간다.) 본명 백공산, 일명 짝코, 직업 대장간, 본적 전남 영광군 진원면 진원리 54번지, 주소는 본적과 동. 학력은 무학.

긴장해 눈시울이 떨리는 짝코.

송기열 (계속) 짝코의 죄상, 1950년 동란이 발발하자 고향 진원리에서 민청위원을 지냈고, 놈들의 앞잡이로서 대장간에서 만든 흉기를 보급하고 많은 양민을 학살했음. 동년 9월 28일 수복이 되자 쌍치산을 거쳐 1950년 9월 30일 빨치산으로 지리산 입산, 속칭 짝코 부대의 두목으로 학살, 약탈, 방화, 지서 습격, 교량 파괴 등 잔인무도한 만행을 자행한 자로서 휴전 직후 1953년 7월 30일 16시 45분 경 지리산 노루목에서 체포되어 압송 도중 도주했음.

놀라 얼굴을 마주하는 사내들.

짝코 미친놈! 어디서 남의 수첩은 주워갖고 지랄이여!

송기열 (아랑곳 않고) 짝코의 인상착의, 신장 167센티, 눈썹이 짙고 눈이 부리부리하며 입술이 두툼한 장방형의 얼굴임. 특기사항, 콧구멍이 짝짝이며 한쪽 콧구멍은 유난히 크고 코 옆에 사마귀가 달렸음. 이상의 증거로 짝코를 체포한다!

포승줄을 꿰찼던 옆구리를 더듬는다. 그러나 사무실에서 압수당하고 없다. 당황하는 송기열.

짝코 육갑떠네! 지가 무슨 수사반장이라고!

사내들이 와르르 웃는다.

송기열 여그 증거가 또 있어 이놈아!

수첩을 집어넣고, 이번엔 잇몸에서 틀니 한 개를 뽑아 짝코 앞에 내민다.

송기열 이게 뭔지 알어? 요 이빨이 바로 30년 전에 네놈이 나를 박치기하고 달아날 때 부러진 이빨여, 이놈아!
짝코 어디서 개 이빨은 주워 가지고 와서 지랄이여.

송기열 앞니가 빠진 잇몸을 드러낸다.

송기열 봐 이놈아! 바로 이 자리에서 빠진 이빨여! 이래도 오리발을 내밀 거여?
짝코 앵경 값이나 허드라고. 사람 똑똑히 보란 말여.
송기열 네놈이 급하게 되니까 날 미친놈 취급하는디 안 통할 거여.
짝코 임마, 미친놈이 미쳤다고 하는 거 봤냐? 참 기가 막혀…. 야가 이거요 이거.

사내들에게 머리 위에 손가락으로 돌았다는 시늉을 해보인다.

송기열 여러분! 나는 미치지 않았습니다. 이놈이 시방 쑈를 하고 있습니다. 쑈를! 이놈은 30년 전에 지리산에서 도망친 망실공비(亡失共匪)고, 나는 그때 토벌대 전투경찰이었습니다요.
짝코 워메! 이 새끼 생사람 잡겠네!

실장 한동안 조용하다 싶더니 이 또라이 때메 또 골 때리게 생겼군!

짝코 글쎄 말이여. 제정신이라고는 코털 만큼도 안 붙어 있는 놈이여.

송기열 (짝코의 멱살을 잡고) 이 새끼가 끝까지 오리발을….

짝코 이게 어디다 개겨! (확 뿌리쳐 떠민다.)

그 바람에 송기열의 안경이 통로에 떨어진다. 앞이 안 보이는 듯 더듬대는 송기열, 닥치는 대로 붙잡은 것이 실장이다.

송기열 이 새끼 어디로 도망가!

실장 짜식이 이제 나한테도 엉겨 붙고 지랄이야!

송기열을 그대로 메다꽂는다. 나뒹구는 송기열. 이때 저녁식사를 알리는 벨이 울린다.

실장 밖에 집합!

사내들이 밖으로 몰려 나간다. 짝코도 뺑소니치듯 슬금슬금 빠져나간다. 텅 빈 실내에 송기열만 통로 바닥을 더듬대다가 안경을 찾아 얼른 쓴다.

9. 식당 앞 (저녁)

푸른 생활복 차림으로 각 동에서 모여든 수많은 행려자들. 줄지어 식판에 밥과 부식을 타고 있다.

10. 식당

이미 식사를 하고 있는 사내들. 송기열도 배식을 받다가 문득 조리대 위의 식칼을 본다. 사내들 속에 섞여 밥을 먹고 있는 짝코. 송기열이 그 옆자리로 식판을 들고 와서 앉는다. 아랑곳없이 밥을 먹고 있는 짝코.

송기열 (넌지시) 새끼, 밥이 목구멍으로 넘어가?
짝코 거머리가 따로 없구만!
송기열 더 이상 날 화나게 하면 사무실에 가서 니놈에 관한 모든 것을 공개하고 말거여.
짝코 헛소리 그만 하고 밥이나 죽여, 임마!

비죽이 웃는 송기열. 스푼으로 밥을 뜨려다가 그만 벙찐다. 식판이 깨끗이 비워져 있는 것이다. 사내들이 폭소를 터뜨린다. 어처구니없는 송기열. 짝코도 쿡쿡 웃는다.

고참1 저 벙어리가 한 짓이야. 제 것은 다 먹어치우고 바꿔치기를 했어. 저 녀석은 당뇨라 뱃속에 거지가 들어 앉아 있지.
고참2 정신 차려! 여긴 남의 목구멍에 든 것까지 꺼내 먹는 데야.

푸석푸석한 벙어리 사내가 볼이 미어지게 밥을 퍼먹고 있다. 빈 스푼을 쥔 채 기가 차서 보는 송기열.

11. 중환자실

문을 박차고 직원이 송기열의 멱살을 끌고 들어온다.

직원 실장! 이 사람이 원장님과 독대할 일이 있다며 막무가내로 밀고 들어오는데 대체 교육을 어떻게 시킨 거야?

실장 새끼, 알고 보니 순 또라이지 뭡니까. 맛이 가도 아주 헤까닥 갔어요.

사내들도 끄덕이며 동조한다.

짝코 제발 그놈 좀 다른 동으로 보내주쇼. 어찌나 깽판을 치는지 소란해서 견딜 수가 있어야지.

직원 그럼 누가 보호감시를 해야 할 거 아냐?

실장 조치하겠습니다.

직원 다시는 사무실에 얼씬대지 못하게 해요. 또 그런 일이 있으면 실장 책임이야!

실장 걱정 마십쇼!

직원이 나가자 실장이 송기열을 침상에 우악스레 떠다밀고 후려 팬다. 맞붙어보지만 이내 나뒹굴고 마는 송기열. 고참1이 참견한다.

고참1 그만 해둬! 제 정신도 아닌 사람을 조진다고 돼?

실장 (씨근대며) 쌔끼, 또 그딴 짓하면 파묻어 버릴 거야!

흐르는 코피를 닦는 송기열. 저만치서 짝코가 비죽이 웃는다.

12. 사무실 (밤)

위생복의 취사원과 직원들에게 호통 치는 원장

원장 도대체 칼은 어디다 놨길래 도난을 당했다는 거야?
취사원 (울상) 글쎄 조리대 위에 놔뒀는데 감쪽같이 없어졌지 뭡니까? 이런 일은 처음입니다, 원장님.
원장 당장 각 동을 샅샅이 뒤져 칼을 찾도록 해, 칼! 만약 칼로 사고라도 나면 누가 책임질 거야. 빨리 찾아, 빨리!

13. 중환자실 (밤)

침상 양편에 점호를 취하듯 일렬로 서 있는 사내들. 직원과 취사원이 그들의 몸을 수색하고 있다.

짝코 (송기열을 지적) 저 또라이 좀 홀랑 벳겨 조사해 보드라고.
직원 왜? 무슨 증거라도 있어요?
짝코 정신이상이라 저놈 소행이 틀림없을 거여. 저 놈을 보면 지뢰를 밟고 있는 기분여. 언제 무슨 일이 터질지 도무지 불안해서 살 수가 있어야지.
직원 (송기열 앞으로 가) 어디다 짱박았어, 칼! 말로 할 때 순순히 내놔! 내놔, 빨리!
송기열 여기가 푸줏간도 횟집도 아닌디 칼이 왜 필요하겠습니까? 난 남의 것이라면 그림자도 못 밟는 사람이오. 못 믿겠으면 배라도 째 보쇼. 칼이 들어 있는지.
직원 (몸수색하고) 만약 이 사건이 꼰대 짓이라면 당국에 고발해 사법처리할 거야!

송기열 예, 어떤 벌이라도 달게 받겠습니다.

직원 5동으로 건너가자구!

직원이 취사원과 함께 밖으로 나간다.

실장 곧 취침시간이야. 화장실에 갈 사람 빨리 다녀와!

14. 쓰레기 소각장 (밤)

어둠 속에 쓰레기를 급히 헤치는 손, 이내 날카로운 식칼이 드러난다. 그 칼을 얼른 품속에 감추고 주위를 살피는 송기열의 입가에 비릿한 미소가 스친다.

15. 중환자실 (밤)

사내들이 침구를 펴고 기대앉거나 누워서 TV를 보고 있다. 그 속에 짝코도 모포를 덮고 잠든 척 누워있다. 내심 불안한 빛이다. 송기열이 들어와, 확인하듯 짝코 쪽을 흘끔 본다.

실장 어디 갔다 이제 와?
송기열 예, 화장실에 좀….
실장 거기 문간에서 꿀려.

송기열, 침상으로 올라가 침구를 펴고 벽에 기대어 앉는다. 저만치 맞은 편 침상에 잠든 듯 아무 기척이 없는 짝코. 송기열, 안심이 되는 듯 TV에 눈길을 주면….

16. 송기열의 마을 언덕길 (플래시백)

어린 만석이를 안고 반갑게 손을 흔드는 아내 정미의 아리따운 모습. 저만치 송기열이 전투경찰복 차림에 검은 안경을 쓰고 달려온다.

송기열 여보! 정미…!

마침내 반갑게 만나는 송기열과 정미.

송기열 당신 그전보다 더 이뻐졌네!
정미 (미소 지으며) 앗따, 집에 올 때나 제발 고놈의 검은 앵경 쪼께 벗어부러요. 나도 무서운디 우리 만석이가 얼매나 무섭겠어요?
송기열 (히죽) 자네도 나가 그렇게 무서운가? 하기사 빨치산들은 이 송기열이 앵경 낀 얼굴만 떠올랐다 하면 자다가도 벌떡 일어난다니께.

만석이 운다.

정미 (웃으며) 거 봐요. 당신 앵경 보고 만석이가 울지 않아요?

비로소 안경을 벗고 껄껄대는 송기열, 만석을 안아들고 뺨에 입을 맞춘다. 흐뭇하게 보는 정미.

17. 마을 거리 (포구)

가게마다 굴비두름이 즐비하게 걸려 있고 아기를 안은 송기열과 정미가 즐겁게 온다. 여기저기서 모여들어 송기열을 반갑게 맞이하는 사람들.

송기열 그동안 안녕들 하셨습니까?
마을사람1 어이 기열이 오래간만이여!
마을사람2 자네 출세혔네, 그려!

마냥 흐뭇한 송기열과 정미. 스무 살 가량의 처제(상미)도 뛰어온다.

상미 형부!
송기열 처제 아녀? 그동안 잘 있었는가?
마을사람3 어이, 기열이. 오래간만이여!
마을사람4 자네 경사로 승진혔다며? 축하허네!
마을사람1 자, 가족상봉도 했고, 우리 송 경사 축하하는 의미에서 잔치 한번 벌리드라고!
마을사람2 암, 이렇게 좋은 날 걸판지게 한잔 해야지! 자, 어서 이리들 와! 어서~!

송기열과 정미를 에워싼 채 와자지껄 식당으로 들어가는 마을 사람들.

18. 송기열의 집 방 (낮)

거나하게 취한 송기열이 정미를 안고 쓰러져 몸을 포갠다.

정미 어머머 왜 이래요? 아직 대낮인데 누가 보면 어쩌려고.

아랑곳없이 파고드는 송기열.

정미 성급하기도 해. 내가 그렇게 좋아요?
송기열 자네 보듬어본 지가 언제여? 두 달도 넘었어.

정미를 으스러지게 껴안고 뜨거운 입맞춤을 하는 송기열.

19. 생활관 (현실/같은 밤)

혼자서 상념에 잠겨 한숨을 쉬는 송기열. 건너편 침상에 잠들어 있는 짝코를 증오로 쏘아본다. 소등을 한 실내에 달빛만 고즈넉하다. 송기열, 살금살금 통로로 나오더니 짝코에게 다가가 그의 침상 머리맡에 걸터앉는다. 여전히 모포를 쓴 채 쥐죽은 듯 꼼짝도 않는 짝코.

송기열 (나직이) 새끼, 나를 두고 잠이 와? 아무리 살아보려고 수작 떨어도 헛거여. 너 같은 놈은 법적으로 시효만기가 없는 게 시방도 현행범이나 다름없단 말여.
짝코 (침묵) ….
송기열 니놈도 그때 생각나지?

요란한 총성이 겹치며─

20. 지리산 계곡 (플래시백)

콩 볶듯 요란한 총성. 낡은 레닌모에 턱수염이 시커먼 짝코가 기관단총을 든 채 허둥지둥 도망치다가 굴속에 숨는다. 총을 갈기며 들이닥치는 송기열.

송기열 (총을 겨누고) 나와! 빨리 나와!

고함소리가 엄청난 진폭으로 계곡을 울린다. 짝코가 총을 들고 나온다. 총을 뺏어드는 송기열, 짝코를 잡아채어 바위에 돌려 세운다.

송기열 개새끼! 네놈이 짝코제?
짝코 (완강히) 아녀. 아녀라우.
송기열 (총부리로 짝코의 코를 쑤시며) 이 콧구멍이 증명을 하는 디도 네놈이 짝코가 아니란 말여?
짝코 진짜 짝코는 따로 있습니다요.
송기열 좋아. 그럼 증인을 댈 것잉께. (계곡에 대고) 야, 복만아! 복만아!

이윽고 계곡 아래에서 갓 20대의 새파란 전경이 총을 들고 허둥지둥 뛰어온다. 복만이다.

송기열 복만아! 빨리 와! 이 새끼가 짝콘가 아닌가 확인 좀 해봐라!

짝코를 쏘아보는 복만.

송기열 이 새끼가 짝코란 놈이 틀림 없제?

증오와 적개심으로 치를 떠는 복만의 이글거리는 눈.

21. 어느 마을 (밤/복만의 플래시백)

사방에 불길이 치솟아 오르고 곡식을 지게에 진 마을사람들 앞에 나타나는 짝코와 공비들.

짝코 출발!

지게 대열이 공비들을 따라 움직여 간다. 짝코, 구덩이로 달려간다. 굴비처럼 엮인 채 줄줄이 서 있는 주민들. 짝코가 다가와 맨 끝에 선 주민의 발을 걷어찬다. 한 사람이 구덩이로 떨어지자, 잇달아 한꺼번에 달려 들어가는 주민들.

짝코 (부하에게) 묻어!

공비들이 구덩이에 흙을 퍼 넣는다. 짝코, 이번에는 한편에 결박을 당한 채 서 있는 복만의 아버지를 구덩이 속에 밀어 떨어뜨리고 기관단총을 난사한다. 흙더미 속에 피를 쏟으며 절명하는 복만의 아버지. 숲 속에서 그 광경을 지켜보고 있던 고등학생 복만이 오열을 깨문다.

22. 지리산 계곡

결박을 당한 짝코를 치를 떨며 쏘아보는 전경 복만.

복만 개새끼! 우리 아부지를 죽인 원수! 네놈을 잡으려고 경찰이 된 거여. 너도 한번 죽어봐!

총을 갈기려는데 재빨리 가로막는 송기열.

송기열 안 돼! 이 새낀 죽이면 안 돼! 살려서 데려 가야 혀! (짝코에게) 가 임마!

짝코를 앞세운다. 이때 지대장과 서너 명의 전경들이 나타난다.

송기열 지대장님! 이 새끼가 바로 짝콥니다.
지대장 악명 높은 짝코란 놈도 결국은 송 경사의 손에 잡히고 말았구먼.
송기열 요 새끼는 내 손으로 직접 끌고 가겠습니다.
지대장 누구 하나 안 따라가도 되겠어?
송기열 염려 마십쇼. 나가 누굽니까!
지대장 좋아, 그럼 우리는 샛터 쪽으로 계속 수색할 테니까 곧장 지대본부로 압송하도록.
송기열 알겠습니다. (짝코를 떼밀며) 가 임마!

앞장 선 짝코의 등에 총부리를 들이대고 계곡을 내려간다.

23. 다른 계곡

비척거리는 짝코를 앞세우고 오고 있는 검은 안경의 송기열.

송기열 (발로 차며) 싸게 싸게 걸어 임마!

짝코 (가쁜 숨을 내쉬며) 너무 허기가 져서 그래요. 며칠을 아무것도 못 먹었어라우. 지발 덕분에 물이나 쪼께 요기하고 갑시다요.

송기열 잔소리 말고 싸게 걸어!

짝코, 몇 발자국 걷다가 기진맥진 털썩 주저앉는다.

송기열 얼래! 이 새끼 좀 보소!

짝코 (숨이 가빠) 어짜피 죽을 목숨 아니요. 목이나 좀 축여주쇼.

송기열도 갈증이 나는 듯 짝코 곁에 앉아 수통을 꺼내더니 꿀꺽꿀꺽 물을 마신다. 마른 침을 삼키는 짝코.

송기열 받아먹어 임마!

수통의 물을 흘려준다. 그 물을 감질나게 받아먹는 짝코.

짝코 휴, 그러고본께 나도 엔간히 버텼구만이라우.

송기열 쌔애끼, 그거이 자랑시러 임마? 네놈 하나를 잡기 위해 그동안 얼마나 많은 시간을 낭비허고, 얼마나 많은 병력이 투입되었는지나 알어? 그 일을 생각허면 당장이라도 대갈통을 벌집을 맹글고 싶지만 참는 거여.

짝코 나도 나지만 참 엔간히 끈덕지고 악착같구만요.

송기열 짜식, 내가 독종인 줄 인자 알았어 임마?

짝코 과연 송기열 경사님은 알아줄만 허구만이라우.

송기열 쌔끼가…!

짝코 이름을 함부로 불러서 미안합니다요.

송기열 허기사 네놈들이 이 송기열이를 모른다면 진짜 빨치산이 아니제 잉?

짝코 장허십니다요.

송기열 이 새끼가 비꼬는 거여? 저승에 가서 인민재판에 걸려고?

짝코, 쿡 웃는다.

송기열 겨우 초등학교 나온 놈이 대공사찰계 경사라면 알 만하잖어, 임마. (보란 듯이 검은 안경을 벗어 먼지를 훅 불고는 다시 낀다.)

짝코 나 덕분에 또 특진을 하겠구만요, 현상금도 타고….

송기열 그걸 말이라고 해. 금테 모자 쓰고 조용한 데 가서, 지서장이나 한자리 해먹을란다.

짝코 나는 어떻게 되겠능가요?

송기열 몰라서 물어? 너 같은 악질 거물은 보나마나 총살여, 총살!

짝코 휴…. (한숨)

송기열 시간 없어! 그만 일어나, 임마! (짝코를 잡아 일으킨다.)

24. 숲 속

저만치 짝코를 앞세우고 오는 송기열. 이윽고 짝코가 인상을 쓰며 주리를 튼다.

짝코 아이구! 아이구…!

송기열 갑자기 뭔 지랄이여?

짝코 아이구! 뒤 좀 보게 해주시쇼. 아구 배야! 아이구….

송기열 쪼께만 더 가면 지대본부여. 갈 때까지만 참어 임마.

짝코 아이구! 금방 터져 나올 것 같아요. 허리끈만 쪼께 풀어주시요.

송기열 (발로 차며) 닥치고 싸게 걸어, 임마!

짝코 거시기… 금을 드릴 것잉께 지발 사정 좀 봐주시쇼.

송기열 뭐? 금…? 어딨어 금?

짝코 바로 요 군화 속에….

송기열 이쪽이여, 이쪽이여?

짝코 이쪽이라우. (주저앉는다.)

송기열이 짝코의 워커를 벗긴다. 순간 눈이 휘둥그레지며 어처구니가 없는 송기열. 발가락에 누런 금가락지가 끼어 있다.

송기열 워메, 이 새끼 보소. 발가락에다 보석상 차렸네! 어디서 났어, 이거?

짝코 부락에 들어가 보급투쟁하면서….

송기열 죽일 놈! 남들은 손에도 못 끼는 반지를 발가락에다 껴?

금반지를 뽑아 주머니에 넣고 한쪽 워커도 벗긴다. 그 속에서 훈장 하나가 툭 떨어진다. 그것을 얼른 집어보는 송기열.

송기열 뭐여, 이건?

짝코 훈장이구만요. 영웅훈장….

송기열 그려. 니놈 죄상을 보면 영웅훈장을 받을 만도 하지. 이것도 증거물로 압수하겄어. (집어넣는다.)

짝코 다 줄 것잉께 제발 한번만 봐 주시쇼. 나같은 놈 잡아다가 총살허면 뭐 할 것이요. 한번만 눈 감아주시요, 예?

송기열 새끼! 내가 이따위 것에 넘어갈 줄 알어, 임마! 얼른 이거나 신어.

짝코 아이쿠, 아구 배야! 그나저나 우선 급한 것이나 쪼께 면해 주시쇼? 금방 터질 것 같아요!

송기열 저승길하고 뒷간 길은 남이 대신 못 간다는디…. 그려, 봐주제.

짝코를 일으켜 요대를 풀어준다. 순간, 빡! 하고 뒤통수로 송기열의 면상을 박치기 하는 짝코. 비명과 함께 나동그라지는 송기열, 깜빡 정신을 잃는다. 몸을 결박당한 채 어느덧 저만큼 총알같이 내빼는 짝코. 이윽고 정신을 차리며 가까스로 몸을 일으키는 송기열. 코와 입에 피범벅이 된 채 입 속에서 부러진 앞니 하나를 손바닥에 뱉어낸다.

25. 중환자실 (밤/현실)

모포를 휘감고 누워 있는 짝코를 증오에 차 쏘아보고 있는 송기열.

송기열 개새끼. 아무리 나를 미친놈으로 몰아도 좋아, 임마. 어짜피 니 목숨은 내 손에 달려 있응께.
짝코 (죽은 듯) ….
송기열 (히죽이) 이제 너는 내 꺼여, 내꺼….

참다못해 벌떡 몸을 일으키는 짝코.

짝코 실장! 실장! 이 또라이 좀 조치해 주드라고! 밤중까지 설쳐대니 도무지 잠을 잘 수 있어야지!

그 고함에 놀라 잠을 깨는 실장과 몇몇 사내들.

실장 저게 왜 또 지랄이야! 잠도 안 자고.

짝코 귀신한테 시달리고 말지 이러다 나까지 돌겠어!

실장 (송기열에게) 죽고 싶어? 빨리 네 자리로 못가? 가, 빨리!

송기열이 어슬렁어슬렁 자기 자리로 간다. 짝코와 실장도 다시 잠자리에 든다. 2시 30분을 가리키고 있는 벽시계. 숨을 죽이고 살며시 모포를 들치고 보는 짝코. 저만치 어둠 속에 지켜 앉은 송기열의 안경알 두 개가 하얗게 빛을 발하며 동그랗게 떠있다. 오싹 소름이 끼치는 짝코, 얼른 모포를 뒤집어쓴다. 여전히 어둠 속에 짝코를 지켜보는 송기열의 안경알이 유령처럼 섬뜩하다.

26. 갱생원 전경 (새벽)

여명이 밝아 온다.

27. 생활관

사내의 시체 하나가 들것에 실려 나간다. 그 광경을 보는 사내들의 표정이 하나같이 남의 일 같지 않다. 송기열과 짝코도 허망하다.

실장 죽어 나가는 거 첨 봐? 기상했으면 빨리빨리 세면들이나 해!

사내들이 세면도구를 챙겨 들고 밖으로 나간다. 송기열도 짝코를 흘끔 보고 나간다. 짝코, 벙어리 사내를 붙잡아 세운다.

짝코 잠깐 나 좀 봐. 어제 들어온 또라이 알지? 안경쟁이. (두 손으로 안경 모양을 만들어 보인다.)

벙어리 (끄덕이며) 에헤헤.

짝코 조용한 기회가 생기면 내가 요 손가락으로 오른쪽 콧구멍을 쑤실 것잉께. 그때, 앵경을 확 뺏어서 발로 자근자근 밟아부러.

벙어리 (끄덕이며) 에… 에….

짝코 그럼 어디 한 번 해봐.

짝코, 지그시 눈을 감으며 손가락으로 오른쪽 콧구멍을 쑤신다. 벙어리, 안경을 확 덮쳐 발로 자근자근 밟는 시늉을 하며 낄낄댄다.

짝코 (흡족한 듯) 됐어. 사람이 많이 있을 때 하면 안 되아. 아무도 없을 때, 앵경쟁이 그놈하고 우리 둘만 있을 때 하는 거여?

재미있다는 듯 낄낄대는 벙어리.

28. 의무실 앞 (오전)

실장이 의사와 간호원을 데리고 나온다.

29. 중환자실

실장을 따라 의사와 간호원이 들어온다. 사내들이 자세를 고쳐 앉는다.

의사 (송기열을 가리키며) 저 영감님 말인가요?

실장 네. 증세가 아주 심합니다. 저희들 노약자들로선 감당하기가 어렵습니다. 의사병원 진단서엔 편집증이 좀 심하다는 기록밖엔 정신질환에 관한 것은 없던데.

짝코 (나서며) 병원에서 오진을 했을 겁니다요. 저놈 제정신이라곤 코털만큼도 없는 놈입니다. 제발 다른 동으로 좀 보내주시오. 부탁입니다요.

의사 사정은 알겠지만 각 동이 만원이라서 당장은 곤란합니다. 자, 검진이나 합시다. (짝코에게) 요즘 차도가 좀 있나요?

짝코 이게 어디 쉽게 낫는 병인가요.

의사 간호사, 이 양반 거즈 좀 갈아드려.

간호원이 다가와 짝코의 옆구리에서 거즈를 떼어낸다. 수술자리가 아물지 않아 진물이 번져 있다.

송기열 (옆사람에게) 무슨 병이래요?

사내1 당뇨병이 있는데다가 맹장수술 받고 상처가 쉽게 아물지 않는 모양이야. 게다가 또 합병증으로 복막염까지 생겨서 언제 죽을지 모르는 사람이지.

송기열, 짝코 쪽으로 눈길을 준다. 치료를 마치는 의사. 간호원이 환부에 거즈를 붙여준다.

짝코 (의사에게) 저 한 가지 부탁이 있는디요….

의사 말해 봐요.

짝코 내가 죽으면 이 눈을 기증하고 싶은디… 가능할까요?

의사 눈을요?

눈이 둥그레지는 송기열.

짝코 아직 바늘구멍에 실 꿰는 정도는 거뜬한께라우.

의사 어쨌든 갸륵한 생각입니다. 실명자를 위해 귀중한 눈을 기증하겠다니.

짝코 꼭 좀 부탁합니다요.

의사 알겠습니다. 병원 측과 의논해서 가부를 알려 드리죠. 이식이 가능한 시력인지 검사를 해야 하니까요.

짝코 감사합니다요.

이때 벌떡 자리를 차고 일어서는 송기열.

송기열 안 되야! 다른 사람은 몰라도 저놈의 눈깔만은 절대 안 되야.

실장 왜 또 발광이야! 이리 나와!

송기열 (아랑곳 않고) 안 되야. 절대로 안 되야. 저놈 눈깔이 다른 사람에게 박히면 그 사람은 제2의 짝코가 됩니다요. 저놈 눈깔은 살인마의 눈깔이고 빨갱이의 눈깔이여.

그 소리에 흠칫하는 짝코. 재채기를 하다가 손으로 콧물을 닦는다. 그 순간, 벙어리가 송기열에게 달려들어 안경을 확 덮치더니 통로에 놓고 아작낸다.

송기열 (안경을 찾아 더듬거리며) 내 눈! 내 눈!

실장 아니, 저 벙어리 자식도 돌았나?

고참1 못된 놈. 남의 눈을 왜 그래!

더듬거리다가 안경을 집는 송기열. 한쪽 알이 깨져나간 외눈박이 안경을 뒤집어쓴다.

30. 화장실

짝코가 벙어리를 꾸짖고 있다.

짝코 이 자식아, 콧구녕을 쑤시면 하라구 했잖여. 사람들이 다 있는디 무슨 짓이여.

횡설수설 변명하는 벙어리.

31. 중환자실

휴식을 취하고 있는 사내들. 송기열이 다리가 끊어진 안경에 끈으로 테를 매어서 쓴다. 밖에서 실장이 들어온다.

실장 집합! 미화작업을 할 테니까 거동이 불편한 사람만 제외하고 모두 화단 앞으로 집합하도록. 그리고 어제 들어온 신입자들은 곧장 목욕탕으로 갈 것.

32. 목욕탕

욕조 안으로 들어가는 행려자들과 송기열.

33. 목욕탕 입구

짝코가 슬며시 들어와 헝겊에 돌멩이를 싸더니 그것으로 벽에 걸린 거울을 빡 깬다. 금이 쩍 가는 거울.

34. 아지트 안 (플래시백)

손거울의 뒷면 수은을 유리조각으로 긁고 있는 여자의 손.

35. 중환자실 (낮/현실)

구석에 혼자 앉아 유리조각으로 깨어진 거울 쪽의 뒷면을 싹싹 긁고 있는 짝코. 깔아놓은 종이 위에 미세한 수은가루가 반짝이며 떨어진다.

36. 아지트 안 (플래시백)

손거울 뒷면을 유리조각으로 싹싹 긁고 있는 여공비 점순의 결의에 찬 모습.

37. 중환자실 (현실)

여전히 거울 쪽의 뒷면을 긁고 있는 짝코. 문득 동작을 멈추면.

38. 아지트 안 (플래시백)

반합 뚜껑에 담긴 수은가루에 물을 부어 그것을 마시려는 점순. 순간, 반합 뚜껑을 손으로 후려쳐 떨어뜨리는 짝코.

짝코 뭔 짓이여? 왜 수은가루를 먹으려는 거여?

점순 (울먹이며) 죽을 거여. 죽게 놔 둬.

짝코 점순이, 점순이는 시방 홀몸이 아녀. 뱃속에는 우리들의 핏덩이가 들어 있단 말여.

점순 몰라, 몰라. (운다.)

짝코 나야 안 되지만 새끼를 위해서는 점순이만이라도 산을 내려가. 자수하면 살 수 있다고 비행기에서 삐라도 뿌렸잖어.

점순 (도리질) 휴전이 되었는디 이제 다 틀렸어. 여맹 연락부장까지 하고 빨치산까지 된 내가 자수를 한다고 어떻게 살어? 산에서 내려가면 이쪽에서 죽일 꺼고, 내려간다 해도 저쪽 사람들이 가만 둔당가요? 어디서나 죽기는 마찬가지여.

밖엔 총소리와 요란한 포성.

짝코 암튼 따라와! 시방 토벌대들이 흔들바위 앞까지 포위해 오고 있어. 여기 있다가는 둘 다 개죽음을 당한단 말여. 싸게 따라와!

만삭이 되어 걷기도 불편한 점순을 이끌고 밖으로 나가는 짝코.

39. 지리산 계곡

포화 속에 도망쳐 오는 짝코와 점순. 공비들도 뿔뿔이 도망쳐간다. 사방에 터지는 포탄과 총소리. 계속 달리고 달리는 짝코와 점순. 앞서 도망치던 공비 하나가 총을 맞고 나뒹군다. 쫙 깔려 포위하고 있던 전경대원들이 일제히 사격한다. 너울거리듯 도망치고 도망치는 짝코와 점순의 필사적인 모습이 슬로우 모션으로 계속되다가 서서히 멎어서면. 더벅머리의 공비 하나가 두 사람 앞에 다가와 선다.

공비 대장 동무! 지금 외팔이 부대도 박살이 나서 이쪽으로 쫓겨 오고 있소. 더 이상 도망칠 구멍이 없어요. 싸우다 죽을 수밖에….
짝코 빌어먹을! 싸우다 죽을래도 실탄이 있어야제.

작열하는 포탄과 총소리. 공비, 도망쳐 간다. 짝코, 점순을 데리고 가서 숲 속에 숨겨 주더니 권총을 손에 쥐어준다.

짝코 잡히면 말여 순순히 끌려가든가 아니면 이 권총으로 자살을 하든가 혀.
점순 나사 죽을 결심이 섰응께 내 걱정 말고 거그나 어서 가보드라고요. (눈물이 괸다.)

짝코, 눈울음이 일렁이더니 돌아서서 그대로 뛰어간다. 그 모습을 울먹이며 바라보는 점순. 짝코도 달리다가 돌아서서 이쪽을 안타깝게 본다. 끝내 오열을 터뜨리는 점순. 그의 글썽한 시야로 저만치 사라져가는 짝코.

40. 의무실 앞 (오후/현실)

원장과 직원의 배웅을 받으며 의사와 함께 앰블런스에 올라타는 짝코. 이때 생활복으로 갈아입은 송기열이 정신없이 뛰어온다.

송기열 안 되야! 저놈은 빨갱이여! 놓치면 당신들 책임인께 알아서 혀!

직원1이 송기열의 팔을 낚아 잡는다. 떠나는 앰뷸런스.

송기열 (몸부림치며) 놔! 저 놈은 빨갱이란 말여! 놔! 놔!

그 절박한 모습이 스톱 모션.

41. 갱생원 담장

절룩거리며 달려와 담에 매달리는 송기열. 넘으려고 기를 쓰는데-

소리 (남자의) 어이! 이봐!

송기열, 소리 난 쪽을 본다. 저만치 경비초소에서 경비원이 나와 손짓을 한다.

경비원 이리 와. 허튼 짓하지 말고 이리 오란 말야!

낭패감에 맥이 풀리는 송기열.

42. 텅 빈 중환자실

직원에게 끌려 들어오는 송기열. 침상에 사정없이 내팽개쳐진다.

직원 거기서 꼼짝도 말아. 밖에 나오면 가만 두지 않을 거야!

밖으로 나간다. 몸을 일으켜 벽에다 털썩 등을 기대고 앉는 송기열, 끓어 오르는 울분을 깨문다. 그 안타까운 모습에.

43. 짝코의 고향, 대장간 앞 (밤/플래시백)

주위를 두리번거리며 스적스적 다가오는 짝코. 남루한 차림에 턱수염이 까칠하다. 짝코, 잠시 주위를 살피고 대장간으로 숨어들어간다.

44. 대장간 안

들어서는 짝코. 불가마와 모루쇠, 벽에 걸린 녹슨 연장들을 잠시 감회 깊게 둘러보다가 대장간을 지나 안채로 간다.

45. 짝코의 집 안채/뒤꼍

조심스레 다가오는 짝코. 멈칫 선다. 노파가 상에다 촛불을 켠 채 정화수를 떠놓고 정성스레 빌고 또 빈다. 짝코의 어머니 곡성댁이다. 그 모습을 글썽하게 바라보고 있는 짝코.

짝코 (목이 메인 채) 어머니…!

곡성댁 (문득) 뉘, 뉘시다요?

짝코 어머니! (다가선다.)

곡성댁 공, 공산이 아녀? (몸을 일으킨다.)

짝코 예. 접니다요.

곡성댁 (칠 듯이 달려들며) 이 모진 놈아…!

짝코 어머니!

곡성댁을 왈칵 부둥켜안는다. 한동안 소리죽여 흐느껴 우는 두 사람. 그대로 무너져 앉는다.

곡성댁 (이윽고 짝코의 얼굴을 어루만지며) 시상에…! 산에 들어간 사람들은 다 죽었다는디 5년 동안이나 어디서 숨어 산 거여?

짝코 삼월리 문둥이 촌에서 머슴살이를 했어라우.

곡성댁 삼월리 문둥이 촌이라면 날짐승도 피해 간다는디….

짝코 견디다 못해 북으로 도망갈 결심을 하고 마지막으로 어머니 얼굴이나 한 번 볼까 하고….

곡성댁 마지막이라니… 뭔 소리여?

짝코 들짐승도 죽을 때는 고향 언덕 쪽으로 머리를 둔다는디…. 어머니를 안 보고는 차마 발길이 떨어져야제….

곡성댁 가다니 이놈아! 인자는 죽어도 못 가.

짝코 지가 여그 있다가는 어머니까지 죽게 되어라우.

곡성댁 니놈 오면 숨겨 줄라고 에미가 굴을 맹글어 놨어. (주위를 살피며) 누가 볼라. 어서 그리 가자. (짝코를 데리고 간다.)

46. 헛간

곡성댁과 짝코가 들어온다. 곡성댁, 구석에 쌓인 솔가지와 짚단을 한쪽으로 옮긴다. 그리고 널판대기를 열자 그 밑에 시커먼 구덩이가 드러난다. 순간 핑 눈물이 어리는 짝코.

곡성댁 이 굴이 에미 뱃속이라 생각하고 여그서 숨어 지내다보면 언젠가는 설마 용서받을 날이 있겄제. 어서 들어가. 요즈막에도 지서 순사들이 조석으로 찾아와, 어서. 내 곧 밥 해줄 것잉께….

짝코, 굴속으로 들어가 앉는다. 이때 느닷없이 검은 안경에 권총을 든 송기열이 들이닥친다.

송기열 꼼짝 말고 나와 이 새끼! 나와! 안 나오면 쏘아 버릴 거여!

하얗게 질린 짝코가 굴에서 기어 나온다.

곡성댁 (송기열에게 매달리며) 이봐요! 지발 이 늙은 것을 봐서 한번만 용서해 주시기라우. 이놈은 낫 놓고 기역자도 못 그리는 무지랭이라우.
송기열 (곡성댁을 밀치고 짝코에게) 기둥 잡고 돌아서!

짝코, 두 손으로 헛간 기둥을 잡고 상체를 숙인다.

송기열 자세 낮춰. 발 붙이고!

발을 모으는 짝코의 바짓가랑이로 절절 오줌줄기가 흘러내린다.

송기열 니놈 체포하려고 자그만치 5년 동안이나 잠복한 나여!

포승을 꺼내 짝코를 결박하고 두 손을 묶는다.

곡성댁 (울며 매달린다.) 나으리! 죄가 있담사 이놈을 앞잽이로 꾀어낸 그 놈들이지라우. 이놈이 무슨 공산주의 공자나 안다요. 지발 살려주시기라우.
짝코 송 경사님, 참말로 징하요. 부모님 상(喪)도 삼년이 넘으면 잊어 분다는디….
송기열 개나발 불지 마. 임마!

계속 포승을 묶는데, 곡성댁이 덥석 송기열을 잡고 늘어진다.

곡성댁 이놈아 도망쳐! 도망쳐!

화다닥 튀는 짝코. 곡성댁을 뿌리치고 뒤쫓는 송기열. 짝코, 저만치 어둠 속으로 내뺀다. 거기다 권총을 겨누는 송기열의 다리를 필사적으로 낚아 안는 곡성댁. 그 바람에 대장간 문턱에 넘어지는 송기열. 어둠 속으로 도주하는 짝코를 향해 여섯 발을 한꺼번에 다 쏘아버린다. 탕, 탕, 탕… 어둠을 울리는 요란한 총성−

47. 지서 (아침)

테이블 위에 놓인 권총을 집어 들고 보는 지서장 복만.

복만 자네 이리 와.

고개를 떨구고 있던 송기열이 의자에서 일어나 테이블 앞으로 온다.

복만 이 권총 어디서 났어?

송기열 (보다가) 복만이 아녀?

복만 아니 송 경사님!

송기열 반갑구먼. 헌디 언제 지서장이 된 거여?!

복만 (빙긋) 한 반년 됩니다. 악질공비 육손이놈을 체포했지 뭡니까. 그 덕에 특진을 했습니다.

송기열 그려? 잘했구먼….

복만 그리 좀 앉으시죠.

송기열이 복만과 마주 앉는다.

복만 (권총을 들고) 이건 어디서 났습니까. 선배님?

송기열 토벌 당시 산에서 주운 거여. 그 무렵에는 누구나 주운 사람이 임자 아녔능가.

복만 (단호히) 아시겠지만 불법무기 휴대는 안 됩니다. 짝코 놈을 발견했으면 지서로 신고해서 우리가 잡도록 하잖고, 민간인이 왜 그런 섣부른 짓을 했습니까?

송기열 자네도 잘 알잖여? 그 놈 때매 파면을 당하고 이렇게 신세까지 망친 것을….

복만 암튼 이 총은 압수합니다. (권총을 책상 서랍에 넣고) 아직 식사도 못했지요? 어이 김 순경, 대성옥에 전화해 장 마담 좀 대.

48. 대성옥 손님 방 (낮)

자못 육감적인 모습의 장마담이 복만의 잔에 술을 딴다.

장 마담 요즘은 왜 뜸하시데요? 지서장님 보고 싶어 미치겄는디.

복만 내가 그렇게 좋아? (장마담의 가슴으로 손을 넣는다.)

장 마담 (몸을 꼬며) 아이, 몰라. 손님도 계신디.

술상에 마주앉은 송기열이 민망해 시선을 피한다.

복만 괜찮아. 왕년에 동고동락 하던 사인데 뭐. (송기열에게) 기왕지사 선배님도 찐하게 한잔 하시는 게 어떻겄습니까? 자빠진 김에 쉬어 간다고.

송기열, 묵묵히 술잔만 기울인다.

복만 촌구석에서 이런 재미도 없으면 지서장을 무슨 맛으로 해먹겠습니까. 선배님도 삼삼한 애로 하나 불러 드릴까요?

송기열 많이 변했군, 자네도.

복만 세상이 다 그런 거 아닙니까? 왕년에 끗발 날리던 선배님이 지금은 별 볼일 없듯이 말입니다.

송기열 (잔을 비우고) 그만 가봐야겠네.

복만 잠깐!

송기열 …?

복만 저, 부탁이 하나 있는데, 지금 놀고 계시면 제 밑에서 밀대 일이나 봐주시면 어떻겠습니까?

송기열 밀대라니?

복만 숨어 있는 빨갱이 놈들을 비밀리에 탐색해서 내게 살짝궁 귀띔만 해주시면 용돈은 안 떨어지게 배려하겠습니다.

송기열 그럼 날더러 밀고자가 되어 달란 말인가?

복만 왜? 싫어요? 껀수만 많이 올리면 선배님도 좋고, 나도 이까짓 지서장 때려치우고 도경으로 빠질 수 있는데. 그렇게만 되면 내가 선배님 복직도 힘써 보겠습니다.

송기열 개 같은 놈! (쏘아보는 눈에 핏발이 선다.)

복만 뭐? 말 다했소?

장 마담 어머, 왜들 이러신다냐! 참아요, 지서장님! (만류)

복만 (뿌리치며) 놔! 지금도 내가 당신 똘마닌 줄 알아? 함부로 주둥이 놀리면 가만 두지 않겠어!

대꾸 대신 그대로 술상을 뒤엎어버리는 송기열. 장마담의 비명이 날카롭다. 음식물을 뒤집어쓴 채 비척거리며 대드는 복만을 그대로 후려갈기는 송기열. 나뒹구는 복만에게 달려들어 발로 짓밟고 또 짓밟는다. 으깨어지는 듯한 복만의 비명소리가 낭자하다.

49. 고향마을 거리 (낮)

비가 내린다. 그 질척한 길을 초라한 모습의 송기열이 밀짚모자를 눌러쓴 채 터덜터덜 걸어온다. 송기열, 굴비가게 주인을 보고 멈춰 선다.

송기열 안녕하십니까, 아저씨!

모자를 벗고 인사하는 송기열의 머리칼이 짧다. 가게 주인, 못 본 척 인사도 안 받고 냉랭하게 외면한다. 송기열, 의아하고 멋쩍은 빛으로 다시 거닐어 가는데.

소리 (상미의) 형부!

그 소리에 주춤하는 송기열. 길가의 처마 밑에서 아기를 업고 비를 피하고 있던 처제 상미가 반색을 한다.

송기열 처제! (다가간다.)

상미 오랜만여요, 형부!

송기열 결혼했구만. (아기를 어루만지며) 잘 생겼네, 고놈.

상미 소식도 없이 그동안 어디서 지내셨당가요?

송기열 폭행죄로 형무소에서 이태를 썩고 나오는 길이여.

상미 (눈물이 괴며) 형부는 어쩜 그리도 일이 꼬인대요.

송기열 다 짝코 그놈 때문이지. 그건 그렇고 만석이 놈은 잘 있능가? 금년에 여섯 살이지? 오랜만에 그놈 좀 보러왔네. 피붙이라곤 그놈밖에 더 있는가?

상미 (고개를 떨어뜨리며 도리질) ….

송기열 왜? 고놈한테 뭔 일이 생겼는가?

상미 … 죽었어요.

송기열 죽다니? 아니, 왜?

상미 (울먹이며) 면목 없어요. 지난겨울은 좀 추웠능가요? 어린 것이 그 추위도 무릅쓰고 산에 올라가 형부 오기만 눈이 빠지게 기다리다 어느 날 몸이 불덩이가 되어 돌아왔지 뭐여요.

송기열 ….

상미 약도 지어 먹이고 온갖 짓을 다했는디도 차도가 없이 형부만 찾드니 그만 사흘 만에 눈을 감고 말았어요.

송기열 (아픔이 괴어든다.) ….

상미 참말로 아까운 것 쥑였어요. 형부도 소식이 없고, 할 수 없이 언니 곁에다 뉘어주었구만요.

말문이 막히는 송기열.

50. 마을 뒷산 (오후)

크고 작은 두 개의 무덤 앞에 우두커니 앉아 있는 송기열. 이윽고 깊은 한
숨을 내쉬더니 낫을 들고 무덤의 풀을 베어준다. 그러다가 망연히 산 아래
를 내려다본다. 질펀하게 펼쳐진 황량한 개펄. 석양을 받고 해홍채(海紅
彩)만 불붙은 듯 빨갛게 타고 있다.

51. 중환자실 (현실)

침상에 엎드려 흐느끼고 있는 송기열. 들어오던 사내들이 의아하게 본다.

52. 의무실 앞 (밤)

앰뷸런스가 도착하고. 짝코가 차에서 내려와 막사 쪽으로 스적스적 걸어
간다.

53. 중환자실

문이 열리며 짝코가 들어온다. 일제히 짝코를 노려보는 사내들. 송기열도
안도의 빛이 떠오른다. 짝코, 뭔가 이상한 공기를 느끼고 송기열을 힐끗

쳐다보더니 태연스레 자기 자리로 간다.

실장 눈은 어떻게 하기로 했어?

짝코 (침상에 앉으며) 죽으면 바로 뽑기로 결정봤구만.

실장 그건 그렇고. 한 가지 물어볼 것이 있는데….

짝코 (본다.) …?

실장 오늘 송기열이를 죽 지켜봤는데 정신이상자가 아닌 것 같아. 그렇다면 송기열이 찾고 있는 짝코가 바로 자네 아니야?

사내들도 동조하듯 *끄덕*인다.

짝코 허어, 무슨 농담을 그렇게 한다요! 여러분도 내 이력을 잘 알잖어. 1950년 공산군이 남침을 하자 당당히 국군에 입대해서 수복이 될 때까지 낙동강 전선에서 적과 싸웠으며, 휴전이 되자 예비역 육군 상사로 무공훈장까지 받은 내 빛나는 이력을 말여.

실장 지금까지 우리도 그렇게 알아왔지. 그런데 송기열이의 말을 듣고 보니 그게 아닌 것 같아.

짝코 그럼 날 고발하겠다는 거여, 뭐여?

실장 해야지. 그게 실장인 내 책임이니까.

짝코 허허 참, 이거 생사람 잡네여.

고참1 (누운 채) 그만들 둬. 피차 죽어가는 마당에 새삼스럽게 이제 와서 빨갱이면 어떻구, 망실공비면 어쩔 테야.

고참2 하기야 언제 죽을지도 모르는데 그런 건 따져서 뭘 해.

짝코 그야 두말하면 이빨에서 땀 나제.

어물쩍대는 짝코를 독하게 쏘아보는 송기열.

54. 공중화장실 (같은 밤)

사내들이 소변을 보고 있다. 짝코가 화장실로 들어간다. 그 뒤를 잽싸게
따라 들어가는 송기열.

55. 화장실 안

송기열이 화장실 천정 틈에 은닉해 둔 칼을 쓱 꺼내 찌를 듯 짝코의 목에
들이댄다.

송기열 떠들면 그대로 쑤셔불 거여!

짝코 (진땀이 솟으며) 30년이나 흘러버린 지금에 와서 대관절 어떻게 허겠다는
거여?

송기열 나랑 같이 갈 디가 있어 이놈아!

짝코 경찰에…?

송기열 그때 나를 파면했던 지대장한테 가는 거여. 가서 내 억울함을 해명하란
말여!

56. 지대본부 (플래시백)

지대장의 테이블 위에 놓인 금가락지. 그 곁에 고개를 숙이고 있는 송기
열. 지대장이 들어온다.

지대장 당장 옷 벗어!

송기열 지대장님, 억울합니다. 정말 억울합니다요.

대장 (가락지를 지적하며) 이렇게 증거물이 있는데도 짝코를 놓쳤다는 게 말이나 되는 소리야?

송기열 이 이빨을 보십쇼.

앞니가 빠진 잇몸을 드러내 보인다.

대장 글쎄 그건 짝코 놈을 놓아 주기 위해 꾸민 계략이란 말야.

송기열 계략이라뇨?

대장 그동안 자네의 전과를 참작해서 상부에서도 더 이상 확대하지 않겠다니까, 당장 옷 벗으라구.

고개를 꺾으며 오열을 깨무는 송기열.

57. 마을 길

비가 내린다. 그 빗속을 파면당한 송기열이 만취가 되어 쓰러질 듯 비척거리며 오고 있다.

58. 송기열의 방

정미가 방문 여는 소리에 돌아본다. 비척거리며 들어와 무너지듯 주저앉는 송기열.

송기열 빌어먹을! 다 끝장이여!

정미 자기가 그런 사람인 줄은 몰랐어요. 동네 창피해서 어떻고 낯을 들고 살아요?

송기열 뭐여?

정미 내가 언제 금가락지 끼워 달라고 했어요? 그까짓 가락지에 사람이 어찌 그렇게 눈이 뒤집힌대요?

송기열 뭐가 어쩌고 어째! 이젠 너까지… 나를…!

정미를 후려갈기고 밖으로 비척거리며 나간다. 눈울음이 가득 일렁이는 정미, 결연한 빛이 스친다.

59. 마을 대폿집

비척거리며 들어오는 송기열.

송기열 술 줘! 술….

주모 몸도 못 가누는디 뭔 술을 달라고 그려.

송기열 뭐여? 시방 내가 모가지 떨어졌다고 괄세하는 거여? 이 쌩!

와장창 술상을 걷어차 버린다.

주모 세상에, 이게 뭔 짓이여? 어디 와서 행패여. 행패가!

송기열 뭐여? 이 호랑말코 같은 여편네가…!

술을 마시던 마을사람 하나가 송기열을 말린다.

마을사람 참드라고 송 경사!

송기열 뭐? 송 경사? 시방 누구 약 올리는 거여? 이 새끼 이리 나와!

마을사람의 멱살을 틀어쥐고 밖으로 끌고 나간다.

60. 밖/마을 길

마을사람을 끌고 나오는 송기열.

마을사람 왜 이려? 괜한 사람한테 화풀이하지 말드라고.

송기열 새끼들! 손톱 끝 하나 건들지 않았던 여편네까지 패불고 온 놈여. 너 어디 맛 좀 볼려?

마을사람을 패다가 제풀에 쓰러져 박힌다. 이때 처제가 허둥지둥 달려온다.

상미 형부! 큰일 났어! 언니가 우물에 빠져 부렀단 말여!

송기열 뭐여? (술이 확 깬다.)

61. 송기열의 집 우물

마을사람들의 손에 의해 우물에서 건져 올린 하얀 소복차림의 정미. 그녀의 시체가 널판대기 위에 놓여진다. 뛰어드는 송기열과 상미.

처제 언니!

송기열 여보!

정미의 흠뻑 젖은 얼굴을 세차게 껴안고 오열을 터뜨리는 송기열.

62. 갱생원 화장실 안 (밤/현실)

짝코의 목에 식칼을 들이대고 있는 송기열.

송기열 (치를 떨며) 이 개새끼! 어쩔 거여? 아내한테 가서 무고하다는 걸 해명허고 사죄를 할 거여, 아니면 여그서 죽을 거여?

짝코 (한숨을 휴…) 내가 자네한테 못할 일을 너무 많이 혔구먼. 자네가 시키는 대로 뭣이든 다 하제. 그게 죽기 전에 내가 할 일이라면 말이시.

송기열 좋아. 그럼 나랑 같이 당장 여그서 도망치는 거여.

짝코 시방 어떻게 도망친다는 거여. 우선 현관문이 이중으로 자물쇠가 잠겨 있고…. (하는데)

송기열 닥쳐! 그건 네놈이 열 수 있어.

짝꼬 어떻게?

송기열 네놈이 속초에서 도망친 후, 충청도 청주 땅에 가서 열쇠행상을 했잖여?

짝코 징하시, 참말로! 그건 그렇고 그 높은 담장은 어떻게 넘을 거여?

송기열 둘이 협조하면 그까짓 담장이 문제여?

짝코 허긴 그려. 형무소 담장인들 못 넘을라고. 헌디 평일은 경비가 심혀. 토요일이면 쪼께 숨통이 열릴까. 그날은 경비들이 외출도 나가고 술도 한잔 허니께….

송기열 토요일이면 모레 글피 아녀? 좋아. 그럼 글피로 날짜를 정하제.

짝코 그런디 그동안 내 입장이 곤란하게 되었어. 사람들이 내 신분을 알아차린 것 같은디 가만 있었어?

송기열 그건 나한티 맡겨. 대신 약속을 어기면 알제? (칼을 들이댄다.)

짝코 걱정 말드라고. 나도 사내여.

송기열, 비로소 짝코의 목에서 칼을 거둔다. 휴, 진땀이 흐르는 짝코.

63. 중환자실

두 시를 가리키고 있는 벽시계. 사내들이 깊이 잠든 실내가 고요하다. 짝코가 살그머니 모포를 들치고 송기열의 침상 쪽을 본다. 저만치 어둠 속에 하얗게 빛을 발하며 동그랗게 떠 있는 송기열의 외눈박이 안경알. 송기열이 짝코를 지켜보고 앉아 있는 것이다. 진저리를 치며 모포를 쓰는 짝코. 계속 떠 있는 송기열의 외눈박이 안경.

64. 중환자실 (다음날 아침)

벽시계가 여섯 시를 가리키고 있고, 실장이 기상을 알린다.

실장 기상! 기상!

일어나는 사내들. 송기열이 짝코의 침상으로 간다.

송기열 여러분! 지금부터 여그 앉아 있는 김삼수가 내가 찾는 망실공비가 아니란 것을 여러분 앞에 해명허겠습니다.

어리둥절 눈길을 모으는 사내들.

송기열 여러분도 보시다시피 (짝코의 코를 지적하며) 짝코란 놈은 이 왼쪽 코가 하늘로 치켜 올라 갔는디, 김삼수는 오른쪽이 이렇게 위로 치켜 올라가지 않았습니까? 우선 이게 다르다 이겁니다요.

지켜보는 사내들.

송기열 에 그리고, 본인이 수사상 결정적인 실수를 한 것은 바로 김삼수의 왼손입니다. 짝코란 놈은 육손인디 김삼수는 이렇게 손가락이 다섯 개가 정상적으로 달려 있지 않습니까? 에 또, 이런 여러 가지 점으로 보아 김삼수는 제가 찾는 백공산이 아니라는 것을 이 자리에서 분명히 말씀드리는 바입니다요. 그동안 소란을 피우고 여러분께 심려를 끼쳐드린 점에 대해서도 깊은 사과를 드리겠습니다. 그리고 나때매 억울한 누명을 쓸 뻔한 김 형에게도 진심으로 사과드립니다. 김 형, 미안시럽게 됐소!

짝코에게 악수까지 청한다. 짝코도 비죽이 웃으며 악수를 한다. 박수를 보내는 사내들. 이때 밖에서 벨소리가 울린다.

실장 자, 식사들 하러 가자구!

사내들 밖으로 몰려 나간다.

송기열 (짝코에게) 안 갈 거여?

짝코 (배를 문지르며) 배탈이 났는가 봐.

사내 여기서는 하루 종일 기다리는 게 세끼 밥뿐인데, 아파도 먹어두지 그래.

짝코 먼저들 가드라고. 배가 가라앉으면 갈 것잉게.

송기열과 사내도 밖으로 나간다. 텅 빈 실내에 혼자 남는 짝코. 잠시 주위를 살피더니 돌멩이와 모기장 조각 등을 꺼낸다.

65. 식당

옷들이 비에 젖은 채 웅성거리며 식사를 하고 있는 많은 사내들. 송기열도 식판을 들고 온다.

66. 중환자실

혼자서 수은가루를 빻고 있는 짝코. 이윽고 분말을 모기장 조각에 붓더니 체질을 하듯 정성스레 흔들어 거른다. 종이 위에 반짝이며 쏟아지는 미세한 분말. 짝코, 만족한 듯 비죽 웃는다.

67. 식당

사내들 틈에 앉아 국물만 마시고 있는 송기열. 밥을 남긴 채 자리에서 일어난다.

68. 중환자실

수은분말을 종이에 소중히 싸고 있는 짝코. 이때 벌컥 문이 열리며 비에 흠뻑 젖은 송기열이 들어온다. 흠칫 놀라는 짝코, 종이에 싼 수은가루를 얼른 엉덩이 밑에 감춘다.

송기열 (짝코 앞에 앉으며) 배는 좀 어뗘?
짝코 (시치미 떼고) 응, 좀 낫구만. 식사 다한 거여?
송기열 이거나 먹어.

계란을 꺼내 짝코에게 준다.

짝코 (받아들고) 이건 일주일에 한 번씩 주는 건디….
송기열 먹어 둬.
짝코 고맙구만….

달걀을 톡톡 깨서 쭉 마신다.

송기열 담을 넘을라면 기운을 챙겨야 할 거 아녀.

그 소리에 질려 먹은 것이 되넘어올 것 같은 짝코.

짝코 징하시! 참말로….

이때 실장과 사내들이 식사를 마치고 들어온다.

실장 이봐 송기열! 왜 개인행동을 하는 거야? 식사 끝나면 집합을 해서 같이 와야 할 게 아니야.

송기열 이 사람 계란 좀 갖다 줄라고….

실장 잔말 말고 침상에 올라가 무릎 꿇어!

송기열, 자기 자리로 올라가 무릎을 꿇는다. 비죽 웃는 짝코.

실장 (통로에 의자를 가져다 놓고 척 앉더니) 에, 밖엔 궂은비도 내리고…. 지금부터 오락시간을 갖겠어. 누가 노래 한곡 뽑아봐! 누구 할 사람 없어?

사내2 (목청을 가다듬더니) 사랑을 팔고 사는 꽃바람 속에 너 혼자….

〈DIS〉

사내3 아 아 가엾다 이 내 몸은 그 무얼 찾으려고…. 끝없는 꿈의 거리를 헤매어왔노라.

〈DIS〉

사내4 언제나 외로워라 타향에서 우는 몸…. 꿈에 본 내 고향이 마냥 그리워….

〈DIS〉

사내들이 박수를 보낸다. 바야흐로 여흥이 무르익는다.

실장 좋았어. 에, 또. 이번에는 김삼수 한번 해보라구!

사내들 와 박수를 보낸다.

짝코 인자 바닥이 다 났는디….

실장 거 18번 있잖아!

사내2 동해안 사건 재탕 한번 해봐.

짝코 그럼 여러분이 원한께 한번 혀보겄어.

지켜보는 송기열과 기대에 차 있는 사내들.

짝코 (판소리 사설하듯) 그랑께 때는 1958년 여름이렸다. 산에서 금광을 하다
가 굴이 무너지는 바람에 쫄딱 망해 버린 김삼수는….

69. 속초항/부두 (플래시백)

두리번거리며 정처 없이 거니는 짝코.

(E) (짝코의) 부득이 부도를 내고 혈혈단신 여그 저그 정처 없이 떠돌아댕기다
가 강원도 속초에 이르렀제.

70. 바닷가

화숙이 아버지에게 뭔가 애걸을 하는 짝코의 초라한 모습.

(E) (짝코의) 그때가 마침 오징어철인지라 한창 일손이 딸릴 때인 즉, 고기잡이

영감 하나를 우연히 알게 되어 오징어 일을 돕게 되었는디….

71. 동해바다가 보이는 산중턱의 화숙의 집

육감적인 모습의 화숙이 오징어를 널고 있다.

(E) (짝코의) 마침 영감네 집에 화숙이라는 기맥힌 딸이 하나 있었는지라, 마음씨 좋고 몸도 좋고 그야말로 절세가인이라….

72. 짝코가 거처하는 방

문구멍으로 밖을 엿보는 짝코. 화숙이 우물가에 앉아 빨래를 하고 있다.

(E) (짝코의) 김삼수 하루는 몸이 찌뿌둥혀서 방에 처박혀 있는디. 그날따라 주인마누라까지 나들이를 가고 텅 빈 집에는 김삼수와 화숙이 단 둘만 덜렁 남았겄다.

여전 문틈으로 밖을 엿보고 있던 짝코가 욕정을 견딜 수 없는 듯 국부를 움켜쥐고 주리를 튼다.

(E) (짝코의) 일이 묘하게 될랑께 껀수가 생기는디, 문구멍으로 밖을 보니 화숙이 빨래를 하고 있은즉, 무릎까지 걷어 올린 아랫도리 사이로 언뜻언뜻 비쳐대는 속살이 희고 포동포동한 것이 어찌나 탐스러운지 김삼수 온몸이 근질근질 죽을 지경이라.

짝코 여전 주리를 틀고 있는데, 화숙이 과일접시를 들고 생긋 웃으며 방으로 들어온다. 짝코, 얼른 일어나 앉는다.

화숙 (앉으며) 많이 아프세요? 좀 드세요.

대꾸 대신 꿀꺽 마른침을 삼키는 짝코, 넌지시 화숙의 손을 잡아당긴다. 그 손을 뿌리치는 화숙, 열려진 방문을 급히 탁 닫는다. 짝코, 화숙을 확 끌어안고 그대로 방바닥에 쓰러져 뒹군다.

(E) (짝코의) 김삼수 견디다 못해 에라! 모르겠다! 하고 화숙을 덮쳐누르고 일을 벌여 부렀으니….

가까스로 아랫도리만 벗은 짝코와 화숙의 격렬한 몸부림이 자못 절박하다.

73. 중환자실 (현실)

짝코 그 후 수삼 년을 내리 동거생활에 들어간즉, 시도 때도 없이 주야장천 도화경이라.

웃음을 터뜨리는 사내들. 송기열도 쓴 웃음을 짓는다.

사내2 쫓겨난 얘기는 왜 빼먹어?
짝코 어허 참, 때는 1960년 4·19혁명이 일어나던 해였는디, 그날도 김삼수와 화숙은 한창 도화경을 헤매는디….

74. 화숙의 방 (플래시백)

동네 꼬마들이 킥킥대며 방안을 엿보고 있다. 이때 화숙의 어머니와 아버지가 들어온다.

어머니 요놈 자식들 뭣들 봐!

그 소리에 기겁을 하고 달아나는 꼬마들

어머니 (기가 막혀) 대관절 밤낮없이 방구석에 처박혀서 뭣들 하는 게여! 세상에 애들 부끄러워서 못살겠다!
아버지 이거 어디 동네가 창피해서 살 수가 있나. 당장 보따리 싸가지고 나가!

75. 방 안

짝코와 화숙의 정사가 마침내 절정에 이르고 있다.

(E) (아버지의) 아, 빨리 못 싸?

76. 중환자실 (현실)

폭소를 터뜨리는 사내들.

짝코 결국 집을 쫓겨난 화숙이와 김삼수는 방을 한 칸 얻어 본격적으로 살림을 시작한즉….

노려보고 있는 송기열.

짝코 그 맛이 꿀맛인지라 한참을 세월 가는 줄 모르고 지내는디….

77. 바닷가 마을의 짝코 집 (플래시백)

검은 안경에 낡은 코트 차림의 송기열이 스적스적 다가와 멎어선다.

송기열 (방에 대고) 실례합니다.

방문이 열리며 화숙이 내다본다.

화숙 누구세요?
송기열 아, 짝코의 고향 친구 되는 사람인디요.
화숙 (반색) 어머나 그러세요. 누추하지만 들어오세요. 어서요. (슬며시 치맛자락을 걷어 올려 탐스런 허벅지를 드러내 보인다.)
송기열 그럼 실례하겠습니다.

안으로 들어간다.

78. 방 안

송기열이 들어와 앉는다. 꼬마가 울고 있다.

화숙 (달래며) 아가 울지 마. 울지 마라, 응.
송기열 아들인가요?
화숙 네.
송기열 코가 애비하고는 영 딴판인디요?
화숙 (웃으며) 다들 그래요. 그런데 어쩐 일로…?
송기열 네, 일자리가 없어 여그저그 떠돌다가 짝코 이 친구가 속초에서 자리 잡고 있다는 소문을 듣고 일자리 하나 얻어볼까 허고 찾아왔습니다요.

화숙이 송기열의 발 냄새에 코를 싸쥔다.

송기열 (멋쩍어) 미안합니다. 먼 길을 오느라고…. (양말을 벗고 걸레로 발을 닦으며) 헌디 이 친구는 어디 갔다면서요…?
화숙 집 나간 지 반년 나마 됐는데 돌아오실 거예요.
송기열 (안심이 되는 듯) 아, 그래요. 허기사 이렇게 달덩이 같은 자식도 있고 예쁜 부인이 있는디….
화숙 어머나, 제가 그렇게 미인이에요? 놀리지 마세용.
송기열 놀리다뇨? 천만에 말씀입니다.
화숙 하긴, 날 보고 섹시하게 생겼다는 소리 많이 들었죠. 관상, 수상, 사주를 봐도 이쁜이가 복이 있다지 뭐예요. (배시시 웃는다.)
송기열 아 이거 초면에 무엇 잡는다고 실례가 많았습니다. 이 친구 오면 다시 찾아오겠습니다요.

송기열이 일어나려는데.

화숙 어머나, 어디 가실려구요?

송기열 가까운 여인숙이라도 가서 묵지요 뭐.

화숙 돈 주고 여인숙엔 뭐 하러 가세요. 방도 하나 비어 있고 하니까 그냥 여기 머무세요.

송기열 그럼, 그럴까요. (못 이긴 척 눌러 앉는다.)

79. 부엌 (밤)

밖에 비가 쏟아져 내리고. 화숙이 부뚜막에 자신의 팬티와 송기열의 양말 짝을 널고는 대야를 타고 앉아 아랫도리를 씻는다.

80. 방 안

벽에 기대어 졸고 있는 송기열. 부엌에서 씻는 소리. 그 자극적인 소리에 졸음에서 깬다.

송기열 저, 화장실은 어디로 갑니까?

(E) (화숙의) 대문 옆으로 돌아가시면 돼요.

송기열, 일어나 밖으로 나간다.

⟨DIS⟩

화숙이 들어와 잠자리를 보고 있다. 송기열이 들어온다.

화숙 여기서 주무세요.

송기열 아, 아닙니다. 건너가 자겠습니다.

옆방으로 가려는데.

화숙 안 돼요. 그 방은 불을 땐 지가 오래라 습기가 차서 못 주무세요. 여기서 그냥 주무세요.

송기열 아, 아닙니다. 아무 디나 저는 좋습니다.

화숙 아유 어때요! 친구지간이신데….

생긋 웃고는 저고리를 벗는다. 바라보는 송기열, 잠든 꼬마 곁에 가서 눕는다. 선정적으로 치마를 벗는 화숙. 꼬마를 가운데 두고 송기열과 나란히 눕는다. 벽에 걸린 코트 주머니에서 칼을 꺼내는 송기열, 요 밑에다 살며시 감춘다.

화숙 (송기열을 향해) 고향엔 부인이 기다리지 않으요? (넌지시 본다.)

송기열 없습니다요. 일찌기 잃어부렀지요.

화숙 혼자서 무척 외로우시겠네요?

송기열 그야 말해 뭘 합니까.

화숙 외롭기야 저도 마찬가지예요.

송기열 (돌아보며) 마찬가지라뇨? 짝코가 있고 자식이 있는디….

화숙 그 사람 처음부터 저한테 정이 없었나 봐요.

송기열 정이 없이 어떻게 자식을…?

화숙 (깔깔대며) 정이 없다고 애를 못 낳으요?

송기열 ….

화숙 (흘깃 송기열을 보고는) 아이 추워! 씻느라고 팬티를 홀랑 벗었더니 춥네….

화숙이 넌지시 발을 뻗어 송기열의 발을 간지르며 자극한다. 당황하는 송기열. 계속 송기열의 발을 애무하는 화숙의 발. 침을 꿀꺽 삼키는 송기열. 계속 간질이는 화숙의 발을 피하는 송기열의 발.

화숙 무슨 남자가 그렇게 용기가 없으세요? 그 사람 다시는 오지 않을 거예요.

송기열 안 오다뇨?

화숙 5·16혁명이 나고 주민등록 일제신고를 하라니까 고향에 가서 호적 떼어 온다고 떠나더니 깜깜 무소식이지 뭐예요.

송기열 그렇다고 설마 안 올 리야 있겠소? 자식까지 있는디….

화숙 사실은 그 사람 애가 아녜요.

송기열 (벌떡 일어나며) 뭐요? 그럼 이 애는…?

화숙 그 사람도 자기 자식이 아니란 걸 이미 눈치 채고 있었어요.

송기열 이런 개쌍년 같으니라구!

81. 밖

휘몰아치는 비바람. 송기열이 화가 치밀어 문을 박차고 나온다. 그 뒤를 쫓아 나오는 화숙이 송기열을 붙든다.

화숙 이봐요! 이 밤중에 어딜 가요? 외로운 사람끼리 같이 지내요, 우리….

그런 화숙을 세차게 후려갈기고 비바람 치는 어둠 속으로 사라져가는 송기열.

82. 중환자실 (낮/현실)

생각할수록 울화가 치미는 송기열, 짝코 쪽을 쏘아본다.

실장 이봐. 이번엔 자네가 한 곡조 뽑아보지.

사내들 박수를 보낸다.

송기열 저는 음악에 소질이 없는디요.
실장 노래 못 부르면 다리 부러진 얘기라도 한번 해봐.
송기열 허지요. 이 다리 좀 펴도 되겠습니까?
실장 응, 좋아.

송기열이 꿇었던 무릎을 펴고 앉는다. 사내들이 박수를 보낸다. 짝코도 넌지시 송기열을 주시한다.

송기열 그동안 짝코란 놈을 찾아 헤매면서 푼푼이 모은 돈으로 청계천에서 포장술집을 허고 있던 때였습니다요. 매년 쌀가마니나 보내면서 짝코네 마을사람 하나를 밀정으로 삼았는디 그 사람으로부터 마침내 제보가 들어왔습니다요….

83. 지방 어느 간이역 (플래시백)

디젤 열차가 진입해 들어온다.

(E) (송기열의) 그 제보의 내용인 즉, 짝코란 놈이 자기 어머니가 돌아가자 동네

에 와서 맴돌고 있다는 것이었지요. 나는 부랴부랴 그곳으로 달려갔습니다요.

플랫폼에 열차가 멎는다. 검은 안경을 낀 신사복의 송기열이 창밖을 내다 본다. 플랫폼 건너편에 정거하고 있는 상행열차가 시야에 들어온다. 그 차창에 중절모를 눌러 쓴 짝코가 찐 계란을 먹고 있다. 경악과 함께 검은 안경을 벗는 송기열, 짝코 쪽을 뚫어지게 본다. 여전히 계란을 먹고 있는 짝코. 벌떡 자리에서 일어나는 송기열, 단숨에 승강대로 달려 내려온다. 출발 신호와 함께 상행열차의 바퀴가 구르기 시작한다. 그쪽으로 치달려 가는 송기열. 그러나 이미 플랫폼을 빠져나가는 상행열차. 그 열차를 악 착같이 쫓아가는 송기열. 멀어져가는 상행열차. 송기열, 홱 몸을 돌려 냅 다 개찰구 쪽으로 달린다.

84. 간이역 앞

뛰쳐나오는 송기열. 시발택시를 발견하고 다짜고짜 올라탄다.

송기열 돈은 얼마든지 줄 것잉께 상행선 다음 역까지 싸게 가드라고!
운전수 차를 놓쳤남유?
송기열 아, 빨리 가잔 말여!
운전수 알았슈.

달리는 택시.

85. 굴다리

질주해 오는 택시.

86. 달리는 택시 안

송기열 (어리둥절) 이거 어디로 가는 거여?
운전수 따라잡자면 질러가야쥬. 지름길로….
송기열 (몸이 달아) 밟어! 계속 밟어!

거칠게 치달려오는 택시. 저만큼 열차가 달려간다. 맹렬한 속도로 그 열차를 따라잡는 택시. 송기열이 차창 밖으로 얼굴을 내밀어 열차를 바라본다.

87. 달리는 차 안

무심코 차창 밖을 내다보던 짝코가 소스라친다. 그의 시야로 열차와 나란히 치달리고 있는 택시의 차창 밖으로 상반신을 뺀 채 이쪽을 노려보는 검은 안경의 송기열. 불안해 안절부절못하는 짝코, 얼른 고개를 숙여 얼굴을 감춘다.

88. 달리는 택시 안

송기열 밟어! 계속 밟어! 저 열차 놓치면 기사 책임여! 밟어, 빨리!

운전수 이 이상은 위험혀유!

송기열 운전수의 목에 칼을 들이댄다.

송기열 새끼! 이래도 못 밟어!

경악하는 운전수.

89. 도로변의 하천

끼익! 급회전하는 택시. 그대로 하천에 추락해 전복된다. 택시 안에서 비명이 들리고 저만치 열차는 유유히 멀어져가고 있다.

90. 뒷골목 여인숙 앞 (겨울/밤)

흩날리는 눈발 속에 50대의 초라한 송기열이 다리를 절며 온다.

(E) (송기열의) 짝코놈 때매 다리는 불구가 되고 몸은 늙고 가진 돈마저 다 날려버린 나는 그야말로 알거지가 되었지요.

송기열, 여인숙 안으로 들어간다.

91. 여인숙 안

주인여자 글쎄 이 돈으론 안 된단 말예요. 딴 데 가서 주무세요. (돈을 내민다.)
송기열 날씨가 이렇게 추운디 어디로 가겠소? 하룻밤만 봐주시요. 그나마 저녁
도 굶고 닥닥 긁어서 드린 겁니다요.
주인여자 대신 방 춥다는 소린 말아요. 따라와요.

송기열, 복도로 올라와 주인여자를 따라간다.

92. 여인숙 방

문이 열리며 송기열이 들어온다.

주인여자 숙박계 쓰고 밖에 내놔요.

숙박계를 방에 던지고 문을 닫는다. 방에 자리를 잡는 송기열, 외투 주머
니에서 부스럭거리며 신문지에 싼 것을 꺼낸다. 반쯤 남은 소주병이다.
송기열, 빈속에 소주를 병째 들이켜고 안주 대신 재떨이에서 꽁초를 찾아
피운다. 이때 옆방에서 남녀의 다급한 숨소리가 들려온다. 송기열, 꽁초
를 끄고 벽에 귀를 기울여 엿듣는다. 더욱 치열해지는 남녀의 숨소리. 어
느덧 자신도 모르게 숨이 가빠오는 송기열, 두리번거리더니 자리에서 일
어나 벽에 걸린 거울을 떼어 양쪽 방을 비추는 전등 구멍에다 갖다 댄다.
여자의 옷자락만 비추는 거울. 송기열, 거울의 방향을 바꿔 비쳐본다. 거
울 속에 벌거벗은 남녀의 다리가 선정적으로 얽혀 있다. 송기열, 거울을
놓고 신문지를 집더니 이불 속으로 기어들어간다. 이윽고 야릇한 손놀림

(手淫)을 하는 송기열.

아내 정미의 아름다운 나신이 떠오른다. 계속 열띤 손놀림을 하는 송기열. 정미의 풍만한 몸이 또 스쳐간다. 이윽고 손놀림이 안간힘으로 변하는 송기열. 정미의 아름다운 나신이 석고처럼 하얗게 빛깔이 바래진다. 안간힘을 다하는 송기열, 끝내 절망적으로 일그러지며 소리죽여 흐느낀다. 성기능마저 마비된 채 이미 폐인이 된 자신이 비참하고 서러운 것이다. 이윽고 옆방에서 나직이 남녀의 목소리가 들려온다.

(E) (남자의) 아니 그게 뭐여?

(E) (여자의) 쥐약예요. 이렇게 더러운 세월을 사느니 차라리 우리 같이 먹고 죽어요.

(E) (남자의) 뭔 소리여? 개똥밭에 궁글어도 이승이 낫다는디, 하루만 더 생각해 보드라고.

(E) (여자의) 우리 같은 사람은 그날이 그날예요. 죽기가 무서워요?

(E) (남자의) 자기가 원한다면, 자기의 원이라면 말이시, 같이 떠나야제.

그 소리를 긴장해 듣고 있던 송기열, 벌떡 일어나 문을 박차고 뛰쳐나간다.

93. 여인숙 복도

허겁지겁 뛰쳐나오는 송기열

송기열 주인양반! 사람이 죽어요! 쥔양반! 사람이 죽어요! 사람이!

현관방에서 주인여자가 나타나다.

주인여자 어느 방이에요?
송기열 이 방이요!

여기저기서 방문이 열리며 손님들도 놀라서 바라본다.

주인여자 아니 이년이 누굴 망하게 하려구 작정을 했나!

방문을 확 연다. 송기열도 다가가 본다. 여자(점순)는 이미 엎어져 있고, 그녀를 안은 채 짝코가 뻥하니 쳐다본다.

주인여자 이것들이 도대체 뭐하는 짓이야!

짝코를 발견한 송기열의 눈이 화등잔이 된다. 짝코도 놀란다.

송기열 짝코 이 새끼!

뛰어 들어가 짝코를 덮친다. 송기열을 확 뿌리치고 내복바람으로 쏜살같이 도망쳐 나가는 짝코.

송기열 저놈 잡아라!

94. 여인숙 앞 골목길

눈보라치는 컴컴한 골목길을 필사적으로 도망치는 짝코. 송기열이 쫓아가며 고함친다.

송기열 저놈 잡아라! 저놈…!

저만치 어둠 속으로 사라지는 짝코.

95. 갱생원 중환자실 (낮/현실)

지난날을 이야기하고 있는 송기열.

송기열 그놈을 놓치고 나서 백방으로 뒤졌지만 다시는 만날 길이 없었습니다. 생각하면 가루를 내묵어도 시원치 않을 놈이지라우.

사내들도 공감하듯 끄덕인다. 짝코도 그때가 생각나는지 자못 착잡한 빛.

사내4 실장님, 화장실 가도 됩니까?
실장 그래, 화장실 갈 사람 다녀와.

96. 화장실

몰려오는 사내들. 죽 늘어서 소변을 본다. 송기열도 절룩거리며 화장실 안으로 들어간다. 뒤따르는 짝코도 송기열의 옆 칸으로 들어간다.

97. 송기열과 짝코의 화장실 안 (동일 프레임)

칸을 막은 판자벽을 가운데 두고 양쪽에 나란히 쭈그려 앉아 있는 송기열과 짝코.

짝코 어이 송 경사, 그날 밤에 점순이는 어떻게 되었능가?

송기열 그 독한 쥐약을 먹고도 살아날 것 같아서 물어?

짝코 결국 죽고 말았구만.

송기열 어떻게 꼬신 여잔디 죽게 맹글었어?

짝코 산에서 알게 되었는디 소탕 때 서로 행방불명이 되고는 그동안 생사조차 몰랐었제. 그런디 사람이 만나려면 참 묘하게 만나더구만. 그 당시 속초에서 어판장 잡역부를 하며 지낼 때였는디….

98. 속초 사창가 골목 (저녁)

눈발이 날리고 껌을 씹고 있는 창녀에게 다가서는 짝코, 뭐라고 귓속말을 한다.

창녀 뭐요? 이 아저씨가 돌았나? 세상에 흥정할 게 따로 있지 그걸 깎자는 사람이 어딨어요? 딴 데 가봐요. 나 원 개시부터 재수 옴 붙었네. 퉤! 퉤!

면박을 당하고 물러서는 짝코, 다른 골목으로 가려는데.

(E) 이봐요, 쉬었다 가요. 잘 해드릴게.

그 소리에 멈칫 돌아보는 짝코. 얼굴이 푸르스름한 나이 든 창녀가 어둑한 담벼락에 등을 기대고 서서 힘없이 웃는다. 점순이다.

점순 나이 먹으니까 아무도 거들떠보지 않네요. 가진 대로 주세요.

그런 그녀를 뚫어지게 보는 짝코, 비로소 알아채고.

짝코 점순이! 점순이 아녀?

그제야 점순이도 눈을 빛낸다.

짝코 살아 있었구만! 살아 있었어!

눈울음이 괴어드는 점순, 말없이 두 팔로 짝코의 목을 가만히 껴안더니 소리 죽여 운다. 그러는 점순을 으스러지게 껴안는 짝코도 아픔이 일렁인다.

99. 화장실 (밤/현실)

짝코 정말 꿈만 같았지. 그러나 점순이의 몸은 이미 성한 디가 하나도 없었어. 알콜 중독에다 화류병까지 겹쳐 폐인이나 다름없었지.
송기열 ….
짝코 난 점순이를 거기서 빼내기 위해 온갖 짓을 다 했지. 그러던 어느 날 ….

100. 여인숙 방 (밤/플래시백)

이부자리가 깔려 있고, 잠옷 차림의 점순이 이빨로 소주병을 깐다. 그 술병을 빼앗는 짝코.

짝코 안 돼! 의사 말 못 들었어? 점순이한텐 술이 독약이래. 제발 이제 술은 먹지 마.
점순 오늘 밤만 딱 한잔해요. 앞으론 다시 안 마실 거예요.

두 개의 컵에 술을 가득 따라 하나를 짝코에게 준다. 두 사람, 잠시 마주보고 술을 들이킨다. 잔을 비운 점순이 오징어 다리를 찢어 짝코의 입에 물려주고, 자기도 하나를 입에 문다.

짝코 무슨 일여? 왜 날 만나자고 한 거여?
점순 낫지도 않을 병인데, 나 때문에 그동안 고생이 많았어요.
짝코 뭔 소리여? 점순이가 살아온 세월을 생각하면 뼈를 깎아도 시원찮은디.
점순 불쌍해요, 당신. 이 나이 되도록 자식도 없이.
짝코 그야, 거기도 마찬가지 아녀?
점순 다 내 탓이예요. 산을 빠져나올 때 아기를 사산하지 않았더라면 우리도 핏줄은 이었을 텐데…. (목이 멘다.)
짝코 휴, 다 잊드라고. 어쩌면 잘 된 일인지도 몰라. 에미 애비가 이 모양인디 그놈이 살아서 태어났다 해도 얼마나 불행할 거여.
점순 죄예요. 산다는 게…. 차라리 그때 나도 함께 죽었어야 하는데….
짝코 휴…. (한숨을 내쉰다.)

오징어 다리를 입에 문 점순의 뺨을 타고 눈물이 굴러 떨어진다.

짝코 그만 진정하드라고. (점순의 손을 움켜쥔다.)

점순 나 한번만 보듬아 줄래요?

짝코 보듬고 싶은 마음은 내가 더 할 거여. 하지만 몸이 우선할 때까진 참아야지, 안 돼.

점순, 아랑곳없이 짝코의 웃통을 거칠게 벗겨낸다.

짝코 왜 이러는 거여!

미친 듯이 짝코의 입술을 빠는 점순의 숨결이 절박하다. 그러는 점순을 끝내 으스러지게 껴안고 마는 짝코. 이내 온몸을 불사르듯 격렬한 정사를 벌이는 두 사람.

⟨DIS⟩

이윽고 점순과 짝코가 가쁜 숨을 다스리며 나란히 누워있다.

점순 어쩔 거예요? 이렇게 언제까지나 숨어 살 수는 없잖아요?

짝코 언젠가는 우리도 빛 볼 날이 있겠지.

점순 아직도 그런 생각을 하고 있어요?

짝코 그럼 어째야 쓰겠능가?

점순 남은 길은 이제 하나 밖에 없어요.

짝코 (돌아본다.) …?

점순, 자리에서 일어나 약봉지를 꺼낸다. 봉지에 든 약을 꺼내더니 두 개의 컵에 약을 털어 넣고 물을 따른다.

짝코 뭐여, 그게…? (몸을 일으킨다.)

점순 쥐약예요. 이렇게 사느니 우리 같이 먹고 죽어요.

짝코 뭔 소리여?

점순 우리 같은 사람은 살아봐야 그날이 그날예요. 죽는 게 두려워요?

짝코 (끄덕이며) 좋아. 그게 그리 원이라면 우리 함께 떠나드라고.

두 사람, 잠시 서로의 표정을 아프게 본다. 어느덧 점순의 뺨에 눈물 한 줄기가 걸린다. 짝코도 눈울음이 일렁인다. 점순이 먼저 컵을 들고 단숨에 죽 마시더니 기어들듯 짝코의 품에 안겨 두 팔로 허리를 감아 안는다. 짝코도 짐짓 비장한 빛으로 컵을 입으로 가져가 마신다.

101. 화장실 (같은 밤/현실)

짝코 차라리 그때 죽었어야 하는디. 사람의 목숨보다 모진 것이 없어.

송기열 (짝코의 칸을 쏘아보며) 약까지 처먹고 도망치다니, 그렇게도 살고 싶대?

짝코 그 약 때매 당뇨에 걸려 합병증으로 이 고생 아녀. 이제 죽을 날도 얼마 남지 않은 것 같아.

송기열 죽드라도 죗값은 하고 죽어, 임마!

102. 구내식당 (낮)

와글대는 사내들의 소음. 나란히 앉아 식사를 하는 짝코와 송기열. 송기열은 식욕이 없는지 국물만 떠 마신다. 짝코, 흘금흘금 주위를 살피더니 자기 국그릇에 재빨리 수은 가루를 털어 넣고 스푼으로 휘젓는다. 여전히 국물만 떠 마시는 송기열. 짝코, 송기열의 눈치를 살피다가.

짝코 밥을 그렇게 못 먹어서 어떡하지? 자, 이 국물이라도 좀 더 마셔.

수은가루를 탄 국물을 송기열의 국그릇에 부어준다.

송기열 고마워.

계속 국물을 떠 마신다. 그런 송기열을 긴장으로 흘금흘금 살피는 짝코. 이윽고 송기열이 갑자기 욱! 하더니 손으로 입을 틀어막고 밖으로 뛰쳐나 간다. 당황해 보는 짝코. 주위 사람들도 의아해 본다.

103. 식당 뒤꼍 (낮)

송기열이 등을 보인 채 쭈그려 앉아 심한 욕지기를 하며 먹은 것을 다 토 해내고 있다. 그 모습을 한편에 서서 주시하고 있는 짝코, 낭패감에 일그 러진다.

104. 중환자실 (밤)

한국전쟁의 다큐멘터리가 방영되고 있는 TV. 시청하고 있는 사내들 속에 송기열도 짝코 곁에 앉아 TV를 보고 있다.

실장 어이, 딴 데 틀어봐!

사내 방송국마다 6.25 특집 프롭니다.

전쟁 당시의 기록 필름이 방영되고 있는 화면.

소리 (내레이터의) 결과적으로 승자도 패자도 없었던 이 전쟁. 그리하여 한반도 전체가 패자가 된 이 전쟁은 240만여 명의 인명 피해와 막대한 재산 피해에 대해 어떤 보상도 없이 개전 당시와 같은 남북 간의 분단 경계선에서 휴전이 된 지 30년이 된 오늘까지 군사적 대치가 계속 되어 오고 있는 것이다.

기록 필름이 끝나면 사회자와 리처드 교수와 패널 두 사람의 토론이 이어진다.

사회자 지금까지 한국전쟁 30주년을 맞이하여 당시의 생생한 기록들을 보았습니다. 리처드 교수께선 직접 참전도 하셨고, 한국전쟁을 연구하신 전문가로서 당시의 한국전쟁을 어떻게 보고 계십니까?

리처드 저는 한국전쟁을 한국 현대사의 기원으로 보는 견해에 무리는 없을 것 같다고 생각합니다. 1950년이 반드시 한국 현대사의 정확한 출발점이 아니라 하더라도 한국전쟁은 한국 현대사의 가장 결정적인 주요 사건인 것입니다. 한국전쟁은 한국의 전쟁인 동시에 또한 세계의 전쟁이었다고 볼 수 있기 때문입니다. 이 전쟁에 서방세계의 16개국이 국제연합군의 기치 아래 참전했고, 공산주의 진영에선 중공군이 직접 파병되었으며 소련이 간접 개입을 했습니다. 이는 한국전쟁의 원인의 하나로 지적되어 왔듯이 한반도가 지정학적으로 불리한 위치에 놓여 있기 때문이며, 실제로 참전 16개국이 해양국들임을 상정할 때 서방 세계의 해양세력과 공산진영의 대륙세력 사이에 전략적 가치의 독점을 위한 군사적 충돌이 바로 한국전쟁이었습니다. 그것은 한반도가 해양세력이 대륙으로 진입하는 통로이자 대륙세력이 해양으로 진출하는 데 전략적으로 중요한 거점이 되기 때문인 것입니다.

TV를 시청하고 있는 사내들 속에 송기열과 짝코의 모습이 자못 진지하다.

리처드 그런 의미에서 한국전쟁은 현실적으로 세계가 한국에 들어온 전쟁이자 동시에 한국이 세계에 들어간 전쟁이었다고 할 수 있습니다. 달리 말해서 한국은, 국제연합전쟁이라고 일컬어지는 한국전쟁을 통해 본격적으로 모든 나라의 세계사로서의 현대사에 밀접하게 편입되어진 것입니다. 동시에 모든 한국 사람들은 이 전쟁으로 현대사의 조우자(遭遇者) 또는 조난자(遭難者)가 된 것입니다. 영국의 평론가 해프너(Sebastian Haffner)가 한국전쟁이 세계대전을 막았다고 논평했듯이 한국전쟁은 세계대전은 아니었으나 바로 그것을 유발할 수도 있었고, 예방할 수도 있었다는 점에서 세계의 전쟁이었다 해도 지나치진 않을 것입니다. 더불어 미/소의 충동적 대리전쟁이었다고 하는 한국전쟁은 2차 세계대전 이후 민족국가의 경계를 넘어 전지구적으로 확대된 이념 체제와 사회 체제의 대립과 분쟁을 한국이 대행해서 싸운 시민전쟁이자 동족전쟁이었다고 생각합니다.

사회자 (다른 패널에게) 박 교수님께선 어떤 견해를…?

박 교수 리처드 교수의 말씀에 공감합니다. 그러나 우리의 입장에서 볼 때 남북한이 분단됨으로 해서 국토통일을 전쟁 목적으로 수행한 이 전쟁의 결과는 오히려 이념적 사회적인 차원에서 남북한의 분단과 대립을 더욱 심화시키고 영구화시켜놓고 말았다고 생각합니다. 요컨대 한국전쟁으로 인해 한반도엔 보다 보편적인 시민전쟁 상황이 고착되고만 것입니다. 1950년 6월부터 1953년 7월 말까지 만 3년여에 걸쳐 계속된 이 전쟁은 남쪽은 낙동강에서, 북쪽은 압록강까지 한반도 전체를 휩쓸며 전선이 수시로 이동되었고, 그 와중에 수도를 두 차례나

빼앗기고 빼앗는 과정에서 많은 인명손실은 물론 민족 구성원 전체에게 씻을 수 없는 깊은 상처를 남겼습니다. 동시에 모든 한국 사람들은 이 전쟁에 직접, 간접적으로 연루되었으며 3년여에 걸쳐 모든 사람이 제 나라 제 땅 위에서 제 민족끼리 서로가 서로의 적이 된 살육의 전쟁 체험을 통해 한국 사람들은 자신들이 둘러쓰고 있는 문명의 껍질이 얼마나 가볍고 얇은 것인가, 그리고 민족의 동질성이나 민족 간의 사랑이라고 하는 껍질이 얼마나 얄팍한 것인가를 몸으로 사무치게 깨닫게 되었다고 생각합니다.

사내들 속에 진지하게 TV를 보고 있는 송기열과 짝코.

리처드 무엇보다 중요한 것은 1950년의 한국전쟁이 단순한 과거의 사건이 아니라, 한국 현대사의 현재와 그리고 미래까지도 제약하게 될 결정적인 사건이었다는 점에서 한국 현대사의 기원이 되었다고 할 수 있습니다. 그것은 1950년 이후 지금까지 전개되었고, 전개될 정치, 경제, 사회, 문화의 모든 과정이 한국전쟁에 소급해 올라가서 뿌리를 캐보지 않고선 설명하기 어렵다는 사실로서 입증될 것이기 때문입니다.

김 교수 그 말씀에 저도 동의합니다. 전쟁으로 인해 전 국토가 황폐화되었고, 물론 그 전흔은 세월의 흐름과 함께 말끔히 복구되었지만, 사람의 마음 속에 총알처럼 박힌 정신적 상처와 후유증은 아직도 깊고 생생합니다. 그래서 한국전쟁은 역사가 아니라 살아 있는 현실이라고 합니다. 지금도 우리들 삶의 구석구석에 도사리고 있는 그 상흔이 만성적 불안으로 알게 모르게 우리들의 일상을 지배하고 있기 때문입니다.

TV에 시선을 꽂고 있는 송기열과 짝코. 비로소 자신들이 왜 30년 동안이나 헛바퀴를 돌았나, 그 원인을 깨닫는 순간이기도 하다.

실장 어이, 테레비 그만 끄고 취침들 해!

사내 하나가 일어나 TV를 꺼버린다. 모두 잠자리를 편다. 잠시 멀뚱하니 마주보는 송기열과 짝코.

짝코 저 사람들의 말이 진짜라면 말이시…. 나나 거그나 다 불쌍한 사람들이란 생각이 드는구만.
송기열 쌔끼, 나가 왜 불쌍해? 헛소리 말어 임마!

자못 착잡한 한숨을 내쉬는 짝코.

105. 화장실 (같은 밤)

문을 열고 들어오는 송기열. 숨겨둔 칼을 꺼내 품속에 감춘다.

106. 중환자실

사내들이 깊이 잠들어 있다. 조용히 들어오는 송기열, 짝코의 침상 쪽으로 그림자처럼 다가간다. 모포를 뒤집어쓴 채 죽은 듯이 누워있는 짝코. 가까이 다가오는 송기열, 짝코의 모포를 살그머니 들춘다. 죽은 듯 미동도 않는 짝코. 송기열, 품속에서 칼을 꺼내더니 짝코의 목에 들이댄다. 그 기척에 소스라치는 짝코, 창백하게 질린다.

짝코 대관절 왜 이러는 거여?

송기열 잠자코 일어나.

짝코 토요일 날 나가기로 혔잖여….

송기열 일어나라면 일어나!

찌를 듯 칼을 들이댄다.

짝코 알았어. 알았다고.

일어나 통로로 나온다. 식칼로 짝코의 등을 밀고 나간다.

107. 현관문

커다란 자물통이 잠겨 있다. 그 앞에 와 서는 짝코와 송기열.

송기열 열어! 빨리! (철사토막을 준다.)

철사토막을 받아드는 짝코, 자물통을 연다.

108. 갱생원 담장 밖 (새벽)

뛰어내리는 짝코. 이어 송기열도 담장 밖으로 뛰어 내린다.

109. 새벽 거리

차량들만 쌩쌩 지나가는 한적한 거리를 송기열이 짝코의 등에 칼을 들이댄 채 오고 있다.

짝코 거시기… 그 칼 좀 치우드라고. 내 이렇게 순순히 따라가지 않어.

등 뒤로 칼을 버리는 송기열.

짝코 갑자기 서글픈 생각이 드누만. 피차 반송장이나 다름없는 우리가 죽어가면서까지 뭣 때매 이짓거리를 해야 쓰는가 말여.

송기열 (쏘아본다.) ….

짝코 거시기… 내가 왜 눈을 기증허겄다고 했는지 궁금하지 않어? 사실은 말여, 그동안 숨어만 사느라고 너무도 못 본 것이 많어. 그래서 나사 죽드라도 내 눈만은 세상 구경 좀 원 없이 시켜주고 싶었던 거여.

송기열 개새끼! 나는 그 수많은 사람들 속에 오로지 네놈 하나를 찾기 위해 외곬으로만 신경을 쓰다가 눈까지 병들어 이 지경이 된 거여, 임마.

짝코 (한숨을 내쉬며) 보드라고. 우리 좋게 죽드라고. 죽을 때만이라도 맘이나 편하게 죽잔 말여. 인자 와서 나 같은 놈을 사형대에 올려놓으면 뭣할 것이여?

송기열 개소리 말어, 임마!

짝코 빌어먹을! 어쩌다가 팔자 사나운 땅에 태어나 갖고 평생을 꼭두각시 노릇만 하다가 끝나는구먼….

두 사람 횡단로를 지나간다.

110. 서울 시가가 보이는 어느 모퉁이길

쓰러질 듯 기신거리는 짝코를 앞세운 채 오고 있는 송기열.

짝코 (가쁜 숨을 몰아쉬며) 쪼께만 쉬었다 가드라고. 이 몸으로 더 이상 못 걷겠어.

송기열 새끼! 여그가 지리산인 줄 알어 임마!

짝코 (땅에 풀썩 주저앉으며) 죽이든 살리든 맘대로, 맘대로 혀봐. 옆구리가 터져 부렀어. 여그 좀 만져봐. 뜨뜻한 것이 줄줄 흘러내려.

송기열 엄살떨지 말고 일어나 임마!

짝코의 옆구리를 걷어찬다. 억! 하고 나뒹구는 짝코. 송기열이 다시 걷어 차려는 순간. 필사적으로 엉겨 붙는다. 덮치거나 밀치거나 치고받으며 격투를 벌이는 두 사람. 이때 젊은 경찰과 방범대원이 다가온다. 비로소 싸움을 멈추는 두 사람, 가까스로 일어나 앉는다. 하나같이 가쁜 숨결이 턱에 닿는다.

경찰 나이 든 분들이 이게 무슨 짓이요?

송기열 (짝코의 멱살을 틀어쥐며) 이놈은 망실공비여! 30년 만에 내가 잡은 망실공비란 말여!

경찰 망실공비? 무슨 소리야?

방범 글쎄요. 나도 처음 듣는 소린데요.

경찰 대체 그게 무슨 뜻이요?

순간 말문이 막힌 채 망연자실한 송기열. 하얀 눈자위가 야릇하게 빛나더니 히죽이 웃으며 짝코의 멱살을 틀어잡은 손을 힘없이 떨어뜨린다. 30년 동안의 원한과 집념이 일시에 무너져 내리는 허망감에 그는 어쩌면 넋이 나간지도 모른다. 그런 송기열을 의아하게 바라보는 짝코.

방범 이 사람들 수용소에서 도망쳐 나온 정신병자들 같은데요. 보세요. 갱생원 복장이 아닙니까?

경찰 파출소로 데려가 봐야 어차피 또 갱생원행일 텐데 그쪽으로 전화해서 데려가도록 하지.

방범 그렇게 하죠.

두 사람, 가버린다.

송기열 (일어서며) 따라 와.

짝코 (가까스로 일어나며) 시방 어디로 가고 있는 거여?

송기열 역으로 가서 기차를 타는 거여.

110. 역 구내 (용산역)

짝코를 끌고 오는 송기열.

짝코 (헐떡이며) 보드라고. 그리 가면 마포여, 호남선 열차를 타려면 이쪽으로 가.

화물열차 밑을 빠져 나와 객차에 오르는 두 사람. 열차 옆구리에 '서울─원주'의 행선표가 붙어 있다. 그들이 갈 방향과는 전혀 반대다. 이윽고 그 열차가 경적을 울리며 플랫폼을 빠져나간다.

111. 한강 철교

굉음도 요란하게 열차가 지나간다.

112. 달리는 열차 안

차창 가에 나란히 앉아 있는 송기열과 짝코. 하나같이 탈진한 듯 지친 표정이다.

짝코 송 경사, 몇 년 만에 가는 고향길이여? 반겨줄 사람도 많겠제?

허탈하게 앉아 차창 밖만 망연히 본 채 히죽이 웃는 송기열. 그의 실성한 모습에, 정미와 송기열이 마을사람들의 환영을 받는 젊은 날의 한때가 스쳐간다. 이번에는 아기를 안고 밝게 웃는 정미의 아름다운 모습이 스쳐가고. 여전히 웃고 있는 송기열. 짝코는 의식이 가물거리는 듯 자꾸 눈이 감긴다.

짝코 휴, 사람이 태어나서 죄짓고 살건 못 돼. 죽어서만은 고향에 묻히고 싶었는디…. 고양이도 낯짝이 있다고 당최 갈 수가 있어야제. 허지만 말이시, 그게 내 죄만은 아니었어. 내 죄만은….

깊은 회한와 함께 마지막 숨결을 모으는 짝코가 송기열의 무릎에 서서히 고개를 떨구더니 잠잠하다. 숨을 거둔 것이다. 아랑곳없이 허탈하게 앉아 언제까지나 히죽이 웃고 있는 실성한 송기열. 그런 두 사람의 모습에 절규 같은 음악이 솟구쳐 오른다.

113. 철로

기구한 운명의 두 사람을 실은 열차가 멀어져간다. 그 화면에 음악이 가득
차오르며 엔딩-

인생의 뜨겁고 진한 이야기를 위한 긴 걸음, 송길한 작가의 작품 세계

| 윤성은 |

우리가 시나리오 '작가'의 존재에 대해 생각하지 않게 된 것은 언제부터일까. 프랑수아 트뤼포의 저 유명한 에세이, 누벨바그의 신호탄이 되었던 「프랑스 영화의 어떤 경향」은 문학을 영화화하는 과정에서 시나리오 작가에 의존하고 있는 당대의 감독들을 저격한다. 그러나 시나리오를 궁극적으로 스크린에 구현해내는 이가 연출가라 해도, 시나리오가 희곡과 달리 그 자체만으로는 문학적인 가치를 인정받지 못하는 비운을 타고 났다 하더라도, 영화가 시나리오 없이 만들어지는 경우는 (거의) 없으며 영화제작에 있어 시나리오의 중요성을 부인할 사람도 (거의) 없을 것이다. 트뤼포 또한 훌륭한 연출가들에게는 좋은 시나리오가 필요 없다는 말을 하고자 했던 것은 아니다. "좋은 시나리오를 감독이 망쳤다는 말은 자주 들었어도 저질 시나리오로 좋은 영화를 만들어냈다는 성공담은 듣지도 보지도 못했다."[1]는 임권택의 말처럼 명화를 만드는 데 있어 완성도 높은 시나리오는 어쩌면 너무 당연한 것이기

---

1) 『월간 영화』, 1983, 7-8월호

에 종종 감독의 이름 뒤로 숨어버리는지도 모른다.

때문에 전업 시나리오 작가로서 한길을 걸어온 송길한의 발자취는 시간이 흐를수록 더욱 귀하게 느껴진다. 1970년대 초 등단해 40여 년간 걸출한 작품들을 남겨왔을 뿐 아니라 수많은 영화인들에게 든든한 선배이자 존경받는 스승으로서 버팀목이 되어온 송길한 작가의 인생은 한국 시나리오사(史), 나아가 한국 영화사와도 혈맥을 같이 한다. 그러한 그의 풍성한 삶과 작업에 대해 몇 장의 노트로 말한다는 것은 애초에 불가능한 일일 것이므로, 이 글은 지금도 좋은 시나리오를 쓰겠다는 일념으로 각고를 견디고 있는 영화인들에게 보탬이 될 만한 그의 작품 세계를 간략히 소개하는 데 초점을 두고자 한다.

김형석은 영화에 대한 꿈이 없었던 송길한 작가가 영화계에 입문한 것은 '운명보다는 우연에 가깝다'고 표현했다.[2] 할리우드 키드들이 망설임 없이 영화판으로 돌진하는 경우가 운명이라면, 송길한은 물론 운명적 작가의 대열에 서있지 않다. 그러나 그가 약관의 대학 신입생이었을 때 4.19혁명이 일어난 것은 우연으로 보기 어렵다. 군 제대 후, 동아일보 신춘문예에 소설도, 희곡도 아닌 시나리오 부문에 응모했다

---

2) 김형석, 「영화인 송길한」, 네이버캐스트 http://navercast.naver.com/contents.nhn?rid=9&contents_id=282

윤성은

영화학 박사/영화평론가

윤성은은 영화학 박사로 대학 강의와 각종 영화제 일을 병행해 왔다. 2011년 영평상에서 신인평론상을 수상한 이후, 다양한 지면과 방송을 오가며 영화평론가로 활동하고 있다. 〈EBS 시네마천국〉 MC를 역임했으며 현재 영화평론가협회 출판이사직을 맡고 있다. 저서로 『로맨스와 코미디가 만났을 때』 등이 있다.

는 것도 의아스럽다. 일류대 법대를 다녔던 그가 어쩌다 그 시절 딴따라라는 이미지가 강했던 영화계에 들어오게 되었냐는 필자의 질문에 그는 "시절이 그랬다."는 짧은 대답으로 응수했고, 그 순간 강하게 전해졌던 것은 사실 우연보다 운명이었다. 그의 탄생이 우연이 아니었다면 그의 청춘이 지난했던 한국 현대사의 중심에 있었다는 것도 우연은 아니었을 것이다. 학교를 그만두고 중부 시장에서 쌀가마니를 들어 올리며 20대를 보낸 것도, '시네마 코리아'에서 동시상영 영화를 섭렵하며 홀로 영화 수업을 했던 것도 마찬가지다. 그의 멜로드라마 속 주인공들처럼, 그 또한 우연처럼 보이지만 실은 역사라는 불가항력적인 거대한 수레바퀴 속에서 운명처럼 영화에 이끌렸던 것은 아닐까.

1970년 〈흑조〉 당선 이후, 〈짝코〉(1980)라는 작품으로 임권택 감독과 오랜 파트너십을 갖기 전까지 10년간 송길한 작가는 여러 감독들과 다양한 작업을 하게 된다. 길면 길고, 짧다면 짧은 시간이지만 이 시절에 대한 비중은 어느 글에서도 그리 높지 않다. 정성일 평론가는 그가 30대에 쓴 시나리오들, 〈여고 얄개〉(1977), 〈우리들의 고교시대〉(1978), 〈도솔산 최후의 날〉(1977), 〈제3공작〉(1978), 〈독신녀〉(1979), 〈낭화비권〉(1978) 등의 작품 목록이 "다소 참혹한 기분들 불러일으킨다."고 했다.[3] 다음 문장에서는 (재능의 시간을) '낭비하듯이'라는 단어도 등장한다.[4] 30대의 송길한 작가가 펼치지 못했던 재능에 대한 안타까움, 우리 역사에 대한 원망을 담아 오직 평론가이기에

---

3) 정성일, 「시나리오 작가 송길한 인터뷰 첫 번째 이야기」, 임권택×102; 정성일, 임권택을 새로 쓰다, 한국영상자료원, 2013.12.24. http://www.kmdb.or.kr/column/lim101_list_view_new. asp?page=3&choice_seqno=21&searchText=

4) 정성일, 앞의 글, 정확한 문장은 다음과 같다. "1940년생 작가의 빛나는 30대에 보여줄 수 있는 재능의 시간을 어쩔 수 없는 세월 속에서 그렇게 낭비하듯이 보내버렸을 때 그건 그 자신에게 뿐만 아니라 역사를 기록하는 우리들에게도 고스란히 운명에 대해서, 운명의 책임에 대해서, 존재의 물음에 대한 책임에 대해서, 다시 한 번 반복하지만 영화에 대한 우리의 책임이 서로 연관되어 있다는 사실을 불러일깨운다."

할 수 있는 표현이겠으나, 유신의 어두운 세월을 버티며 최소한 송길
한 작가는 부지런히 글을 썼고 그 글은 영화로 만들어졌다. 석래명 감
독의 〈여고얄개〉, 〈우리들의 고교시대〉는 하이틴영화 신드롬의 중심
에 있었고, '용팔이' 시리즈로 홍행감독이 된 설태호 감독과의 작업도
여러 편 이어졌다. 그렇게 그는 대중들의 취향을 읽을 줄 아는 젊은 작
가로 인정받으며 충무로에서 버티는 데 성공했다. 짐을 쌌다가 풀기를
반복했지만 결국 충무로에서 80년대를 맞이한 것이다. 때문에 송길한
작가가 하이틴 영화와 전쟁 영화와 에로물과 무술 영화의 시나리오를
썼던 이 시절을 서둘러 지나칠 필요는 없을 것이다. 물론 그는 이 시기
프랑스 영화를 좋아했던, 그리고 〈오발탄〉(1961)의 유현목 감독을 흠
모했던 그에게는 쉽지 않은 세월이었을 것이다. 그러나 그와 마찬가지
로 보다 의미 있는 영화에 목말라있던 임권택 감독과의 만남을 주선한
것도, 지식인의 자의식을 폭발적으로 드러내게 해준 것도 답답함이 켜
켜이 쌓여갔던 그의 30대, 그리고 우리의 70년대였다.

　이상하리만치 처음부터 생각이 잘 맞았던, 영화에 대해 같은 방향성
을 갖고 있었던 임권택 감독과의 작업은 바로 〈짝코〉라는 소중하고 비
범한 결과물로 이어졌다. 〈짝코〉는 빨치산 부대를 토벌하는 전투경찰
이었던 송기열과 빨치산 부대의 대장이었던 일명 짝코가 갱생원에서
조우하게 되는 이야기다. 송기열은 자신을 폐가망신의 길로 이끈 짝코
에 대한 복수심과 명예회복에 대한 일념으로 30년 동안 그를 추적하는
데, 이념에 짓밟히고 파괴된 두 남자의 인생이 여실히 담겨 있다. 또
한, 이 영화에서 사용된 플래시백은 현재의 이야기를 전진시키는 강한
추동력을 갖고 있다는 측면에서 여느 영화의 그것과 사뭇 다르게 다가
온다.

당시 〈짝코〉에 붙여진 '반공 영화'라는 수식어는 작가의 말대로 그야 말로 누명이었을 뿐[5] 형식적으로나 이념적으로나 1980년 한국에서는 기대할 수 없었던 작품이었다. 이런 연유로 〈짝코〉는 근래 재평가되면 서 유수의 영화제로부터 초청받았고 새삼 국내외 평단의 주목을 받기 도 했다.

한국 영화사를 통틀어 걸작으로 손꼽히는 〈만다라〉(1981)는 원작 소설에서 불교 교단에 대한 십 년간의 회상을 상당부분 제하고 철학적 인 대사들로 채워 넣음으로써 두 주인공의 구도를 향한 치열함을 전달 하고자 했다. 법운과 지산이라는 두 인물을 상반된 캐릭터처럼 보이도 록 하되 그들이 추구하는 동일한 목표가 균형을 잡도록 하는 것. 이것 이 송길한 작가가 〈만다라〉에서 사용한 스토리텔링이다. 2년 후 찍은 〈불의 딸〉(1983)에서 무속신앙과 관련해 다시 한 번 존재론적인 이야 기를 다루었지만 그는 샤머니즘의 본질에 대한 이해가 부족한 상태에 서 찍었던 범작이라고 말한다.[6] 그러나 두 작품에는 공히 자신에게 주 어진 신앙적 운명을 몸소 체화해내려는 인물들이 등장한다. 육체는 비 참한 최후를 맞이한 듯 보이지만 영혼은 구원받았음을 암시하면서 희 망을 남기고 있는 것이다. 또한, 이 작품들은 한편으로 강성률 평론가 가 임권택 감독론에서 지적한 것처럼 전통과 근대의 충돌을 문제 삼으 면서 현재, 사라져버린 고유한 정신적 아름다움을 안타까워하고 있는 데,[7] 이러한 주제는 임권택 감독의 후기작들 - 〈서편제〉(1996), 〈축 제〉(1996), 〈춘향뎐〉(2000) 등에서 변주되어 다시 등장한다. 이처 럼 작가와 감독으로서 이들이 만들어낸 화학반응은 그들 개인만의 즐

---

5) 김형석, 앞의 글 참고
6) 정성일, 앞의 글 참고
7) 강성률, 『영화는 역사다』살림터, 2011, p.270 참고

거움이 아니라 한국 영화사의 커다란 소득으로 남아있다.

한편, 두 사람이 합작한 일련의 작품들에서는 억압된 현실을 벗어나 욕망을 표출하거나 과거의 오류를 바로잡아 보려는 인물들이 등장한다. 하지만 극중에서 그러한 시도는 대부분 실패하고 만다. 가령, 〈안개마을〉(1982)의 수옥은 기다려도 오지 않는 약혼자 영훈 대신 깨철과의 관계를 통해 성적 욕구를 해소하게 되나 결국 영훈과 결혼하기 위해 마을을 떠난다. 가정을 두고 첫사랑을 만나기 위해 길을 떠나는 〈나비품에서 울었다〉(1983)의 옥녀 등도 같은 맥락에 있는 인물이다. 〈길소뜸〉(1985)의 화영은 또 어떠한가. 그녀는 이산가족찾기에서 전쟁통에 헤어진 친아들을 만나지만 그 사실을 부인하고 돌아서는 결단을 내린다. 〈티켓〉(1986)의 민마담은 자신이 데리고 있는 다방 레지 세영도 자신과 같은 처지가 될까 염려하다 세영의 애인을 바다에 밀어버리고 정신병원에 수감된다. 이렇게 볼 때, 먼저 놀라게 되는 것은 남성 작가가 한국 사회의 여성이 경험하고 느낄 수 있는 슬픔의 층위를 이토록 폭넓게 그려냈다는 점이다. 성별을 떠나 서민, 약자에 대한 관심과 애정 없이는 만들어낼 수 없는 캐릭터들이다. 그의 작품들에서 인물의 정서가, 인물에 대한 여운이 짙고도 길게 남는 것 또한 이런 이유에서일 것이다.

그러나 평자들에게 보다 보편적으로 중요하게 지적되는 부분은 이 인물들의 고통과 방황이 모두 직간접적으로 작가의 역사 인식과 맞물려 있다는 점이다. 〈짝코〉와 〈길소뜸〉에서는 강하게, 〈티켓〉에서는 사회성 밑으로 보다 은은하게 흐른다는 차이가 있을 뿐이다. 결론적으로 송길한 작가가 바라보았던, 그리고 체험했던 한국의 근현대사는 결코 낭만적, 혹은 낙관적이지 못했다. 그럴 수 밖에서 없는 시절이었다. 그리고 지금 우리는 그의 작품을 통해 그 고통과 절망의 환영을 본다. 희한한 기시감이 사뭇 신기하면서, 썩 유쾌하지가 않다.

〈티켓〉 이후, 25년 만에 〈달빛 길어올리기〉(2010)에서 임권택 감독과 재회하기 전까지 송길한 작가는 장길수, 노세한, 이장호 감독 등과 작업해왔다. 아메리칸 드림의 허상을 꼬집은 〈아메리카 아메리카〉(1988), 배금주의를 비판한 〈불의 나라〉(1989) 등에서는 〈티켓〉의 사회 고발적 성격이 이어지고, 〈명자 아끼꼬 쏘냐〉(1992)에서는 분단과 이념적 갈등의 문제가 다시 대두된다. 세태를 정확하게 읽어내면서도 작가로서의 뚝심을 잃지 않는 필모그래피는 과연 후배들의 귀감일 수밖에 없다.

그런데 소위 '하이 콘셉트'를 지향하는 현(現)영화계에서 오리지널 시나리오와 함께 전업 작가는 거의 사라지게 되었다. 불과 몇 년 전에는 30대 초반의 젊은 시나리오 작가가 굶주림과 추위로 숨을 거두는 사건이 일어나면서 작가들에 대한 영화계의 처우가 얼마나 열악한지 새삼 알려지는 계기가 되기도 했다. 좋은 콘텐츠의 부재를 한탄하고 스토리텔링의 중요성을 강조하면서도 정작 그런 콘텐츠의 보고가 될 인재를 발굴하고 길러내는 데 인색한 현실, 이 기묘한 '아이러니'는 우리가 적극적으로 고민하고 극복해야 할 영화산업의 구조적 문제와 맞닿아 있겠으나⋯ 여기서는 논외로 하자.

대신, 아니 한편, 최근에는 충무로에서 시나리오 작업부터 시작해 이름을 알리다가 본인의 시나리오로 데뷔하는 감독들의 활약이 눈에 띈다. 송길한 작가의 길과는 다르지만 이것은 하나의 현상으로 보는 것이 맞을 것이다. 작가로서 그들의 고민도 매한가지다. 하고 싶은 이야기를 맛깔나게 들려주는 것. 동시에 감독이기에 그 부담은 더할 것이며, 그래서 이들에게는 오랜 세월 산전수전 겪으며 이 방면의 도를 득한 스승이, 선배가 더욱 절실하다.

최동훈 감독은 "글 작업이 잘 안 풀릴 때 〈짝코〉 시나리오를 읽는

다."[8]고 말한 바 있고, 신수원 감독은 영상원 스승인 송길한 작가의 "장하다."는 한 마디 격려에 힘을 얻었다고 한다. 그렇게 송길한 작가의 작품 세계는 천만 관객을 불러 모으는 영화에도, 칸 영화제의 초청을 받는 영화에도 여전히 꿈틀대고 있다. 현재, 후학양성에 힘쓰며 한국 영화가 계속해서 '인간이라는 존재의 뜨겁고 진한 이야기'를 해주기 기대하고 있는 송길한 작가. 그의 예술혼이 길이 계승되기를 소망한다.

---

8) 주성철 정리, "[감독 vs 감독] 최동훈 감독, 〈스카우트〉의 김현석 감독을 만나다", 「씨네 21」, 2007.11.22 참고 http://article.joins.

미국 진출을 위한
한국 영화의 스토리 창작 방향

| 우정권 |

최근 한국 영화가 비약적인 발전을 하고 있는 배경으로 다음 몇 가지를 추론해 볼 수 있다.

첫째, 한국 관객들의 기호에 맞는 맞춤형 토종 영화들이 질적으로 성장하면서 1천만 관객 동원이라는 신화를 창조하기 시작하였고, 밖으로는 해외영화제를 공략하는 국제적 감각의 감독들이 꾸준히 수상을 하게 되면서 자연스럽게 한국 영화에 대한 대중의 관심과 애정이 깊어졌다.

둘째, 할리우드 영화의 부분적 침체와 프랑스를 중심으로 한 유럽 영화와 홍콩 영화의 쇠퇴 등이 외적으로 유리한 환경을 조성해주었다.

셋째, 국가의 미래비전과 전략에 대한 대대적인 전환이 이루어지면서 그후 영화에 대한 정부의 지원정책이 향상되었다.

넷째, CJ와 롯데가 중심이 된 멀티플렉스, 극장으로의 환경개선이 급속히 이루어졌다.

그러나 모든 것이 긍정적이지만은 않다. 문화적 편중현상을 낳고, 우리들만의 리그 속에 갇혀 있는 꼴이 되고 있다. 지금 당장에야 집안

잔치에 큰 호황을 누리고 있을지 모르지만 먼 미래나 장기적 안목으로 내다볼 때 세계 시장에 진출하지 못하면, 지금의 번성이 오히려 독이 될 수가 있다. 문화적 폐쇄주의, 국수주의에 빠져 세계적 문화적 보편성을 외면하며 세계인들과 거리가 있는 영화만 제작되다 보면 우리 영화는 곧 사양길로 접어들 수도 있다.

글로벌 영화로서의 미국 영화

미국은 연간 700여 편 이상의 영화를 제작하고, 4만여 개의 스크린을 통해 연간 11억 명 이상의 관객 동원 수를 기록한다. 이는 세계 영화 시장의 35% 비중이지만 자국 영화의 비율이 무려 95%에 달한다.

미국 영화를 글로벌 영화의 표준으로 인식하는 까닭은 가장 많은 자본력으로 질적으로 가장 다양하고 우수한 영화들을 만들어 내고 있을 뿐만 아니라 세계인들이 가장 폭넓게 보는 영화이기 때문이다. 게다가 최정상의 첨단 테크놀로지와 엔터테인먼트의 인프라를 확보한 상태에서 말 그대로 월드와이드 배급을 실현하고 있는 유일한 국가다. 그리고 영화를 통해 인류 보편성을 담고 있다. 장르가 다르고 배경과 사건이 다르고 인물의 모습이나 성격이 달라도 그 안에 담긴 이야기, 즉 내

우정권
단국대학교 영화콘텐츠전문대학원
스크린라이팅 전공 교수

시나리오에 대한 가치 평가를 통한 흥행 예측 프로그램 개발, 영화 관객의 감성 반응과 스토리와 상호 연관성이 무엇인가를 국제특허를 등록하였다. 최근 저서로 『이야기, 트랜스포머가 되다』(2015)가 있다.

러티브의 정서가 가장 인류 보편적 정서를 담고 있으며, 이를 영화로 표현하는 형식의 완성도 면에 있어서도 가장 볼거리가 있다.

기술과 판타지적 아이디어를 제시하라.

미국 영화는 기술과 자본력의 총합체다. 액션과 어드벤처, 판타지, 애니메이션 장르는 물론 드라마 코미디에 이르기까지 모든 미국 영화는 그들만의 기술과 테크닉이 구현되고 있다. 그 대표적인 것이 항공 뷰와 광범위한 트래킹 숏을 이용한 시각적 스케일의 확장, 그리고 CG를 이용한 매우 적절한 판타지적 표현 등이다. 이러한 장면들이 우리가 보기에는 아름답고 편해 보이지만 그러한 숏을 구현하기 위해서는 많은 자본과 장비, 그리고 기술력이 뒷받침 되어야 한다.

글로벌 영화를 만들기 위해서는 미국 영화들이 구사하고 있는 기술적인 면이나 그걸 구현할 수 있는 판타지 아이디어 장면 하나쯤은 반드시 있을 필요가 있다. 그것은 그런 장면 하나가 영화의 품격을 올릴 뿐만 아니라 미국 영화와 수평 점을 이룰 수 있는 기회기 때문이다. 오랜 시간이 지나 관객들이 영화에 대한 이야기는 다 잊어버려도 영화의 한 장면만큼은 비주얼의 이미지로 기억되는 이유이고 그것들이 쌓이고 쌓여 그 나라 영화에 대한 믿음으로 열매 맺게 되는 이유가 된다.

공간의 미학을 완성해라.

장소가 어디냐에 따라 이야기가 달라지고 분위기와 무드가 달라짐은 물론 관객으로 하여금 동질성을 느끼게도 하고 낯선 곳에 대한 동경과 향수까지 불러일으키게 한다.

최근에 만들어진 우리나라 영화의 예를 하나 들어 보자. 이 영화는 나름대로 흥행의 지수를 알고 있는 감독이 만든 작품이다. 이 영화의 공간은 매우 호화스러우면서 노골적으로 서구적인 모습을 보이려고 애를 쓴 흔적이 보인다. 그 공간에서 살아가는 사람들의 양식 또한 완전한 미국식이다. 아침부터 저녁까지 먹는 것 입는 것, 자는 것, 이동하는 수단까지 모조리 미국식이다. 심지어 미국인인지 알 수는 없지만 외국인도 등장을 하고 중간 중간 일상의 대사도 영어로 주고받는다. 또 그처럼 심혈을 기울여 꾸민 세트임을 미국인들에게 자랑 삼아 보여주기라도 하려는 듯 카메라 앵글은 화려하게 보이는(실제로 화려한 것임에도 조잡한 것으로 보이지만) 그 공간을 보여주려고 시종일관 넓은 풀샷을 애용한다. 그런데 그 안에 흐르는 드라마는 맥이 없다. 연기의 패턴도 전형적인 한국적 TV드라마 수준 정도다. 거기에서 어떤 새로움도 화려함도 없다.

영화의 공간은 등장인물의 캐릭터에 일치되고 이야기 안에 녹아 있어야 한다. 그리고 공간이 주는 이미지는 글로벌 관객들에게 동질감을 느끼게 해주거나 낯선 동경이나 향수를 불러일으키게 할 만한 매력을 발산해 주어야 한다. 흔히 영화의 배경이 되는 장소나 공간들이 사후 관광 명소가 되는 이유는 그곳의 아름다움 때문만이 아니라 그곳에 영화의 스토리나 어떤 이미지가 녹아있다고 기억하기 때문이다. 정작 내용도 없이 일부러 거액을 들여가면서 불편하게 다가오는 공간을 연출하는 일, 그처럼 천박한 일은 없다는 걸 잊지 말아야 한다.

스토리는 우리 모두의 문제여야 한다.

글로벌 영화의 결정적 요소는 사람들이 살아가면서 느끼고 경험하고 관심 갖는 일상의 공감 가능한 스토리에서 나온다. 즉, 개인적으로 혹은 사회나 국가적으로 관심을 갖는 생활 속에서 벌어지는 혹은 벌어질 수 있는 스토리, 그들을 즐겁게 하거나 우울하게 하는 스토리, 감동을 전해주는 스토리, 그들에게 꿈과 희망을 갖게 하는 스토리, 그들이 살아가면서 힘들어하거나 걱정하고 분노하는 스토리, 그리고 그들 안에서 일어나는 크고 작은 사건들 속에서 나온다.

　스토리는 우리가 살아가면서 누구나 갖는 개인의 생존과 관련된 문제임과 동시에 그가 살고 있는 환경, 사회 문화적 제도나 관습 등으로부터 습득된 정서를 바탕으로 하여 이루어진다. 그리고 이런 문제들은 국가와 민족에 상관없이 전 세계 모든 인류가 공통적으로 안고 사는 생사고락의 문제가 되고 희로애락의 원천이 된다. 따라서 글로벌 영화가 지녀야 할 근본적이고 결정적 요소들도 이 틀에서 찾아지는 게 당연하다. 이 틀이란 생활의 틀이자 의식의 틀이고 정서의 틀이자 관습의 틀이기도 하며 제도의 틀이기도 하다. 나아가 이 틀은 국가와 민족에 따라 같기도 하고 다르기도 하는 셀 수 없는 무한한 독립된 정서와 변수들을 가지고 있다. 그럼에도 그 변수들은 영화가 만들어 내는 희로애락이라고 하는 공통된 감정의 교감 틀 안으로 다시 모아진다. 서로 행태가 다르고 정서가 다르다 하더라고 어차피 그것들은 스토리텔링이 주는 감정의 교감 틀 안으로 흡수되어 동화작용을 일으키도록 한다.

스토리는 관객과의 소통을 통해 감동을 주어야 한다.

　영화란 한 마디로 소통의 작업이다. 소통이란 관객들이 내 영화를 보고 긍정적으로 이해하고 공감하여 의미를 읽어내게 하는 것이다. 새롭고 독특한 이야기일수록 좋고, 재미가 있을수록 좋고, 실감나게 표현이 될수록 좋고, 깊이가 있고 감동을 받을 수 있게 하면 더 좋다.

　미국 영화는 3B(Baby, Beauty, Beast)에서 소재의 원천을 찾는다. 그리고 이것을 4N(New, Natural, Native, Naive)이라는

구체적 방식으로 전개시켜 나간다. 즉 미국인이 가장 선호하는 소재와 내용으로는 어린아이와 사랑을 포함한 인간의 아름다움, 그리고 동물이나 야수로 통하는 악한들에 관한 이야기라는 것이고, 그 소재들을 어떻게 만드느냐의 문제는 항상 새롭되, 자연스럽고, 피부에 와 닿게, 그리고 우직하고 진정성 있게 만들어야 한다는 것을 말해주고 있다.

모든 영화는 새로움(New)을 선물해줘야 한다. 새로움이야말로 신선함이다. 소재가 새롭든 내용이 새롭든 형식이 새롭든 새로움이야말로 영화에 있어서 가장 매력적인 설득의 덕목이다. 다음은 Native해야 한다. 이 말을 직역하면 토속적이어야 한다는 말이기도 하거니와 원천성을 유지해줘야 한다는 의미로도 볼 수 있다. 또 앞서 언급했듯이 피부에 와 닿는 이야기, 즉, 남의 이야기가 아닌 내 이야기인 것 같은 착각을 유발시켜 관객을 홀릴 수 있어야 한다. 마지막으로 Naive해야 한다. 이 말의 의미는 솔직해야 한다는 말이며 사기성이 없어야 한다는 말로 이해하는 것이 도움이 될 것 같다. 영화란 어차피 관객을 속이는 수법을 동원하는 것이기 때문에 속는 줄 알면서도 속게 하는 기법, 그러기 위해서라도 영화는 진정성 있게 만들어져야 한다.

멜로와 로맨틱코미디 장르에 도전해라.

사랑이야기를 다루는 멜로야 말로 나라와 민족에 상관없이 가장 보편적으로 받아들여지고 있는 정서이기도 하고 가장 폭넓게 사랑 받는 장르이기도 하다. 미국의 로맨틱코미디는 사회적 제도와 솔직한 여성의 성 심리 등이 주요 소재로 사용되어 있다.

우리나라는 로맨틱코미디에 관한 한 타 장르에 비해 독보적인 관객몰이를 해나가고 있다. 로맨틱코미디의 경우 그 나라 그 시대의 사회상을 담고 있다는 측면에서 보면 의미가 있을 뿐만 아니라 지금 당장

글로벌 영화에 미치지 못한다는 아쉬움 보다는 장차 글로벌 영화로의
가능성을 열어갈 수 있는 장르로 성장시켜야 한다.

가족을 중심으로 한 드라마 장르를 개발하라.

미국 드라마 장르의 영화들은 심리와 인간의 사회적 관심사를 주요
소재로 다루고 있다. 주제를 심오한 정치로 끌어가는 힘을 가지고 있
고 무엇보다 비주얼을 최상화 하는 특징을 지닌다.

우리나라 드라마 장르 영화는 소재가 다양하고, 주제를 깊이 있게
그려낸다. 가족을 소재로 한 드라마 장르는 한국만이 갖고 있는 스토
리 특징이라 할 수 있다. 드라마 장르는 다른 장르와 달리 비교적 적은
제작비로도 제작이 가능한 장르여서 우리나라 같은 경우 글로벌 영화
에 도전해 볼만한 장르다. 드라마 장르 영화는 작은 이야기 자체로 전
세계인에게 감동을 전할 수 있다는 점에서 가족을 소재로 한 스토리 창
작에 집중하여 보는 것도 좋을 것이다.

한국적인 장르를 개발하라.

우리나라는 우리만의 장르 영화로 특성화할 수 있는 궁중사극을 비
롯한 시대물들이 있다.

〈황산벌〉(2003)에 이어 〈왕의 남자〉(2005), 〈사도〉(2015)를 만
든 이준익 감독이 1천만 관객 동원이라는 획기적인 기록에 불을 붙임
으로써 사극영화의 바람을 다시 불게 했다. 그 결과 최근까지 1년에
평균 4~5편의 대작 사극영화가 제작되었으며, 과거 역사를 바라보던
제한적이고 고정적이던 관념의 틀도 과감히 바꾸는 혁신을 이루기도
하였다.

언어가 다르다.

　미국인들이 제3 영화를 보기 싫어하는 이유가 자막을 보아야 하기 때문이라고 한다. 그러나 이 다름의 차이를 극복하기 위해 연기자들에게 영어를 구사하게 하는 것도 다소 무리가 있다.

　문제는 언어 자체가 아니고 그 언어를 통해 만들어내는 대사의 내용과 질과 양의 문제다. 대사의 양을 줄이고 그 대신 비주얼을 강화하여 관객과 친숙해지면 된다. 대사는 보통 한 문장이 20음절 이내, 7~8 어절을 넘지 않는 범위에서 최소화 할 수 있도록 해주는 것이 좋고, 직설적 화법보다는 상징이나 은유의 기법을 사용하는 것이 좋다. 그것이 결과적으로는 함축미를 더하고 대사의 맛을 살려내 줄 수 있다.

미국 시장 진출을 위한 스토리

| 이 남 |

　'미국 시장에 진출하기 위해서는 어떤 스토리의 영화를 만들어야 할까'란 문제는 영화의 흥행을 예측하는 것만큼이나 대답하기 어려운 일일 것입니다. 사실 미국 관객들이 어떤 영화를 좋아하느냐란 질문에 대한 답보다 어떤 영화를 싫어하느냐란 물음에 훨씬 더 분명한 답을 할 수 있습니다. 그리고 한국 영화에는 불행하게도 미국인들이 싫어하는 영화의 범주에 속한다는 사실을 우선 인정해야 합니다. 아시아 영화나 예술영화팬이 아니라 일반 관객들에게 말입니다. 그리고 그건 한국 영화가 비영어, 즉 미국 관객들에게 외국어 영화이기 때문입니다.

　2014년 1월 24일자 타임지에 따르면 미국 영화 시장에서 외국어 영화가 차지하는 비중은 5%도 아니고, 0.5%에 불과합니다. 그리고 영화 뉴스 전문 사이트인 인디와이어닷컴은 2014년 5월 6일 「외로운 자막: 미국 관객들이 외국어 영화를 버리는 이유(The Lonely Subtitle: Here's Why US Audiences Are Abandoning Foreign-Language Films)」라는 기사에서 미국에서 지난 7년간 박스오피스 성적 톱5 외국어 영화의 흥행 수입이 61% 감소하고, 앞으로도 사정이 점점 더 나빠질 것이라고 보도했습니다. 2007년 다섯 편 영화의 총수입은 3천800만 달러였는데 2013년에는 1천500달러에 그친 것입니다. 외국어 영화의 지속적인 매출 하락의 요인으로는 외국어 영화 배급사가 줄어들고 있다는 것, 그리고 디지털 배급의 확산이 꼽힙니다. 와인스틴컴퍼니나 소니픽처스 클래식 등 외국어 영화를 비중 있게 다루던 배급사들이 점점 소극적이 되고 있고, 넷플릭스 등 인기 스트리밍 서비스들도 점점 더 외국어 영화를 버리고 있다는 지적입니다. 워낙 시장 규모도 적은데다 그나마 리스크가 크기 때문에 꺼려한다는 거죠. 그래서 요즘엔 오히려 영어 대사를 많이 사용하는 외국 영화들이 늘고 있는 추세입니다.

미국 관객들이 자막 있는 영화를 싫어한다는 것은 잘 알려진 사실입니다. 자국 영화의 국내 시장 점유율이 97%에 가까운 만큼 미국 관객들은 굳이 외국 영화를 찾아보지 않아도 볼 영화들이 넘쳐나죠. 아쉽지 않습니다. 이런 불리한 여건 속에서도 그동안 흥행 성공을 이룩한 외국어 영화들이 있는 것도 사실입니다. 그럼 다시 앞의 질문으로 돌아와서 어떤 영화들이 미국 관객들에게 어필하는 것일까를 논의하기 위해서 저는 오늘 우선, 지금까지 역사적으로 미국에서 아시아 영화가

이 남

채프먼대학교 영화학 교수

서울 출생으로 서울대학교 국어국문학과를 졸업한 후 한국일보사 일간스포츠 문화부 기자와 중앙일보 영화담당 기자로 활동했다. 2000년 도미, 로스엔젤레스의 남가주대학(USC) 영화학교에서 영화학 석사 및 박사 학위를 취득한 후 2009년부터 캘리포니아 오렌지카운티에 소재한 채프먼대학교 닷지영화 및 미디어예술대학에서 영화학 교수로 재직 중이다.

어떻게 소개되고 소비되었는지를 간략하게 살펴보고, 이어 제가 지난 2009년부터 지금까지 미국 채프먼대학교 닷지영화대학에서 한국 영화를 가르친 경험을 바탕으로 미국 관객들, 좀 더 구체적으로는 젊은 관객층이 한국 영화의 어떤 점을 좋아하고, 어떤 점을 낯설어하는지에 대해 이야기하고자 합니다.

미국을 포함한 서구에서 처음으로 널리 소개되고 상영된 아시아 영화는 일본 감독 구로사와 아키라의 〈라쇼몽〉입니다. 1951년 베니스 영화제에서 황금사자상을 수상하면서 전 세계에 일본 영화의 존재를 알렸습니다. 이후 구로사와 아키라는 〈7인의 사무라이〉〈요짐보〉〈츠바키 산주로〉 등의 영화로 서구에서 일본, 나아가 아시아를 대표하는 감독으로 자리 잡았습니다. (그것은 지금까지도 마찬가지입니다. 지난달, 부산영화제에서 아시아 영화 100을 설문조사해서 선정했을 때, 제 동료교수들과 학생들에게 1위 작품이 뭐였겠냐고 물었더니 열이면 열, 〈7인의 사무라이〉 아니냐고 했습니다. 당시 일본 영화계에는 구로사와에 앞서 미조구치 겐지, 오즈 야스지로 등 일본에서 인기 있는 훌륭한 감독들이 있었지만 일본 영화계는 구로사와가 일본 감독 중 '가장 서구적인 감독'이라 여겨 그가 서구 시장에서 통할 것이라고 생각했습니다. 미국 관객들이 구로사와 영화가 가장 서구적이기 때문에 좋아했는지, 아니면 다이내믹한 영화적 힘과 에너지 때문에 좋아했는지, 아니면 '진리의 상대성'이란 주제가 제2차 세계대전이 끝난 전후시기의 분위기에 맞아떨어져 이끌렸는지는 확실히 단정하기 힘듭니다. 아마도 이 세 가지가 다 작용했을 테지요.

하지만 구로사와 아키라의 영화들이 형식면에서 미국 관객들에게 이미 친숙한 장르를 닮았다는 사실은 부정할 수 없습니다. 그의 많은 사무라이 영화들이 가장 미국적인 장르인 서부 영화로 리메이크되었고, 스티븐 스필버그, 샘 페킨파, 프랜시스 코폴라, 조지 루커스 등등 많은 할리우드 감독들이 주제와 스타일 면에서 그에게 깊은 영향을 받은 데서도 이를 알 수 있습니다. 미국의 일본 영화학자 데이비드 데서는 「아시아 소비하기: 중국 및 일본의 대중문화와 미국적 상상도 (Consuming Asia: Chinese and Japanese Popular Culture and the American Imaginary)」란 소논문에서 사무라이영화의 인기의 배경에는 제2차 세계대전 후 변화된 미국 사회가 있음을 지적하기도 했습니다. 전쟁을 겪으면서 미국도 개인 혹은 남녀커플보다 집단을 우선시하는 경향이 생겨나면서 사무라이 영화들에 심정적으로 호응을 하는 사회적 분위기가 만들어졌다는 분석입니다.

사무라이 영화와 함께 1950년대에 일본에서 인기를 누린 영화로 〈고지라〉(1954)를 비롯한 괴수영화들이 있습니다. 〈고지라〉는 1956년 〈고질라, 괴수의 왕〉(Godzilla, the king of the Monsters)이란 제목으로 미국에서 개봉했는데 관객들을 위해 영어로 더빙되고, 재편집된 형태로 상영되었습니다. 미국 관객들에게 친숙함을 높이기 위해 원작 영화에서 몇몇 장면들을 삭제하고, 대신 레이먼드 버라는 배우를 주인공으로 내세워 새로운 장면들을 찍어 넣었던 것이죠. 일본에 출장왔다가 고지라 상태를 맞아 취재에 나서는 미국인 기자가 주인공인 영화로 둔갑한 것입니다. 이러한 일본 괴수 영화는 할리우드에서도 이미 1932년에 크게 히트한 〈킹콩〉을 통해 친숙한 장르였습니다. 그리고 〈고지라〉가 갖고 있는 핵에 대한 공포와 경고에 대해 많은 미국 관객들이 호응했던 점도 작용했을 겁니다. 1950년대에 미국에서 괴수/괴물 영화가 새롭게 붐을 이루는 주요 장르로 떠올랐습니다.

이렇듯 아시아 영화가 미국에 소개되기 시작한 1950년대 초창기를 보면 일본 영화가 주도를 했고, 그 배경에는 미국 관객들에게 이미 친숙한 장르였다는 점, 그리고 뭔가 시대적인 코드를 건드리는 게 있었다는 걸 알 수 있습니다. 이들 일본 대중 영화와 함께 구로사와, 미조구치 겐지, 오즈 야스지로 등이 예술 영화 서킷에서 각광을 받았고, 이는 또한 1960년대 미국 베이비붐 세대의 일본 문화 열풍과도 연결되었습니다.

일본 영화에 이어 미국 시장에서 인기를 누린 아시아 영화로는 다들 아시겠지만 홍콩 영화가 있습니다. 1990년대에 미국에서 가장 인기 있는 외국 영화는 홍콩 영화였습니다. 그리고 그 붐을 일으킨 주인공은 1970년대 초 쿵푸 영화로 세계를 사로잡은 브루스 리입니다. 1970년대는 홍콩 무술 영화에 힘입어 처음으로 미국 주류 극장가에서 아시아 영화가 홍수를 이룬 시기였습니다. 홍콩에서 활약하던 한국 감독 정창화의 〈죽음의 다섯 손가락〉(1973)은 거의 3개월간 미국 박스오피스 상위권에 머물렀습니다. 식민지 권력의 억압과 착취에 항거하는 이야기를 담은 브루스 리의 쿵푸 영화들이 인기를 얻은 시가가 베트남전쟁이 끝나는 시기와 맞물린다는 사실을 들어 1970년대 홍콩 무술 영화들의 인기를 설명하는 사회사적 분석도 설득력이 있습니다. 또 당시 쿵푸 영화들은 미국 내에서 주류 관객층이 아니라 카운터컬처 운동을 했던 젊은 세대와 또 흑인, 라티노와 아시아계 청년층에게 주로 어필했으며 바로 이런 점 때문에 홍콩 영화 붐이 지속되지 못하고 쇠퇴하게 된 측면이 있습니다. 대신 할리우드가 자체적으로 무술 영화들을 제작해 공급했죠. 척 노리스, 장 클로드 밴담, 스티븐 시걸 등의 배우가 등장하는 영화들입니다.

미국 내 홍콩 영화의 인기가 1980년대와 1990년대 들어서면 오우삼 감독의 갱스터 영화로 다시 붐을 일으키게 됩니다. 그러면서 다 아시는 바와 같이 오우삼을 비롯, 성룡, 이연걸, 주윤발 등 홍콩 영화를 대표하던 영화인들이 홍콩의 중국 반환을 앞두고 대거 할리우드로 건너가 활약을 하게 되면서 홍콩 영화는 쇠퇴하게 되었고, 그 빈자리를 지금 한국 영화와 대중문화가 차지하게 되었다고 할 수 있습니다. 이렇듯 미국 내에서 인기를 누린 아시아 영화를 역사적으로 돌아보면 뚜렷한 장르영화라는 점, 형식면에서 미국 관객들에게 뭔가 낯설지만 기본적으로 친숙하다는 점, 그리고 어딘가 시대적인 정신을 건드리는 점이 있었다는 것입니다. 평이한 드라마를 다룬 영화들보다 사무라이 영화, 쿵푸 영화, 괴수 영화 위주로 인기를 모은 것은 미국 및 서구사회의 오리엔탈리즘과도 무관하지는 않겠지만요. 미국 박스오피스에서 역대 최고 흥행을 기록한 영화는 리안 감독의 〈와호장룡〉(2000)으로 할리우드 영화와 중국 무술 영화를 결합한 중국어 영화이고, 이의 흥행에 자극받아 장이모 감독의 〈영웅〉(2002) 등을 만들어 한때 흥행에 성공했지만 길게 가지는 않았습니다.

1980년대 말부터 미국 청소년층으로부터 시작해 크게 인기를 얻고 있는 아시아 대중문화로 일본 애니메이션을 들 수 있습니다. 1989년 〈아키라〉를 시작으로 미야자키 하야오의 작품들에 이르기까지 일본 애니메이션은 일본의 망가, 비디오게임 등과 더불어 현재 미국의 20대 젊은 세대의 어린 시절에서 빼놓을 수 없는 문화 향수인데 일본학자 코이치 이와부치는 「'일본화'를 진지하게 고려하다: 문화적 세계화 재조명(Taking 'Japanization' Seriously: Cultural Globalization Reconsidered)」이란 논문에서 이러한 일본 애니메이션의 특징으로 그 작품들을 생산한 나라, 즉 일본의 고유문화나 가치가 느껴지지 않는, '문화적 무취' 혹은 '무국적'이란 점을 꼽고 있습니다. 〈공각기동대〉(1995)를 만든 오시이 마모루는 "일본의 애니메이터들과 만화가들은 매력적인 캐릭터를 그리고 싶으면 일본인이 아닌 백인을 모델로 그린다."는 이야기를 했다고 코이치 이와부치는 덧붙였습니다.

지금은 레이블이 중단됐지만 2000년대 들어 아시아 영화는 타르탄

비디오사에 의해서 'Asian Extreme'이란 브랜드로 배급되고, DVD로 소구되었습니다. 아시아 영화는 공포, 폭력이란 주제면에서 할리우드 영화에선 하기 어려운 극단적인 영화가 아닌 아시아 영화들도 여기에 포함되는 무리가 있기도 했고, 이는 아시아 영화에 대한 또 다른 오리엔탈리즘으로 왜곡된 이미지를 심어준 대표적인 브랜딩 사례라고 할 수 있습니다. 미국 주류문화와는 거리가 멀고 극단적으로 이국적인 아시아 문화권의 영화 중 하나로서 국적이 탈색된 채 하위문화로 시장을 형성하는 측면이 있었습니다. 무리가 있다 보니 레이블이 중단될 수밖에 없었겠죠. 어쨌든 이 브랜딩 역시 공포 영화, 스릴러 등 미국에서 익숙한 장르물들을 위주로 이루어졌었습니다.

이렇듯 과거의 사례에서 우리가 유추할 수 있는 것은 미국 관객들에게 어필하는 외국어 영화들은 뭔가 '익숙하면서도 낯선', 혹은 '낯설면서도 뭔가 익숙한' 무엇이 있어야 한다는 것 같습니다. 이는 한국 영화가 2000년 이후에 배출한 많은 세계적 감독들 중에서 박찬욱, 김지운, 봉준호 세 감독이 유독 미국 관객들에게 인기 있는 이유와도 일맥상통하는 점입니다. 세 감독 모두 할리우드의 장르를 기반으로 자기만의 독특한 세계를 구축한 감독들이니까요. 그래서 저는 미국 시장에서 보다 널리 통할 수 있는 영화를 만들기 위해서는 할리우드 장르에 기반 한 스토리를 써야하지 않을까 하는 생각을 합니다. 한국 영화가 미국의 예술영화팬이나 아시아 영화 마니아층을 벗어나 관객층을 넓히기 위해서 말입니다. 장르 영화가 아닌 드라마라도 할리우드 영화문법에서 크게 벗어나면 일반 관객의 호응을 얻기 힘들어진다고 생각합니다.

이런 제 주장을 이제 미국 학생들에게 한국 영화를 비롯한 비할리우드 영화를 가르친 경험을 토대로 뒷받침해보겠습니다. 우선, 제가 학생들에게 미국 영화시장에 진출하고 싶어 하는 한국 감독들에게 조언을 한다면 무엇을 말해주고 싶은가란 질문에 많은 학생들이 "영어로 제작하고, 스타를 기용하는 것이요."라고 대답했습니다. 지금 20대 관객층은 일본 비디오게임에 익숙한 세대여서 이전 세대보다 자막에 익숙해졌다고는 해도 역시 자막을 읽어야 하는 외국어 영화는 몰입이 힘들다는 것입니다. 미국 개봉 한국 영화 역대 흥행 순위 1, 2위인 〈디 워〉(1천097만 달러)와 〈설국열차〉(456만 달러)가 모두 영어를 사용하고 미국에서 알려진 배우들을 기용해 만든 작품이란 점이 이를 잘 뒷받침해줍니다.

영화학교 학생이라도 미국 학부생들의 경우, 대학에서 처음으로 아시아 영화, 심지어는 외국 영화를 처음으로 접하는 학생들이 꽤 많습니다. 예전에 외국 영화를 봤다는 학생들도 고등학교 수업시간에 처음 보았다는 학생들이 대부분입니다. 하지만 고무적인 것은 아시아 영화를 접하고 나면 그중에서 한국 영화를 제일 좋아한다는 점입니다. 한 학생은 "저는 아시아에 가본 적도 없고, 아시아 영화를 본 것도 이번이 처음인데 한국 영화가 가장 재밌었어요. 한국 영화를 보니 한국 사회가 미국 사회와 비슷한 점이 많은 것 같단 생각이 들었습니다."고 이야기해서 제가 참 놀랐습니다. 맞는 말이니까요.

일본 영화나 중국 영화에 비해서 한국 영화를 좋아하는 이유가 영화 문법이 할리우드 문법에 가장 유사하기 때문이라고 생각합니다. 특히 요즘 블록버스터 영화 제작이 활발한 중국과 한국의 영화들을 비교할 경우, 중국은 시공간의 스케일이 큰 역사물을 많이 만드는 반면, 한국 영화는 현대적인 이야기들을 하기 때문에 어찌 보면 공감의 폭이 상대적으로 크다는 장점이 있습니다. 중국 영화는 그 스케일에 압도되지만 주제나 형식면에서 할리우드 문법과는 거리가 있습니다.

할리우드 문법이라고 할 때 이는 스토리의 전개방식은 물론 편집 등 기술적인 면들도 포함하지만 스토리텔링의 관점에서만 보자면 아리스토텔레스가 시학에서 이야기한 '삼막 구조'가 기본을 이룬다고 하겠습니다. 그리고 무엇보다도 주인공 캐릭터에게 감정을 이입할 수 있어야 합니다. 주인공과 자신을 동일시하고 그에게 몰입할 수 없으면 매우 불편해 합니다. 한 번은 김기영 감독의 〈하녀〉를 보여주었는데 주인공 남자의 도덕적인 결함 때문에 어디에 마음을 두어야 할지 불편했다고 하는 반응들이 꽤 많았습니다. 그러니까 기본적으로 이야기는 주인공인 캐릭터가 어떤 목표 혹은 희망사항을 지니고 있는데 (그것이 괴물을 퇴치하는 것이든, 경쟁을 뚫고 사랑을 쟁취하는 것이든) 그것을 성취하는 과정에서 난관이 있고 (그것이 외부에서 오는 난관이든 아니면 자신의 잘못에 의한 난관이든) 그 난관을 극복해가는 과정을 통해 주인공과 관객이 하나가 되고, 마지막에는 마침내 목적을 달성하는 성공을 이루는 해피엔딩으로 마무리되는 스토리구조입니다. 미국 관객들은 이런 스토리에 매우 익숙해 있고, 그래서 심지어는 이런 구조에서 벗어나면 '다른 영화'가 아니라 '잘못 만든 영화' '나쁜 영화'라고 서슴없이 비판하는 학생들도 적지 않습니다.

미국 학생들을 가르치다 보면 개인의 노력과 성취라는 긍정적인 마인드가 강해서 미국 사람들이 그런 식으로 사고를 하기 때문에 미국 사람들의 사고방식이 그런 것인지, 즉 닭이 먼저인지 달걀이 먼저인지 헷갈릴 정도로 영화의 세계와 실제의 사고가 일치하는 점이 많습니다. 요즘 한국 영화들을 접하면 해피엔딩이 별로 없고, 파국이나 절망으로 끝나는 영화들이 많지요. 한국 영화가 미국 영화와 많이 다른 점이 바로 이런 비극적인, 혹은 비관적인 결말로 끝난다는 점입니다. 그만큼 현실을 반영한다는 것이기도 하구요. 하지만 할리우드 영화는 기본적으로 '꿈의 공장'입니다.

한국 영화에서 미국 학생들이 가장 불편해하는 점은 신파적인 요소입니다. 드러내놓고 슬픈 감정과 눈물을 드러내는 것을 싫어합니다.

약한 모습을 내보이는 걸 꺼려해요. 할리우드 영화는 기본적으로 주인공 개인이 적극적인 목표를 갖고 능동적으로 장애들을 헤치고 나아가면서 관객들의 공감과 동일시를 이끌어내는 구조를 지니고 있습니다. 주인공의 능동성이야말로 어찌 보면 아시아 영화들이 할리우드 영화와 크게 구분되는 점이라고도 할 수 있습니다. 미국식 사고로는 개인이 열심히 노력하면 대부분의 문제를 해결할 수 있습니다. 하지만 한국이나 중국의 경우, 사람들은 개인의 통제 범위를 넘어서는 사건들이 개인의 삶을 지배하는 것을 역사적으로 많이 경험해왔습니다. 하지만 미국인들은 그런 역사적 경험이 적기 때문에 역사의 거대한 사건 혹은 흐름 앞에서 어쩔 수 없이 당하는 개인의 무기력함에 대한 이해가 별로 없는 듯합니다. 그래서 수동적인 주인공들에게 답답함을 느끼게 되는 거죠. (장이모의 〈인생〉이나 김태용 감독의 〈만추〉 등의 예.)

그리고 할리우드 영화는 개인의 이야기지만 동시에 그것을 보편적인 이야기로 만들어냅니다. 예를 들어 봉준호 감독의 〈괴물〉의 영향을 받았다고 하는 J.J. 에이브럼스 감독의 〈슈퍼 8〉도 괴물의 이야기를 성장 영화의 틀에 담아내고 있지요. 지역성보다는 보편성을 지닌 이야기로 다수 관객의 공감을 이끌어냅니다.

다른 문화권의 관객들을 위해 이야기를 만들어내는 일은 쉬운 일이 아닙니다. 그들의 문화를 이해하고 또 그들에게 공감을 이끌어낼 수 있는 소재의 이야기를 담아야 하니까요. 그리고 좋은 스토리는 할리우드 스튜디오들도 찾기 위해 혈안이 되어 있다고 해도 과언이 아닙니다. 채프먼대학 영화학교에서도 늘 강조하는 게 스토리텔링, 스토리텔링입니다. 사실 한국 영화를 접한 미국 영화인들이 한결같이 하는 이야기는 한국 영화는 스토리가 탄탄하다고 한다는 겁니다. 미국 블록버스터 영화들은 스펙터클에 밀려 내러티브가 약해진 지가 꽤 됐습니다. 사실 한국은 미국보다 이야깃거리가 훨씬 많은 곳이기도 합니다. 그런 이야기들을 어떻게 보편성을 가진 이야기로 만들어 내느냐가 관건이겠지요.

결론적으로 다시 한 번 강조한다면, 미국 관객들에게 다가가기 위해서는 언어의 문제가 가장 큰 장애라고 할 수 있고, 나아가 그들에게 친숙한 방식으로 이야기를 풀어야 한다는 것입니다. 할리우드 장르에 바탕을 두고 변형한 영화들이 그렇지 않은 영화들에 비해 미국에서 인기 있는 이유입니다. 프랑스에서 각광받는 홍상수 감독의 영화가 예술 영화팬들 이외의 관객층까지 끌어안지 못하는 것은 할리우드식의 드라마틱한 전개가 없이 아무 사건도 일어나지 않는 게 너무 낯설고 혼란스럽게 다가오기 때문입니다. 즉 이야기는 우선 목표를 지닌 주인공의 소망이 있어야 하고, 그 주인공은 그 목표를 달성하는 것에 어려움을 겪는데 외부적인 난관도 중요하지만 스스로의 결함도 작용합니다. 즉, 주인공은 스스로의 잘못이나 실수를 깨닫고 성장하게 되는 것을 보여주는 거죠. 무엇보다도 주인공 캐릭터에게 관객이 호감을 갖고 그가 성공하는 모습을 함께 지켜보면서 행복한 결말을 맞는 게 미국 관객들에게 가장 익숙한 이야기구조라 하겠습니다. 그리고 이와 더불어 동시대를 사는 글로벌 시티즌으로서 공감할 수 있는 보편적인 주제를 다룬다면 더 좋겠지요.

시나리오로
보는 영화

김성훈 영화감독

출생 | 1971년 2월 20일, 강원도 강릉
학력 | 한국외국어대학교 학사
수상 | 2015년 제51회 백상예술대상 영화부문 감독상
　　　2015년 제20회 춘사영화상 최우수 감독상
　　　2014년 제35회 청룡영화상 각본상
　　　2014년 제51회 대종상영화제 감독상

터널
각본, 연출
2016

끝까지 간다
각본, 연출
2014

끝까지 간다

프롤로그.

밤이슬 먹은 스산한 산 속. 퍽. 퍽. 퍽. 뭔가 음산한 소리가 이어지고. 보면, 거친 숨을 몰아쉬며 무덤을 파고 있는 어느 사내의 그로테스크한 실루엣. 삽질이 끝나고. 다 판 무덤 속으로 어느 순간 뛰어 들어가는 사내. 잠시. 또 다른 누구의 시선인 듯, 점점 무덤으로 다가가고. 점점 드러나는 사내의 뒷모습은. 무릎을 꿇고 열심히 무언가를 하고 있고. 그 모습에 거의 다다를 즈음. 팟! 사내에게 쏟아지는 플래시 불빛! 놀란 사내가 돌아보고. 눈이 부신 듯 손을 치켜들면, 잔뜩 더럽혀진 손. 손에 든 칼!

고건수 헉헉… 헉헉….

거친 숨을 토해내는, 놀란 건수의 강렬한 얼굴에서 툭. 암전. 〈끝까지 간다〉 시그널.

S#1. 장례식장. 분향실. 밤

암전 상태. 남자 목소리가 들린다.

영철(o.s) 형님… 형님… 형님 좀 일어나 보세요.

상주 복장의 고건수(프롤로그의 그 사내), 잠에 취해 힘겹게 눈을 뜨면 서서히 보이는 풍경. 장례식장 분향실. 70대 노인의 영정사진이 놓여있다.

건수, 아직 꿈인가? 현실이다. 분향실 한 쪽에 기대 쪽잠을 자던 건수, 지독한 꿈에서 빠져나오는 중이다. 건수 무릎엔 딸 민아(6세)도 잠들어 있다. 매제 영철이 조심스레 건수를 깨운다.

영철 형님, 저기 좀 나가보셔야 할 것 같은데요.

건수, 피곤한 얼굴로 돌아보면 밖에서 누군가 언성을 높이고 있다. 담요를 접어 민아 머리 밑에 받쳐놓고 일어나는 건수.

S#2. 장례식장. 복도. 밤

어수선한 장례식장 복도. 상조회사 직원이 카탈로그를 펼쳐놓고 상복을 입은 여인(건수 여동생)과 말씨름 중이다.

여동생 아니, 그러니까…. 됐고. 그냥 처음에 계약했던 걸로 해주세요. 그럼 되잖아요.
상조직원 그 관은 이제 생산 자체가 안 된다고 벌써 몇 번이나 말씀드렸잖아요. (답답하다는 표정. 전단지에 나온 관 하나를 가리키며) 이걸로 하시죠. 이게 저번에 고르신 거 보다 사이즈도 넉넉하고 원목도 훨씬 좋은 겁니다. 저희 쪽 불찰도 있고 하니 15프로 빼드리겠습니다.

관 사진 밑으로 꽤 비싼 가격이 매겨져 있다.

여동생 아저씨, 넓고 자시고 다 필요 없고, 그냥 계약대로 하자니까요.
상조직원 없는 걸 지금 당장 어떻게 가져다 드립니까. 사과 궤짝 만드는 것도 아니고.

건수, 소란스러움이 못마땅하다.

고건수 그냥 그걸로 할게요. 됐죠? 희영이, 넌 들어가고.
상조직원 아, 이게 정말 좋은 거거든요. (다가와 계산기를 꺼내든다) 그럼 오버
차지가….
고건수 나중에 합시다. 나중에.
상조직원 아 예, 그럼 저희가 잘 계산해서 청구하겠습니다. 감사합니다.

S#3. 장례식장. 분향실. 밤

어머니 영정 앞으로 돌아온 건수, 마른침을 삼키다 물을 찾는다. 뒤따라
오는 여동생.

여동생 오빠, 저 사람들 비싼 거 팔라고 일부러 그러는 거야. 딱 보면 몰라?
고건수 엄마 복잡한 병실에 지겹도록 있다 가셨는데 이제라도 널찍한 곳에서 혼
자 편히 계시면 좋잖아.
여동생 그 관 얼만 줄 알아? 지금 엄마 병원비 정산 안 된 것도 한참이야.
고건수 알아서 할게.
여동생 뭘 알아서 해. 지금 민아 유치원 특별활동비도 두 달이나 밀렸는데.
고건수 엄마 앞에서 돈 얘기 좀 하지 말자. 곧 돈 들어 올 때가 있으니까 걱정
끊고 맥주나 하나 갖고 와봐.
여동생 (못마땅) 그래, 오빠만 효자여, 나만 못된 딸이고.

돌아서던 여동생, 입구에 서 있는 여인을 보고 멈춰 선다.

여동생 (굳은 얼굴로) 언니가 웬일이세요?

여동생 말에 쳐다보는 건수. 그냥, 본다.

S#4. 장례식장 앞 주차장. 밤

어둑한 후미진 곳에 어정쩡하게 서 있는 건수와 여인. 건수, 캔 맥주 하나
를 다 마시고는 여인 앞에 놓인 맥주를 가져간다.

고건수 안 먹지? (따서 한 모금)
전처 (개의치 않고) 잘 있었어?
고건수 (에휴) 웬일이냐?
전처 전 며느리로써 당연히 와야지.
고건수 (맥주가 목에 걸린다. 컥.) 너 옷이나 보고 얘기해.

조문객으로 보기엔, 그 복장이 어울리지 않는다.

고건수 왜 왔나?
전처 나 곧 미국 가. 민아, 미국 데려가게 해 줘.
고건수 안 되는 거, 기본적인 상식과 염치가 있는 사람이라면 잘 알 거 아냐.
전처 상식은 모르겠고 그냥 현실만 보이네. 남자 혼자 돈 없이 여자 애 키우는
거, 애 어른, 둘 다 힘들어져. 여기서 밤낮으로 야근하는 아빠랑….
고건수 낮엔 야근 안 해. 오바 떨지 마.

전처 그래서, 나랑 미국 가는 게 민아한테 더 나은 조건이라 생각해. (못마땅해하는 건수 표정) 곧 소송 들어 갈 거야.

고건수 장례식장까지 찾아 와서 한다는 말이. 순간 욕 나올 뻔 했다, 야.

전처 시간이 없어서. 민아를 위한 일이라 이해해줘. 나 잘 하고 싶어.

고건수 그래, 그래도 엄마니까 잘 하겠다는 건 좋은데, 애가 싫다잖아. 6살 먹은 애가 엄마 싫고 아빠랑 살겠다잖아. 그게 정상이냐? 너 그 남자랑 미국 가서 잘 살아. 그냥 하던 대로 해.

전처 그럼 유치원비도 제대로 못내는 조건에서 애 키우라고?

고건수 (이런 씨…) 나 이제 승진도 하고 돈도 있거든.

전처 (피식) 얼마나?

고건수 (뭔가 말을 하려다) 관두자. (맥주를 들이키고는) 이왕 온 거, 그냥 민아랑 밥이나 먹고 가라.

전처 나 이런 음식 안 먹는 거 알잖아. 그리고 집 내놨어. 곧 빼줘야 할거야.

고건수 (우라질)

순간, 의도인지 우연인지 대차게 나오는 트림, 꺼억. 뒤이어 따르릉, 벨이 울린다. 건수, 받으면.

고건수 어, 왜? (순간, 확 올라온다) 아, 진짜 오늘 다 왜 이러는데!

휙. 갑자기 뒤돌아 달려가는 건수, 전처의 부름에도 서둘러 사라진다.

S#5. 도로. 차 안. 밤 – 비온 후

부와왕 젖은 도로 위를 빠르게 달리는 자동차. 상주복장에 완장까지 그대로 운전 중인 건수, 통화 중이다.

고건수 가고 있다, 자식아. 가고 있어.

후배(o.s) 그래도 어떻게 나오셨습니다. (한숨) 어디십니까?

고건수 (귀찮다) 몰라.

후배(o.s) 그냥 열쇠 둔 데만 알려주시면 제가 잘 감춰둘 수 있는데 말입니다.

고건수 (답답하다) 열쇠가 여깄다니까 걔들은 언제 온대?

후배(o.s) 한 시간 안으로 도착한다는데… 빨리 좀 오셔야 할 것 같습니다.

고건수 안달 좀 하지 마. 금방 가.

후배(o.s) 그럼 빨리 오시지 말입니다.

고건수 알았으니까 내 자리 건들지 마라. 야 끊어 봐. (다시 받으며) 왜?

S#6. 장례식장 – 도로(교차). 밤.

백발성성한 어른들이 상주가 어디 갔냐며 소리 지르는 어수선한 장례식장
분위기. 건수 여동생이 구석에서 통화 중이다.

여동생 오빠, 언제 와? 어른들이 상주가 자리 비웠다고 뭐라 그러잖아.

고건수 내가 오죽하면 장례 치르다 나오겠냐.

여동생 도대체 뭔 일인데?

고건수 됐고. 금방 갈 테니까 김 서방이랑 잘 좀 하고 있어. 알았지?

여동생 효자 생색은 지 혼자 다 내시더니 자리도 안 지키고. 빨랑 와!

고건수 (에휴) 민아는?

여동생 오빠 새낀 잘~ 있다.

고건수 야, 너 죽을래?

전화를 끊어버리는 여동생. 에휴. 핸드폰을 툭 던져놓곤 담배를 찾아 더듬거리는 건수, 교차로로 진입하는데 대각선 방향에서 오던 트럭이 다급히 경적을 울려댄다. 건수, 놀라 핸들을 휙 돌리며 급브레이크를 밟자, 끼이익 가까스로 비켜나는 가 싶더니 백미러가 트럭 짐칸에 살짝 부딪치고 멈춰 선다. 빠직 깨져버린 사이드 미러. 흥분한 건수, 곧장 후진하여 트럭 옆에 차를 붙인다.

고건수 (대뜸) 야 이 새끼야 운전 똑바로 안 해!

황당해하는 트럭사내.

트럭사내1 이런 미친 새끼. 빨간 불에 들이 댄 게 누군데! 완전 또라이 새끼네.

건수, 시간을 확인하고는 차에서 내린다.

고건수 바쁘다, 빨리 내려.
트럭사내1 (피식, 뒷좌석을 보며) 우리 보고 내리란다.

우리? 아뿔싸…. 뒷좌석에 있던 또 하나의 사내가 같이 내리면 2대1, 게다가 체격 또한 훌륭하다. 건수 주춤 하는데… 사내들, 이미 낡은 트럭에서 애써 기스 흔적을 찾아낸다.

트럭사내2 (오버하며) 많이 긁혔네.
트럭사내1 (냄새를 맡은 듯, 킁킁) 술 드셨네!

음주운전까지 들통 난 건수, 더 끌수록 손해다.

고건수 관두자.

다시 차에 오르려는데 쿵 발로 차문을 밀쳐버리는 트럭사내2. 건수, 얼굴이 굳는다.

트럭사내2 어딜 도망가. 뺑소니까지 하시려고?
트럭사내1 (핸드폰 들고는) 우짤래요? (차 기스를 보고는) 300에 합의하던가. (건수 반응이 없자) 알았으. 신고하지 뭐.

그 순간, 쾅! 순식간에 사내2를 쓰러뜨리고는 당황하는 사내1의 팔을 꺾어 핸드폰을 뺏는다. 팔이 꺾인 사내1, 힘을 써보나 소용없다.

트럭사내1 이거 안 놔? 너 뒤진다! 어쭈, 어쭈, 어 아, 야 새끼야, 아, 아! 아, (너무 아프다) 잘못했어. 아. 아저씨, 아, 아.

그제야 팔을 놔주는 건수, 아파하는 사내1에게 만 원짜리 두어 장을 건넨다.

고건수 파스나 사 붙여.

너덜거리는 상주완장을 끌러 주머니에 넣는 건수. 바로 앞 편의점에선 점원 하나가 구경하다 잽싸게 들어간다.

S#7. 사거리 편의점. 밤

'딸랑' 건수가 들어오자 긴장하는 점원. 서둘러 드링크를 꺼내 마시는 건수, 입안을 한참 헹구고는 껌 한통을 뜯어 전부 입에 털어 넣는다. 슬금슬금 눈치를 보는 점원.

고건수 저기요.

순간 움찔. 대뜸 얼굴에 입김을 훅 부는 건수.

고건수 술 냄새 나요?

불쾌하고 어이없다. 하지만 상대의 활극을 목격한지라.

점원 좀만 더 씹으세요.

S#8. 도로. 차 안. 밤

질겅질겅 껌을 씹으며 운전 중인 건수. 흔들흔들 딸과 함께 낚시하는 사진이 좌우로 휘청거린다. 왠지 스산한 기운마저 느껴지는 어두컴컴한 도로. 도로 위에 뭔가 보이는가 싶더니 순식간에 개 한 마리가 시야에 들어온다. 빠앙 경적소리에도 비킬 생각을 않자 황급히 옆으로 피해가는 건수. 짜증난 듯 백미러로 노려보는데 갑자기 차창 앞으로 불쑥 들어오는 사람 형체. 쿵! 충격과 동시에 끼이이익 도로 바깥으로 처박히듯 멈춰서는 차. 거친 호흡과 함께 차에서 내리는 건수, 한발 한발 조심스럽게 다가가면 매서운 눈매의 남자, 눈을 부릅뜬 채 미동도 없이 누워있다.

고건수 저기요⋯ 저기요⋯.

아무 대답이 없다. 조심스레 손을 코에 대보면, 호흡이 없다. 머릿속이 하얘지는 건수, 어찌할 바를 몰라 남자를 흔들어보는데. 머리맡으로 쿨럭쿨럭 흘러나오는 피. 이런! 자기도 모르게 물러나 앉는 건수, 정신없이 흔들리는 건수의 눈동자. 안색이 새파래진 건수, 멍하니 쳐다만 보는데 순간, 바스락! 등 뒤에서 느껴지는 기척! 쭈뼛 놀라 돌아보면 유기견 한 마리가 빤히 자기를 쳐다보고 있다. 헉! 거친 숨을 토해내는 건수. 마주보며 헥헥. 꼬리만 흔드는 유기견. 넋 나간 얼굴로 유기견을 보던 건수, 벌떡 일어나 차로 돌아가다가 우뚝 멈춰 선다.
핸드폰을 꺼내는 건수 망설이다가 '112'를 누른다. 통화버튼을 누르려는데 순간, 따르릉! 따르릉! 정적을 깨는 벨소리에 화들짝 놀라 받으면 건수 딸, 민아다.

고건수 (당황) 여보세요?

민아(o.s) 아빠, 지금 뭐 해?

고건수 어⋯ 어⋯ 어, 왜?

민아(o.s) 아빠 언제 오는데?

고건수 어⋯ 가야지⋯ 이따가⋯ 이따가 가야지.

민아(o.s) 아빠. 근데 올 때 초코렛 케잌 사줘라. 나 오늘 과자 한 개도 안 먹었어.

고건수 어, 그래야지. 뭐라고?

민아(o.s) 초코렛 케잌 사달라고!

고건수 아, 그래. 케잌⋯.

그 순간, 번쩍이는 헤드라이트 불빛. 경광등을 번쩍이며 경찰차 한 대가 이쪽으로 다가오고 있다! 헉! 기겁하는 건수. 황급히 전화를 끊고는 어찌 해야 하나 허둥대더니 다급히 남자의 다릴 잡고 질질 끌기 시작한다. 울 퉁불퉁한 도로 위로 끌려가는 남자. 헉. 헉. 쓰레기 더미 뒤 어둠 속에 시 신과 자신의 몸을 숨기는 건수. 불빛에 드러난 다리 한 쪽을 마저 어둠 속 으로 끌어당긴다. 건수 행동을 지켜보는 유기견, 살랑살랑 꼬리를 흔들고 있다.

고건수 (들릴 듯 말듯이) 가… 가….

휙. 나뭇가지도 던져보지만, 슬쩍 피하기만 할뿐 꿈쩍 않는다. '저런 개새 끼' 여전히 건수 쪽으로 다가오는 헤드라이트 불빛이 점점 밝아지고. 부와 왕. 더욱 커지는 자동차 엔진음, 건수 심장을 마구 때리는데. 건수를 향하 던 헤드라이트 불빛이 더욱 강렬해지더니 어느 순간 방향을 튼다! 주위가 급격히 어두워지고. 헉, 돌아보는 건수. 보면, 몇 십 미터 앞에서 좌회전 을 하는 경찰차. 헉 헉 헉. 자동차 불빛이 사라질 때까지 눈을 떼지 못하 는 건수. 자동차 불빛이 멀리 사라지고, 눈물이 핑 도는 건수.

S#9. 사고도로. 밤

쿵, 쿵. 트렁크를 닫고 있는 건수. 하지만 뭔가에 걸린 듯 닫히지 않는다. 보면, 옷자락이 밖으로 나와 있다. 트렁크 올려 옷자락을 밀어 넣는데 트 렁크 안에 우비로 돌돌 말린 남자의 시신. 후. 크게 심호흡을 하는 건수. 쿵! 트렁크가 닫힌다. 부릉. 헤드라이트를 끈 채 조용히 출발하는 건수 차, 저만치 가서야 불을 밝히고 달리기 시작한다.

S#10. 도로. 차 안. 밤

등짝에 땀이 송골송골 맺힌 채 운전 중인 건수. 심호흡을 하며 애써 가슴을 진정시키려 하고 있다. 차가 들썩일 때마다 트렁크에선 쿵쿵 구르는 소리가 요란하고. 건수, 이를 악물며 우회전하는데 경광등이 번쩍이는 것이 음주단속 중이다! 건수, 본능적으로 핸들을 꺾으려는데 건너편에 시동을 켜 놓고 대기 중인 순찰차. 망설이다가 결국 순경이 흔드는 경광 봉을 따라 서서히 차를 세우는 건수.

순경1 (차창을 톡톡 치며) 음주단속 중입니다.

건수, 심호흡을 크게 하고는 차창을 지이잉 내린다.

고건수 수고하십니다. 나 서부경찰서 강력반 고건수 경산데 급히 나오다 신분증을 두고 왔네.
순경1 (대충 손을 올리더니) 북부서 이동윤 순경입니다.
고건수 (올커니!) 수고해요.

막 출발하려는데 음주측정기가 쑥 들어온다.

순경1 한번 불고 가시죠?(쿵쿵) 술 드셨어요?
고건수 (한풀 꺾인다) 어머니 상중이라서 딱 한잔 했는데 그냥 한번 가자.
순경1 (빤히 보더니) 그냥 한번 불고 가시죠.

주머니를 뒤져 상주완장을 꺼내 보이는 건수.

고건수 야, 엄마가 돌아가셨다고, 엄마가.

깨진 전조등과 앞 유리를 의심스런 눈으로 쳐다보던 순경1, 호각을 불어 대자 경찰 서넛이 몰려온다.

순경1 (상관에게) 검문 불응에 도주하려고 했습니다.

안되겠다 싶은 건수, 밖으로 나와 그중 고참경찰한테

고건수 나 서부경찰서 강력반 고 형산데. 내가 오늘 상을 당했거든요.
순경1 (끼어들며) 신분증도 없고 괜히 긴장하는 게 수상합니다.
고건수 지랄하지 말고.
고참경찰 주민번호 말씀해 보세요.
고건수 (머뭇거리다가) 7602071123620.
순경2 (갸우뚱) 숫자가 하나 더 있는데 말입니다.
고건수 뭘 임마!
순경2 열 네 자리 부르셨는데 말입니다. 주민번호는 본디 열세자리지 말입니다.
고건수 (욕을 하려다 말고) 똑바로 적어. (또박또박) 760207….
고참경찰 (말 끊으며) 일단 저쪽으로 가서 확인하시죠.
고건수 여기서 바로 확인해. 확인해 보면 될 거 아냐.
고참경찰 (단호하게 순찰차를 가리키며) 가서 확인하시죠.
고건수 (무전기든 의경을 향해) 빨리 확인 해보라고! 7602071123620.
고참경찰 이러시면 곤란해지십니다. 가시죠.

깨진 전조등을 의심스럽게 쳐다보는 순경2,

순경2 사고 난 지 얼마 안 된 거 같은데 말입니다.

고건수 (흠칫 돌아보며) 건들지 마. 죽는다, 니들.

순경1, 건수의 말을 무시하고는.

순경1 여기 트렁크 좀 열어봐.

순경2 아 예.

이런 씨발! 딸깍 트렁크가 열리는 순간, 턱! 순경1의 머리채를 낚아채는 건수, 트렁크 위에 그대로 찍어버린다. 쿵! 트렁크가 다시 닫히고. 달려드는 순경2를 제압하는 건수. 정신을 못 차리고 계속 따귀를 얻어맞는 순경 1,2. 뒤늦게 경찰들이 뛰어오지만 건수의 기세에 쉽게 달려들지 못한다. 어디선가 푸슉 발사되는 가스총.

고건수 읍!

푸슉, 푸슉, 푸슉. 연이어 발사되는 가스총, 너무하다 싶을 정도다. 결국 자욱한 연기 속에서 저항하던 건수가 처박히자 그제야 우르르 달려드는 경찰들. 재빨리 건수 손목에 수갑을 채우려는데. 으아아 다시 몸부림치는 건수. 잡고 있던 경찰들, 다급히 '야, 전기 총, 가져와. 전기 총.' 한편, 저편에서 의경 하나가 무전기를 들고 뛰어온다. 고참 하나가 받으면,

(O.S) 조회 신청하신 분, 서부경찰서 고건수 경사 맞는데요.

허걱! 말리려고 돌아서는데 이미 드드득 전기충격기 갖다 대는 순경1. 푸드득. 심한 경련 일으키는 건수.

S#11. 서부경찰서 강력반. 밤

서부경찰서 강력반 사무실. 난장판이다. 가슴에 감찰 표찰을 단 사람들이 캐비닛, 책상서랍을 뒤지고 있다. 불만스런 얼굴로 지켜보는 강력1반 형사들.

최 형사 같은 경찰끼리 너무하는 거 아냐? 씨발.
감찰반원1 (들은 척도 않고) 여기 책상 좀 열어 봐요. 자물쇠가 뭐 이리 많어?

멀뚱히 쳐다만 보는 형사들. 감찰반원1, 책상 위를 뒤적이면 '경사 고건수' 명함.

감찰반원1 고건수 씨! 고건수 씨, 여기 없어요?
도 형사 지금 상중인데 말입니다.
최 형사 어이, 아저씨! 댁이 그따위로 고 형사 이름 부를 짬밥은 아니지 않나, 어?
감찰팀장 짬밥 좋아하면 짬밥이나 먹지, 왜 딴 걸 쳐드셨어? (감찰반원에게) 뜯어!

커피를 홀짝거리며 등 뒤에서 나타나는 감찰팀장. 더 이상 나서지 못하는 최 형사, 도 형사에게 슬쩍.

최 형사 (귓속말) 안에 확인했지?
도 형사 아니 그게 그냥 두라고 해서. (우물쭈물) 아… 성격 아시잖습니까.

이런, 씨. 어이없게 쳐다보는 최 형사. 자물쇠가 한 가득 채워진 서랍. 감찰반원, 함마를 머리 위로 치켜들어 내리치면. 꽝!

S#12. 음주단속 현장. 밤

퍽! 순경1의 뺨을 때리는 건수.

고건수 다음 나와. (누구를 말하나 싶은데) 14자리, 튀어 나와!

순경1 옆으로 머리를 박고 있던 순경들 중 하나가 일어나며,

순경2 (바로 앞에서 기어들어가는 소리로) 이경 신현진….

한방 날리려는데 코피를 틀어막고 있는 순경2의 모습이 이미 애처롭다.

고건수 함부로 아는 척 하지 마, 알았어?
순경2 (차렷 자세를 취하며 크게) 네, 알겠습니다.

그제야 차에 올라타는 건수, 순경1이 엉거주춤 뒤따라온다.

순경1 저기 대리 부르시는 게… (건수가 째려보자) 오늘이 일제 단속이라….

건수, 대꾸 없이 부우웅 떠나고 나면 먼 산을 보던 고참경찰, 순경들을 일
으켜 세운다.

S#13. 서부경찰서. 밤

책상 위에 쌓여 있는 백만 원짜리 돈 다발 열 댓 개. 다른 서랍을 뒤집으면 묶지 못한 만 원짜리들이 낱장으로 수북이 떨어진다. 좆 됐다는 듯 쳐다보는 강력1반 형사들. 돈뭉치 사이 검정 가죽 장부를 발견한 감찰팀장, 뒤적뒤적 페이지를 넘기고는 표정이 점점 묘하게 변한다.

감찰팀장 요것들 봐라.

S#14. 도로. 밤

고가도로로 진입하려던 건수 차, 후진하여 내려오고 있다. 카메라 붐업하면, 고가 위 또 다른 음주단속 현장이 보인다.

S#15. 도로. 차 안. 밤

고가 밑에 서 있는 건수 차. 핸드폰엔 수많은 부재 중 통화와 감찰반이 도착했다는 문자가 들어와 있다. 핸드폰을 내려놓고는 운전대에 얼굴을 묻는 건수, 띠리링. 다시 또 전화가 울어대지만 받지 않는다. 쿵! 쿵! 갑자기 운전대에 마구 박치기 하는 건수. 박을 때마다 빵 빵 경적이 짧게 울려댄다.

S#16. 서부경찰서 강력반. 밤

돈다발과 장부들을 보며 피식 웃는 감찰팀장.

감찰팀장 참… 경찰서에다 이런 걸 보관하는 놈 대가리 속이 진짜 궁금하다.

그 순간 "사무실 꼴이 이게 뭐야!" 거센 호통과 함께 들어서는 강력1반장.
일제히 경례하는 형사들, 감찰팀장도 계급에 밀리는지 경례한다.

반장 오밤중에 이 난리 치는 이유가 뭐야, 어?

그러다 건수 책상 위 돈다발을 보고는 멈칫하는 반장.

반장 고건수 어딨어?
도 형사 오늘 모친상….
반장 (한숨) 근거도 모르는 돈 몇 푼 땜에 상당한 애한테 꼭 이렇게 해야 하나?
감찰반은 사람 사는 데 아냐?
감찰반원1 저희도 명령받고 움직이는 거라….
반장 철수해. 장례 끝나고 다시 와. (형사들에게) 뭘 멍청히 서있어? 정리 안
해?

난처한 형사들, 이러지도 저러지도 못하고 눈치만 보고 있는데. 장부를
펼치며 끼어드는 감찰팀장.

감찰팀장 여기 보면 말입니다. 업소 상납금 받아 드신 분들이 줄줄이 적혀있는
데….
반장 철수 하란 말 못 들었어?
감찰팀장 (계속 읽어 내리며) 최상호 350, 남현진 150, 도희철 100….

자기 이름이 거명될 때마다 움찔 움찔 고개 숙이는 형사들.

감찰팀장 (자릿수 세며) 만, 십만, 백만, 천⋯.
반장 지금 뭐하는 거야?
감찰팀장 액수가 남다르십니다. 반장님?

입가에 경련이 움찔. 표정관리 안 되는 반장.

S#17. 차 안. 밤

담배연기가 가득한 차 안. 아까부터 보조석에서 혼자 울어대는 핸드폰.
건수, 못 참겠다는 듯 덥석 쥐어든다.

고건수 왜, 또, 왜, 왜!
여동생 오빠, 도대체 어디야?
고건수 제발 나 좀 내비 둬라. 좀.
여동생 뭘 내비 둬. 지금 엄마 입관해야 된다는데 아들이 있어야 할 거 아냐.

할 말 없는 건수, 툭 전화기를 던진다.

고건수 (침울) 후. 퍼펙트하다. 씨발.

S#18. 장례식장 분향실. 밤

한산해진 장례식장. 그 사이 부쩍 초췌해진 몰골로 들어서는 건수. 터벅 터벅 힘없이 걸어와 빈소에 걸터앉는다. 어머니 영정만이 덩그러니, 텅 빈 빈소. 피곤과 괴로움이 한꺼번에 몰려온다. 한숨과 함께 얼굴을 감싸는데 그의 발을 툭툭 치는 무엇, 무선으로 조종되는 장난감 병정이다.

민아(off) 아빠 발!

건수, 얼결에 발을 들면 다시 기잉 기잉. 기어가는 군인 인형. 딸 민아의 손이 파티션 밑으로 들어와 군인인형을 가져간다. 파티션 너머 바닥에 엎드려 놀고 있던 민아. 건수, 딸과 눈높이를 맞추려 고개를 숙인다.

고건수 아직 안 자면 어떡해.
민아 아까 잤잖아. 초코렛 케잌은?
고건수 어? (그제야 생각난다) 아….
민아 피….

민아 너머로 팔짱끼고 등장하는 여동생.

여동생 오빠 너무한 거 아냐? 다들 오빠 때문에 아무것도 못하고 기다리고 있었잖아.
고건수 그래서 왔잖아.
여동생 (어쭈) 도대체 어디 갔다 왔는데, 어?

대답 대신 생수병을 찾아 들이키는 건수. 이때 우르르 몰려들어오는 조문객들. 제대로 복장도 못 갖춘 잠바데기 차림의 동료 형사들이다. 예기치 못한 방문에 당황스런 건수. 영정에 향을 올리고 절을 하는 반장. 건수를 향해 우르르 절을 하면 건수도 엉거주춤 맞절한다.

반장 삼가 명복을 빕니다.

굳은 얼굴로 서로를 쳐다보는 건수와 형사들.

S#19. 장례식장 앞. 밤

건수, 동료 형사들에게 둘러싸여 있다.

반장 우리 이제 다 초상 치르게 생겼다. 들었지?
고건수 죄송합니다.
반장 지금 니 사과 받자고 온 건 아니고… 장부에 어디까지 적혀있냐?
고건수 (끄덕이며) 그동안 받고 나눈 거, 다요.

망했다는 동료들.

최 형사 그걸 왜 서랍에다 둬.
고건수 그럼 책꽂이에 꽂아 두냐.
반장 아니다. 총무 안 한다는 널 시킨 내 잘못이다. 후. 야야, 밥이나 먹으러 가자. (돌아서는데)
최 형사 지금 밥이 목구멍에 넘어가겠습니까.
고건수 그럼 그냥 가던가.
최 형사 야, 지금 너 땜에 여기 사람들 다 잡게 생겼는데 뭔가 좀… 책임 있는 말을 해야 하는 거 아니냐?

고건수 (동료 얼굴들을 둘러보며) 잠깐만, 혹시 나보고 독박 쓰란 얘기하러 온 거야? 초상집에? (기막히다) 타이밍 좋네, 잔인하고.

서로 눈치 보는 형사들.

최 형사 (망설이다가) 미안하지만… 니 선에서 좀 마무리하자. 우리 다 죽을 순 없잖아. 뒤는 내가 봐줄게.

건수, 최 형사를 빤히 쳐다본다.

고건수 근데 어떡하냐, 넌 절대 못 빠져나갈 것 같은데. 너 안마접대 받는 것까지 다 적어놨어. 가을이가 지명이지?
최 형사 너 이 새끼, 미쳤어?
고건수 제발 좀 미쳤으면 좋겠다, 새끼야.

장례식장 입구에서 이쪽을 보고 있는 여동생. 반장, 둘 사이에 끼어들며 눈짓하면 어색하게 눈 돌리는 둘.

여동생 엄마 입관 들어간대.

분위기를 살피고는 도로 들어가는 여동생.

반장 (한숨) 그래, 어떻게 되겠지. 어머니 장례 잘 치르고.

뭔가 더 말을 하려다 건수 등을 탁 치고는 걸어가는 반장. 따라가던 최 형사, 문득 뒤돌아본다. 주저앉은 건수의 처량한 모습. 후. 한숨을 쉬며 되돌아오는 최 형사.

최 형사 봉투 준비 못했다. 어머니 잘 보내 드려라.

건수의 양복 안주머니에 만원 다발을 찔러 넣고는 가버리는 최 형사. 개새
끼. 후, 건수, 담뱃불을 붙인다. 이때 어디선가 은은하게 들려오는 곡소
리. 엉거주춤 돌아보면 등에 기댄 환풍구에서 유족들의 흐느끼는 울음소
리가 구슬프게 들려오고 있다. 희미하게 불빛이 새어나오는 시커먼 환풍
구 통로.

S#20. 장례식장 시신안치실. 밤

하얀 명주 천으로 감싸지는 어머니 시신. 여동생과 남편 영철, 눈시울을
적신다. 머릿속이 복잡한 듯 멍한 건수. 수의를 곱게 입은 채 관 속에 누
워있는 어머니 시신.

장례지도사 넣으실 물품 있으시면 지금 넣으세요.

여동생, 십자가를 꺼내 어머니 가슴께에 올려놓는다.

장례지도사 더 이상 없으시면 그만 덮겠습니다. 지금 넣은 것들은 고인과 함께
영원히 땅속에 묻히게 됩니다.

관 뚜껑을 덮고 나무망치와 나무못을 내미는 장례지도사.

장례지도사 제가 하는 거 보고 따라하시면 됩니다.

쿵! 쿵! 못질하기 시작하는 장례지도사. 건수도 조심스레 따라 못질을 한다. 바닥에 주저앉아 오열하는 여동생. 못질하던 건수도 뜨거워진 눈시울을 어쩌지 못하고 훌쩍거린다. 쿵! 쿵! 계속되는 못질. 건수, 슬픈 눈으로 관을 바라보는데 따르릉 따르릉 계속해서 울리는 핸드폰 소리. 마뜩찮은 장례지도사, 힐끔 본다. 건수, 핸드폰을 끄려는데 이어지는 문자 한통. '지금 감찰반 사람들 그쪽으로 간 거 같아요. 차 수색 할지 몰라요. 거긴 뭐 없죠?' 이런 씨. 눈이 동그래지는 건수. 정말 막장까지 몰린 건수. 이젠 끝인가, 눈물이 울컥 솟구치는데. 빵, 빵. 어디선가 들리는 경적소리, 환풍구를 통해 외부 주차장 소음이 들어오고 있다. 무심코 쳐다보는 건수. 창문도 없이 사방이 막힌 벽에 철망으로 막힌 환풍구가 눈에 띈다. 그 반대편 구석엔 CCTV 한 대가 달려 있고. 정신이 팔린 채 못질을 이어가던 건수 그만 손가락을 쿵! 찧는다.

고건수 억!

S#21. 장례식장 시신안치실 앞 복도 밤

건수, 다친 손을 만지작거리며 천장을 올려다보며 걸어간다. 복도 천장에 일렬로 나 있는 환풍구들. 점점 빨라지던 건수 발걸음, 여동생과 영철을 뒤로 하고 뛰어간다.

S#22. 장례식장 앞 도로. 차 안. 밤

차 안에서 신호 대기 중이던 형사들.

도 형사 저희 이제 어떻게 해야 하는 건지?

아무도 대답 못하는 형사들, 암울하다.

최 형사 뭐야, 저거?

차창 밖. 한 손 가득 노란 풍선다발을 들고 도로를 건너는 건수의 모습이 보인다.

반장 (기가 차다) 정신 줄 놨네.
최 형사 반장님, 감찰반애들 후다 따죠. 같이 물어야 삽니다.
반장 걔들이 뭐 나오겠냐, 명색이 감찰반인데.
최 형사 감찰반은 경찰 아닙니까? 대한민국 경찰을 한번 믿어 보죠. 오케이?

반장, 최 형사를 빤히 쳐다본다.

S#23. 장례식장 분향실. 밤

건수와 전화 연결 중인 여동생, 연결이 안 되고. 씩씩거리며 핸드폰을 닫는다. 한 쪽에선 아까부터 시끄럽게 울어대는 민아.

여동생 민아야. 그만 울고 자자. 고모가 재워줄게.
민아 (으앙!) 내 인형! 내 인형 누가 가져갔단 말이야!

S#24. 장례식장 주차장. 밤

장례식장 벽면으로 차를 바짝 붙이는 건수. 주위를 둘러보더니 차와 벽 사이로 엉거주춤 들어간다. 뭐하나 보면, 쪼그리고 앉아 끼릭, 끼릭 환풍기 나사를 돌리고 있다. 잠시 후, 덜컹. 환풍기 덮개를 뜯는 건수, 뻥 뚫린 환풍구 안을 들여다보더니 인형을 휙 밀어 넣는다. 주욱 미끄러져 환풍구 코너에 텅! 부딪히며 멈추는 군인인형.

S#25. 장례식장 시신안치실 안. 밤

굳은 얼굴로 장례지도사를 바라보는 건수.

고건수 (침통하게) 마지막으로 어머니와 단 둘이 있고 싶습니다. 부탁합니다.

장례지도사, 돈 봉투를 든 채 멋쩍게 웃는다.

장례지도사 이거 참. 이게 수칙엔 없는 일이라….

재촉하듯 장례지도사를 빤히 바라보는 건수. 못 이기는 척, 시계를 보는 장례지도사.

장례지도사 11시까지 만이에요. (돌아서다) 그건 뭡니까?

건수 손에 들린 노란 풍선다발.

고건수 딸애 주려고요.

아. 예. 어색하게 웃으며 나가는 장례지도사. 철컹! 철문이 닫히고 홀로 남은 건수, 어머니 관을 천천히 바라본다.

고건수 (나지막이) 엄마, 미안해.

손에 들린 풍선이 둥실둥실 뜨더니 CCTV 앞에 매달린다. 카메라 시야를 정확히 막아서는 풍선들. 딸깍. 문을 잠그고는, 환풍기 아래에 의자를 놓고 올라서는 건수. 환풍구 덮개 나사를 끼릭, 끼릭 돌리기 시작한다. 덜커덩. 덮개가 열리고 뻥 뚫린 환풍구 안을 들여다보는 건수. 리모컨을 눌러보지만 아무 반응이 없다. 한 번, 두 번, 계속해서 눌러도 먹통인 리모컨. 당황하는 건수, 고장 났나 싶어 리모컨을 살피면, '작동거리 3미터 이내, 주의: 사용 환경에 따라 다소 줄어들 수 있음. made in.' 환풍구 속으로 최대한 팔을 집어넣는 건수, 여기저기 방향을 바꿔가며 리모컨을 누르자 윙, 장난감 모터음이 들리기 시작한다. 휴우. 안도의 한숨을 내쉬는 건수, 천천히 손을 빼면, 기이이, 기이잉 전진하는 군인인형. 꿈틀거리며 전진하는 인형 다리엔 낚싯줄이 감겨 있고 인형이 전진하면 줄도 같이 꾸물꾸물 풀린다. 어두컴컴한 반대편 환풍구 쪽으로 길게 늘어진 굵다란 낚싯줄, 그 끝은 어둠에 묻혀 보이질 않는다. 생각보다 너무 느린 인형의 속도. 조금 전진하는가 싶더니 아예 멈춰서는 군인인형. 혹시 고장인가 쳐다보면 갑자기 탕탕탕, 탕탕탕 소리 내며 총질하는 인형. 깜짝 놀라 작동을 멈추는 건수. '뭐 이따구가 있나' 어이가 없지만 이렇게 된 이상 어쩔 수 없다. 다시 작동시키면 탕탕탕! 마저 총질을 해대며 기어오는 군인인형. 환풍구를 따라 울려 퍼지는 총소리.

주차장 환풍구 앞.

탕탕탕. 환풍구로 새어나오는 총소리.

복도 끝 현관 앞.

밖으로 나오던 장례지도사, 무슨 소린가 싶어 돌아보는데 옆에서 연기 나
는 담배를 슬쩍 가리며 일어서는 여 간호사. 장례지도사, 어색하게 눈인
사하며 자리를 뜬다.

S#26. 장례식장 시신안치실. 밤

사격을 멈춘 군인인형, 이젠 열심히 기기 시작한다. 한편, 관 뚜껑 앞에
앉아있는 건수, 드라이버를 끼워 못 머리를 뿌드득 들어 올리고 있다. 따
따따따따. 또다시 환풍구에서 들리는 총소리. 이번엔 연발사격이다. 미
치겠다. 어금니를 꽉 무는 건수, 구두끈을 못 머리에 질끈 감고는 응차!
힘껏 잡아 뺀다. 끼익, 기분 나쁜 소릴 내며 빠져나오는 못.

S#27. 장례식장 시신안치실 앞. 밤

복도를 지나던 간호사, 이상한 소리에 우뚝 멈춰 선다. 시신안치실과 가
까워질수록 점점 커지는 총소리. 간호사, 철문에 귀를 기울이면 뚝! 그친
다. 아무 소리도 안 들리는 듯하더니 이번엔 조그맣게 끼익 못 돌리는 소
리가 들린다. 끼익, 끼익. 나무 마찰음이 점점 커지더니 뽁! 못이 빠져 달
그락 바닥에 떨어지는 소리가 들린다. 팔에 털이 일제히 곤두서는 간호
사, 후다닥 달려 나간다.

S#28. 장례식장 시신안치실. 밤

끼이익, 뽁! 안간힘을 다해 마지막 못을 빼내는 건수. 드디어 열리는 관 뚜껑.

고건수 엄마, 죄송해요. 내가 나중에….

그 순간, 철컥! 철컥! 잠가둔 문고리가 움직이고 있다. 놀라 쳐다보면, 문 밑으로 어른거리는 그림자. 탕탕탕. 군인인형의 사격이 다시 시작되자 화들짝 리모컨을 누르는 건수. 먹지 않는다. 헉. 환풍구 안으로 팔을 들이밀고 미친 듯이 눌러대면 그제야 멈추는 군인인형.

시신안치실 밖.
문 밖에 있는 청원 경찰과 간호사.

간호사 지금 소리 났었죠?

무전기 이어폰을 빼는 청원 경찰, 다시 귀를 기울여보면 아무소리도 안 들린다.

청원경찰 글쎄요. (쿵쿵 문을 두드리며) 안에 누구 있어요?

시신안치실 안.
의자 위에 선 채 잔뜩 긴장한 건수, 환풍구에서 조심스레 팔을 빼는데 선반에 올려둔 환풍구 덮개가 어깨에 걸려 아래로 떨어진다. 헉. 당황하는 건수, 철제 덮개가 바닥에 떨어지기 직전! 드라마틱하게 낚아채고는 숨소리마저 죽인 채 꼼짝 않고 있다.

시신안치실 밖.

청원경찰 (무전기를 들더니) 장례경비 하나, 장례경비 하나.
청원경찰(o.s) 네, 장례경비실입니다.

경비실.
무전을 받는 경비원.

청원경찰(o.s) 저기 모니터 하나만 확인 해주세요. 시신안치실이요. 안에서 이상한 소리가 난다고 신고 들어왔습니다.

시신안치실.
건수, 뚜껑 열린 관과 풍선에 가려진 CCTV를 불안하게 바라보고 있다.

경비실.
졸고 있던 경비원, 뒤늦게 모니터를 보면 뿌연 것이 내부가 보이지 않는다.

경비원 (모니터를 툭툭 치며) 어, 왜 이래…?
청원경찰 안에 사람 있어요?
경비원 (여전히 안 보이고) 망가졌나? 여서 안 보여. 들어가 봐야 할 것 같은데.
청원경찰 열쇠 거기 있어요?

열쇠보관함엔 시신안치실 키가 걸려 있다.

경비원 김 씨 보고 바로 확인 해보라 할게.

청원경찰 예, 수고하세요.

시신안치실 안. 잔뜩 긴장한 건수, 조마조마하다. '별 이상 없는 거 같은 데요.' '아깐 이상한 소리가 났었는데' '전 돌아가 봐야 되는데 여기서 장례 지도사님 기다려보시겠어요?' '아니 뭐, 그럴 것까지야.' '그럼 같이 가시 죠.' '커피 한잔 하실래요?' '전 커피 안 마시는데.' 점점 멀어지는 목소리. 발자국 소리가 사라질 때까지 움직이지 않는 건수.

경비실.
경비원, 어디론가 전화를 건다.

S#29. 편의점. 밤

담배를 사고 있던 장례지도사.

경비원(o.s) 안치실에서 소리 난다고 신고 들어왔어요. 확인 부탁드립니다.

장례지도사 (귀찮은 듯) 알았어. 에이, 참.

서둘러 계산을 마치고 나서는 장례지도사.

S#30. 장례식장 시신안치실. 밤

다급해진 건수, 더 이상 기다릴 수 없다. 환풍구에 팔을 집어넣지만 닿지 않는 인형. 어깨가 빠져라 더 밀어 넣으면 손에 닿을 듯 말 듯 결국 휙! 인형을 낚아챈다. 건수, 인형 다리에 묶인 낚싯줄을 죽 잡아당기면, 술술 딸려 나오던 낚싯줄. 어느 순간 팽팽해지고 끙 힘을 주면 스윽, 스윽 묵직한 것이 끌려 나온다. 코너를 돌아 나오는, 우비로 둘러싸인 시신.

주차장.
서둘러 걸어가는 장례지도사 뒤로 환풍구에서 쿵 부딪히는 소리가 들려온다. 뭔 소린가 싶어 힐끔 보고는 다시금 걸음을 재촉하는 장례지도사.

경비실.
모니터에 보이는 거라곤 여전히 노란 풍선뿐. 열쇠보관함에서 키를 꺼내 드는 경비원, 경비실 문을 열고 나간다.

시신안치실.
더 이상 당겨지지 않는 낚싯줄. 시신이 모퉁이에 걸려 움직이질 않는다. 이리저리 방향을 바꿔 가며 잡아당기자 어느 순간, 툭 걸린 부분이 빠지며 거침없이 끌려 나오는 시신. 있는 힘껏 잡아당기면 환풍구 밖으로 쿵! 떨어진다. 낑낑. 관 속에 시신을 넣은 건수. 인형과 해진 구두끈도 같이 밀어 넣는다.

고건수 (절박하다) 엄마, 잠깐만이야. 잠깐만. 잠깐만 데리고 있어줘. 미안해, 엄마.

서둘러 관 뚜껑을 닫고는 다시 못을 끼우기 시작한다. 망치 대신 경찰 배지를 못 머리에 얹은 후 주먹으로 쾅! 윽! 너무 아프다. 하지만 고통에 비례하듯 못도 쑥쑥 들어가고 있다. 어금니를 꽉 문 채 또다시 쾅! 드디어

마지막 구멍. 주먹이 너무 아픈지 팔꿈치로 번갈아 때린다. 이제 환풍구 덮개를 끼우는 건수, 아귀가 잘 안 맞자 팔꿈치로 때려 넣는다. 서둘러 나사를 끼우는데 양손에 하나씩, 두 개를 동시에 돌린다.

계단.
계단을 올라가는 장례지도사, 막 모퉁이를 돌아서면 복도 끝에서 소리치는 경비원.

경비원 오지 마.

볼링공을 굴리듯 열쇠꾸러미를 던지면 바닥을 타고 미끄러지더니 장례지도사 발에 턱 걸린다. 열쇠를 들어 고맙다는 표시를 하고는 다시 계단을 내려가는 장례지도사.

시신안치실.
나사를 조이고 내려와 옷매무새를 가다듬는 건수, 의자를 끌어 앉으려다 뒤늦게 생각난 듯, 잠갔던 문고리를 조용히 푼다. 휴. 드디어 끝났다. 자리에 앉는 건수, 눈을 감고 숨을 깊게 들이마시며 마음을 진정시키는데 어디선가 들려오는 낯선 음악. 리리리링(니노로타의 '태양은 가득히' 주제곡) 눈이 커지는 건수. 주머니를 보면 자신의 핸드폰은 그대로고. 분명 관에서 흘러나오고 있다. 그렇다면 죽은 남자의 것이다! 어찌할 바를 몰라 지켜만 보는데 뚝! 끊기는 벨소리. 끝난 건가? 초긴장 상태로 바라보는 건수, 한참을 지났을까. 리리리링. 또다시 울려대는 벨소리. 말 그대로 최악의 상황. 무작정 관 뚜껑을 들어보나 어림없고 맨손으로 못을 잡아 빼려 하나 꼼짝하지 않는다. 구두끈도 이젠 없다. 손톱 끝으로 겨우 못 머리를 잡아 안간힘을 쓰는 건수. 눈에 핏발이 서고 손톱이 뽑힐 것 같이 일어선다. 음악은 점점 고조 되고 건수 손톱사이엔 피가 맺히기 시작한다.

고건수 제발 전화 좀 걸지 마!

복도.
계단을 내려와 복도로 들어서는 장례지도사. 시신안치실에서 들리는 괴이한 목소리에 발걸음을 더욱 서두른다.

시신안치실.

고건수 아, 제발 좀! 아씨, 엄마 제발… 제발… 씨발!

처절하게 매달리는 건수. 이제 막 피 묻은 못 하나가 나오려 한다. 하지만 발소리가 가까워지더니 문 앞에 멈춰서는 그림자. 3분의 2쯤 나온 못을 쥔 채 동작을 멈추는 건수, 눈물이 맺혀 있다.

시신안치실 안, 밖.
문고리를 잡는 장례지도사, 슬쩍 돌려보면 의외로 덜컹 열리는 문. 내부를 둘러보면 벽에 기대 앉아 두려운 표정으로 관을 보고 있는 건수가 보인다. 구석구석 살피던 장례지도사, 별다른 점이 보이지 않자

장례지도사 이제 그만 나오셔야 될 거 같은데요.

힘없이 일어서던 건수, 다리가 풀리는지 휘청거린다. 장례지도사, 얼른 부축하면 건수, 괜찮다는 시늉하며 절룩절룩 문 밖으로 나가는데

장례지도사 저기, 잠시 만요.

건수, 흠칫 돌아보면 천장에 매달린 풍선을 내미는 장례지도사. 풍선을 들고 나오는 건수 등 뒤로 철문이 닫힌다. 철커덩! 질끈 눈 감는 건수, 이제 더 이상 방도가 없다.

S#31. 장의버스 안. 낮

버스 안. 장지로 이동 중인 건수와 친지들. 수척해진 건수, 다리를 달달 떨며 앞서 달리는 장의 리무진만 보고 있다.

여동생 우리 엄마, 효자 아들 덕에 리무진도 한번 타보시네.

여동생을 한번 보고는 멈췄던 다리를 다시 떨며 리무진을 응시하는 건수.

S#32. 장의 리무진 안. 낮.

리무진 뒤에 실려 있는 관. 어디선가 음악이 울린다. 니노로타의 '태양은 가득히.' 홀로 운전 중이던 기사, 뒤통수가 싸늘해진다. 팔걸이 박스에서 뭔가를 찾는가 싶더니 십자가를 꺼내 룸미러에 걸어 놓는 기사.

S#33. 양자산 묘소. 낮

끙끙거리며 하관 중인 사람들.

인부1 왤케 무거워.

힘에 부친 듯, 쿵! 벽에 부딪히는 관.

장례지도사 조심들 해, 관 뚜껑 열릴라.

주먹을 움켜쥔 건수, 속이 탄다. 무사히 땅 속에 안착하는 관. 인부들, 너무 무겁다는 듯 고갤 절레절레 흔든다. 잠시 후, 관 위로 흙이 몇 삽 올려지더니

장례지도사 자, 인제 들어와요.

기이잉. 조그마한 굴삭기가 흙을 듬뿍 퍼 나른다. 가슴 졸이며 지켜보던 건수, 그제야 숨을 토해내며 고함을 지른다.

고건수 으아아아아!

슬픔에 찬 외침으로 여기는 사람들, 안타까운 시선이다.

장례지도사 (무덤을 보며) 효자 두셨네요.

S#34. 장의 버스. 낮

출발 준비 중인 장의 버스. 버스 앞, 멀리 산중턱 묘지를 바라보는 건수.
만감이 교차되는 듯

고건수 (나지막이) 엄마, 곧 올게 그때까지만⋯ 미안해, 엄마⋯.

부르릉. 버스 시동이 걸리고 올라타는 건수. 딸 민아가 쳐다보자 옅은 미
소 짓는다. 따라 웃는 민아.

민아 (옆에 앉은 고모에게) 고모, 이제 할머니 못 봐?
여동생 아니, 나중에 고모하고 아빠가 먼저 할머니를 만나러 갈 거고, 민아는
한참 있다가 호호할머니가 되면 그때 만날 거야. 아주, 아주 나중에.
민아 아빠하고 고모는 할머니 빨리 보러가서 좋겠다.
여동생 (난감) 으응⋯ 그래⋯ 좋아⋯.
고건수 민아야, 고모가 더 먼저 보러 갈 거야. 니네 고모, 성질이 급하잖아.
여동생 (질 수 없다) 아빠가 더 먼저 갈 거야. 니네 아빠 어려서부터 새치길 잘
했거덩.

에휴, 저걸. 이때 지이잉 핸드폰이 울린다. 전처가 보낸 문자. '소송장 보
냈어. 신중히 생각했으면 좋겠어. 민아 미래가 달린 일이잖아.' 에휴. 건
수, 길게 답변하기도 귀찮고 띠디딕 짧게. '반사.'

고건수 고민아. 민아 생일날 아빠랑 여행갈까? 설악산. 거기 수영장도 있는데.
민아 우와.
고건수 희영이 너도, 영철이하고 다 가자. 회 사줄게. 시간 돼?
영철 형님, 저희가 돈은 없어도 시간은 졸라 많잖습니까. 콜입니다.
여동생 (한심스럽다) 집 말아먹고도 참 밝아. 그 능력, 진짜 훔치고 싶다. 쯔쯔.

민아, 고개 숙여 무언가를 만지작거리는데 왱 시끄러운 모터소리. 무선조정 RC카가 쏜살같이 버스 바닥을 달리고 있다. 이건 뭐야. 건수가 잡으려 하자 후진으로 재빨리 도망가는 RC카. 우하하하. 민아, RC카를 조정하며 즐거워한다.

여동생 얘 인형을 어떤 나쁜 놈의 시키가 훔쳐가는 바람에 병원 편의점에서 사줬어. 비싼 거 아냐.
고건수 (허탈) 편의점…. 빠르네… 후.

S#35. 시내도로. 낮

방금 세차 했는지 물기가 아직 마르지 않은 건수 차가 도로가에 서있다. 운전석에 앉아 장의업체와 통화 중인 건수.

(o.s) 아니, 한 지 얼마 되셨다고 묘를 다시 해요?
고건수 터가 안 좋은 거 같아서요.
(o.s) (한숨) 아 참나, 내일 어때요? 길일인데.
고건수 그건 너무 빠르고요. 먼저 처리할 일이 좀 있어서….

사거리에 경찰차 한 대가 멈춰 서자, 서둘러 안전벨트를 단단히 채우는 건수

고건수 (서두른다) 다시 전화 드릴게요. 아 예, 그만 끊습니다.

뭔가 쫓기는 듯 서둘러 끊고는, 차를 출발시키는 건수. 부와왕 속도를 높

여 서있는 경찰차를 그대로 들이박는다. 쿵! 너덜거렸던 범퍼와 전조등이 아예 떨어져 나간다. 놀란 경찰, 황당하다는 듯 쳐다본다.

S#36. 자동차 공업사. 낮

차량 앞부분을 전부 교체하는 건수, 완벽한 증거인멸이다. 지켜보는 건수, 반장과 통화 중이다.

고건수 (핸드폰에 대고) 아 예. 갑자기 사고가 나서요. 다치진 않았어요.

정비사 (금 간 앞 유리를 가리키며) 사장님, 앞 유리 어떡할까요?

고건수 (핸드폰을 막고는) 갈아요. 싹 다.

핸드폰으로 들리는 반장 목소리.

반장(o.s) 내일부터 출근하자.

고건수 며칠 더 쉬라면서요.

반장(o.s) 그럴라고 했는데 감찰반애들 의외로 쉽게 걸리네. 서랍에 있던 현금만 압수되는 걸로 해서 잘 마무리 됐다.

고건수 (일그러진다)

반장(o.s) 이번에 너 살린다고 다들 진짜 고생 많았어. 역시 믿을 건 동료뿐이지?

틱. 캔 음료를 따자 부글부글 거품이 올라와 건수 바지를 적신다.

고건수 아이 씨.

반장(o.s) 나한테 그런 거냐?

고건수 아니에요.

반장(o.s) 그리고 한 가지 더.

고건수 뭔데요?

반장(o.s) 너 승진, 이번엔 안 되겠다. 다음 기회 보자. 그래도 이만한 게 다행이지 뭐.

고건수 최 형사도 안됐어요?

반장(o.s) 최 형사는 심사 통과 하나 보던데.

고건수 잘 됐네요.

건수, 바지에 묻은 물기를 털어낸다.

S#37. 서부경찰서. 오전

경찰서 현관에선 이전 경찰 슬로건이 내려지고 새로운 슬로건이 설치되고 있다.

S#38. 서부경찰서 복도 – 주차장. 오전

창밖을 내다보는 강력1반 형사들. 창밖 주차장에서는 사제폭탄 시연회 중이다.

반장 신임 청장한테 잘 보인다고 지랄들 한다. 애쓴다, 애써.

창 밖 현장.

진행자가 소시지 크기의 사제폭탄이 가득 놓여 있는 책상 앞에서 브리핑 중이다.

진행자 이번에 저희가 압수한 사제폭탄은 소량의 C4폭약이지만 폭발력이 무척 크고, 5미터 내에서 원격 조정이 가능하다는 것이 특징입니다. 이 리모컨을 누르면 2분 후에 터지도록 맞춰져 있습니다. 그럼 직접 시연을 보시겠습니다.

사제 폭탄을 폭발물시연용 안전 철제 박스 안에 넣고는 리모컨을 작동시킨다. '2:00, 1:59, 1:58…'

다시 복도

내다보던 강력1반 형사들.

반장 한 지붕 아래서 우린 초상집인데 저 새끼들은 잔치를 벌이네. 확 불발이나 되라. (대원들을 향해) 잘하자, 좀.
최 형사 (눈짓하며) 저기 고 형사 나왔네요.

꾸벅 인사하며 다가오는 건수.

반장 어머닌 잘 모셨어?
고건수 예.
반장 욕 봤다 여러모로.
최 형사 수고 많았다. 힘들었지?
고건수 응. 니 땜에.
최 형사 아직도 삐졌냐?

고건수 꿈에 엄마가 너한테 한마디 하시더라. 좆까라고.

최 형사 (어이없다)

반장 그래도 최 형사한테 고맙다고 절해. 이번 꺼 최 형사 덕에 해결 된 거야.

최 형사 고맙지? 한 번 쏴.

고건수 그러지 뭐. 가을이 잘 있지?

최 형사 아, 새끼. (도 형사를 가리키며) 쟤한테 물어봐.

뻘쭘한 도 형사, 말을 돌리려는 듯

도 형사 (귀를 막으며) 앗, 이제 터질 거 같은데 말입니다.

반장 얼라들 폭죽 가지고 호들갑들은.

그 순간, 쾅! 엄청난 폭음과 함께 시연용 박스 한쪽 면이 날아가며 하늘 위로 수십 개의 불똥이 솟구친다. 생각보다 큰 위력에 혼비백산한 사람들, 바닥에 납작 엎드린다. 주차된 차들 위로, 사람들 위로 불똥이 비처럼 쏟아진다. 예상외로 센 폭발에 놀란 강력반형사들.

반장 어우. 야, 쟤들 좆됐다.

반장, 창밖의 소동을 내심 반겨하는데,

도 형사 저거… 반장님 새로 산 차 같은데….

저만치 새로 뽑은 그랜저 위로 불똥들이 지글지글 타오르고 있다.

반장 이런 개새끼들이!

울상이 된 채, 뛰어가는 반장.

S#39. 서부경찰서 강력반. 낮

책상 앞. 엉망으로 뜯겨나간 서랍들을 착잡하게 쳐다보는 건수. 남 형사가 수배전단지를 잔뜩 건넨다.

고건수 뭔데?

남 형사 미제사건하고 공소시효 얼마 안 남은 사건들인데 당분간 이거에 집중하라는데요. 징계 대신 받은 거 같습니다.

도 형사 그래도 이런 거 잘 엮으면 표창도 받고, 일 계급 특진되고 그러지 않습니까?

최 형사 (수배전단지를 가리키며) 이거 보고 왜 X파일이라 그러는지 아냐?

도 형사 모르지 말입니다.

최 형사 X파일에서 범인 잡힌 거 봤어? 쫓다보면 다 외계인이래. 잡을 만하며 휙 사라져. 검거율 제로. 이게 다 허공에다 뻥이 치는 일이야.

덜컹. 들어오는 반장, 화가 덜 풀린 듯

반장 에이, 개새끼들. (전단지를 건네며) 다들 출동 준비해. 제보 들어 왔다.

남 형사, 전단지를 돌린다. 건수, 건성으로 전단지를 챙기며 일어서려는데 멈칫 순간 굳어버리는 건수. 천천히 전단지를 다시 펴보는데 '폭력 및 사기 전과 9범, 살인사건 용의자 – 이름 이광민' 날카로운 눈매, 각진 턱, 칼귀… 수배전단 사진과 사고 장면이 교차된다. 건수가 차로 치어 죽인, 바로 그 사람이다!

고건수 (헉) !

믿기지 않는 듯 한참을 쳐다보는 건수, 어이가 없다.

반장 야, 뭐 해, 빨리 나와.

반장의 재촉에 얼빠진 얼굴로 나가는 건수.

S#40. 도로. 봉고 안. 낮

형사들, 총을 꺼내 탄환 확인한다. 수배 전단을 보며 마음이 혼란스런 건수.

반장 이광민 이놈, 유흥업소 바지 사장 하던 놈인데, 경쟁 업소 사장을 둘이나 죽인 유력한 용의자야. 이거 낚으면 근신탈출이 문제가 아니라 진급도 가능해.
최 형사 (건수를 보며) 잡으면 니가 수갑 채워. 내가 몰아줄게. 졸라 고맙지?

최 형사, 건수를 챙기려하지만 별 반응 없는 건수.

반장 살인 사건 용의자니까 다들 주의하고. (전단지를 내밀며) 얼굴 확실히 봐둬.

사진 속 남자와 눈이 마주치자 이내 시선을 피하는 건수.

S#41. 고물상 근처. 낮

고물상 입구에 배치되는 형사들. 반장, 권총을 꺼내 들고는 문 쪽으로 조심스레 걸어간다. 그때, 반장을 막아서는 건수.

최 형사 반장님, 이거 장난전화 아닐까요.
반장 아냐, 느낌 있어.
고건수 이광민 여기 없을 거 같은데….
반장 그럼 어디 있는데.
고건수 몰라요.
반장 (째려보며) 야, 이 씨, 총 꺼내.

S#42. 고물상 안. 낮

쾅! 떨어져 나가는 문짝.

최 형사 경찰이다! 손들어!

날랜 동작으로 일제히 뛰어드는 형사들, 아무도 없는 작고 허름한 사무실. 먼지도 수북한 게 사람의 흔적이 느껴지지 않는다. 캐비닛까지 열어보지만 아무것도 나오지 않는다. 그런데

반장 뭐야 이거. 없잖아. (실망하는데)
최 형사 반장님. 여기요.

이광민 신분증을 들어 보이는 최 형사. 바라보는 건수.

S#43. 고물상 입구. 낮

고물상 앞에서 회의 중인 형사들.

최 형사 이거 눈치 까고 튄 거 아닐까요?

반장 잠복 들어가자.

고건수 뭔 잠복을 해요. 안 올 거 같은데?

반장 이 새끼, 아까부터 왜 이래. 올지 안 올지 니가 어떻게 알아? (도 형사를 보며) 제보자는?

도 형사 공중전화로 와서 연락처도 모르겠답니다.

반장 (아쉽다) 일단 단서 될 만한 거 없나 더 찾아보자.

한숨을 쉬며 주변 돌아보는 건수, 도대체 어떤 놈이 이런 제보를 하는 걸까 궁금해지는데 어느새, 헥헥거리며 보조를 맞춰 따라오는 개 한 마리. 건수, 귀찮다는 듯 발로 차려는데 뭔가 낯익다. 이상하다. 주위를 빠르게 훑어보는 건수. 군데군데 꺼진 가로등, 나지막한 상가, 현수막, 건수 발밑엔 희미하게 남아 있는 핏자국까지… 차 사고가 난 바로 그곳이다! 순간 소름이 좌악 돋아 오르는 건수, 얼어붙은 듯 제자리에 서 있는데

이 순경 거기서 뭐하십니까?

어느새 순찰차 한 대가 뒤에 멈춰있다. 차에서 내리는 이 순, 긴장한 건수. 신분증을 꺼내 보인다.

이 순경 (거수경례를 하며) 중부서 이진호 순경입니다. (차에서 내린다)

고건수 뭐냐?

이 순경 교통사고 신고가 들어와서 확인 나왔습니다.

건수, 움찔한다. 우직. 부서진 전조등 조각을 밟는 이 순경.

이 순경 어? 여긴가 보네.
고건수 (당황) 인명 사고야?
이 순경 아, 네. 뺑소니사곤데 쓰러진 사람을 트렁크에 싣고 도주했답니다.
고건수 (긴장된다) 오늘 난 건가?
이 순경 아뇨. 며칠 됐답니다. 21일 밤인가….

이런… 자신이 사고 낸 날이다. 아찔해지는 건수.

고건수 제보자는?
이 순경 공중전화로 사고 내용만 말하고는 그냥 끊었답니다.
고건수 ….
최 형사 어이, 이 순경!

다가오는 최 형사와 반장.

이 순경 어? 충성!
최 형사 (반장에게) 감찰반 엮을 때 도와줬던 박 경위 있잖습니까, 그 친구 부서
예요.
반장 어, 그래?
최 형사 (이 순경을 향해) 여기서 뭐하고 있어?
이 순경 뺑소니 조사 나왔습니다. 사람을 쳤는데 트렁크에 싣고 도망갔다고 합
니다.

최 형사 대담한 새끼네. 뭐 좀 나왔어?

이 순경 전조등 조각들하고, 저기 CCTV 화면 확보되면 확인해 봐야죠.

CCTV? 커지는 동공. 이 순경이 가리키는 쪽을 보면, 이런… 떡하니 달려 있는 CCTV! 아뿔싸! 건수의 심장이 쿵쾅쿵쾅 요동친다.

반장 (CCTV를 보며) 우리도 저거 함 보자. 이광민 꼬리라도 나오지 않겠나. (최 형사를 향해) 따라 가서 보고 와.

당황하는 건수, 다가오며.

고건수 반장님, 제가 갔다 오겠습니다.

반장 그럴래? 아니다. 그냥 최 형사가 가서 일 마치고 박 경위 술 한 잔 사주고 와. (건수를 보며) 넌 박 경위 모르잖아.

건수, 우라질.

S#44. 중부경찰서 교통과. 밤

CCTV에 녹화된 흐릿한 화면을 보고 있는 두 사람. 집중해서 보는 이 순경과 달리 최 형산 성의 없이 의자에 기대 통화 중이다.

최 형사 박 경위님 보러 일부러 왔는데 아쉽네. 알았어요. 담에 크게 모시겠습니다.

최 형사 전화 끊는데, 딸깍, 문이 열리면 건수가 서 있다.

최 형사 (놀라) 여긴 어쩐 일이냐?

이 순경 (돌아보며) 어, 안녕하세요?

짧은 순간, 둘의 표정을 재빠르게 살피는 건수, '얘들은 아직 모른다!' 최 형사, 건수 손에 들린 치킨과 콜라를 보고는

최 형사 이게 무슨 안 하던 행실이야?

고건수 (테이블 위로 치킨을 두며) 뭐 좀 나왔어?

고갤 흔드는 최 형사. 건수, 일단 안심. 모니터와 이 순경을 번갈아 살피며.

고건수 뺑소니 수사는 잘 돼?

이 순경 화질도 별로고 사고지역이 이쯤인 거 같은데 화면에 안 잡히네요.

건수, 남 몰래 안도의 한숨. 휴.

최 형사 (포장을 풀며) 이광민이 잡으면 고 형사 밀어준단 말에 감동 먹었구나, 그지?

고건수 그냥 줄 때 먹어.

최 형사 (피식) 이 순경, 먹고 하자.

이 순경 예. 감사합니다.

이 순경, 화면을 정지시키고 돌아서려는데.

최 형사 잠깐만. 앞으로 돌려봐.

이 순경 예?

최 형사 화면 말이야, 화면.

뭐지? 다시 감기는 모니터 화면.

최 형사 거기 정지. 다시 플레이.

정지동작이 풀리자 잠시 후 모니터에 승용차 한 대가 나타난다. 화면이 흐려 정확히 분간은 안 가지만, 건수 차다. 제기랄. 자신의 차임을 눈치 챈 건수, 숨죽여 보는데

이 순경 (의아) 뭐 땜에 그러십니까?

최 형사 다시 돌려 봐.

이 새끼, 왜 지랄이지. 다시 재생되는 화면. 이번에도 그냥 지나가는가 싶은데.

최 형사 정지!

움찔. 긴장하는 건수. 멈춰선 화면, 모니터엔 차량이 사라지기 직전이다.

최 형사 한 컴마 앞으로. (딸깍. 한 프레임 이동하면) 한 컴마 더. (또다시 한 프레임 이동하는데) 여기, 브레이크 등!

화면에서 사라지기 직전 차량 후미에 브레이크 등이 들어와 있다.

이 순경 (아직도 모르겠다는 듯) 뭔데요?

최 형사 다른 차들은 다 그냥 갔는데 왜 이 차만 브레이크를 밟았을까? 한적한 직선도로에서… 앞에 차도 없을 텐데. 밟을 일이 뭐가 있지?

이 순경 그야 뭐 누가 길을 건널 수도 있고.

최 형사 그렇지! 갑자기 뭔가 나타나서 급브레이크. 그 다음 어떻게 됐을까? 쿵!

이 순경 (갸우뚱) 너무 나가시는 거 아닌가요?

최 형사 사고 지점이 어디라고?

여러 장의 현장 사진들을 이어붙친 파노라마 사진을 모니터 옆에 대어보는 이 순경.

이 순경 이쯤인 거 같은데요.

최 형사 여기서 밟고 치고 쓰러지고. 딱 말 되는데.

이때 모니터에 나타난 유기견, 화면 밖 한곳을 응시한다.

최 형사 저 봐, 쟤도 뭘 보고 있잖아. (화면 밖을 가리키며) 저기 뭔 일 있네. 발생시간은?

동시에 화면에 표기된 날짜를 보는 둘. '21일 21:28'

이 순경 신고 된 날도 21일입니다.

슬슬 의심이 가는 이 순경, 화면을 다시 재생해본다.

최 형사 회색 로체. 참, 니 차 로체지. 이거 로체 맞지?

어. 마지못해 *끄덕*이는 건수, 침이 바짝 마른다.

이 순경 현장에 떨어진 전조등 조각도 로체라던데. (화면에 집중) 번호가….

바짝 긴장하는 건수. 다행히 차량번호는 잘 보이질 않는데.

최 형사 맨 앞은 8같은데…. 맞지, 고 형사?
고건수 (난처) 어? 글쎄 3 같기도 하지 않나.
이 순경 8 맞네요, 8. 앞에도 희미한 게 보이네. 딱 80이네, 8.
최 형사 오케이, 8. 그 다음은… 음….

화면에 빨려 들어갈듯 집중하는 최 형사와 이 순경. 안절부절. 건수, 피가 거꾸로 솟구쳐 오르고 있다. 뚫어지게 보던 최 형사. 팽팽한 긴장감 속에 입을 여는데.

최 형사 나머진 모르겠다.

극도로 긴장했던 건수, *슉* 풍선에 바람 빠지듯 짧은 숨을 토해낸다.

이 순경 국과수에 넘기면 나올까요?
최 형사 (기지개를 켜며) CSI처럼 클릭 클릭하면 선명하게 보이는 거, 그건 공상과학이고. 이 정도면 거 가도 안보여.
이 순경 (화면을 보며) 회색 로체 80이라. 저런 거 최소한 일 이백 댄 될 텐데….
최 형사 (닭을 뜯으며) 차량 리스트 나오면 최근에 수리한 차들 위주로 카센터

뒤져서 알리바이 확인하고 루미놀 피반응 검사하면 딱 나오겠구만.

이 순경 저희 인원으로 그거 다 하려면 한참 걸려요. 확실한 물증이 있는 것도 아니고.

최 형사 그치, 항상 최대의 적은 내부에 있지. 인원부족. (닭을 먹으며) 맛있네.

여전히 불안감 속에서 정지된 화면 속 자신의 차를 보는 건수.

S#45. 건수 집. 거실. 밤

각종 분재와 화초, 선인장들로 가득한 건수 집, 거의 화원 수준이다. 거실에서 뉴스를 틀어놓고는 보는 둥 마는 둥, 멍하니 앉아 있는 건수, 머릿속이 복잡하다. 라면을 끓이던 여동생, 건수에게 서류 하나를 건넨다.

여동생 오빠, 이거 왔대.

전처가 보낸 양육권 변경 청구서. 건수, 대충 보고 치운다.

고건수 신경 쓰지 마. 괜찮아.

여동생 그럼 됐고. 그리고 혹시 언니가 집 얘긴 안 해?

고건수 (…) 어.

여동생 (끄덕이며) 우리 주말에 속초 가는 거지? 민아 생일.

고건수 (아, 맞다. 하지만) 가야지.

여동생 (앉으며) 오빠, 내가 의논할 게 있는데, 화내지 말고 한번 들어봐. 동대문 점포, 담배 가게 내보내고 우리가 토스트 가게 하게 해 줘. 거기 그런 장사 잘된대. 월세도 그대로 낼게.

그렇지 않아도 복잡한데 저것들까지.

고건수 뭔 수로 계약된 사람 내보내.

여동생 오빠 경찰이잖아.

고건수 (어이없다) 야 이 씨, 경찰이 깡패냐?

여동생 좀 해줘, 우리도 언제까지 오빠 집에 얹혀 살 순 없잖아. 김 서방 정신 차렸어. 저 사람 화초 만지던 가닥이 있어서 그런지 빵도 기가 막히게 만져. 제 대로야.

그 순간, 욕실에서 영철의 비명이 들린다. '앗 뜨거!'

여동생 아, 또? (욕실을 향해) 괜찮아?

영철(o.s) (욕실에서) 어.

여동생 샤워기 좀 어떻게 좀 안 되나? 너무 뜨거워. (다시 원래 화제로) 어때? 토스트 가게 좋은 생각이지?

고건수 나중에 얘기하자. 나중에.

건수, 귀찮은 듯 방에 들어가려는데.

여동생 아, 근데 오빠.

고건수 왜 또?

여동생 혹시 우리 엄마 남자 있었어?

고건수 뭔 소리야?

여동생 어제 인생 상담하러 갔었는데 거기서 자꾸 엄마한테 남자가 있다는 거야.

고건수 (한심하다)

여동생 근데 근데, 지금도 옆에 같이 있대.

고건수 (욕을 하려다 우뚝)!

여동생 좀 섬뜩하지 않어? 딴 것도 다 맞췄어. 저 사람 꽃집 말아 먹은 거, 오빠 이혼 한 거 다 알던데. 엄마, 진짜 남자 있었던 거 아냐?

고건수 됐고. (생각해보니 화가 난다) 넌 교회 다닌다는 기지배가 점집 찾아 다니냐?

여동생 예언 목사님이거든!

건수, 할 말이 없다.

S#46. 건수아파트 앞 도로 – 차 안. 오전

출근길. 걸어가는 건수, 전처랑 통화 중이다.

전처(o.s) 토요일 우리 변호사랑 좀 만나.

고건수 이번 주말은 안 돼. 민아랑 여행가기로 했어.

전처(o.s) 치사하게 재판 앞두고 뭐하자는 거야. 반칙하지 마.

고건수 야. 토요일, 민아 생일이거든. 너, 관두자. 끊어.

한숨을 내쉬는 건수, 도 형사 차에 오른다. 핸드폰에 집중하던 도 형사, 입으로만,

도 형사 좋은 아침입니다.

'저게 놀리나.' 곧장 출발하는 도 형사, 문자를 마저 보내는데.

고건수 (고함) 브레이크!

화들짝 놀라 급브레이크를 밟는 도 형사. 끼이익. 보행자 바로 앞에 정지하는 차량. 건수, 도 형사 머리통을 후려갈긴다.

고건수 조심해야지 새끼야, 그러다 사람 치면 어떡하려고. 니가 책임질 거야? 개새끼. 후, 후. (흥분을 가라앉힌다)

도 형사, 건수 눈치를 살피는데.

고건수 도 형사.
도 형사 네?
고건수 뺑소니 자수하면 몇 년 형이냐?
도 형사 아니, 형사가 그것도 모르십니까?
고건수 모른다. 몇 년이냐?
도 형사 네이버 검색해 보시지 말입니다.
고건수 (어이없다) 너 내려, 새끼야!

S#47. 서부경찰서 강력반. 오후

나른한 오후, 책상에 기대어 자고 있는 형사들. 건수만이 깨어 심각한 얼굴로 서류뭉치를 보고 있다. 쥐색 로체 8로 시작하는 차량리스트다. 총 282대 중 자신의 차량이 182번째로 나와 있다. 펜을 들고 서울, 경기 부분만 따로 표시해보는 건수. 따르릉. 벨소리에 잠에서 깬 도 형사, 전화 받고는

도 형사 고 형사님, 전화 왔습니다. (반응이 없고) 고 형사님.

그제야, 전화를 받는 건수.

고건수 (전화 받으며) 네, 고 경삽니다.
남자(o.s) 아 예, 수고하십니다.
고건수 예, 누구시죠?
남자(o.s) 예, 이광민 그 사람 봤는데요.
고건수 예?
남자(o.s) 이광민 봤다구요.
고건수 장난전화 하지 마세요.

뚝. 끊어 버리는 건수.

도 형사 누구십니까?
고건수 궁금하면 네이버 검색해봐.

기죽은 도 형사, 또다시 걸려온 전화를 받더니

도 형사 아까 그 사람인 거 같은데….
고건수 (받으며) 자꾸 장난 전화하실래요?
남자(o.s) 수배자 봤다고 제보하려는데 그게 왜 장난전화죠?
고건수 (할 말이 없다) 그럼 말씀하세요.
남자(o.s) 제가 이광민을 봤는데요.
고건수 (짜증을 꾹 참으며) 지금 어딨는데요?
남자(o.s) 제가 그걸 물어 보려고 전화한 건데.

고건수 장난해요, 지금!

남자(o.s) 그게 아니라 어디로 데려 갔나요, 고 형사님?

고건수 ?

남자(o.s) 하늘로 솟았나요, 땅으로 꺼졌나요. 쥐색 로체, 고건수 씨!

목격자다! 건수, 당황한 나머지 얼떨결에 툭 전화를 내려놓는다. 앞이 하얘지는 건수, 애서 태연하려하나 쉽게 진정되지 않는다. 그사이 지이잉, 건수 핸드폰이 책상 위에서 울려 대고 있다. 왜 안 받는 거야. 건수를 힐끔 쳐다보는 도 형사. 따르릉. 이번엔 사무실 전화가 울리기 시작한다. 신경이 곤두서는 건수. 도 형사, 전화 받더니

도 형사 고 형사님. 핸드폰 받으시라는데 말입니다.

고건수 어?

곧이어 다시 울리기 시작하는 핸드폰. 불길하다. 건수, 조심스레 핸드폰을 펼치면

고건수 (나지막이) 누구야?

남자(o.s) 당신이 이광민 죽였다는 거 아는 사람.

눈을 질끈 감는 건수. 사람들을 피해 밖으로 나간다. 무슨 일인가 싶어 쳐다보는 도 형사.

남자(o.s) 사람 죽이고도 지낼 만해요?

고건수 (복도로 나서며) 무슨 얘기를 하는 건지 잘 모르겠는데요.

남자(o.s) 고 경사, 자꾸 그러면 안쓰러워.

고건수 아무래도 사람 착각하신 거 같네요. 예?

남자(o.s) 후후, 차는 깔끔하게 수리해 놨다. 바쁘셨겠어.

고건수 그건 엊그제 접촉사고 나서 보험처리 한 건데, 뭔가 확실히 잘못 아셨네.

남자(o.s) 어휴, 그새 알리바이까지 만드셨네.

고건수 그만 끊읍시다.

남자(o.s) 그럼 이번엔 이광민이 양자산에 있다고 신고해 볼까?

고건수 !

사람들을 피해 현관 앞까지 나온 건수, 머리카락이 곤두선다.

남자(o.s) 깊숙이 묻으셨나 몰라.

고건수 그런 적 없으니까 다신 전화하지 마라.

남자(o.s) 어, 어. 끊으면 바로 신고할 건데.

머뭇머뭇 끊지 못하는 건수.

남자(o.s) 못 끊겠지. 봐, 니가 죽였잖아.

고건수 야, 이 새끼야, 너 뭐야, 너 뭐하는 새끼야!

남자(o.s) 한 번만 더 욕해도 신고한다.

저 편에서 의경들이 단체로 걸어오며 충성! 경례를 하고 있다. 그런데 건수의 핸드폰으로도 또렷이 들리는 경례 소리. 놈이 근처 어딘가에 있다! 주위를 홱 둘러보면 주변에 통화 중인 몇몇 사람들.

남자(o.s) 지금은 쉽게 말 들을 것 같지가 않네. 속 좀 더 태우고 나서 그때 용건만 간단히 얘기하자.

문득, 저 멀리 정문 앞 공중전화에 시선이 고정되는 건수. 전화통을 붙잡고 있는 사내의 뒷모습. 저 놈인가?

남자(o.s) 근데 얼굴이 생각보다 좋던데. 죄책감 안 느끼나 봐? 성격 좋네.

툭 전화가 끊어짐과 동시에 수화기를 내려놓는 남자. 굳어버리는 건수의 얼굴. 저 놈이다! 태연히 경찰서 정문을 빠져 나가는 남자. 건수, 이를 악물고 재빨리 뛰어 나간다. 남자, 택시에 오르면 재빨리 번호판을 살피는 건수. '구산택시, 2274' 놈이 탄 택시가 출발하자 내달리는 건수. 부우왕. 요란한 엔진음과 함께 출발하는 건수 차.

S#48. 시내도로. 차 안. 낮

빠르게 질주하는 건수, 택시가 보이질 않는다. 속도를 높여 몇 대를 앞지르는데 덤프트럭 하나가 앞을 가로막는다. 아이 씨. 빵! 빵! 경적을 울리면 그제야 옆으로 비켜서는 트럭. 그 순간, 바로 앞에 '구산택시, 2274' 급브레이크를 밟는 건수, 놈이 탄 택시와 거리를 벌린다.

택시 안.
택시 앞좌석에 앉아 있는 남자.

건수 차 안.
옆 차로에서 거리를 유지한 채 따라가는 건수. 놈이 탄 택시가 횡단보도에 멈춰 서자 두 대 뒤, 옆 차로에 멈춰 선다. 선글라스를 쓰는 건수, 초조한 듯 다리를 떨며 손가락으로 운전대를 두드린다. 잠시 후, 파란불이 들어오자 서둘러 출발하는 차량들. 건수, 출발하려다 다급히 멈춰 선다. 무슨 일인지 남자가 탄 택시가 움직이지 않고 있다.

고건수 (의아) ?

빵빵! 뒤에선 연신 경적이 울려대고, 두 차선을 막고 있는 택시와 건수 차. 뒤로 차들이 밀리기 시작한다.

남자 택시 안.
얼떨떨한 택시기사, 남자의 눈치를 보고 있다. 밖에선 '어이 아저씨, 뭐하는 거야.' 경적소리와 함께 욕설이 쏟아지고.

택시기사 그만 갈까요?
남자 아저씨, 1초에 만 원이라니까. (시계를 보며) 13, 14초 벌써 15만 원 버셨네.

침을 꿀꺽 삼키는 기사, 눈을 질끈 감는다.

건수 차 안.
초조한 건수. 자기 뒤로 주욱 밀려 있는 차량행렬. 지나가는 차들마다 차창을 열고 욕설을 쏟아낸다. 건수, 초조해 하는데. 엇? 남자가 창밖으로 핸드폰을 흔들고 있다. 뭐지? 건수, 핸드폰을 보면 놈의 문자가 와 있다. '차 퍼지셨어요?? .^^.' 발각! 이젠 어쩔 수 없다. 건수, 벌컥 차문을 열고는 남자의 택시로 향하자 슬금슬금 출발하는 택시. 건수, 빵빵대는 차 사이를 비집고 서둘러 달려 나가면 백미러로 태연히 바라보던 남자, 담뱃불을 튕긴다. 건수, 뛰어가 보지만 점점 더 멀어지고, 몇 걸음 뛰다 말고 허망하게 멈춰서는 건수. 저 멀리 택시가 사라지고 있다. 건수, 오도 가도 못하고 도로 한 복판에 서 있다.

S#49. 어느 건물. 낮

복도를 걸어가는 남자의 뒷모습. 문을 열고 어디론가 들어간다. 휘파람을 불며 옷을 벗고 있는 남자. 잠시 후 딸깍, 문이 열리고 라카룸에서 나오는 남자. 칼로 잰 듯, 빳빳하게 날이 선 주름. 경찰복이다! 태연하게 현관문을 나서면 그 옆으로 보이는 중부경찰서 현판!

S#50. 순찰차 안. 낮

순찰차 보조석에 앉아 있는 남자, 명찰엔 '경위 박창민'. 옆에선 뺑소니 현장에 왔던 이 순경이 운전 중이다. 흰 병우유와 크림빵을 먹는 창민.

박창민 ·이 순경, 운전 참 부드럽게 해.

이 순경 맨날 하는 게 이건데요.

박창민 뺑소니 사건은 잘 진행돼?

이 순경 의심 가는 게 있는데 동일 차종이 280대나 돼서요.

박창민 제보 또 안 오나?

이 순경 그러게 말입니다. (신호에 멈춰 선다) 근데 박 경위님은 일 좀 적응되세요? 마약 수사대 계시다가 교통과 하는 게 쉽진 않으실 텐데.

박창민 생활비가 좀 많이 딸리네.

이 순경 (어색하게) 하하. 전 마약과 같은 데서 일하는 게 꿈이었는데….

박창민 꿈은 잘 때나 꾸시고, 지금은 앞에 봐 앞에.

어느새 녹색신호. 괜히 민망한 이 순경, 이내 출발한다. '삐리릭. 시영아파트 앞 교통사고 발생' 무전 교신음이 들린다.

S#51. 교통사고 현장. 낮

택시와 봉고차, 트럭 3중 추돌 사고 현장. 피를 흘리며 쓰러져 있는 운전자들과 주위에 널브러진 파편들. 위잉. 렉카 차량이 경쟁하듯 속속 도착하고 있다. 반파된 택시 안을 힐끗 쳐다보는 창민. 종이처럼 구겨진 택시 안엔 사람이 보이지 않는데, 좀 더 안을 살펴보면 의자 밑 페달 사이에 깔려 있는 택시기사. 살았는지 죽었는지 움직임이 없다. 창민, 살았는지 보려 꼬챙이 하나를 쥐고는 건드려 보려는데 차창 유리조각에 옷이 찢길 거 같자 귀찮다는 얼굴로 슥 몸을 빼는 창민.

박창민 어이, 렉카. (렉카 기사들 중 하나를 지목하더니) 차 좀 빼.

예! 신나서 뛰어가는 렉카 기사. 기이잉. 렉카에 실리는 택시. 이 순경, 환자를 살피다 뒤늦게 이쪽을 보고는

이 순경 안엔 다 확인하셨어요?
박창민 (차갑게 본다) 다시 내릴까?
이 순경 (움찔) 아뇨, 보셨으면 됐죠.

정신을 잃었던 운전자, 꿈틀, 의식을 되찾으려는데 덜컹 출발하는 렉카

차. 운전자와 눈이 마주친 창민, 그냥 지켜볼 뿐이다. 운전자를 실은 채, 무심하게 사라지는 렉카 차.

S#52. 중부경찰서 교통계. 낮

창민을 앞에 두고 씩씩거리는 교통계장.

교통계장 차 안에 있는 사람을, 그걸 못 봤다고?
박창민 예.
교통계장 사람이 쥐새끼야, 안 보였다는 게 말이 돼?
박창민 (당당) 안 보이던데요.
교통계장 (황당하다) 사람이 죽었어, 죄책감 좀 가져 봐. 에이. (궁시렁) 마약반에서 쫓겨났으면 거기서 옷을 벗든가. 왜 여기까지 굴러 와서….
여경 (문틈으로 얼굴을 들이밀며) 계장님, 서장님 기다리십니다.

씩씩거리던 교통계장, 여경을 따라나선다. 교통계장 책상 앞에 우두커니 서 있는 창민, 기죽었나 싶은데 돌아서면, 질겅질겅 꽤 많은 양의 껌을 씹고 있다. 곧바로 다시 들어오는 교통계장, 급히 책상 위를 뒤적인다.

교통계장 이 순경, 사건경위서 어쨌냐?
이 순경 아까 계장님 책상 위에 올려놨는데요.
교통계장 없는데. 아이 씨.
여경 (다시 사무실 안으로 고갤 드밀며) 계장님. 빨리요.
교통계장 야, 야, 최대한 빨리 뽑아서 올려 보내. (창민을 보더니) 껌 뱉어!

교통계장, 서둘러 나가면 쓰레기통에 퉤 뱉는 창민. 꽤 묵직한 것이 떨어진다. 이 순경, 뭔가 싶어 보면 창민이 씹다버린 종이뭉치, '사건경위서' 글자 일부가 일그러진 채 보인다. 이 순경을 향해 애교 부리듯 손가락을 올리며, 쉬잇! 미소 짓는 창민.

S#53. 서부경찰서 주차장. 낮

주차장 구석에 주차되어 있는 건수 차. 패닉에 빠진 건수, 혼자 중얼거리고 있다.

고건수 누굴까. 양자산까지 왔다면… 장례지도사, 인부… 도대체 누군데….

모든 상황이 의심스러운 건수. 돌아버릴 지경이다.

고건수 넌 누구냐, 이 새끼야!

그 순간, 쿵쿵쿵. 차창을 두드리는 누군가, 최 형사다. 움찔하는 건수. 후, 밖으로 나온다.

최 형사 꿈꿨냐?
도 형사 주무셨단 말입니까? 저흰 쌔빠지게 산타고 왔는데….

진흙 속에 빠졌다 나온듯한 신발들.

고건수 어디 갔다 오는데?

도 형사 경기도쪽 야산….

최 형사 양자산. 너 어머니 묘소도 그쪽이지?

고건수 (놀라) 근데 왜?

도 형사 이광민 핸드폰 최종 위치가 거기로 나와서 가봤는데 그 동넨 기지국이 중첩 돼서 위치가 정확히 나올 수 없답니다. 괜히 산만 타다 왔지 말입니다.

몰래 안도하던 건수, 문득

고건수 핸드폰 꺼져 있다면서 거긴 줄은 어떻게 알았어?

도 형사 중부서에서 위치 조회했던 자료가 남아있었습니다.

고건수 왜?

도 형사 그건 모르지 말입니다.

최 형사 (하품) 피곤하다. 소주 땡기네. (들어가려다) 범퍼 새로 갈았네. 사고 났어?

고건수 (흠칫) 저번에 얘기 했잖아.

최 형사 (차를 살피며) 앞에 다 갈았나보네. 안 다친 게 다행이다, 야.

건수, 8734. 자신의 번호판을 보며 괜스레 가슴 졸이는데.

최 형사 너 전화 왔다.

띠리링. 차 안에서 울리는 건수 핸드폰. 건수, 멀어지는 최 형사 뒷모습을 지켜보다 전화를 받는다. 창민이다.

박창민(o.s) 미행을 그렇게 못해서 어떡해, 형사가. 고민 좀 했어? 이제 대화 가 될라나?

고건수 나 하나만 묻자. 너 내가 이광민이 묻는 건 어떻게 봤냐? 그 야밤에.

박창민(o.s) 밤이라고 그걸 못 보나? 쓸데없는데 관심 갖지 말고….

고건수 너 직접 본 거 아니구나.

박창민(o.s) ?

고건수 이광민 어디 있는지 모르지?

박창민(o.s) ….

고건수 그럼 됐어. 신고를 하던, 혼자 삽 들고 지랄하던 니 맘대로 해봐. 하지만 넌 절대 못 찾아. 왜? 묻은 사실이 없으니까 개새끼야. 끊어!

거칠게 전화를 끊어버리는 건수, 스스로 최면이라도 걸려는 듯 고함을 질러댄다.

고건수 증거만 없으면 세상에 없는 일이야! 고건수. 쫄지 마!

S#54. 서부경찰서 강력반. 저녁

들어오는 반장, 사무실 전화가 계속 울리자,

반장 전화 좀 받아라. (도 형사가 받는 사이) 밥이나 먹으러 갈까?

최 형사 예, 배고파 뒤져버리겠어요.

반장, 들어오는 건수를 보고는

반장 밥 먹자. 뭐 먹을까?

고건수 전 그냥 들어갈게요.

반장 니가 살 건데 그럼 안 되지?

고건수 담에 하죠. 피곤해요.

전화를 받던 도 형사, 수화기를 막고는

도 형사 교통사고 제보전화라는데 말입니다.

최 형사 교통과로 돌려.

말이 끝나기도 전에 전화를 뺏어 그대로 끊어버리는 건수.

반장 (의아) 야…?

고건수 이 새끼, 장난전화예요.

또다시 전화벨이 울리자 이번엔 건수가 직접 받는다. 상대의 음성을 확인
하고는 곧바로 끊어버리는 건수. 곧이어 따르릉, 이번엔 확인도 않고 그
대로 끊어버린다. 이러기를 몇 번 반복하는데.

반장 야, 뭔데 그래?

할 말이 마땅치 않은 건수, 그냥 전화기 앞에 버티고 서 있다. 왜 저래?
의아해하는 형사들.

반장 (갸우뚱) 피곤하면 들어가던가….

건수, 더 이상 벨이 울리지 않자 이제 나가려는데, 띠리링 문 밖에서 낯익
은 음악소리가 들린다. 니노로타의 '태양은 가득히.' 사무실을 향해 다가

오는 벨소리, 문 앞에 다다르자 뚝 끊긴다. 문 밑으로 어른거리는 그림자! 잠시간의 정적. 건수 숨이 멎을 듯한데, 끼이익 문이 열리고 들어서는 것이 박창민이다!

고건수 !

어떻게 여길! 뚜벅뚜벅, 당당하게 들어오는 창민. 당황한 건수, 어찌할 바를 모르는데.

최 형사 (반갑게) 어? 박 경위님!

엥? 이건 또 무슨 소리야. 그 순간, 퍽! 건수를 향해 날아드는 창민의 주먹. 느닷없는 공격에 그대로 나자빠지는 건수. 우당탕탕.

최 형사 (당황) 야, 박 경위!

서둘러 막아서는 최 형사.

박창민 니가 감히 내 전화를 씹어. 내가 입 한번 열어봐? 어? 이런 개새끼가….
최 형사 도대체 왜이래?

건수, 창민의 예기치 못한 행동에 당혹스러운데, 막무가내로 날뛰던 창민, 갑자기 태도를 바꾼다.

박창민 (얼굴을 가까이 드밀며) 뭐야 이거. 씨발 아니네. 오우….

난감하다는 듯 자신의 머리를 치며 능청 떠는 창민.

최 형사 뭐야? 잘못 본거야? 하! 이쪽은 우리 동료야.

박창민 형사야? 이거 정말 죄송하게 됐습니다. 난 또 내 돈 들고 튄 놈인 줄 알고.

창민의 연극에 놀아나는 건수. 대들지도 못하고 턱만 매만지고 있다.

최 형사 반장님, 저번에 우리 도와줬던 박창민 경위님. 감찰반 정보 건네준.

반장 아, 박 경위? 반가워요. 그때 정말 고마웠어요. 우리 은인이잖아.

건수, 맞은 충격에 더해지는 당혹스러움, 얼빠진 사람처럼 멍해 있다.

최 형사 고 형사, 은인한테 한 방 맞았네. 괜찮아?

박창민 아, 이분이 고건수 경사님? 아 어떻게….

창민, 책상 위 크리넥스 두어 장을 뽑아 건수에게 건넨다.

박창민 (입술을 가리키며) 여기 피.

병 주고 약 주고. 건수를 완전 데리고 놀고 있다.

박창민 (묘한 미소와 함께) 정식 인사드립니다. 박창민입니다.

반장 (화해하라는 눈짓을 하며) 둘 진짜 인연이네. 저번엔 살려주시더만 오늘은 잡을 뻔 하셨네. 하하.

건수, 마지못해 내민 손을 맞잡으면 소름이 좌악 끼쳐온다.

박창민 인상 좋으시네요. 참, 두 분이서 우리 애들 뺑소니 찾는 거 도와줬다며?
덕분에 거의 찾은 거 같던데.
최 형사 그래? 잘됐네.

건수. 어찌 할 바를 모르는데.

박창민 (건수를 보며) 화장실 좀 갔다 올게요.

밖으로 나가는 창민.

최 형사 (건수를 보고는) 턱 괜찮아?
반장 (피식) 억울하면 술 먹고 한 대 때려!

건수, 대답 않고 밖으로 나간다.

S#55. 서부경찰서 화장실. 저녁

끼이익. 안으로 들어오는 건수, 아무도 없다. 물 내리는 소리가 들리더니
변기 칸에서 나오는 창민, 씨익 웃으며 세면대로 향한다.

박창민 (손을 씻으며) 인간엔 딱 두 가지 유형이 있대. 강자 앞에서 바로 꼬리
내리는 인간, 꼬리 잘리고 나서야 뒤늦게 내리려고 애쓰는 인간. 고 경사는 어느
쪽인 거 같아?

고건수 경찰이었어?

박창민 경찰 보니 무섭지, 잡아 갈까봐.

잠시 창민을 노려보는 건수.

고건수 원하는 게 뭐야?

박창민 그렇지. 여지껏 니 입에서 나온 것 중에 제일 현명하고 똑똑한 말이다. 내가 원하는 거… 간단해. 이광민이 가져와.

고건수 왜?

박창민 궁금한 게 많으면 수명이 짧아져.

고건수 이광민이랑 무슨 관계야?

박창민 우리 아빠. 장례 좀 치러 줄라고.

고건수 (어이없다)

박창민 미안. 사실 우리 엄마야. 재미없지? 쓸데없는 질문하지 말고 시킨 거나 해.

다가와 건수 겉옷에 젖은 손을 스윽 닦는 창민, 나가려는데.

고건수 근데 어떡하냐, 난 이광민이 어디 있는지 모르는데 진짜.

나가다 말고 멈춰서는 창민.

박창민 한 대 더? (때릴 듯 폼을 잡더니) 에휴.

그냥 돌아서려는데 퍽! 갑자기 날아오는 건수의 주먹. 쿵! 문에 부딪치는 창민, 정신 차릴 틈도 없이 주먹이 날아든다. 커버링을 피해 빈틈을 정확히 찾아다니는 건수의 주먹에 김빠지는 신음만 토해내는 창민. 퍽! 명치에 제대로 꽂히는 주먹에 신음소리조차 못 내더니 그만하라고 손을 가로 젓는다. 몇 대를 더 먹이고 나서야 공격을 멈추는 건수. 창민, 허리를 펴며 간신히 숨을 토해낸다.

박창민 경찰이 경찰을 막 패네. 죽겠다. 아, 주먹에 맞아도 이렇게 아픈데, 차에 치인 우리 광민인 얼마나 아팠을까, 말도 못하고.
고건수 미친 새끼.

벽에 기대 있던 마대걸레를 밀쳐버리는 건수. 우당탕탕! 창민, 몸을 웅크리고 피하다가 건수 발길질에 변기 칸 안으로 나자빠진다. 건수가 쫓아 들어오려 하자 재빨리 문을 잠그는 창민.

고건수 (쾅, 걷어차며) 문 열어 새끼야!

옆 칸 변기 위에 올라가는 건수, 풀쩍 칸막이를 넘으려는데 턱! 건수 멱살을 잡는 창민. 건수, 놀랄 틈도 없이 쑥! 아래로 당겨진다. 쿠당탕탕! 아래로 쏟아지는 건수. 얼굴이 변기에 그대로 처박힌다. 킥! 첨벙. 비명도 제대로 못 지르는 상황, 단박에 전세가 역전된다. 건수 뒷덜미를 움켜쥔 창민, 변기에 머리를 처박은 채 한쪽 팔꿈치론 건수의 옆구리를 찍어댄다.

박창민 몇 대 맞아 주니까 자신감이 불타올라? (퍽!) 넌 (퍽!) 나한테 (퍽!) 안 돼. (퍽!) 날 때부터 안 됐고 (퍽!) 죽어서도 안 돼! (퍽!)

퍽, 퍽, 퍽. 계속해서 가격하는 창민, 정말 저러다 죽는 거 아닌가 싶을 때 쯤, 머리를 끌어올린다.

박창민 대화 좀 할까? (얼굴을 힐끔 보고는) 아직 아니다.

곧바로 변기 속에 처박는 창민. 또다시 퍽, 퍽, 퍽! 잠시 후, 끌어올리고는

박창민 (대뜸) 또 아니네.

곧장 물속으로 잠수. 또다시 가격.

박창민 자존심이 언제까지 고통을 막아주려나.

광기 가득한 창민의 행동이 계속 이어지고 한참을 물속에 처박힌 건수, 더이상 못 버티겠다는 듯 바닥을 두드린다. 건수의 손짓을 보고도 한참 후에야 머리를 놔주는 창민. 크악. 거친 호흡을 내쉬는 건수, 일어설 힘도 없이 널브러진다. 호흡을 고르며 거울 앞에 서는 창민, 옷에 묻은 물기를 닦아 낸다.

박창민 요즘 장비 좋아져서 삽질 안 하고도 금방 찾는다. 수사망 더 좁혀지기 전에 가져와.

쿵. 문이 닫히고 변기 바닥에 널브러진 건수, 모멸감에 이를 악문다.

S#56. 도로. 차 안. 밤

거칠게 국도를 달리는 건수.

S#57. 양자산. 밤

퍽퍽. 땅 파는 소리가 들리는 어두운 산속. 건수가 열심히 땅을 파고 있다. 포클레인으로 쌓아 올린 것을 달랑 삽 하나로. 헉, 헉. 매우 힘든 건수. 이윽고 관이 모습을 드러내면 빠루를 들고 끙끙 못을 뽑아 뚜껑을 여는 건수. 염을 한 어머니의 모습이 드러난다. 긴 한숨을 토해내는 건수. 어머니의 시신을 바라보는 것도 잠시 곧 조심스럽게 어머니를 들어내면 그 뒤로 드러나는 이광민의 시체. 이광민의 주머니를 뒤지기 시작한다. 핸드폰과 동전 몇 개뿐이다.

고건수 뭐야, 니가 원하는 게 도대체 뭐냐고!

그때, 뭔가 이상한 것이 건수의 시선을 붙잡는다. 외투에 난 두 개의 구멍. 건수, 천천히 구멍에 손가락을 넣는다. 손가락을 낀 채 천천히 외투를 들추면, 셔츠까지 관통한 구멍. 순간, 건수의 얼굴이 흔들리더니 확! 셔츠를 뜯어 펼치면, 이광민의 가슴까지 그대로 관통한 두 발의 총알 자국!

고건수 (헉) 이거 뭐야!

얼어붙은 건수의 시선이 서서히 흔들리기 시작한다. 충돌 전에 이미 총을 맞은 건가? 순간 온몸에 힘이 쭉 빠져 나간 듯, 털썩. 안도와 죄책감, 후회가 한데 뒤섞인 괴상한 감정들이 건수를 파고든다.

고건수 하아. 씨. (끓어오르는 분노) 이런 개 상놈의 새끼….

S#58. 중부경찰서 복도. 밤

창민, 경쾌한 발걸음으로 경찰서를 나서는데,

이 순경 박 경위님! 계장님이 오라시는데요.
박창민 나 이미 퇴근 했어요, 못 봤다고 해.
이 순경 계장님이 지금 보셨는데요.
박창민 잘못 보신 거라고 해.
이 순경 (황당) 아니….
박창민 박봉의 박 경위 투잡 하러 갔다.

S#59. 고물상 앞 도로(사고현장). 밤

어둑하고 적막한 사고현장. 현장을 살피는 건수. '충돌 전 무슨 일이 있었던 걸까. 과연 어디서 총을 쐈을까.' 건수, 광민 은신처인 고물상으로 시선이 흐른다.

S#60. 고물상 안. 밤

캄캄한 실내. 딸깍, 딸깍. 불이 들어오지 않는다. 작은 플래시를 밝히며 흔적을 찾는 건수. 책상 위, 널브러진 핸드폰 충전기. 무덤에서 꺼낸 광민 핸드폰을 꽂아보면 딸깍, 맞다. 건수, 핸드폰 전원을 켜는 순간, 바스락! 누군가 있다! 휙, 플래시를 비춰보나 보이질 않고…. 하지만 어둠 어디선가 건수를 지켜보는 듯한데. 건수, 허리춤을 만져보나 이런… 권총을 두고 왔다. 못이 박힌 각목하나를 슬며시 집어 드는 건수, 소리 난 곳으로 조심스레 다가간다. 쿵쾅쿵쾅. 심장박동 조차 부담스러운 적막. 그때, 땡 그랑! 날카로운 쇳소리가 파고든다. 건수, 반사적으로 휘두르면 빡! 기둥을 때리고 부러지는 각목. 윽! 손에 전달되는 충격. 하지만 아파할 틈이 없다. 상대를 찾으려 사방으로 플래시를 흔들어 대는데… 순간, 스치는 무언가!
휙! 다시 비추면 예전의 그 유기견이다.

고건수 하아. (안도) 이런 개새끼가… 하아.

참았던 숨을 내쉬는 건수. 겁에 질려있던 유기견도 안심이 되는지 꼬리를 흔든다. 유기견의 보금자리인 듯, 물고 온 잡동사니들이 가득하다. 그 가운데 한참을 물어뜯긴 가죽지갑. 보면, 이광민의 것이다. 광민의 유흥업소 명함과 숫자가 잔뜩 적힌 사금고 명함 하나가 나온다. 그때, 적막을 깨는 낯익은 벨소리. 리리리링. 자신을 그토록 괴롭혔던 이광민 핸드폰이 다시 울리고 있다. 건수, 핸드폰을 조심스레 받으면.

누군가(o.s) 야이 개새끼야, 왤케 연락이 안 돼? 난 또 니가 창민한테 벌써 뒤진 줄 알았잖아!

창민이 아니다. 거친 남자의 목소리.

누군가(o.s) 거기 어디야? 야 이광민! 이 새끼 봐라, 야…. (뭔가 이상한 듯) 너 이광민 맞아? (대답이 없자) 너 누구야?

딸깍. 지체 없이 전화를 끊어버리는 남자. 건수, 다시 전화를 걸어보지만 받질 않는다. 뭔가 복잡해지는 건수의 얼굴.

S#61. 도로. 달리는 차 안 - 경찰서(교차). 밤

무서운 속도로 질주중인 건수, 도 형사로부터 전화가 걸려온다.

고건수 (다급히) 알아봤어?

도 형사 나이 38세, 이름 조능현. 전과 3개가 모두 강력 범죄입니다. 현재 위치는 대학로 근처입니다.

고건수 일분 마다 계속 위치확인하고 조능현 얼굴사진 나한테 보내.

도 형사 고 형사님, 이거 다 불법인데 말입니다. 정식으로 서류 첨부해서 하시는 게….

고건수 너 워드 작업하는 동안 사람하나 죽을 수 있다. 내가 책임질게.

도 형사 근데 무슨 일이신지….

고건수 됐고. 다른 사람한텐 말하지 말고 바로 연락 줘, 오케이?

도 형사 (마지못해) 네.

그대로 전화를 끊어버리자 수화기를 내려놓는 도 형사.

최 형사 어디래?

도 형사 그건 모르겠는데 말입니다.

최 형사 갑자기 어딜 싸돌아다니는 거야… 참.

최 형사, 책상 위에 놓여 있는 범칙금 통지서를 보고

최 형사 이게 뭐냐?

도 형사 우리 팀 교통딱지 빼 논겁니다. 벌금 넘어가기 전에.

최 형사 내 꺼도 있냐?

도 형사 고 형사님 꺼 하나만 찍혔습니다.

최 형사 (통지서에 나온 속도를 보며) 많이도 밟았네.

과속카메라에 찍힌 건수사진을 보던 최 형사, 뭔가를 발견한 듯 우뚝! 고정되는 시선.

S#62. 삼선교 거리. 밤

끼이익. 다급히 멈춰서는 건수 차. 서둘러 내리는 건수, 바로 옆 편의점을 향해 성큼성큼 다가간다. 창가에 얼굴을 드밀고 안에서 음식 먹는 사람들을 살펴보는 건수. 손님들, 유리 한 장을 두고 코앞에서 웬 남자가 쳐다보자 의아해 하는데. 라면을 먹던 한 남자, 건수 핸드폰에 뜬 사진을 보고는 움찔, 바로 자신이다. 조능현! 후다닥 달아나는 조능현. 건수, 서둘러 쫓아간다. 건물 코너를 잽싸게 도는 조능현, 좁고 가파른 계단을 성큼성큼 뛰어 도망치다가
우당탕탕 발을 헛디뎌 계단 끝까지 구른다. 아주 길고 요란하게 구른다. 퍽! 길바닥에 고꾸라지는 조능현. 끄응. 뒤따라 계단을 내려오던 건수, 인상을 찌푸리며 천천히 다가간다.

고건수 괜찮아?

쓰러져 있던 조능현, 놀랍게도 다시 벌떡 일어나 도망가고. 아, 씨. 짜증내며 건수도 따라 뛰기 시작한다. 계단 끄트머리에서 주르륵 미끄러지는

건수. 쿵쿵쿵쿵쿵. 아 씨발. 쫓아가는 건수. 골목을 들어서는데 훅 날아
오는 맥주병. 귀밑을 스치고 벽에 꽂힌다. 퍽! '이런 개새끼가.' 그 사이
달아나는 능현, 오토바이를 밟고 막힌 담장을 넘으려는 순간, 턱. 발목을
낚아채는 건수. 공중에 뜬 채로 발목을 잡힌 조능현, 그대로 벽에 얼굴을
처박는다. 퍽!

S#63. 삼선동 골목. 밤

조용한 어느 골목길. 얼굴이 심히 망가진 조능현.

조능현 (진심이다) 전 진짜 몰라요. 제가 안 갖고 있다니까요! 진짜예요.
고건수 니가 뭘 안 갖고 있다는 건데?
조능현 아니… (그러다 문득) 박창민이 보낸 거 아녜요?

잠시 쳐다보더니 신분증 꺼내는 건수.

고건수 박창민 내사 중인 감찰반 형사야. 너 잡으러 온 거 아니니까 긴장 풀어.
창민이 찾는 게 뭔데?

창민 쪽이 아니란 말에 태도가 확 변하는 조능현. 개긴다.

조능현 모르는데요.
고건수 진짜 몰라?
조능현 예.

그러자 기둥에다 철컥 수갑을 채워버리는 건수.

조능현 (손목이 아프다) 아, 아! 씨발 이거 왜이래요? 난 모른다니까!

조능현 핸드폰을 뺏어 전화를 걸려는 건수.

조능현 (의아) 지금 뭐하는 거예요?
고건수 창민한테 너 여기 있다고 알려주려고. 창민이랑 얘기해라.
조능현 (기겁하며 태도가 달라진다) 형사님, 저 진짜 죽어요…. 아 씨발.

빡! 따귀를 갈기는 건수. 홱 돌아가는 능현의 얼굴. 건수, 상대 턱을 잡아 바로 세우고는,

고건수 창민이 찾는 게 뭐야?
조능현 열쇠요.
고건수 무슨 열쇠?
조능현 사금고 열쇠요.
고건수 뭐가 있는데.
조능현 그게….

순간, 콱! 목을 움켜주고 벽에 밀어붙이는 건수. 켁, 켁. 숨이 막히는 조능현.

고건수 처음부터, 하나하나, 똑바로, 얘기 해! 되묻게 하지 말고. 알았어?

조능현, 알았다는 듯 흰자위를 희번덕거리면 놔주는 건수. 목을 매만지며

켁켁거리던 조능현, 머뭇머뭇 말문을 연다.

조능현 박창민이 가져온 마약을….
고건수 마약?
조능현 예, 그러니까 박창민이 마약반 있을 때 압수당한 마약을 빼돌렸거든요. 세관에서 걸린 거 이런 것들 다하면 그 양이 어마어마하다고 하던데 그걸 팔기도 하고 클럽에서… 아, 클럽하고 룸 몇 개를 운영했거든요.

창민의 행적에 어이없어하는 건수.

조능현 이광민은 그냥 바지고요 실제 소유주는 창민하고 동업자가 몇 있어요.

조능현의 진술과 함께 보이는 몽따쥬 장면들.
소각되어야할 마약을 다른 것으로 바꿔치기하는 창민, 대범함이 그지없다. 어느 창고 안. 가짜 양주가 담긴 수백 개의 양주병들, 그 속으로 하얀 가루가 조금씩 섞여 들어간다. 작은 기포를 내며 녹아드는 가루들…. 새 걸로 포장되어 손님들에게 배달되면 흥이 나 들이키는 남녀. 광란의 파티다. 쌓이는 양주병. 쌓이는 돈.

조능현(o.s) 이런 거 먹어보면 딴 데 못가거든요. 한번 오면 평생 고객 되는 거죠. 진짜 대박 났죠. 야쿠자 애들까지 나서서 대리점 하나 내달라고 하는데… 그때 딱 광민이가 튄 거죠. 돈하고 마약도 다 빼돌려서요. 박창민이, 진짜 악마 같은 새낀데…. 근데 악마보다 무서운 게 사람의 욕심이잖습니까.

S#64. 고급 사우나 탈의실 - 탕 안. 밤

조직들로 가득한 사우나 탈의실. 덜컹. 들어오는 창민, 전혀 거리낌 없이 거친 사내들을 지나 탕 안으로 향한다. 뭐야, 덩치 하나가 창민을 막아서 려는데, 다른 사내들이 서둘러 말린다. 조무래기들에는 관심 없다는 듯 그대로 들어가는 창민. 수증기가 가득한 고급 사우나 탕 안. 옷을 입은 채 구둣발로 뚜벅뚜벅 들어오는 창민, 히노끼 탕 안에 빙 둘러 앉은 사내들, 창민을 쳐다본다. 탕 안은 보스들의 회합 자리. 다들 옷을 벗은 채 온탕에 몸을 담그고 있는데 풍덩, 풍덩 구둣발 그대로 탕 안에 들어서는 창민. 난간에 걸터앉는다. 못마땅한 보스들.

박창민 쥐새끼들처럼 몰래 모여서 뭐하시나.
김 사장 저희끼리 그냥 사우나 한 번 하는 겁니다.

그중 중심인 듯한 김사장이 먼저 입을 연다.

박창민 (무시하고) 이쪽이 홍콩에서 온 사람들인가?

목욕탕에서도 진한 선글라스를 쓰고 있는 홍콩남.

박창민 FTA 됐다고 이제 깡패새끼까지 막 수입하냐. (선글라스 낀 홍콩남을 보며) 니가 주윤발이냐.
김 사장 이제 우리 동업잔데 예의 갖추시죠. 우리물건 찾을 때까지 얘들이 약 대주기로 했습니다.
박창민 그거 함부로 들여오다 니들 다 좆됀다.
최 사장 (빈정) 그런 새가슴으로 뭘 하시려고. 아 짭새니까 새가슴 맞네.

몇몇 보스들이 웃는다. 속을 알 수 없는 창민의 표정.

김 사장 박 경위님 때문에 그런 위험도 감수하게 된 거 아닙니까. 약 공급처에서 잘리시고 확보한 물량, 돈 다 잃어버리시고.

최 사장 뭔 애 하나 관리를 그렇게 못하셔서…. 하긴 지들끼리 서로 짜고 이러는 줄 어찌 알겠습니까?

김 사장 (말린다) 최 사장님. (창민을 보며) 어째든 빨리 찾아서 데려 와야 할 겁니다. 저희도 박 경위님만 믿고 기다릴 순 없지 않겠습니까?

최 사장 능력 안 되면 우리한테 넘기시던가. 대한민국 경찰을 믿을 수가 있어야지.

가만히 듣고만 있던 창민.

박창민 앞에서 똥 밟았었는데. (피식)

최 사장. 어이없다는 듯 웃는데.

박창민 최 사장, 숨 크게 들이 마셔봐. (반응이 없자) 한번 해봐. 이렇게.

직접 크게 숨을 들이마시는 창민. 최 사장, 그냥 보고만 있는데.

박창민 생에 마지막 호흡인데, 하랄 때 그냥 하지.

인상이 구겨지는 최 사장, 뭐라 말하려는데 그보다 빨리 상대 목을 움켜쥐고는 물속으로 처박는 창민, 그대로 복부를 강타. 컥! 커다란 공기방울을 토해내는 최 사장. 당황한 보스들.

박창민 (권총을 보여주며) 자기들 서로 목숨 걸어 줄 사이 아니잖아.

움찔. 망설이던 김 사장과 사내들. 그저 창민의 광기를 바라만 볼 뿐이다. 물속에서 발광하는 최 사장. 꼬르르 꼬르르.

박창민 UDT 잠수 최고 기록 6분 35초, 내가 세운 건데, 기록 깨면 용서해줄 게. (시계 찬 덩치를 보며) 시간 재. 틀리면 니가 들어간다.

째깍째깍. 일초, 일초가 한 세월이다.

박창민 자, 계속해봐. 어디까지 얘기했지? 누군가 날 못 믿겠다고 얘기했던 거 같은데. 지금도?

불편하고 두려운 상황에 할 말을 잊은 사내들. 그사이 최 사장의 몸부림이 점점 약해지더니….

박창민 얘 봐라. 쌌다.

창민, 풀어줘도 움직임이 없는 최 사장.

박창민 흉부압박상지거상법 할 줄 아는 사람, 손 번쩍.

당황스런 보스들.

S#65. 양자산. 밤

외투와 셔츠가 풀어 헤쳐진 이광민의 시신 위로,

짧게 꽂히는 플래시백.

고건수 그 열쇠 지금 어디 있어?
조능현 광민이 갖고 있을 거예요.

이어서 박창민 모습.

박창민 시체 갖고 와. 내 요구사항은 이게 다다.

휴대용 금속 탐지기를 들이대는 건수. 배 부위를 샅샅이 훑는데 전혀 반응
이 없다. 의아해 하는데 하체 쪽에서 신호음이 잡힌다. 건수, 시신을 뒤집
어 엉덩이에 탐지기를 대면 강력해지는 신호음. 삐, 삐, 삐. 시신의 벨트
를 끄르는 건수, 조심스레 하의를 벗긴다. 탱탱한 광민의 엉덩이. 이곳이
다. 건수, 한숨을 내쉬다가 비닐장갑을 낀다. 사뭇 긴장한 얼굴. 결심이
선 듯 광민의 엉덩이 사이로 손을 쑤욱.

고건수 으….

괴상한 신음을 흘리는 건수. 어렵게, 어렵게 그 속에서 손을 더듬는데 턱
무언가 잡힌다. 빼내면 립스틱 모양의 물건이 비닐에 싸여 있다. 으. 냄새
가 고약한지 코를 막는 건수, 흔들어보면 덜그럭덜그럭 소리가 난다. 건
수, 칼을 들어 포장을 뜯는데, 이때, 팟! 갑자기 건수에게 쏟아지는 강력
한 플래시 불빛! 놀란 건수, 돌아본다. 눈이 부신지, 손을 치켜들면 검붉
게 더럽혀진 손. 손에 든 칼. 프롤로그의 그 장면. 곧이어 불빛 뒤, 사람
의 형체가 점차 모습을 드러낸다. 최 형사다!

최 형사 너, 이 새끼… 이게 다 뭐야! (총 뽑으며) 칼 내려놔.

고건수 야, 최 형사.

최 형사 칼 내려놔, 새끼야!

건수, 칼을 내려놓으면 칼과 함께 떨어진 립스틱케이스. 떼구르르. 아래로 굴러간다. 건수를 노려보던 최 형사, 괴로운 듯 신음을 흘리고.

최 형사 야. 너 미쳤냐.

고건수 아냐, 오해야. 오해가 있어.

최 형사 이것도 오해냐?

최 형사, 품에서 사진 한 장을 꺼내 던진다. 건수 받아들면, 과속 단속 카메라에 찍힌 건수의 로체 자동차.

최 형사 니가 차 사고 났다고 말한 23일, 그 이틀 전 사진이야. 사고 났다는 날 전에 벌써 깨져 있어.

범퍼와 전조등, 앞 유리까지 깨져 있는 것이 선명하게 보인다.

최 형사 뺑소니 사고 지점 1키로 부근에서 찍혔다. 오해냐?

대답을 못하는 건수, 뭐라 할 말이 없다. 커다란 한숨.

최 형사 우리가 아무리 모범 경찰은 아니지만 그래도 이건 아니지.

고건수 하… 하… 그래. 그만 하자. 내가 왜 이렇게 됐지….

예기치 못한 결말에 하늘을 보며 허망한 표정을 짓는 건수.

S#66. 한적한 도로. 차 안 – 밖. 밤

고가 밑 한적한 도로에 주차된 최 형사 차량. 조수석에 앉은 건수, 힘없이 핸드폰을 본다. 여동생에게서 온 문자. '내일 몇 시 출발해? 답변바람. 민아, 안자고 기다려.' 수영복에 튜브를 두른 채 활짝 웃는 민아 사진이 첨부되어 있다. 담배를 꺼내 무는 최 형사, 묵묵히 담배를 태운다.

고건수 그만 가자. 나 이젠 좀 쉬어야겠다. 하….
최 형사 쉰다고… 참 편하네. 너 과실치사에 시신유기면 환갑 돼도 못나와. 넌 그렇다 치고 니 딸은? 아, 엄마 따라 미국 가면 되겠네. 소송도 안하고 그냥 깔끔히 해결되네. 다행이다 야.

건수, 얼굴이 구겨지더니 그 동안 눌러 왔던 감정이 터진다.

고건수 그럼 나보고 어떡하라고. 어? 나 어떡하면 되는데?
최 형사 (에휴) ….

최 형사, 또다시 담배를 꺼내 물고는, 건수에게도 한 대 건넨다. 후. 뜨거움을 식히는 두 사람. 주머니에서 과속단속사진을 꺼내 내미는 최 형사.

최 형사 가져가.
고건수 ?
최 형사 알아서 하라고. 너 잡아넣고 내가 편하겠냐?

고건수 !

최 형사 난 휴가 좀 낼 테니까 그동안 잘 마무리해. 내가 옆에 있으면 너 불편할 거 아냐. 나도 오랜 만에 엄마나 좀 보고 와야겠다. (한숨) 엄마 가게 차려드린다고 약속한 지가… 먹고 사는 게 만만치 않네.

묵묵히 쳐다보던 건수, 망설이다가

고건수 상호야.

최 형사 고맙다는 말은 하지 마라.

고건수 나 좀 도와줘.

최 형사 ?

순간, 리리링 울리는 건수 핸드폰. 발신자에 아예 '박창민'이라 찍혀서 걸려온 전화.

박창민(o.s) 난데, 옆에 최 형사 있지?

고건수 (의아) 그래.

박창민(o.s) 밖으로 나와 봐. 중요한 얘기야.

고건수 지금 말해.

박창민(o.s) 나와서 들어. 니들 목숨이 달린 얘기니까.

망설이던 건수, 최 형사에게 손짓하고 밖으로 나간다.

고건수 나왔어. 너 어디야?

박창민(o.s) 오른쪽에 다리 보이지? 그쪽으로 열 발자국만 걸어 와봐.

고건수 뭔 수작이냐.

박창민(o.s) 너 손해 볼 일 아니니까 안심해.

주변을 두리번거리며 살피는 건수, 쥐 죽은 듯 고요하다. 찜찜해 하면서도 걸어가는 건수.

박창민(o.s) 갔어?
고건수 그래. 갔다.
박창민(o.s) 확실히 갔나?
고건수 지금 뭐하자는 건데?

딸깍. 끊겼는지 상대의 응답이 없다. 스산함이 감도는 건수. 주변을 살펴보지만 아무 이상이 없다. '뭐지?' 그 순간, 콰쾅! 엄청난 굉음과 함께 최형사 차위로 떨어지는 철제박스(쓰레기차 뒤에 실린). 순식간에 종잇조각처럼 찌그러지는 차량. 너무나 갑작스런 상황에 패닉에 빠진 건수. 부르릉. 고가 위에선 철제박스를 떨어뜨린 트럭이 철수준비를 하고 있다. 짙은 선글라스를 쓴 운전자, 이내 자리를 뜬다. 부웅. 고가 밑에서 쳐다보는 건수, 어찌할 방도가 없다. 처참히 부서진 자동차 주변으로 널브러진 잔해들. 차에 다가가지도 못하고 부들부들.

고건수 으아… 아….

울부짖듯 고함을 질러댄다. 온몸이 심하게 떨리고 오열하듯 고통에 일그러지는 건수의 얼굴. 이때, 징징, 징징 건수의 핸드폰이 울린다. 징징, 징징. 떨리는 손으로 핸드폰을 들면

박창민(o.s) 트럭 운전한 친구 어때? 홍콩에서 온 앤데 깔끔하던가?

고건수 ….

박창민(o.s) 더 이상 말로 안 한다고 경고 했었잖아.

거친 숨만 내쉬는 건수.

박창민(o.s) 내일 오전 6시까지 이광민 꺼내와.

고건수 너 어떻게… 왜! (말을 잇지 못하고)

박창민(o.s) 고건수, 그딴 전 인류애적인 감상은 개나 주고 일 해야지.

고건수 다 필요 없어… 끝내자. 나… 자수한다. 너도 이제 끝이야, 개새끼야.

박창민(o.s) 너가 그러면 장르가 점점 세지잖아. 에이 쯧. 고양시 덕양구 행신 2동 휴먼시아 2단지 1502호. 맞지?

이런… 건수 집이다!

고건수 너 이 새끼 지금 뭐하는 거야!

박창민(o.s) 잠깐만….

수화기 너머 초인종 소리가 나더니 이어 여동생 목소리가 들린다.

여동생(o.s) 누구세요?

박창민(o.s) 좀 전에 전화 드린 박창민 경웁니다. 고 형사 친구요.

이미 건수 집 앞에 있는 창민.

고건수 야이 개새끼야! 그만 뒈!

하지만 철커덩, 문이 열리고 안으로 들어가는 창민. 건수, 돌아버릴 지경이다.

박창민(o.s) 안녕하세요.
여동생(o.s) 오빠, 아직 안 왔는데….
박창민(o.s) 곧 올 거예요. 너가 민아구나. 안녕, 이거 아저씨 선물.
민아(o.s) 우와, 총이다!

딸깍, 전화가 끊긴다. 순간 모든 것이 마비되는 듯한 건수. 불안하다. 부들부들 떨린다. 최악 중 최악이다.

S#67. 시내도로. 차 안. 밤

미친 듯이 달려가는 건수 차, 멀리 도시 불빛이 보인다.

S#68. 건수 집. 밤

서둘러 들어오는 건수. 다급히 집안을 살피면 화초를 다듬는 영철과 요리를 하고 있던 여동생.

영철 오셨어요?
여동생 왔어? 밥은?

아무 일 없는 듯 평온한 집안.

고건수 누구 오지 않았어?

여동생 아까 오빠 친구가 왔다가 민아 장난감 주고 바로 갔어. 조만간 다시 온대. 누구야?

고건수 민아는?

여동생 자. 방금 잠들었어.

방문을 열면 곤히 자고 있는 민아. 민아 옆에 앉아 배를 덮어주는 건수. 얼굴을 매만지는데 지이잉 울리는 문자. '고맙지? 자수한다고 끝이 아니야. 우리 감방 가더라도 여기 올 사람 많다. 광민 데리고 6시까지 위도 36°6′52, 41″, 경도 126°46′40, 26″ 지점으로 와' 현기증이 난다. 지독한 덫에 걸린 건수. 권총 탄창을 제쳐보면 공포탄 5발에 실탄은 한 발 뿐. 권총을 움켜쥐고는 일어서는 건수.

S#69. 건수 집. 거실. 밤

라면 먹을 준비를 하고 있는 여동생과 영철. 건수, 여동생에게 봉투 하나를 건넨다.

고건수 예약 돼 있으니까 내일 먼저 가 있어.

여동생 오빠는 같이 안 가?

고건수 일 마치고 뒤따라갈게.

여동생 언제 올 건데?

고건수 최대한 빨리.

여동생 (끄덕이며) 안 좋은 일 있는 건 아니지?

고건수 갈게.

영철 (라면냄비를 들며) 형님, 이거 좀 드시고 가시죠?

건수, 나가려다 지갑에 있는 돈을 몽땅 꺼내준다.

고건수 맨날 라면이냐. 딴 거 시켜 먹던가. 민아 좀 잘 돌봐주고.
영철 (꾸벅) 조심히 다녀오세요.

평소와 다른 건수의 행동에 의아해 하는 여동생과 영철.

S#70. 서부경찰서 무기 및 화약류 보관실. 밤

공포탄과 교환되는 실탄.

순경 공포탄 5개 회수됐고, 실탄 5발 나갑니다. 여기 싸인 좀 해주세요.

서류를 확인해보는데 다른 서류다.

순경 이런, 잠시 만요.

서류를 가지러 창고 안으로 들어가는 순경. 한쪽 구석, 붉은 글씨로 '취급 주의'라 쓰인 경고판. 지난 번, 시연회를 했던 사제폭탄이 비닐로 둘둘 말려있다.

S#71. 한적한 도로. 새벽

물안개가 스멀스멀 오르는 한적한 강변시골길. 열린 트렁크 뒤에서 무언가 작업 중인 건수. 사제폭탄을 든 채 트렁크에 실린 광민 시신을 내려다본다.

고건수 그래, 돌려준다.

손에 들린 사제폭탄을 광민 엉덩이 사이에 푹 쑤셔 넣는 건수. 벨트를 채우고는 자동차열쇠고리에 사제폭탄 리모컨을 조심히 매단다. 부우웅. 안개 가득한 새벽길을 뚫고 가는 건수 차.

S#72. 위도 36°6′52, 41″경도 126°46′40, 26″새벽

덜커덩 거리는 시골길. 트렁크 안의 시신도 같이 요동친다. 시신에 숨겨둔 폭탄이 신경 쓰이는 건수. '목적지에 도착하셨습니다. 안내를 종료합니다.' 내비게이션의 상냥한 목소리. 현재 위치 '위도 36° 6′ 52, 41″, 경도 126° 46′ 40, 26″ 좁다란 산길 끝엔 포장되다만 널따란 공터가 나온다. 그 옆으로 커다란 저수지. 공터 저 멀리 밴 한 대가 서 있다. 띠리링. 창민의 전화다.

박창민 더 이상 오지 말고 멈춰.

차를 세우는 건수.

박창민 내려서 가져와. 차문 다 열어두고.

트렁크에서 시신을 꺼내는 건수. 건수, 폭탄이 빠지지 않게 조심스레 들고 간다. 뒷문을 열어둔 채, 차량에 걸터앉아 빵과 우유를 먹고 있던 창민, 건수가 다가오자

박창민 실어.

꿍. 건수, 조심스레 올려놓는데 갑자기 밀어 붙여 몸수색을 하는 창민. 폭탄 리모컨이 달린 열쇠고리와 핸드폰, 그리고 건수 허리춤에서 권총을 빼든다.

박창민 (풋) 고작 이거 챙기느라구 늦었냐?

건수, 창민 손에 들린 폭탄 리모컨 버튼이 눌러질까 긴장하는데.

박창민 뭐 또 숨겨 둔 거 없어?
고건수 잘 찾아보면 폭탄 하나 나올 거야.

피식, 총알을 빼 버리고는 총과 열쇠고리를 돌려주는 창민, 시신을 살피며 슬쩍 눌러본다.

박창민 아직 생생하네. 수맥 있는데다 묻었었나 봐.

어금니를 무는 건수, 몰래 폭탄 리모컨을 움켜쥔다. 금속 탐지기를 시신에 대는 창민, 엉덩이 부위에서 삐 신호음이 들리자 안심한다.

박창민 (혼잣말) 잘 갖고 있네.

긴장되는 건수, 관심을 돌리려는 듯

고건수 그 총탄 자국! 니가 죽였냐?

멈칫. 총알자국을 한번 살피고는 건수를 바라보는 창민, 피식.

박창민 총 맞고 바로 차에 깔리면 그건 누가 죽인 걸까. (건수 보며) 너야? 나야?
고건수 ….
박창민 하긴 누가 죽인 게 무슨 상관이야. 너가 그때 신고만 했어도 여기까지 안 왔을 텐데. 억울할 거 없어. 니가 선택한 거잖아.
고건수 그래. 내가 그때 옳은 선택 했다면 너 같은 악마새끼는 안 만났겠지.
박창민 악마는 좀 그렇고 그냥 악당 정도면 인정.
고건수 그럼 이제 끝난 거지? 완전히.
박창민 확인서 써 줄까.
고건수 앞으론 다신 보지 말자. 잘 가라.

이제 끝이다. 새끼야. 스위치를 꾹 누르는 건수. 광민 뱃속. 폭탄에 빨간 LED불이 반짝 들어온다. '2:00, 1:59, 1:58…' 줄어드는 타이머. 그 순간,

박창민 잠깐만.

건수에게 겨눠진 창민의 권총. 우뚝. 멈춰서는 건수. 하지만 동요하지 않는다.

고건수 그래도 내가 형사 짬밥이 10년인데 달랑 권총 하나 들고 왔겠나.

박창민 ….

고건수 7시에 예약된 메일 하나가 경찰서로 날아 가. 너가 그동안 마약 빼돌려 팔아 처먹은 거, 유흥업소 불법 운영한 거, 이광민 살인 및 최 형사 살인 교사까지 니가 행한 못된 짓 중 아마 극히 일부겠지만 이것만으로도 최소 무기징역 나온다에 십팔만 원 건다.

박창민 (빤히 보더니) 공부 많이 했네. 볼수록 나랑 비슷해.

고건수 아니 난 너랑 달라. 넌 존재 자체가 악이야. 쏠 거 아니면 폼 잡지 말고 치워. 시간 간다.

시체 안. 어둠속에서 빠르게 돌아가고 있는 폭약 타이머. 사실 창민의 총보다 폭탄이 더 두려운 건수.

박창민 오버했네. 나 고 형사 안 죽여. 써먹을 데가 많은데 왜 죽이겠어. 어차피 한 배 탔으니까 앞으로 애들 푼 돈 뜯지 말고 내가 시키는 일 좀 해.

고건수 ….

박창민 열심히 일해야지. 민아 키우려면. 늦겠다. 가봐.

맘대로 떠들어라. 그것도 이제 끝이다 새끼야. 돌아서는 건수. 이젠 멀리 떨어져야만 한다. 건수, 자신의 차를 향해 걸어가는 발걸음이 점점 빨라진다. 얼마 남았을까. 이제 곧 터질 것 같은데…. 쿵! 창민이 차문을 닫는 소리에 움찔하는 건수. 부우웅. 먼지를 일으키며 떠나는 창민 차량. '잘 가라, 새끼야.' 건수, 안도하는데 끼이익 멈춰서는 차량. 후진 등이 켜지며 건수 쪽으로 다가온다. 이런 씨발. 쿵쾅쿵쾅! 숨이 턱 막히는 건수. 바로 옆에 멈춰서는 창민 차량.

박창민 해장국 잘하는 데 있는데, 같이 갈까?

입이 바짝바짝 마르는 건수. 돌아버리겠다.

고건수 너나 많이 먹어.
박창민 진짜 맛있는데.

다시 출발하는 창민, 속도를 높이는데 광민 뱃속. 빨간 LED빛이 툭 꺼지는 순간, 쾅! 엄청난 폭음과 함께 차가 공중으로 치솟더니 그대로 내동댕이쳐진다. 폭탄의 위력에 뒤로 나자빠지는 건수. 화염에 휩싸인 밴, 방향을 잃고 굴러가더니 저수지로 떨어진다. 건수, 창민이 빼버린 총알 두 개를 찾아 저수지로 달려가면 서서히 수장되는 밴. 수면을 살피며 장전하던 건수, 서두르다 그만 총알 하나를 떨어뜨린다. 풍당. 남은 건 단 한발. 찰칵. 한 발만이 장전된 권총을 들고 수면을 겨누는 건수. 방아쇠에 손가락을 걸고는 창민이 떠오르면 바로 쏠 태세다. 보글보글. 한참 솟구치던 기포가 잦아들더니 뭔가 서서히 떠오른다. 희미하게 보이는 것이… 창민이다! 호흡을 조절하며 조금만 더 떠오르면 곧장 방아쇠를 당길 태세인 건수. 끼리릭. 방아쇠를 서서히 당기려는데 천천히 떠오르던 창민, 폐그물에 걸려 더 이상 떠오르지 않고 있다. 저수지 물밑 1미터쯤에 잠겨 있는 창민. 가만 보면 생명의 흔적이 안 느껴진다. 희미하지만 떠진 눈에선 미동도 없고 호흡과 움직임이 전혀 없다. 창민 등 뒤에선 벌건 핏물이 번지고 있고…. 죽은 건가. 방아쇠에 손가락을 걸은 채 지켜보던 건수. 몇 분이 흘렀을까. 쿠룽. 자동차가 다시 물속으로 들어가면 이내 끌려들어가는 창민. 어두운 물속으로 가라앉는다. 곧 시야에서 사라지고. 여전히 긴장의 끈을 놓지 않는 건수. 한참을 그렇게 버티다가 순간 맥이 풀리는지 푹 주저앉는다. 아, 드디어 끝이다.

<u>인서트.</u>

금세라도 비가 올 것 같던 하늘. 후두둑 비가 온다. 퐁, 퐁, 퐁. 저수지로 떨어지는 빗방울.

S#73. 건수 집. 화장실. 아침

수증기 가득한 욕실. 탕 안에 몸을 담그고 있는 건수. 눈을 감고 물속에 한참을 있다가 푸우우 물 밖으로 나온다.

S#74. 건수 집. 거실. 아침

짐을 챙기며 여동생과 통화 중인 건수.

고건수 이제 출발하려고. 서너 시간 걸리지 않겠나. 민아는? 그래, 이따 봐.

후 한숨을 내쉬고는 점퍼에서 총을 꺼내 서랍장에 넣는 건수, 빠뜨린 건 없나 확인하고는 여행 가방 하나를 들고 나선다. 밖으로 나온 건수, 쿵 현관문을 닫으면, 문 뒤에 서있던 남자가 드러난다. 헉! 창민이다!

고건수 ！

놀란 건수, 얼굴이 굳어진다.

박창민 놀랐구나, 나도 놀랐다야. 들어가자.

머뭇거리던 건수, 철커덩 다시 문을 연다. 끼이익 열리는 현관문. 건수 어깨에서 가방이 흘러내린다. 툭 발 앞에 떨어진 가방에 시선이 꽂히는 창민. 건수, 그 틈을 타, 한 방 먹이려는데 그에 앞서 건수 목에 꽂히는 창민의 손날. 컥. 고꾸라지는 건수를 휙 밀쳐버리는 창민, 집안에 들어가 문을 잠근다. 쓰러진 건수를 향해 화분을 집어던지면 퍽! 살짝 비껴나 작살나는 화분. 뒤를 이어 사기저금통이 건수 머리에 정통으로 꽂힌다. 쨍그랑! 박살난 저금통에선 동전이 분수처럼 쏟아져 나온다. 건수 위에 올라타 멱살을 쥔 채 연신 주먹을 날리는 창민, 퍽, 퍽, 퍽. 한참을 날리다 주먹이 아픈지 왼손으로 바꿔 또다시 한참 때린다. 광기와 분노로 가득 찬 창민, 커다란 거실장을 건수 위로 쓰러뜨린다. 쾅! 건수, 잠시 정신을 잃은 듯 움직임이 없다. 냉장고에서 물을 꺼내 벌컥벌컥 마시는 창민, 잠시 숨을 돌리는 가 싶더니 또다시 분노를 토해낸다. 냉장고에서 잡히는 대로 던지기 시작하는 창민.

박창민 니가 나를 죽여? (퍽) 감히 나를? (퍽) 씨발! (퍽)

씩씩거리다 식탁에 앉는 창민, 목뒤로 벌겋게 나 있는 상처가 땀과 옷깃에 쓸려 아프다.

박창민 아, 쓰라려.

창민, 분이 덜 풀린 듯 마시던 물병마저 던진다. 유리병이 박살나면서 쏟아진 물에 정신을 차리는 건수.

박창민 내가 니 땜에 기록경신 했다, 이 개새끼야.

저수지 물 속.

운전석과 짐칸 사이 두꺼운 철제 칸막이로 인해 피해를 덜은 창민, 창민, 폐그물에 발을 걸고는 물속에서 버틴다. 돌멩이를 맞고도 내색 않는 창민, 다시 가라앉고. 읍, 읍. 숨이 넘어가기 직전. 하지만 끝까지, 끝까지 버티는 창민.

박창민 좆도 아닌 새끼가 감히! 열쇠 어디 있어? 열쇠 어디 있냐고!

지이잉. 바닥에 떨어진 핸드폰이 울린다. 여동생의 문자 메시지. '올 때 대포항에서 회 좀 사와. 민아가 먹고 싶대. ㅎ' 문자를 확인한 창민.

박창민 (버럭) 씨발, 강원도까지 가야되잖아.

창민, 온 곳에 분노를 표출하고 있다. 그 사이 쓰러진 채 바닥을 살피는 건수, 쓰러진 장식장 밑에 깔린 권총이 보인다. 밑으로 손만 간신히 뻗어 더듬더듬 총을 찾으면 손끝에 걸리는 차가운 총구. 손가락으로 간신히 총구를 잡아당기는데, 뭔가에 걸려 나오지 않는다. 권총의 방아쇠 부분이 거실바닥에 박힌 뾰쪽한 전지가위에 걸려있다. 건수, 아무것도 모른 채, 잡아당기면 가위에 걸린 방아쇠가 당겨지면서 끼리릭 탄창이 돌아가고 건수 머리를 향하고 있는 총구가 격발된다. 철컥. 다행히 실탄이 없는 부분이다. 여전히 상황을 모르는 건수, 다시 권총을 잡아당기려는데.

박창민 꿀이라도 숨겨 놨냐, 곰 새끼야!

주욱. 끌려나오는 건수, 있는 힘껏 발로 창민을 밀친다. 꽈당. 창민이 넘어지자 황급히 안방으로 몸을 피하는 건수. 잽싸게 방문을 잠그고 서랍장으로 가로막는다. 쿵쿵! 문이 부서져라 걷어차는 소리. 잠시 조용해지나 싶더니 갑자기 쿵! 커다란 정원가위가 쑤욱 문을 뚫고 들어온다. 뿌지직. 구멍을 넓힌 정원가위가 빠져나가면 구멍 안으로 들여다보는 창민의 눈동자. 마치 공포물의 그것과 같다. 이내 창민의 손이 쑥 들어와 문고리를 돌리고 있다. '막아야 한다.' 서둘러 넥타이로 창민의 손목을 옭아매는 건수. 방문 격자에 창민의 팔을 꽁꽁 묶어버린다. 빼려하지만 꼼짝도 않는 팔.

박창민 어쭈, 너 뭐 하냐, 안 풀어?

한 번 더 단단히 동여매는 건수. 잠시 창민을 묶어 두었지만 건수도 갇힌 건 마찬가지. 유일한 탈출구는 창문뿐이다. 건수, 창문을 열어젖히면 펄럭거리는 커튼. 매서운 바람이 불어대는 15층 고층아파트. 까마득한 아래. 뛰어내릴 수도 없고…. 옆을 보면, 거실 베란다 창문. 넘어 갈 수 있을지도 모른다. 커튼 봉을 빼들고 창틀에 올라서는 건수. 조심스레 매달려 커튼 봉으로 거실 베란다 창을 힘겹게 밀치면 조금씩, 조금씩 열리기 시작하는 거실 베란다 창. 한편, 쿵! 쿵! 쿵! 창민의 발광에 금방이라도 떨어져 나갈 듯 들썩거리는 방문. 끼이익. 반쯤 열린 거실창. 커튼 봉을 내려놓고는 외벽에 딱 붙어 팔을 뻗는 건수. 베란다 창틀에 간신히, 간신히 손이 닿는다. 이번엔 발을 옮기고 조금씩 무게 중심을 베란다 쪽으로 옮긴다. 휘청. 15층의 칼바람이 건수를 위협하고… 거실 베란다 창과 안방 창틀 사이에 매달려 있는 건수. 스파이더맨처럼 벽에 딱 붙어 있다. 아찔한 높이. 부들부들. 손끝과 발끝으로 억지로, 억지로 버티는 건수. 이젠 넘어가야한다. 하나, 둘, 셋! 건수, 베란다 쪽으로 몸을 완전히 옮기는데 가까스로 성공한다. 간신히 난간을 넘어 들어오는 건수, 우당탕. 베란다에 가득한 선인장 위로 떨어진다. 맨살에 박히는 선인장가시들. 윽! 하지만

가시를 뽑고 있을 때가 아니다. 거실로 들어서는 건수, 창민 뒤에 나타나자,

박창민 (놀란다) 뭐야, 씨발. 날았어?

창민, 당황하는데, 그 순간 뚜둑 창민을 가두었던 넥타이가 끊어진다. 이런 씨. 창민을 향해 온몸을 내던지는 건수. 쾅! 욕실 문을 밀치며 욕실 안으로 나자빠지는 두 사람. 쿵, 쿵. 둘 다 세면대에 머리를 박고는 맨바닥으로 떨어진다. 서로 아파할 틈도 없이 날아드는 공격. 혈투. 가까스로 창민에 올라탄 건수, 창민 얼굴을 향해 주먹을 마구 내리 꽂는다. 건수, 창민 얼굴을 향해 회심의 주먹을 날리는데…. 쿵! 욕실 맨바닥에 그대로 꽂힌다. 윽. 부러질 듯 심하게 꺾이는 손목. 이때를 틈타 건수를 확 밀쳐내는 창민, 선인장을 움켜쥐고는 건수 얼굴에 꽂으려는데 턱! 눈앞에서 맞잡은 건수. 사력을 다해 버티면 선인장 가시가 두 사람 손에 파고든다. 맞잡은 손 사이로 새어나오는 핏물. 으으으. 조금씩 밀리던 건수. 온몸으로 창민을 밀치면, 잠시 떨어졌다 다시 붙는 두 사람. 좁은 욕실에서 넘어지고 메치고 처절하다. 쾅! 건수가 욕조 안으로 처박히자 올라타는 창민. 샤워기 호스로 건수의 목을 감으면, 켁켁 제대로 걸린 건수, 얼굴에 핏발이 선다. 부들부들 손을 뻗치는 건수, 어디를 더듬는가 싶더니 수도 밸브를 올리면 창민 위로 쏟아지는 뜨거운 물줄기, 김이 모락모락 오른다.

박창민 으악!

등을 데인 창민, 화들짝 피하자 이번엔 밑에 깔린 건수가 물세례를 받는다. 으악! 헉. 헉. 숨을 헐떡이며 주저앉는 둘. 이젠 더 이상 주먹 휘두를 힘조차 없다.

박창민 (거친 숨을 몰아쉬며) 그냥 내 물건 돌려받겠다는 것뿐인데 왜 이렇게 힘드냐. 하. 씨발 내가 잘못 걸린 건가. 열쇠 좀 내놔라.

고건수 나도 몰라. 없어졌어.

창민, 실망과 분노가 뒤섞인 괴상한 얼굴이다.

박창민 니 죽이고 강원도나 가야겠다. 하아.

창민, 장식장 밑에 깔려 있는 총을 본다. 비릿한 창민의 얼굴. 잠시 서로를 지켜보는데, 쿠쿵! 창밖에서 천둥소리가 들려온다. 그 순간, 마지막 힘을 다해 권총 있는 곳으로 달려가는 둘. 우당탕탕. 얼굴을 맞대고 애처롭게 거실장 밑으로 서로 손을 뻗친다. 급기야 건수 팔을 무는 창민.

고건수 아아악!

하지만 건수도 창민의 눈을 손가락으로 찌르며 반격한다. 고통 속에서도 총을 향한 창민의 집념, 손끝에 총이 닿자 미소가 감돈다.

박창민 넌 나한테 안 돼.

마침내 총구를 움켜쥔 창민, 있는 힘껏 잡아 빼는데 끼리릭 탄창이 돌더니 타앙 발사된다. 정적이 흐르는 거실. 엉겨 붙은 두 사람, 움직임이 없다. 거실장 밑으로 흘러나오는 피. 꼼짝 않던 건수, 피가 뺨에 닿을 무렵 꿈틀 몸을 일으킨다. 손에 묻은 피를 바라보다 창민을 보면, 꿈쩍도 않는 창민. 건수, 조심스레 거실장 밑을 살펴보는데 또다시 꽝! 이번엔 천둥소리가 온 사방을 때리고 있다. 움찔. 건수, 온몸의 힘이 쫙 빠져나가는 듯 벽에 기댄다. 창민의 손과 머리에서 쏟아지는 피가 점점 더 넓게 퍼져 나간다. 난장판이 된 집안. 고층의 칼바람이 집안을 날린다. 그리고 바닥에 널브러진 시체. 막막한 건수, 답이 없다. 암전.

S#75. 저수지. 오전

다시 화창해진 하늘. 부글부글. 수면위로 솟아오르는 기포들. 잠시 후, 커다란 크레인의 엔진소리와 함께 창민의 차량이 끌어올려진다.

S#76. 서부경찰서 취조실. 오전

이곳저곳 붕대를 감은 채 방 한 가운데 있는 의자에 앉아 담배를 피우고 있는 건수. 옆방에선 경찰 고위간부가 유리벽을 통해 건수를 보고 있다. 구석에서 숨죽이고 눈치를 보는 반장.

고위간부 이거 덮자.
비서 예?

무슨 말인가 쳐다보는 반장.

고위간부 현직경찰 마약 절취 및 밀매, 불법유흥업소 운영, 경관 살해, 살인교사, 뺑소니, 사체유기, 폭발물 절취. 이거 알려지면 우리 다 죽는다. 마약하고 폭탄은 범죄조직간 이권싸움으로 엮고 박창민이는 업무상 순직으로 처리해. (생각해보니 괘씸하다) 나쁜 놈의 새끼, 국립묘지 가겠네.

비서 저 친구는 어떡할까요?

반장 (눈치를 보며) 사실 고 경사는 피해자이기도 한데….

비서 그래도 한 짓도 있고 하니 지방전출 정도는 보내야 하지 않을까요?

고위간부 후, 청장님 새로 취임하자마자 이게 뭐냐. 장 반장이라 그랬나?

반장 예, 그렇습니다.

고위간부 이거 죽을 때까지 묻어둘 수 있겠나? 자네나 저 친구를 위해서.

반장 예, 무덤까지 가겠습니다.

고위간부 그래, 우리 무덤까지 가자.

고위간부, 심각한 표정으로 담배를 물면 아는지 모르는지 유리벽을 향해 담배연기를 뿜어대는 건수.

S#77. 서부경찰서 강력반. 낮

짐을 챙기는 건수, 자신의 물건들을 탈탈 털어 박스에 담는다.

반장 기분은 알겠는데, 기분으로 인생 사냐. 공기 좋은데 가서 한 1년 푹 쉬고 있으면 그거 금방이다.

고건수 지겨워요. 이제 정말 쉴게요.

반장 너, 퇴직금 받아 최 형사 어머니 가게 차려주려 한다며? 생각은 기특한 데…. 에휴, 경찰 관두면 뭐하게, 어?

고건수 우리나라에 직업이 만 이천 가지가 된다는데, 할 일 없겠어요?

반장 그래도 임마… 너까지 가면… 이젠 아무도 없잖아.

건수 돌아보면 비어있는 최 형사 자리.

반장 건수야, 너 경찰 됐을 때 그때 다짐, 기억하냐? 반드시 이루겠다는 너 목표….

고건수 (무슨 거룩한 목표인가 싶은데) 정년퇴직 하는 거요.

반장 그래, 우리 같은 공무원들 최대 목표, 정년퇴직 하기. 우리 초심 잃지 말자. 사표 처리 안 하고 기다릴 테니 빨리 돌아와라.

연필 몇 자루, 공책 두어 권, 동전 몇 개만이 든, 짐 전부라 하기엔 너무 초라한 종이박스를 들고 터벅터벅 경찰서를 나서는 건수.

S#78. 양자산. 낮

새로이 단장 중인 어머니 묘소. 오래된 아버지 묘와 합장하려 한다. 인부들에게 요구사항을 설명하고 있는 건수.

고건수 봉분 테두리로 해서 둘레 석을 좀 단단히 쌓아주세요. 파헤쳐지지 않게.

장례지도사 무슨 왕릉도 아니고, 누가 파헤치겠습니까.

고건수 암튼 튼튼히 해주세요.

여동생 이럴 거면 처음부터 합장을 하던가. 엄마 이사 다니시려면 귀찮으시겠다.

장례지도사 그래도 아버님 옆으로 가시는 거니까 좋아하실 거예요. 어머님이 자제분들을 아주 잘 키우셨네요. 요즘 세상에 부모님 묘소, 이렇게 돌보는 자식들이 어디 있나요. 내가 저번부터 주욱 보니까 이분 꽤 효자네, 효자.

으음. 헛기침을 하는 건수. 얼마 후, 따스한 볕이 새로 단장된 묘소에 내리쬐고 그 아래에서 도시락을 먹는 건수 가족. 민아는 흙장난 중이다. 못마땅한 듯 건수를 쳐다보는 여동생.

여동생 직장도 관두더니, 그나마 월세 좀 받아먹던 점포에단 동료 엄마 가게나 차려 주고. 그 가게 나한테 넘겼으면 월세는 냈을 거 아냐. 쯧.

고건수 자리 잡으시면 다 받을 거야. 걱정 말아.

여동생, 못내 아쉬운지 눈을 흘기면 주욱 맥주를 들이키는 건수.

고건수 영철이 너, 조그만 중고 트럭 좀 알아봐.
영철 예?

뭔 말인가 쳐다보는 여동생 부부.

고건수 토스트 장사, 일단 스넥카로 시작해보자. 경찰서 앞에다 펼쳐놓고, 짬밥에 지친 애들한테 팔아보자.
여동생 (살짝 감동) 오라버니….
영철 형님, 경찰서엔 짭새들이 얼마나 살아요? (앗, 실수) 몇 분 계세요?
고건수 의경 애들까지 하면… 한 삼백 칠팔십 명?
영철 그럼 보자…. 토스트 하나에 1500원, 곱하기 이백 오십만 잡아도… 하루에 (암산하는 듯) 오우….
여동생 얼마야?
영철 몰라. 나 문과잖아.

즐거워하며 돈 계산하는 부부.

고건수 난 내일부터 서울 떠난다. 민아랑 같이 캠핑도 하고 좀 쉬다 올게.

여동생 지금 여행 다닐 때야. 직장 안 구해? 직장 없으면 양육권 소송서 불리해질 수도 있다며….

고건수 내가 왜 직장이 없어. 토스트 가게 사장은 나다. (못마땅한 표정을 보곤) 당분간만. 그만가자. 나 짐 싸야 돼. (일어나며) 민아야. 할머니에게 인사하고 집에 가자.

흙장난 하다 일어서는 민아.

민아 할머니, 안녕히 계세요! 조만간 아빠가 할머니 만나러 간대요. 나는 아주 나중에 호호할머니가 돼서 갈게요. 아빠랑 잘 놀고 계세요.

애한테 뭐라 할 수도 없고… 건수, 여동생을 노려본다.

여동생 쟤가 오빠 닮아 참 똑똑해. 민아야, 고모랑 손 닦자. 손 탁탁 털어.

민아, 흙장난 하던 물건들을 내려놓으면 돌무더기 옆으로 떨어지는 무언가. 립스틱 케이스다! 광민 몸에서 꺼낸, 창민이 찾던 그것이다.

S#79. 남대문 시장골목. 낮

인파들로 붐비는 복잡한 남대문 상가. 얼기설기 엮여 있는 전선줄 아래, 좁은 골목길. 전당포와 환전 업무, 사금고 간판이 어지럽게 나 있다.

S#80. 돼지금고 안. 낮

전당포와 흡사한 실내구조. '무엇이든 보관합니다. 묻거나 따지지 않습니다. 절대 신분보장 – 돼지금고' 광민 명함에서 보았던 그 돼지금고. 조악한 간판 아래, 험악하게 생긴 젊은 남자가 의자에 앉아 있고 그 뒤, 쇠창살이 쳐진 창구구멍 안으로 주인이 슬쩍 보인다. 잔뜩 긴장한 얼굴을 가리려는 듯 짙은 선글라스를 쓴 건수. 한 손엔 립스틱케이스를, 다른 한 손엔 야구가방을 들고 있다. 손을 내밀어 립스틱케이스를 건네받는 젊은 남자. 열어보면 빨간 열쇠 하나가 나온다.

종업원 우리 꺼 맞는데요.
주인 모셔다 드려.
종업원 (건수를 살피며) 신분 확인 안 해도….
주인 그거 확인 하면 우리 장사 못한다. (건수에게) 찾아가시는 건가요?
고건수 예.
주인 얼마나?
고건수 다요, 전부 다.

창구 구멍으로 건수가 든 야구가방을 쳐다보는 주인.

주인 금고 주인이 제대로 안 가르쳐 주셨나 보네.

움찔. 긴장하는 건수.

S#81. 금고 앞 복도. 낮

어느 철문 앞. 두 개의 구멍이 있는 특이한 형태의 자물쇠. 색깔에 맞춰 열쇠를 꽂아 돌리면, 철컥 돌아간다. 남은 구멍에 종업원이 들고 온 열쇠를 꽂아 돌리며,

종업원 (키패드를 가리키며) 번호 누르시고 들어가시면 됩니다.

종업원이 사라지고 주위를 살피던 건수, 메모지에 적힌 열자리가 넘는 번호를 누르면, 딸깍 문이 열린다. 머뭇거리던 건수, 안으로 들어가는데 우뚝, 멈춰 선다.

고건수 !

이런…. 멍해진다. 턱 떨어지는 가방. 금고 안의 광경에 할 말을 잊은 건수, 마른 침만 삼키고 있다. 띠. 마이크가 켜지고 스피커를 통해 주인의 목소리가 들린다.

주인(o.s) 트럭 한 대 불러드릴까, 아니면 안전한 수표로 만들어 드릴까. 7프로 띠고.

도대체 뭐가 있길래. 그 순간, 따르릉 벨이 울린다. 넋이 나간 얼굴로 받는 건수, 동생 희영이다.

여동생(o.s) 오빠, 난데 진짜 돈 얘기해서 미안한데… 바빠?
고건수 아냐. 계속해봐.
여동생(o.s) 한 300백 정도 빌려줄 수 없나. 더 이상 카드 돌려막기가 안 되네.

고건수 헛. 헛.

여동생(o.s) 오빠, 화났어? 미안해. 오빠? 오빠, 술 마셔? 오빠?

헛! 헛! 웃음도 아닌 것이 계속해서 이상한 소리를 내는 건수. 카메라, 서서히 건수 얼굴로 다가가면 선글라스에 비춰진 현금 가득한 방 안. 엔딩곡이 흐른다.

| Interview |

끝까지 간다

김성훈 · 전철홍 · 정유진

"잘 버티라고 말해 주고 싶어요.
좋아하는 것 자체가 저는 재능이라 생각합니다."

　〈끝까지 간다〉의 감독이자 시나리오 작가인 김성훈 감독님을 만나
러 가는 길, 날씨는 무더웠지만 마음만은 무척이나 상쾌했습니다. 인
터뷰 일정이 잡힌 뒤부터 감독님께 어떤 질문을 드려야 할지 많이 고민
했습니다. 이미 많은 인터뷰를 해오셨기에 제가 드리는 질문이 이전의
질문들과 다를 바 없다면 그것도 실례인 것 같아 그간의 인터뷰 내용
들을 빠짐없이 챙겨 보았습니다. 시나리오를 배우는 학생으로서 꼭 한
번 만나 뵙고 싶은 감독님이었기에 인터뷰를 하러 가는 내내 설랬습니
다. 혼자 갔더라면 부끄러워서 제대로 말도 못 꺼냈겠지만 제 곁에 든

든한 지원군, 전철홍 작가님이 계셔서 차분한 분위기에서 인터뷰를 할 수 있었습니다. 한자리에 모시기 힘든 두 분과 함께 한 공간에서, 약 두 시간 동안 나눈 이야기들을 하나씩 펼쳐보겠습니다.

정유진 영화를 전공하지 않은 상태에서 시나리오 작가와 감독을 겸하고 있는데 처음에 어떤 마음으로 영화계에 발을 디딘 것인지 궁금합니다.

김성훈 멋진 감독들처럼 멋진 이야기를 하고 싶은데 그런 건 없고, 어렸을 때 일반 아이들보다 영화를 볼 기회가 좀 더 많이 주어졌어요. 고등학교 때까지 강릉에서 자랐는데 친척이 극장을 가지고 있었어요. 개봉관이 세 개였는데 매주 초대권을 주셨어요. 일주일에 영화를 세 편 개봉했는데 매주 공짜표가 있으니 놀이터처럼 극장을 다녔던 기억이 나요. 개봉하는 영화들은 예술 영화는 아니고 상업 영화들이었는데 18금은 빼고 다 봤어요. 그 당시 성룡 좋아하고, 스필버그 좋아하고 그랬죠. 그런 걸 보고 크다가 전혀 영화와 상관없는 헝가리어를 전공했는데 너무 재미없었고 군대를 갔다가 제대할 무렵, 그 당시 스물여덟 살 때 영화를 해야겠다는 생각을 하게 됐습니다. 어떻게 보면 옛날에 좋아한 것으로 간 것도 있지만 도피성도 있었어요. 사회에 들어가야 하는데 IMF 직후라 넥타이 매고 회사 다니긴 힘들 것 같고, '피신해 보자.'라는 생각에 영화를 시작했습니다. 말씀하셨다시피 영화과나 국문과도 아니라 사설 아카데미를 조금 다녔고, 그러면서 단편을 찍고, 단편을 쓰면서 충무로에 조감독으로 들어오게 됐어요. 예전부터 글을 차곡차곡 썼던 사람도 아니고, 어렸을 때 그림일기도 잘 썼던 사람도 아니에요. 어머니께서 "네가 글을 쓰고 사는 게 아이러니하다."

라고 할 정도니까요.

전철홍 〈끝까지 간다〉는 기존의 한국 영화 문법과 많이 다릅니다. 무엇보다 신선했던 게 인물들의 사연을 셋업하지 않은 게 좋았습니다. 처음부터 계획하고 다르게 간 것인가요?

김성훈 네. 그런 면이 있습니다. 기존 문법을 잘 몰라서 그런 것도 있을 것 같고. 선수 앞에서 이야기를 하려니 부담이 됩니다. (웃음) 사연이 나오는 게 불편하게 느껴졌습니다. 일반적으로 큰 감정을 불러일으키기 위해 사연을 넣는데 일차적으로 좀 재미가 없었습니다. 그 장면 자체가 재미있으면 셋업을 할 수도 있으나 재미가 없을 수가 있기에 아예 그럴 바에는 건수라는 인물을 양파 까듯이 행위를 통해 알아가는 건 어떨까 하는 생각이 들었어요. 그럴 경우 관객들이 감정이입하긴 어렵겠지만 말이죠. 처음에 시나리오 구상할 때, 제작자나 투자자와 이야기할 때 딸을 활용을 왜 안 하느냐는 질문을 받았습니다. 딸을 아프게 한다든지 하는 설정을 원했던 건데 그렇게 하면 재미가 없을 것 같았고, 어차피 윤리의 함정에 빠지면 끝날 것 같아 윤리는 걷어내고 행위의 급박함, 사건을 통한 그의 태도를 통해 매력을 느끼게 하면 어떨까 하는 생각이 들었습니다. 예를 들어 2% 부족한 맥가이버 같은 느낌을 통해 관객들이 감정이입을 했으면 하는 생각을 했습니다.

전철홍 〈끝까지 간다〉의 경우 캐릭터들이 참 좋았습니다. 사건의 속도감 때문에 캐릭터들이 허술해지는 경우가 자주 있는데, 〈끝까지 간다〉는 스피드한 사건 속에 캐릭터들이 굉장히 잘 녹아 있어요. 미리 준비된 인물을 가지고 쓰셨나요?

정유진

김성훈 뭘 딱 정하고 들어간 건 아닙니다. 시신 숨기는 것에서부터 이야기를 시작했습니다. 관에 넣는 하나의 행위를 통해 떠올렸습니다. 이런 행위를 하는 데 어떤 캐릭터가 해야 설득력이 있고, 어떻게 보면 혐오스런 행위인데 연민을 얻을까 하는 과정들을 거쳤습니다. 맨 처음엔 '그러한 행위를 통해 이러한 행위를 하면 어떤 이야기가 있어야 할까?'를 앞뒤로 생각해서 이어 붙였습니다. '어떤 인물이 누군가를 죽여서 그 시신을 엄마 관에 넣어 묻는다.'라는 짧은 걸로 시작해 영화로 이야기를 만들려면 어떻게 해야 할까 해서 앞뒤를 이어 붙였습니다. 어떤 캐릭터가 했을 때 관객들에게 어필할 수 있을지도 생각해 보았고요. 처음엔 프로페셔널한, 건조한 인물로 시작했는데 그럼 재미는 있을지 몰라도 관객들이 '나와 다른 사람'이라는 생각에 거리두기를 할 것 같았습니다. 그래서 관객들과의 접점을 찾아가다가 지금의 건수라는 인물이 탄생했습니다.

정유진 그렇다면 엄마의 관에 다른 사람의 시체를 묻는 에피소드에서 시작한 것인가요?

김성훈 〈귀향〉이란 영화를 보면 우발적으로 죽인 사람의 시체를 강가에 묻는 장면이 나옵니다. 그걸 집에서 보다가 문득 든 생각이 이왕 묻는 거 깊게, 한 10미터 정도는 파야 안 들키지 않을까 하는 생각이 들었습니다. 그 생각에서 출발한 것입니다.

전철홍 감독님의 집요함이 영화에 많이 묻어납니다. 시나리오 작업이 길었다고 들었습니다. 길어진 이유는 무엇인가요?

김성훈 신뢰인 것 같습니다. 첫 영화를 2006년에 개봉하고, 〈끝까지 간다〉는 2008년에 썼는데 전작을 흥행시키지 못했기에 감독에 대한 신뢰가 없었을 것입니다. 〈끝까지 간다〉의 경우, 오랫동안 썼는데 엄청 디테일해 진 건 사실이지만 초고를 읽었던 사람들 입장에선 비슷하다고 생각할 것입니다. 불신의 과정에서 서로 신뢰를 쌓기 위해서는 좀 더 치밀하고

김성훈

좀 더 밀도 있게 가려고 하다 보니 준비 기간이 길어졌던 것 같습니다. 개인에 대한 신뢰감이랄까요? 이 이야기 자체가 가져다주는 불건전성과 함께 주인공에게 정 줄 게 하나도 없다는 모니터링을 많이 받았습니다. 주인공이 사람을 죽이고, 시체를 엄마 관에 넣고, 주인공 때문에 최 형사도 죽고, 나중에 돈도 가져가서 나쁘다고 본 경우가 있어 이런 것들을 설득하는 데 오래 걸렸습니다.

전철홍 영화는 '나쁜 놈'과 '더 나쁜 놈'의 대결인데요. 그러다보니 그냥 나쁜 놈은 나쁜 놈으로 안보입니다. 고건수(이선균)가 비리 형사인데 선해 보이는 게 재미있었어요. 그럴 수 있었던 건 박창민(조진웅) 때문이겠죠? 고건수는 지극히 현실적인 캐릭터고, 반면 박창민은 굉장히 영화적인, 지구상에 없을 것 같은 캐릭터입니다.

김성훈 말씀하신 것처럼 박창민은 가장 영화적 캐릭터입니다. 얼핏 보면 주변에 있을 것 같지만 없는 만화적 캐릭터입니다. 일단 주인공은 현실적 캐릭터이길 바랐고, 악당은 '조커'라든지 이런 것들을 참고했습니다. 역대 재밌게 본 악당들—레옹의 악당, 조커(히스레저)—을 봤을 때 창민이란 인물마저도 지극히 현실적이었으면 영화가 영화적이란 말을 못 들었을 것 같습니다. 어떻게 보면 좀 더 과장되고 만화적인

전철홍

인물로 설정해 놓고 두렵기도 했습니다. 인물이 들어왔을 때 너무 떠 보일까 봐, 다시 말해 창민이 너무 가공된 인물 같아 보일까 봐요.

전철홍 박창민을 목소리로 먼저 보여주신 게 좋은 선택이었던 같습니다. 박창민의 실체를 궁금하게 만들었기 때문에, 그의 과장된 등장도 관객들이 편하게 받아들인 것 같습니다. 그래서인지 저 역시 박창민이 강력반으로 들어오는 장면이 좋았습니다. 등장의 느낌도 좋았지만 강력반 사무실이 밝아서 좋았어요. 보통 영화 속의 강력반 사무실은 대부분 어두침침한데, 역광까지 받으며 밝게 보여주셔서 좋았습니다. 시나리오가 아닌 연출적인 이야기이긴 한데 밝게 연출하신 의도가 있나요?

김성훈 일단 내부와 외부가 같이 나왔으면 좋겠다고 생각했습니다. 대전에 있는 빈 건물을 헌팅해서 아주 통으로 그 건물을 경찰서로 세팅을 했습니다. 기존의 경찰서 세트장은 칙칙하고, 어둡고, 좁고, 빛도 안 들어오고 그렇죠. 이 영화는 거기서 많은 이야기가 나오니 넓게, 시원하게 가자라는 생각에 거기서 찍었습니다.

전철홍 밝다 보니 비리 형사들이 더 선해 보였습니다. 암울한 수사물의 비리 형사들이 아니라 어쩔 수 없이 그렇게 살 수밖에 없는, 인간적인 면이 보였습니다.

김성훈 일반적으로 장르물의 경우 형사물이면 인물이 미스터리하고, 라이트도 어둡습니다. 이 영화는 장르물이긴 하나 장르에 갇힌 인물, 장르에 갇힌 화면을 피하고 싶었습니다.

전철홍 영화적인 상상력과 점프도 많습니다. 예를 들어, 박창민이 호수에서 어떻게 살아났을까 하는 부분이 그렇고요. 그럼에도 불구하고 리얼하게 느껴지는 게 디테일이 주는 현실감 덕분인 것 같아요. 고건수를 둘러싼 디테일과 박창민을 둘러싼 영화적 상상력의 점프가 잘 매치가 되어 연결이 잘된 것 같습니다. 조능현을 계단에서 쫓아가는 씬도 좋았습니다. 웃기기도 했지만 리얼하다고 생각했어요.

김성훈

김성훈 조능현은 키(key) 같은 인물입니다. 말씀하신 부분이 건수가 미스터리한 인물에게 반격을 당하다가 능동적인 자세를 취하는 상황입니다. 들고 뛰고 때리고 부수고 하는데 그 다음 신이—맨 처음에 시나리오엔 그러지 않았습니다. 윽박질러 캐내는 게 너무 뻔해서—매달아서, 어떻게 보면 배트맨이 나쁜 놈 매달 듯 하는 신이 나오는데 그러한 걸로 가기 위해서 앞을 막 달리면 느낌이 안 맞을 것 같았습니다. 그래서 가기 직전에는 급박해 보이지만 위에서 보면 우스꽝스러울 수 있게끔 찍어 보았습니다. 그래서 무조건 부감으로 롱테이크로 가자고 했습니다. 계단은 무술 감독님한테 인간이 볼 수 있는 최대의 높이에서 굴러 달라고 했고요. 최근엔 '다 건너가서 마지막에 넘어지는 부분에 뭔가 동기를 넣었으면 좋았겠다.'라는 아쉬움이 들었습니다. 다 넘어갔는데 자전거가 있어 거기에 걸려서 넘어진다든지 하는.

전철홍 이 영화에서 특별히 재미있었던 건 역시 캐릭터의 대비였습니다. 고건수의 세계(현실적)와 박창민의 세계(영화적)가 완전히 달랐어요. 고건수의 동선은 빠르고 세밀한 반면, 박창민의 동선은 시종일관 걷습니다. 고건수가 어머니 관에 시체를 숨기는 장면만 12분이 넘는데 반해서 박창민은 호수에서 살아 나온 과정이나 최 형사를 죽이기 위해서 준비하는 장면은 과감하게 뺐어요. 이렇게 두 세계의 충돌이 이 영화의 핵심이 아닐까요?

김성훈 건수라는 인물을 처음에 디자인했을 때 보여주면 보여줄수록 유리한 인물이란 생각이 들었고, 창민은 보여줄수록 손해일 것 같다는 생각이 들었습니다. 거대한 악과 귀신은 드러나지 않아야 무섭듯이, 죠스가 지느러미만 있을 때 무섭듯이, '실체는 나중에 드러내자.'라는 생각을 했습니다. 그러나 쓸 때에는 안전장치가 필요해 박창민이 물속에서 살아난 이유를 쓰긴 했습니다. 트렁크에 짐 쌓아 두는 그물망에 발이 걸려서 있다가 돌이 무너지면서 내려가면서 같이 내려간다고 다 설정하고 하루 종일 찍어 놓았는데 그걸 들이대면 댈수록 매력적이지가 않아서 빼게 됐습니다. 앞부분에 창민이 경찰서에서 한 번 등장했다가 추격전 벌이고 나서 느닷없이 경찰서 들어오기 전, 창민의 교통경찰의 행위를 보여주려고도 했습니다. 이야기와 상관없이 이러한 사람이란 걸 드러내기 위해서 말이죠. 교통사고 난 현장에 가서 그걸 보고 사람이 차에 있는데도 불구하고 폐차시키려 하고, 사람이 일어나는데 "귀찮게 다시 왜 내리냐."라는 생각에 그냥 내버려둡니다. 그걸 찍긴 했으나 그 장면을 넣으니 경찰서에 느닷없이 들어가는 게 힘이 빠져서 뺐습니다. 결론적으로 보면 창민은 빼면 뺄수록 매력적인 인물인 것 같습니다.

전철홍 감독으로서 시나리오를 쓴다는 게 부럽습니다. 쓰고 싶은 것만 써도 되니까요.

김성훈 시나리오에 보면 영화의 첫 신 전에 앞에 세 신 정도가 있어요. 장례식장, 전처 등 고건수한테 스트레스를 주는 최소한의 배경이 나오죠. 그런데 이걸 편집하다가 빼게 됐어요. 12고까지는 이런 신들이 전혀 없다가 이야기가 너무 성급하게 진행돼서 이해하기 어렵다는 의견이 있어서 좀 이해가 되게 하기 위해 13고에서 그 장면을 넣었던 건데 찍어 놓고 보다 보니까 또 아닌 것 같아 그 장면을 편집했어요.

전철홍 한 장면에서 여러 의미를 줄 수 있으면 좋은 장면이라 생각합니다. 저는 십자가로 인형을 끄집어내는 행위에서 '얼마나 이 친구가 구원이 절실했으면….'이라는 생각이 들어서 좋았어요. 그런 작은 장면들이 영화를 풍성하게 만들고 있다고 느꼈습니다. 감독님이 집요한 사람일 수도 있겠다는 생각이 들었어요.

김성훈 다른 영화를 찍을 때 어떻게 될지는 모르지만 제 스스로가 굵직한 서사가 없다는 약점을 가지고 있어요. 시신 숨기는 이야기 위에 어떤 이야기를 해야 하느냐 생각을 할 때 죄와 벌 이야기를 넣어 보면 너무 가짜 같고 재미가 없었습니다. 끝까지 장애물을 피하는—처음엔 상황적 장애물, 뒤에는 박창민이라는 인적 장애물—영화를 만들고 싶었어요. 그러려면, 진짜처럼 보이려면 좀 더 디테일해야겠다는 생각이 들었습니다. 시나리오에서 '시신 보관실' 내용만 10장이었습니다. 그래서 어떤 사람들은 신을 넘기고 읽었다고 해요. 계속 묘사만 쓰여 있으니. "그래서 무슨 이야기를 할 건데?"라고 묻는 사람도 있었어요.

전철홍 글을 쓰다보면 주변 인물을 통해서 양념을 치고 싶은 욕심이 생기는데, 최 형사(정만식)가 의외로 잔잔해서 놀랐습니다. 전체적으로 이 영화가 배우보다는 인물이 보이는 게 좋았어요. 모든 인물이 잘 보였던 거 같습니다.

김성훈 〈군도〉 촬영 현장에서 정만식이란 배우가 좋았다고 추천을 받아서, 최 형사 신을 더 쓰고 싶었는데 흘러가는 사람 중의 한 명으로 설정했습니다. 최 형사가 죽었을 때 감정을 끌어올리기 위해 앞부분을 좀 더 감정적으로 쌓아야 한다는 이야기도 들었어요. 그러나 죽고 난 뒤에 최 형사 이야기가 뒤의 흐름에 방해가 될 수도 있기에 관심을 끊어야겠다는 생각을 했습니다. 그래서 최 형사와의 관계를 끊기 위해 뒷부분에 고건수의 가족이 협박당하는 부분을 넣었어요.

전철홍 최 형사가 죽는 장면이 '나 때문에 쟤가 죽었구나.'보다는 '나도 잘못하면 쟤처럼 죽겠구나.'라는 느낌이 더 강했습니다. 끌려가던 고건수가 능동적으로 바뀌는 장면이기도 하고요. 개인적으로 반전을 안 좋아하는데 〈끝까지 간다〉는 그런 게 없어서 좋았습니다.

김성훈 뒤집어 봤을 때 반전을 넣을 만한 재주가 없었습니다. 그럴 바에는 아예 안 하는 게 좋겠다고 생각했어요.

전철홍 결말이 '권선징악'으로 가지 않은 것도 보통의 한국영화들과 다르다고 생각했어요.

김성훈 5고까지는 건수가 최 형사 장례식장에 가는 걸 넣었어요. 박창민이 죽은 게 5고에는 안 드러나고, 건수는 시신 보관실에 풍선을 들고 다시 들어가게 하려고 했었어요. 최 형사 관에 창민의 시신을 넣는 걸로 하려고 했다가 관객들이 찝찝해 할 거라 생각해서 결론을 바꾸었어요. '과연 건수가 돈을 가져가도 되나?'라는 고민을 했어요. 불편함이 조금이라도 느껴지면 관객들이 흥을 느끼지 못할 테니까요. 그러한 점에 대한 고민이 많아서 별의별 엔딩을 다 생각했었어요.

정유진　칸 영화제에 초청됐다고 알고 있습니다. 거기서의 반응도 한국에서처럼 좋았는지 궁금해요.

김성훈　지나서 하는 이야기지만 저는 얼떨떨하게 갔어요. 멍하게 첫 영화제를 칸을 갔는데, 영화 찍으면서 칸을 갈 거라 단 한 번도 생각하지 못했어요. 칸은 아트 영화의 거장들이 가는 거라 좀 자격지심이 있었어요. 두 번 상영했는데 현지 기자들의 평가가 너무 좋아서 자체 내의 기대 수치가 실제 영화 관객 수인 345만보다 꽤 높았어요. 그래서 더 많은 관객이 들 것이라 기대를 했고요. 거품이었죠. 재미있었던 건, 한국 사람들이랑 외국 사람들이랑 웃음 코드가 다르더라고요. 고건수가 공무원들의 목표가 정년퇴직이라고 말하는 신을 보고 한국에서 많이 웃을 거라 기대했는데 안 웃더라고요. 그런데 유럽이나 미국에서는 가장 많이 웃는 부분이었어요. 현지인들이 "너희도 정년퇴직이 목표냐?"라는 질문까지 할 정도였어요. 그들은 복지가 잘 되어 있어 정년퇴직하면 놀러 다닐 수 있어서 그런 건지, 웃음 코드가 정말 달랐어요.

전철홍　우리와는 좀 다른 거 같아요. 〈끝까지 간다〉 같은 범죄물도 미국처럼 충격 신을 막 쓸 수 있는 게 아니니까. 고건수가 총기와 폭발물을 입수하는 장면도 그런 문화적 차이에서 필요했던 장면이었겠죠?

김성훈　맞습니다. 외국인들은 공포탄 교환하는 부분을 의아하게 보았을 거예요.

정유진 영화 〈암살〉에서 조진웅 씨 대사에 "끝까지 간다."가 나오더라고요. 최동훈 감독님의 〈끝까지 간다〉에 대한 오마주인가요?

김성훈 그건 아니에요. 〈암살〉 찍을 당시 저희 영화 제목은 '무덤까지 간다.'였거든요. 그리고 편집할 때 '끝까지 간다'로 바꾼 거고요. 최동훈 감독님은 오히려 그 부분이 재밌다고 하시더라고요.

정유진 시나리오 작업을 하실 때 생각날 때마다 조금씩 써 놓는지, 아니면 한 번에 몰아서 쓰시는지 궁금합니다.

김성훈 아이디어가 떠오르면 쓰기 전에 2주면 2주, 한 달이면 한 달 머릿속에서 계속 굴립니다. 숙성을 한다고 해야 하나요? 저는 시놉시스부터 쓰지를 못합니다. 특히 〈끝까지 간다〉 시놉시스를 본 사람들은 재미없다고 했어요. 그래서 아예 한 시퀀스로 써서 보여 줘야 승부가 걸린단 생각이 들었어요. 그러다 보니 시놉시스와 트리트먼트가 무의미해져서 아예 앞부분만 써서 보여 줬어요. 머릿속으로 굴리다가 시나리오 1신부터 쓰기 시작하면 초고는 한 달 정도면 나와요. 그러고 나서 고치고, 또 고치고 합니다.

정유진 신문을 많이 보신다고 들었어요. 신문을 읽는 것이 시나리오를 쓰는 데에 많은 도움이 되나요?

김성훈 제가 문학 베이스로 글을 써 온 건 아니고, 영상을 보고 글로 옮겨 쓰는 편이었어요. 옛날부터 봐 왔던 사건·사고 뉴스가 제 안에 쌓여 있었던 것 같습니다. 〈끝까지 간다〉에 나온 많은 에피소드들이 대부분 현실에 있던 것들이에요. 이광민이 술에 마약을 타는 것도

20년 전 기사에서 본 것입니다. 영화의 신에서 빠지긴 했으나 폐차장에서 시신이 발견된 것도 실제 있었던 일이에요. 그런 식으로 여태까지 봐 왔던 그런 기사들이 저한테 재료로 있었던 것 같아요. 〈살인의 추억〉 대사에도 나오는데, 현실이 영화보다 더 셉니다.

전철홍 그래서 에피소드들이 재밌으면서 리얼했던 것 같네요. 오늘 뵙고 든 느낌은, 영화를 보면 마초적인 대사들이 많이 나오는데, 그런 느낌은 아니네요. 문학도의 느낌이랄까? 마초적 대사를 잘 쓰시는 비결이 뭔가요?

김성훈 제 안에도 마초적 성향이 분명히 있는데 제가 안 드러내고 감춘 것 같습니다. 제게 다양한 면이 있는 것 같아요.

전철홍 〈끝까지 간다〉의 성공이 우리 영화계에 약간의 변화를 불러오고 있습니다. 기존 한국 영화들의 올드한 문법들을 고쳐 나가는 데 영향을 끼치고, 의미 있는 역할을 하고 있는 것 같습니다.

김성훈 기존의 선입견이나 '영화는 이래야 한다.'라는 틀들이 깨졌으면 좋겠습니다. '영화는 이래야 한다.'라는 말 자체가 폭언인 것 같아요. 아울러 신파 없는 영화들도 잘 됐으면 좋겠습니다. 창작이란 게 새로운 길을 가야 하는데 자본은 갔던 길을 가야 안정적이라 생각을 하니 좀 아이러니한 것 같아요.

정유진 차기작 〈터널〉은 소재원 작가의 소설 원작인 걸로 알고 있습니다. 원작 거의 그대로 가시나요?

김성훈 소설 『터널』은 이 영화를 있게끔 만들었으니 원천과 같은 존재예요. 그러나 이 소설의 상황은 가져오나 그대로는 아니에요. 영화 〈터널〉은 부실 공사에 의해 터널에 갇힌 한 남자가 고군분투하는 이야기입니다. 확실하진 않지만 내년 하반기에 개봉할 것 같습니다.

정유진 시나리오 작가를 꿈꾸는 학생들에게 해 주고 싶은 말씀이 있으시다면 한마디 해주세요.

김성훈 인생에서 가장 하지 말아야 할 것 중 하나가 조언이라 생각합니다. 잔소리처럼 보이니까요. 농담입니다. (웃음) 그런 조언은 제가 다음 영화 찍고 두세 번 해보고 나서 터득된 것이 전달이 되면 선배가 후배에게 전하는 말이 될 수도 있으나 이제 첫발을 뗀 입장에서 이렇게 해야 한다 저렇게 해야 한다 하는 당위적인 말을 하는 건 제 입장에서 하기 힘들고, 해서는 안 될 것 같아요. 그럼에도 불구하고 하라고 하면, 잘 버티라고 말해 주고 싶어요. 버틸 만한 어떤 힘이 되어 주는 것(친구, 좋아하는 것 등)을 잘 이용해서 잘 버티면, 좋아하는 것 자체가 저는 재능이라고 생각합니다. 어차피 힘들 거, 좋아하는 걸 함에 있어서 버틸 수 있는 자기만의 것을 이용하면 좋지 않을까요? 좋아하면 더 찾아가고 더 알고 싶잖아요. 그렇게 하다 보면 가는 길에 좀 더 가까워지지 않을까 해요.

기록: 정유진

시나리오 작가는 무엇으로 사는가

| 손정섭 |

　지난 7월 11일, 한국시나리오작가협회 이사회가 있었다. 문상훈 이사장님의 짧은 말로 시작되었다.

　"후배 시나리오 작가들에게 설문지를 돌렸습니다. 답을 정리하면 다음과 같습니다. 시나리오 작가의 미래는 없다. 시나리오로는 먹고 살기 힘들다. 고로 절대 시나리오 작가를 권하지 않는다."

　정리되어 발표되는 작가 한 사람 한 사람의 답변 내용은 다만 처참했다. 침묵이 이어졌다. 잠시 후 이사장님이 준비해온 포스터를 꺼내 들었다. 옛 영화 포스터였다.

　"보십시오. 옛날에는 시나리오 작가 이름이 당당히 감독 이름 앞에 들어가 있었습니다."

　실로 그러하였다. 그러한 줄은 그 포스터를 보지 않아도 알고 있었던 일이다. 자기 환멸이 예감되었다. 그러나 결론은 달랐다.

　"시나리오 작가들이 힘든 상황에 있다는 것을 잘 알고 있습니다. 스스로를 비하하는 것도 알고 있습니다. 하지만 저는 그렇게 생각하지 않습니다. 제 임기 동안 시나리오 작가의 위상을 반드시 되찾아 놓고 말겠습니다."

우리의 이사회가 있기 보름 전, 오바마 미국 대통령이 사우스캐롤라이나 주 총기난사 사건 흑인 희생자들의 장례식에 참석하였다. 추도사 후, 대통령이 잠시 입을 다물었다. 침묵이 흘렀다. 고개 숙인 대통령이 나직이 노래를 시작하였다. 흑인 노예 무역상에서 사제로 변신한 존 뉴턴의 곡 〈Amazing grace〉였다.

"Amazing grace, how sweet the sound. That saved a wretch like me. I once was lost, but now I'm found. Was blind, but now I see….."

기습적인 노래에 참석자들이 크게 놀랐음은 물론이다. 따라 불렀다. 눈물바다가 되었다. 잘 부른 노래 한 마디, 변변찮은 추도사보다 나았다. 대통령이 이어갔다. 희생자 한 사람 한 사람 이름을 모두 거명하며.

"Clementa Pinckney found that grace. Cynthia Hurd found that grace. Susie Jackson found that grace. Ethel Lance found that grace. DePayne Middleton-Doctor found that grace. Tywanza Sanders found that grace.

손정섭
작가(한국시나리오작가협회 이사)

손정섭 작가는 1994년 조선일보 신춘문예 희곡으로 등단하였다. 2011년 한국시나리오작가협회가 주최하고 서울신문사가 후원한 '2011년 자랑스런 대한민국 시나리오 공모 대전'에서 수상하기도 하였으며, 시나리오 「노랑머리」는 영화진흥공사 시나리오 당선작으로, 영화사 유시네마가 제작하여 단성사에서 개봉하였다. 1999년 제20회 청룡영화상 신인여우상, 2000년 제37회 대종상영화제 신인여우상을 수상했다.

Daniel L. Simmons, Sr. found that grace. Sharonda Coleman-Singleton found that grace. Myra Thompson found that grace. Through the example of their lives, they've now passed it on to us. May we find ourselves worthy of that precious and extraordinary gift, as long as our lives endure. May grace now lead them home. May God continue to shed His grace on the United States of America!(이 비극은 우리가 견뎌내는 한, 우리에게 선물일 뿐입니다. 신의 은혜는 계속해서 이 땅에 쏟아지고 말 것입니다.)"

이렇게 다정하게 울부짖는 단합의 노래를 들은 적 없었다. 이렇듯 영화의 한 장면 같은 지독한 사실을 일찍이 본 적 없었다. 그 영화는 사실이었고 사실은 영화였다.

영화감독이 쓰는 시나리오는 어떨까? 이번 기회에 각자의 시나리오를 조심스럽게 대조해 보았다. 감독의 시나리오는 영화적 상상력이 압도적이다. 폄하해보자. 심오하고 중심으로 쏠리는 지각작용의 자리에 피상적이고 포괄적인 지각작용이 대신 들어서게 된 것을 말하기도 한다. 감독에게 시나리오는 상상력의 유희 장소이여, 흥행사로서 인정받기 위한 자소서이기도 하다. 감독의 시나리오에는 자비심 없는 폭력적 언어 구사가 자주 등장한다. 이는 폭력으로 인한 순화 과정을 꿈꾸는 것이기도 하지만, 아무래도 해체적 언어로 보기는 힘들다. 폭력적 언어는 극단적인 경향이다. 이로 인해 영화관객은 이미 계상된 것에 구속되며, 새로운 이미지 발굴 기회를 상실하게 된다. 이런 면에서 영화감독의 시나리오는 롤랑 바르트가 말하는 '닫힌 텍스트'라고 할 수 있다. 작품이 독자를 생산자로 만드는 것이 아니라, 독자로 하여금 다만 고정된 의미의 소비자가 되게 만드는 것이다. 영화감독의 시나리오는 관객과 영화 간의 심미적 거리를 공격한다. 감독과 관객 공히 관조적인 태도를 가실 수 없도록 만든다.

작가의 시나리오는 뭐가 다를까? 작게 폄하해보자. 작가의 시나리오에는 영상의 절실함과 박진감이 떨어진다. 크게 칭찬해보자. 작가의 시나리오에는 다듬어진 문장만이 가질 수 있는 농밀한 영화적 관능이 있다. 상상력 위주, 그리고 이야기의 선형 구조를 탈피한 고유의 미학이 있다. 그것은 지면 위의 연출이며, 다시 영화감독의 상상력을 자극하는 연출이기도 하다. 나는 이것을 지면 위에서 이뤄지는 마술적인 동시성이라 부르련다. 시나리오의 이러한 동시성은 감독과 배우 공히 텍스트로 삼아 상상력과 영화성을 최대한 끌어냄으로써 가일층 탄력을 받게 해준다. 지독하게 유지하는 통제를 운명처럼 끌어안고 그것의 필연적 잉여로 뽑아낸 꿈의 언술, 시나리오 작가의 시나리오란 그러한 것이다. 더욱 자찬해보자. 감독의 수명은 짧고, 시나리오 작가는 무릎이 귀를 넘을 때까지 쓸 수 있다.

이사회가 끝나고 뒤풀이가 이어졌다. 필자는 팔순 원로 작가님들과 허허롭게, 때로는 막막하게 때로는 태초의 기운과도 같은 몽환적이면서도 악령스러운 술잔을 기울였다. 금연의 시대임에도, 노작가 중 한 분은 하루에 두 갑씩 피워대며 시나리오를 쓰고 계신다.

"제작이 될지 안 될지 모르지만, 쓰는 거지 뭐, 쓰는 거야."

자신이 사랑했던 그리고 자신을 저버린 영화를 향해 괴물처럼 떠돌며 시나리오를 쓴다. 이러한 시나리오 작가의 이야기 자체가 또 이야기를 생산하기도 한다. 이름 하여 영화 〈라스베가스를 떠나며〉와 같은 메타 시나리오다. 이 영화의 마지막 장면에서는 볼품없이 스러지는 전업 작가의 모습에서 제행무상을 느끼기도 하는 것이다.

"〈노랑머리〉 때까지만 해도 작가 대접이 대접다웠지?"

그랬다고 말씀드렸다. 작가 대접의 연대기도 잘 모르면서 즉답한 일이다. 필자는 〈노랑머리〉 시나리오 작가다. 사실 이 글도 그런 연대기적 배경 때문에 의뢰받은 것이다.

글을 쓰기 위해 지난 기사를 뒤져보다가 10여 년 전 필자를 두고 쓴 글을 발견하고 얼굴이 홍당무가 되었다. 그 글이 있는 줄도 모르고 살았다. 아뿔싸. 이상한 불가항력에 눈물이 왈칵 쏟아지고 말았다. 글에는 〈라스베가스를 떠나며〉가 등장하였다. 그분은 영화 제작자였다. 작가인 나를 동지라고 말해주었다. 그 내용은 이 글의 마지막에서 볼 수 있다.

원로 작가님들, 그분들의 시나리오는 파격을 준비하는 감독들에게 항상 우스운 밥이었다. 하지만 역으로 그분들은 파격 생산의 토대가 되어준 고마운 존재였다. 그분들은 새로움을 위한 영원한 희생적 토양이다. 탈시나리오라는 말은 이미 그 말을 하는 감독들의 태생적인 '시나리오적' 운명을 전제로 한 말이다. 그러므로 기실 탈시나리오는 운명을 거스르는 자결이란 말과도 연결되는 착오다.

환경 변화에 따라 시나리오 작가는 위축되고, 그러다 감독으로 빠져나가기도 하며, 심지어 시나리오 작가의 종말에 관한 얘기가 나오기도 한다. 이러저러한 이야기를 듣다 보면 낙담도 되고, 이러면 안 되지 싶어 다시 추슬러 일어나기도 한다.

버스비가 오르며 버스에 조조할인제가 시작되었다. 신기하고 고마워라, 조조할인 버스가 있다니. 원고 의뢰를 받고 무엇을 어떻게 써야 할지 몰라 시름하던 차였다. 걸어걸어 일산의 조조할인 극장을 찾았다. 작가에게 이러저러 상념이 가장 많이 일어나고, 또한 정돈되는 곳이 극장이다.

영화 내용이 들어오지 않았다. 시나리오와 영상은 변증법적 방식과 상징적 방식으로 다시 태어났다가 휘발하였다. 변증법적인 방식은 연속들을 단편화하고, 양립할 수 없는 것을 결합함으로써 충돌을 창출한다. 상징주의적 방식은 반대의 논리를 따라 이질적인 것을 조합한다.

영화가 끝나고 어슴푸레한 스크린을 바라본다. 저 위에서 배우들이 애를 쓰며 움직였다. 그 배우들의 몸은 이미지의 몸과도 같이, 시나리오라는 텍스트에 살과 일관성을 부여하는 현전의 보충이었다. 그 모든 것은 거대병렬이 지닌 카오스적 힘을 문장이 지닌 연속성의 역량과 이미지가 지닌 단절의 힘으로 양분하는 통일이었다. 매캐한 극장. 그 극장의 운명은 시나리오의 운명과 직결된다. 시나리오의 운명은 몽롱한 이미지의 운명만큼이나 더욱 복잡다단해져야 한다. 더 아파야 한다.

영화관을 나서며 다시 스크린을 뒤돌아본다. 스크린은 영화관에 들어온 그때처럼 벌거벗은 이미지로 다시 돌아간다. 랑시에르는 표면을 말하며 형상을 텍스트로, 텍스트를 형상으로 자리바꿈하는 인터페이스로서의 표면을 말하도록 지시했다. 시나리오 작가는 인간을 텍스트로, 텍스트를 인간으로 자리바꿈하는 인터페이스로서의 기능을 해야 함을 직감한다.

원로 신진 할 것 없이 시나리오 작가들은 세상이 어리둥절하여 펜대가 어디로 굴러가는지 모르기도 한다. 그럼에도 펜대를 잡고 있는 것을 그저 필부의 꿈으로 몰아붙이는 것은 정말 너무 매정하다. 그러므로 이번의 전복적인 원고 의뢰인 '시나리오 작가에 관한 이야기'는 그래서 더욱 헷갈리고 서럽다. 시나리오 작가는 무엇으로 사는가.

새로운 사유가 필요하다. 시나리오 작가의 존재가 뼈아픈 것이다. 영상을 위한 영상론을 지양하고, 사유의 체계이자 생산자인 시나리오 작가에 관해 이야기한다. 새로운 시나리오의 가능성을 모색하는 것이다.

그렇다. 휘이 돌아보니 시나리오 작가들이 새로운 지평을 찾는 일은 그리 어려워 보이지도 않는 것이다. 감독의 상상력 그 이상의 신출귀몰하는 작가, 시나리오가 여래장임을 한 방씩 보여주는 전방위적 전업 작가들이 속속 등장하고 있기 때문이다. 이 작가들을 총체적으로 정리해보는 것은 추후의 과제로 남는다. 꼭 정리하기로 하자. 그리고 감독님들, 거론하여 죄송하다. 이 시대 작가들의 정신적 습진을 양해하시라. 마지막으로 시나리오 작가와의 동지적 행보를 말씀해준 그 분의 칼럼을 달아놓는다. 고맙다.

칼럼 | 전문

[나를 움직인 이영화] 유희숙 대표가 본 〈라스베가스를 떠나며〉

1996년은 나에게 있어 참으로 힘든 해였다. 월간 「비디오 플라자」 영화담당 기자를 하다 영화제작에 뛰어든 지 2년째 되던 해였다. 경험도 부족한 상황에서 덜컥—정말 덜컥이라는 표현이 맞겠다—시나리오 초고 상태에서 개인 투자자가 나서면서 영화를 제작하게 되었다. 영화제작이라는 게 이렇게 쉽게 시작할 수 있는 거구나라는 오만한 생각도 잠시, 난 첫 영화를 제작하면서 지난한 고통의 시간을 보내야 했다. 해적방송에 관한 이야기였던 〈채널 69〉라는 영화이다. 촬영 일정이 예정보다 길어지게 되면서 난 부족한 제작비를 구하느라 제정신이 아니었다. 제작기간이 늘어난 데 따른 수당을 더 주지 않으면 더 이상 촬영에 참여하지 않겠다는 스태프를 협박하기도, 달래기도 하는 등 여러 가지로 한계에 다다른 상황에 이르렀다.

극장에서 개봉을 전제로 선불로 받는 전도금이라도 받을 요량으로 찾아간 어느 극장, 생각처럼 쉬운 일은 아니었고 지친 마음으로 돌아서 나오다 막 개봉된 영화를 보게 되었다. 막막한 마음으로 나가기엔 오후의 햇살이 너무나 눈부셨다. 별다른 기대 없이 보기 시작했던 영화는 다름 아닌 〈라스베가스를 떠나며〉(Leaving Las Vegas)이다. 그러나 그 영화가 끝나고 나서 난 좌석에서 일어날 수가 없었다. 우느라 퉁퉁 부은 얼굴을 감추고 나서기까지 한참이 걸렸다.

〈라스베가스를 떠나며〉는 마이크 피기스 감독의 작품으로 존 브라이언의 반 자전적 소설을 토대로 한 영화다. 시나리오 작가로서 인생의 막다른 길에 다다른 알코올중독자 벤(니컬러스 케이지)과 창녀 세라(엘리자베스 슈)의 운명적인 사랑을 다룬 이야기다. 그들의 절망적이지만 아름다운 사랑, 운명적인 인생의 행로가 아릿한 음악과 함께 심금을 파고들었다. 원작자인 존 브라이언은 그의 작품이 영화화되는 게 결정된 지 2주 만에 자살을 했다고 한다.

난 그날 눈물에 젖은 채 낮술에 취했다. 보통 영화는 인생을 바꿔놓을 정도의 감동을 주거나 무지하게 재미있지 않으면 엄청 슬펐던 영화들이 기억나게 마련이다. 난 〈라스베가스를 떠나며〉만큼 짙은 절망감의 동지애를 느낀 영화가 없었다. 그 당시 나의 절망스런 상황 때문에 극한 정서적 공감대가 형성된 까닭도 있겠지만. 그 후 〈채널 69〉 촬영은 무사히 끝났고 그 뒤로도 난 영화를 계속 만들게 되었다. 견디기 힘들 정도로 어려운 순간들은 이후에도 그치질 않았고 그때마다 넘고 넘어왔다. 이제는 이력이 붙어 잘도 견디며 웃는다. 그럴 때마다 영화를 만들면서 처음으로 가장 힘들었던 순간을 함께했던 영화 〈라스베가스를 떠나며〉를 떠올린다.

내 인생에서 영화를 선택하지 않았더라면 어쩌면 편한 길을 걸어왔을지도 모르겠다. 하지만 원하는 길을 선택했기에 즐거웠고, 반대급부로 고통이 함께했지만 예나 지금이나 행복하다고 여긴다. 영화 〈노랑머리〉의 원작자 손정섭 씨를 처음 만났을 때가 생각난다. 〈노랑머리〉는 심의 등급논란으로 선정성만 돋보인 영화가 돼버렸지만 두 여자 주인공의 지독한 절망에 관한 보고서이다. 손정섭 씨는 인터넷 사이트에 〈노랑머리〉 시나리오를 올려놓고 한때 잠적한 적이 있었다. 우리는 그를 찾아내기 위해 무진 애를 썼는데 어느 날 연락이 되어 만날 수 있게 되었다. 그는 그 파격적이고도 충격적인 시나리오를 쓴 인물이라고는 도무지 믿어지지 않을 만큼 선한 눈빛의 지성적인 사람이었다.

영화에 대한 얘기를 한참 나누던 중에 그는 영화 〈라스베가스를 떠나며〉에 대한 얘기를 꺼내기 시작했다. 개봉했을 때 못보고 집에서 비디오로 보기 시작했는데 영화를 보는 동안 도저히 맨 정신(?)으로는 그 영화를 더 볼 수가 없어 소주를 한 병 사가지고 와서 영화를 다시 보게 됐다고 한다. 그러기를 몇 차례, 그는 소주를 몇 병이고 마시다 끝내 그 영화를 끝까지 못보고 술에 취해 곯아떨어졌다고 한다. 맨 정신으로는 그 영화를 볼 수 없었던 그 또한 절망의 나락이 어디쯤인지를 아는 사람이었던 것이다. 난 아무 소리도 안하고 '동지'를 향해 씨익 웃었다. 그는 내가 그때 왜 웃음지었는지를 알지 못할 것이다. (2002년 2월 14일. 경향신문)

〈암살〉
2015년, 반민특위의 부활!

| 권윤석 |

아마도 2015년은 한국 항일영화의 역사에 있어서 매우 중요한 해 (年)로 기억될 것이다. 〈암살〉이 본격 항일영화로서는 최초로 1천200만 관객의 흥행을 일으켰기 때문이다.

히틀러의 나치당이 독일에서 집권했던 시기지만 한편으로는 한국 땅에서 OB 맥주가 창립됐던 1933년을 중심 배경으로 전개되는 이 영화는, 생맥주 같은 후련함을 선사한다. 50발 들이의 드럼탄창을 장착한 토미건으로 두툼한 45구경 탄을 신나게 난사하면서 친일파와 일본군을 쓸어버리는 항일 영화라니! 〈장군의 아들〉(1990)에서 홀로 적진에 쳐들어가 일본 야쿠자들을 두들겨 패던 협객 김두한(박상민)의 맨주먹과 정강이는, 속사포(조진웅)가 난사하는 '속사포' 톰슨 M-1928 A1 기관단총으로 업그레이드되어, 1만 배나 강해진 힘으로, 민족의 원수들을 빗자루질 하듯이 소탕한다.

〈장군의 아들〉 이후로, 1930년대를 배경으로 한 항일영화가 흥행이 저조했었다는 점! 그리고, 외국과는 달리, 한국을 대표할 만한 '독립투쟁 액션영화'가 없었다는 점을 볼 때, 이 〈암살〉의 성과는 가히 획

기적이라 할 수 있다. 구수한 이야기꾼이자 세련된 테크니션인 최동훈 감독은, 특유의 입담과 빠른 전개, 매끄러운 액션연출로, 신파의 과잉 없이도 민족혼에 불을 지르는 오락 영화를 완성해냈다.

하지만 이 영화의 가치는 다른 데에 있다. 김성종 작가의 원작소설을 36부작의 TV 대하드라마로 제작해 큰 인기를 모았던 〈여명의 눈동자〉(1991~1992)에서 주인공 독립군 최대치(최재성)와 장하림(박상원)은 각각 좌와 우의 진영에서 따로 분리된 채 일본군과 싸웠다. 의열단 열사들의 장렬한 최후를 다뤘던 항일영화 〈아나키스트〉(2000)에서는 왕족과 머슴, 지식인과 무뢰한이, 조선의 신분체제를 뛰어넘어 한 팀으로 연합해 독립투쟁을 한다는 단계에까지 이른 바 있다.

그러나 이념의 차이를 넘어서서 연합해 싸우는 독립투사들의 이야기를 다룬 영화는 일찍이 없었다. 〈암살〉(2015)은 좌(김원봉)와 우(김구)가 함께 힘을 합하여 독립을 위해 싸운다는 점에서 그 의미를 찾을 수 있다. 비록 그것이 판타지라는 것을 모두가 잘 알고 있더라도 말이다.

이 영화에 왜 그토록 많은 관객들이 열광했을까! 1949년의 반민특위에서 이뤘어야 했지만 미처 풀지 못했던 한(恨)은 무엇일까? 이 영화에 등장하는 중심 등장인물들을 따라가면서, 그 궁금증을 풀어보고자 한다. 또한 이 〈암살〉을 90년대 이후 항일영화들 그리고 해외의 독립투쟁 영화들과 비교해봄으로써 그 가치를 새삼 확인해볼 것이다. 아울

권윤석
시나리오 작가

러 일본의 입장도 돌아보는 시간을 갖고자 한다.

염석진과 염석진 : 독립투사에서 매국노로!

한국인의 적(敵)은 바로 한국인! 그걸 여실히 보여주는 캐릭터가 바로 염석진이다. 일제 식민지 시대에 일본인보다도 더 악랄하게 동포들을 짓밟고 착취했던 조선인들이 존재했다는 것은 모든 한국인이라면 뼈저리게 느끼는 사실이다. 제2차 세계대전 때 독일에게 점령당한 프랑스에서, 독립투쟁을 하던 동포 레지스탕스를 소탕하며 게슈타포에게 협조하던 '민족 반역자 군대(밀러스)'가 수만 명이나 존재했듯이! 일제치하의 조선 식민지에서는, 조선인을 잡는 변절자들이 존재했다.

〈암살〉에서는 염석진(이정재)이라는 가공인물을 통해 그 변절자의 모습을 속속들이 보여준다. 염석진은 단순한 악역이 아니라 매우 중요한 '가치'를 지닌 존재다. 어찌 본다면, 이 영화 〈암살〉은, 암살당하는 배신자 염석진을 위한 영화이기도 하다. 그는 이 영화 속에서 암살 작전을 '지휘'하는 인물이면서도, 그 암살 작전을 '방해'하는 인물인 동시에, 마지막 암살의 '표적'이 되는 인물이다. 염석진은 그야말로 한국사(史)의 어두운 그림자이자 치부, 바로 그 자체다. 이 영화의 중심축이 염석진이 될 수밖에 없는 이유가 바로 거기에 있다.

염석진은 영화의 오프닝인 1911년 시퀀스에서 이완용과 데라우치 총독을 혼자서 급습하여 대활약을 펼치는 돌파자로 등장한다. 무모하리만치 용감하고 뜨거웠던 청년 열사는 일본군에게 체포되어 고문을 통해 세뇌당하고 프로그래밍 된 뒤 독립군 동지들을 제거하는 게슈타포 사냥개로 변화한다.

최동훈 감독의 전작인 〈전우치〉(2009)에서 요괴 잡는 도사였던 화담(김윤석)이 스스로 요괴로 변해 동료들을 죽이고서 "이젠 집이 좁구나."를 중얼거리며 악의 화신이 됐듯이 염석진은 일본군 잡는 독립투사에서 일본군의 앞잡이가 되어 〈타짜〉(2006)의 아귀처럼 송곳 같은 솜씨로 독립군들을 제거한다.

염석진은 '갈아타기' 전문인 우리나라 기득권을 상징하는 중요한 캐릭터다. 그러면서도 그는 한국 근현대사 100년 시간 속에만 담아둘 수는 없는 인물이다. 왜냐하면 그는 우리나라 역사 속 유전자에 뿌리깊이 박힌 인물형이기 때문이다. 그는 분명 변절자이지만 자신의 마지막 웅변처럼 "최정예 독립투사들을 발탁해 암살 작전을 지휘했고, 또 스스로도 수많은 상처를 입어가면서 일본군과 맞서 싸웠던" 인물이다. 한(韓) 민족의 역사 속에서 염석진(들)은 늘 중요한 역할을 수행해 왔다.

외세인 당나라를 지원군으로 삼아 고구려와 백제를 멸망시켰지만, 한편으로는 또 고구려와 백제의 유민들을 끌어안고서 당나라 군대를 축출하여 삼국통일을 완성한 신라인 김유신과 문무왕(김법민)! 몽고와 연합해 골칫거리인 삼별초를 몰살시키고서 멸망 위기의 고려를 온전히 지켜낸 김방경 장군과 원종(왕전)! 일본에서 미국으로 '보스'를 갈아타면서 동포들을 학살하고 짓밟았지만, 어떻게든 자본주의 경제대국을 건설해낸 친일파와 친미파의 관료들! 구국의 횃불을 들고서 이승만 자유당 독재체제와 싸웠던 청년에서, 완고한 기득권으로 변신한 4·19세대! 70~80년대의 군사정권 독재자들에 대항해 레지스탕스처럼 용맹하게 싸우면서 민주화를 이뤄냈지만, 어느새 물질만능주의의 신봉자로 거듭난 상당수의 386세대!

이렇듯이! 서기 7세기 이후 한국과 한(韓)민족의 역사 속에서 염석진으로 대표되는 캐릭터들은 늘 우리 역사를 이끌어왔다. 김유신, 김방경, 최남선, 이승만 등이 그렇듯이 염석진이란 캐릭터는 타오르는 분노만으로 간단히 평가하고 단죄할 수 있는 인물이 아니다. 왜냐하면 그는 진짜이면서도 가짜요, 독립투사이면서도 일제 앞잡이고, 애국자이자 매국노이기 때문이다. 마치 간장에 젖은 쌀밥처럼, 친일파란 존재는 외과수술 하듯이 깨끗하게 잘라낼 수 없는 존재다.

그렇다면 영화에서와는 달리, 우리가 염석진에게 면죄부를 줄 수도 있지 않을까?

여러 비교대상들과 대조해보면서 염석진에게 구명의 기회를 만들어 보자!

먼저 비교할 대상은 영화에서 총독부가 선정한 최고의 친일파로 등장하는 강인구(이경영)다. 그는 자신의 기득권 수호를 위해서라면 독립을 지지하는 아내 안성심(진경)과 딸(안옥윤으로 오인한 미츠코)도 가차 없이 살해하는 파렴치한이다. 또한 그는 자신을 소개하는 '황금 명함'을 통해 천박함의 절정을 보여준다. 매국노의 화신이자 천민자본주의의 선조인 강인구에 비하면 염석진은 고뇌와 연민이 많은 인물이다.

염석진은 또한 〈장군의 아들 3부작〉(1990~1992)에서 협객 김두한을 끈질기게 추적하는 조선인 형사 구니모토(주상호)처럼 치졸한 인물도 아니고 〈아나키스트〉에서 동포인 의열단 용사들을 가차 없이 사냥하는 조선인 비밀경찰 구보다(이윤건)처럼 피도 눈물도 없는 냉혈한은 더더욱 아니다.

오히려 그는 고뇌와 절망에 갇혀 사는 사람이다. 그는 스스로가 배신자임에도 불구하고 김구(김홍파)가 자신을 의심한다는 사실에 고통스러워하고 김구가 자신에게 내린 제거명령 앞에서 절망한다. 그는 자신을 칼로 찌르는 하와이 피스톨(하정우)에게도 확인사살을 가하지 않는다. 아편굴에서 아편에 취한 그가 외치는 절규도 충분히 납득이 간다.

"한국독립단, 한국혁명단, 조선혁명단, 고려공산당, 의열단 등등! 30개가 넘는 독립단체들이 저마다 독립투쟁을 외치지만 파벌싸움으로 치닫는 현실! 독립군 단체가 여러 개면 뭘 해? 돈 들어오는 루트가 다

다른데! 결국 다 찢어지지!"

　1911년에 체포됐을 당시의 고문 때문에 그가 변절한 것으로 영화
는 설정하지만, 고문당하지 않았다 하더라도 그는 변절했을지 모른다.
그는 누구보다도 현실을 너무나 뼈저리게 절감한 독립군이었기 때문
이다. 이념과 사상, 출신과 노선 등으로 저마다 잘났다고 난립하던 군
소 독립군 단체들은 덩치가 작아서 의사결정이 빠르고 과감할 수 있었
지만, (영화 〈암살〉에서처럼) 좌우를 초월해 함께 연합하여 일본군과
싸운다는 것은 당시로서는 물론이고 지금으로서도 상상할 수조차 없는
일이었으니 말이다. 하기야 독립군 단체들이 기적처럼 단 하나의 조직
으로 통합되었다 한들, 아일랜드의 독립군 IRA처럼 서로 반목하고 논
쟁하고 죽이느라 에너지를 소모했을 가능성도 크다. 그러니, 염석진의
고뇌에, 충분히 납득이 간다.

　그럼 이번에는 〈암살〉 속의 '약산' 김원봉(조승우)과 염석진을 비교해
보자!

　영화 속에서 김원봉은 철두철미한 애국열사인 동시에, 믿을 수 없
을 만큼 긍정적인 인물로 나온다. 영화 속에서 8만 엔의 현상금이 걸
려있는 최악질 테러범으로 나온 그는 실제로 과격파 의열단의 우두머
리이자 좌익 독립투사의 리더였고, 해방이전까지는 단 한 번도 일본군
과 일본 경찰에게 체포되지 않았을 만큼 신출귀몰한 인물이었지만 영
화 속에서 암살임무를 맡은 속사포(조진웅)가 돈을 요구하자 부하들에
게 "동지들! 가진 돈 좀 있나?"고 물어볼 만큼 애국심 하나만으로 '무한
열정 페이'를 강요하는 로맨티스트로 나온다.

　의열단에서 이탈한 무정부주의자들의 활약과 최후를 그렸던 유영식
감독의 영화 〈아나키스트〉(2000)에서, 의열단의 리더로 나왔던 윤선
생(정원중)은, 사실 노골적으로 김원봉을 상징했던 인물이었다. 정의
롭지만 음험하고 냉혹한 인물로 김원봉을 묘사했던 〈아나키스트〉와는

달리 이번 〈암살〉 속의 김원봉(조승우)은 철두철미하면서도 낭만과 유머를 지닌 멋쟁이로 등장한다.

의열단의 무장투쟁을 이끌며 유령처럼 활약하던 약산은, 아이러니하게도 해방이 되자마자, 조국인 한국 땅에서 조선인 형사 출신 남한 경찰에게 체포되어 고문으로 만신창이가 된 뒤 눈물을 뿌리며 북한으로 망명해버린다. 그리고는 한국전쟁의 기획자가 되어 소련제 탱크를 몰고서 돌아온다. 염석진이 일본 경찰에게 체포되지 않았더라면 결국 약산처럼 되지 않았을까? 아니면 약산이 염석진처럼 일찍 체포됐었더라면 어떻게 됐을까? 그런 가정을 해볼 때, 염석진에게는 아직 기회가 있다.

다음 비교대상은 마이클 콜린스다. 그는 앵글로색슨의 대영제국으로부터 자신의 조국 아일랜드와 켈트족을 해방시키기 위해 아일랜드 공화국 독립군 IRA(Irish Republican Army)를 창설한 아일랜드의 민족 지도자! 그의 생애를 그린 닐 조단 감독의 영화 〈마이클 콜린스〉(1996)에서 콜린스(리암 니슨)가 겪는 고난과 비극은 염석진과도 많은 공통분모가 있다. 우선 콜린스는 독립군 과격파의 대표로 영국인들을 테러하는 데 앞장섰다는 점에서 20대의 염석진과 유사하다. 과격파였던 콜린스는 영국인이 뿌리내린 북아일랜드는 영국에게 넘긴다는 '부분 독립' 조건으로 영국 정부와 타협했다는 이유 때문에, '완전한 자주 독립'을 꿈꿨던 과격파 IRA 동지들에게 암살당한다. 자신과 조국이 지닌 힘의 한계를 뼈저리게 깨닫고서 영국과 협상을 하다가 그것을 용납하지 못한 동지들에게 암살당했다는 점! 그 점에서 콜린스는 염석진을 변호해줄 수 있는 좋은 사례다.

이번엔 프랑스로 가보자! 제2차 세계대전 당시, 점령군인 독일군과 싸웠던 프랑스 레지스탕스들의 우두머리 '장 뮬랭'은 본래 독립투사가 아니었지만 독일군에 대항하다가 체포돼서 고문을 당했고, 그 고통을

통해 오히려 레지스탕스 지도자로 거듭났다. 그는 나중에 독일군에게
잡혀 베를린으로 끌려갔는데도 끝까지 고문에 굴복하지 않았다고 알려
져 있다. 첫 고문으로 굴복해버린 염석진! 첫 고문으로 오히려 더 강해
진 뮬랭! 염석진에 대한 실망이 더욱 커지는 사례다.

다음 차례는 로버트 브루스다. 스코틀랜드 켈트족의 독립전쟁을 다
룬 사극 영화 〈브레이브 하트〉(1995)에서 실존인물이었던 스코틀랜
드의 왕자 로버트 브루스(앵거스 맥페이든)는, 사실 영국 왕에게 몰래
복종하는 매국노였으나 민중 영웅 '윌리엄 월레스'(멜 깁슨)의 죽음을
통해 개과천선하여 독립전쟁의 선봉장으로 재탄생해 국민들을 이끌었
다. 그렇지만 염석진은 그 반대였다. 그의 몸도, 그가 청년시절 손에
쥐었던 모우저 권총도, 22년 세월 동안 모두 그대로였건만 그는 검정
가죽코트로 상징되는 제국주의의 껍질을 입고서 스스로를 탈바꿈한 것
이다.

그렇지만 염석진의 결정적인 잘못은 그의 '마음'에 있었다.

1949년 반민특위 재판법정에서 무죄로 풀려난 뒤, 안옥윤(전지현)
과 명우(허지원)의 총구 앞에서 궁지에 몰린 그는 절규한다.

"왜 배신했냐고? 왜 그랬겠나? 해방이 안 될 줄 알았으니까!"

독립의 희망과 가능성을 완전히 지워버렸다는 점, 그것이야말로 염
석진이 저지른 최악의 잘못이요 죄악이다. 게다가 그에겐 명백한 대척
점의 모델이 존재한다.

하와이 피스톨과 영감 : 매국노에서 독립투사로!

하와이에는 가보지도 못 했지만 하와이에서 왔다며 허풍을 치고 다
니는 캐릭터! 하와이에 갈 돈을 모으기 위해 발터 PP와 PPK 쌍권총
을 휘두르면서 동포까지도 처단해버리는 냉혈한 킬러! 그러면서도 생

면부지 동포 소녀의 죽음에 격분하는 애국자! 〈암살〉영화 속에서 가장 다채로운 매력을 지닌 캐릭터가 바로 '하와이 피스톨'(하정우)이다.

그는 살부계라는 8인 조직의 멤버였다. 일본에 조국을 팔아넘긴 매국노들을 아버지로 둔 8명의 청년들이 각자 서로의 아버지들을 죽여주자는 결의로 모인 살부계! 그러나 하와이 피스톨은 그 약속을 지키지 못하고서 중국으로 도망간 채 허무주의에 빠진 킬러로 활동한다.

이러한 그는 영화 〈아나키스트〉에서 의열단 소속의 허무주의자 킬러로 등장했던 세르게이(장동건)와도 닮아있다. 하지만 하와이 피스톨은 세르게이의 무정부주의와 냉소를 뛰어넘어 아예 돈을 위해서라면 피아를 가리지 않고 사살하는 청부업자의 경지로까지 점프한다. 그럼에도 불구하고 그의 캐릭터에서 어둠을 느낄 수 없는 것은 그가 우울함을 몇 차원 건너 뛴 감성과 유머를 지녔기 때문이다.

〈아나키스트〉의 세르게이는 일본 경찰에게 당한 고문 후유증으로 아편중독에 시달리는 인물이다. 무거운 트라우마를 지녔고 쌍권총을 휘두른다는 점을 제외하면 하와이 피스톨은 세르게이와는 완전히 다른 인물이다. 또한 그는 조국독립을 위해 기꺼이 목숨을 바치겠다는 황덕삼(최덕문)과도 다르다. 신흥무관학교 출신의 독립투사였지만 이젠 혈서 쓰는 법도 잊어버렸고 항일운동도 배가 불러야 할 수 있다고 주장하는 현실주의자 속사포(조진웅)와도 다르다. 그는 돈을 위해서라면 냉정하게 상대방을 사살하는 인물이지만 약자는 죽이지 않는다. 또한 자신과는 하등의 상관도 없는 어린 소녀의 죽음에 분노해 자신의 모든 것을 걸고 일본군 장교(카와구치)의 암살에 목숨을 건다. 하와이 피스톨의 갑작스러운 '전향'에 염석진은 '돈을 더 받았나?'며 냉소한다. 그만큼 하와이 피스톨의 변신과 결심은 갑작스럽다. 그것이 안옥윤에 대한 사랑 때문인지, 아니면 조선 소녀의 죽음에 대한 분노 때문인지, 아니면 살부계에서의 맹세를 지키지 못 한 것에 대한 속죄의식 때문인지 정확히는 알 수 없다.

하와이 피스톨을 철통같이 호위하는 파트너 '영감'(오달수) 역시 야릇한 캐릭터다. 그는 "조선이 지도에서 없어진 게 언젠데, 아직도 조선 타령이야?"라고 빈정거릴 만큼, 조선독립에는 일말의 관심도 없는 현실주의자다. 그래서 "도련님이 윤봉길이나 이봉창도 아닌데, 공짜로 일본군을 죽여주면, 독립군 놈들에게 소문나서 무료봉사해줘야 한다."라며 하와이를 적극 만류한다.

그러나 이 영감은 매우 모순적인 인물이다. 하와이가 위기에 처할 때마다 동에 번쩍 서에 번쩍 나타나 MP-28 기관단총을 난사하며 구출해주는 그는 사실 하와이를 도련님으로 모시는 머슴이었음이 드러난다. 돈과 안전을 쫓는 현실주의자이면서 봉건적인 신분계급에 묶여 있는 영감! 그는 마지막에 독립을 위해 목숨을 바치지만 그것은 애국심이었다기보다는 도련님에 대한 충성이었던 것으로 볼 수 있다. 결국 그를 움직인 것은 하와이 피스톨의 힘이었던 것이다.

하와이 피스톨은 김구나 김원봉 같은 지도자는 아니었고 안중근이나 이봉창처럼 투쟁할 생각도 없었다. 그렇지만 그는 세르게이처럼 휘어져버리지 않았고 염석진처럼 돈과 출세에 투항하지도 않았다. 애초에 친일파 매국노로 태어난 자신의 한계를 극복하고서 독립군을 위해 자신의 목숨을 바친 인물! 그리고 양반 가문으로서 '노블리스 오블리제'라는 윤리를 지키며 봉건적 신분질서의 악습을 스스로 깨트린 인물이다. 그런 점에서 볼 때 염석진의 대척점에 선 인물은 김구나 김원봉이나 안옥윤이 아니라, 사실, 하와이 피스톨이라고 할 수 있다. 그의 올바른 변신을 생각하면 할수록 염석진에게 면죄부를 줄 수 없음이 명백해진다.

안옥윤과 미츠코 : 하나의 얼굴, 두 개의 영혼!

〈암살〉의 안옥윤(전지현)은, 〈여명의 눈동자〉의 여주인공 윤여옥 (채시라)만큼이나 기구한 사연과 비극을 겪은 인물이지만, 기질에 있어서는 근본적으로 다르다. 종군 위안부로 일본군에게 끌려갔던 윤여옥은 독립투사와 빨치산으로 변신해서 싸웠지만, 안옥윤은 그 차원을 훌쩍 넘어선다. 자유시 참변으로 양부모를 잃은 그녀는, 독립군 저격수로서 활약하며, 암살 작전에서 여성의 몸으로 톰슨 M-1928을 맹렬하게 난사한다. 게다가 마지막 '암살'을 마무리하는 장본인이기도 하다.

"물지 못 할 거면 짖지도 말아야죠."라며, 일본에게 투항하는 염석진과는 달리, 절망적인 상황에서도 안옥윤은 "우리가 계속 싸우고 있다는 걸 보여줘야지!"라고 강하게 다짐하는 여전사다. 네덜란드 영화 〈블랙 북〉(2006)에서, 유태인 여주인공 레이첼(캐리스 밴 허슨)은 독일군에게 가족을 잃고서 네덜란드 레지스탕스의 일원이 되어 적진에 침투하지만, 안옥윤 만큼의 전투력은 보여주지 못한다.

이렇게 강한 안옥윤을 무너뜨리는 것은 다름 아닌 그녀 자신의 '분신'이다. 그리고 그 뒤에 도사린 친아버지의 존재다. 암살 작전을 위해 경성에 도착한 안옥윤은, 운명의 장난질을 통해서 자신의 쌍둥이 언니인 미츠코(전지현)와 만난다. 얼굴과 모습이 같은 쌍둥이! 그러나 두 사람의 인생은 180도로 다르다. 한 명은 독립군의 저격수! 다른 한 명은 경성 친일파의 저택에 사는 귀공녀! 자신과 너무나도 다른 자신의 분신을 지켜보며 흔들리는 안옥윤에게 그녀의 분신인 미츠코는 말한다.

"나도 독립운동 하는 사람들 좋아해! 근데 넌, 안 했으면 좋겠어!"

일본에게 순응한다는 지적에 대해서도 미츠코는 서슴없이 답한다. 여기선 다 그렇게 산다, 라고! (사실, 독립운동을 하지 않았고, 경성에서 일본인들과 어울려 살았다는 이유만으로 일본에게 협조했다는 '단순한 발상'은 참으로 아쉬운 점이다. 그렇지만 이 영화의 목적은, 화끈한

'한풀이'에 있는 것이니, 충분히 이해할 수 있다.)

안옥윤의 충격은 미츠코의 죽음으로 치솟고, 자신의 친아버지가 최악질 친일파 강인구라는 사실을 확인하는 지점에서 더욱 가파르게 치닫는다. 그리고 사직동 저택에 도착한 뒤, 일본군 장교 카와구치(박병은)와의 결혼식에서 입을 자신의 웨딩드레스를 보는 순간 그녀의 충격은 절정으로 치닫는다.

압박에 굴복한 조선과 침략자인 일본의 '결혼식'은 '대동아공영'과 '조선인의 황국신민화'라는 상징으로 곧장 이어진다. 결국 미츠코의 탈을 쓰고서 예식장으로 간 옥윤은, 자신의 남편이 될 준비를 하는 일본군의 상징 카와구치를 죽이고 예식장을 부수는 데에 성공한다. 자신의 친부인 친일파 강인구를 자신의 손으로 죽이지 못 한 것은 비극의 인생을 사는 옥윤에게 최소한의 인륜을 남겨두려는 제작진의 선처인가? 아니면, 근현대사 속에서 계속된 악순환의 고리를 직접 끊지 못 하는 한국 사회의 미완성을 나타내는 은유인가? 어쨌거나 안옥윤에게는 생존의 축복이 선사되고, 암살의 기회 또한 주어진다.

하나의 얼굴에 두 개의 영혼을 가졌던 옥윤과 미츠코는 우여곡절 끝에 결국 하나의 얼굴과 하나의 영혼을 지닌 조선인 '안옥윤'으로 거듭난다. 그녀의 선택과 행동은 염석진의 변절을 단죄할 충분한 자격을 그녀 스스로에게 부여한다.

카와구치와 기무라 : 일본의 오른손과 왼손!

경성지역 독립군의 비밀 아지트인 아네모네 바(bar)에서 속사포는 일본인 바텐더를 보면서 괴물을 대하듯 외친다. 일본 놈! 바텐더는 미소로 답한다.

"네, 일본 놈 기무라입니다. 조선독립 찬성합니다!"

조선독립을 찬성한다던 '일본 놈' 기무라(김인우)는 사고로 실종된 속사포를 대신해서 암살 작전에 뛰어들고 조선독립을 위해 싸우다 장렬히 산화한다.

그에 반해 〈암살〉에 등장하는 '또 다른 일본인들'은 기무라와 정반대의 언행을 보여준다. 조선독립군들을 추적하는 비밀경찰 사사키(정인경)는 물론이려니와 일본군 사령관 카와구치 마모루(심철종)와 그의 아들(박병은)은 천인공노할 악귀들로 등장한다. 명예와 실적에 목숨을 걸지만 자비와 동정심이 없고, 약자에게는 특히나 잔혹한 일본군 장교와 형사!

이 영화 속에 등장하는 악당 일본인들의 모습은 괴물 그 자체다. 그러나 이것은 커다란 아쉬움이자 이 영화의 결정적인 약점이다. 〈암살〉에 등장하는 카와구치 장교 부자(父子)나 사사키에게서는, 그들만의 주장을 전혀 찾아볼 수 없다. 길에서 자신에게 부딪혔다는 이유만으로 어린 소녀를 쏴죽이고서 히죽대는 가와구치 대위의 모습은 20세기 일본군의 만행들 속에서 얼마든지 그 사례를 찾을 수 있는 경우지만 거대한 항일영화 속에 등장하는 적(敵)으로서는 어처구니없이 가벼운 모습이다. 대하드라마 〈여명의 눈동자〉에 등장했던 미다 요시노리 대위(김홍기)나 오오에 상사(장항선)는 "대동아제국"의 건설을 위해 어떤 짓이라도 불사하겠다는 신념과 목표를 외치면서 그들만의 뜨거운 광기와 투쟁을 보여준 인물들이었다. 극우파 일본영화에 등장하는 주인공들의 모습도 그와 다르지 않다.

하지만 〈암살〉에 등장하는 '악질 일본인들'에게선 어떠한 신념이나 메시지도 읽을 수 없다. 그래서 극우파 일본인들이 지닌 사상과 그들이 한국에 지닌 마음을 읽으려면 일본의 영화와 TV 드라마들을 살펴볼 수밖에 없다. 과연, 그들의 입장은 무엇인가? 또 기무라처럼 한국에 우호적인 일본인들의 모습은 구체적으로 어떠한가? 일본의 오른손과 왼손! 그들의 목소리를 번갈아 들어보자!

태평양전쟁이 끝나고 난 뒤 일본 영화와 문학은 극도의 허무주의와 패배주의에 젖어 있었다. 그러다가 한국전쟁이 발발하여 일본의 일거리가 넘쳐나자, 그들의 작품은 〈7인의 사무라이〉(1954)에서처럼 잿더미를 딛고 일어서는 역동성을 보여주기 시작한다. 그리고 그들은 30년 넘도록 눈부시게 성장하여 다채로움을 지닌 문화대국으로 발전했다. 하지만 일본 영상문화 속에서도 양쪽의 상반된 시각은 존재했다. 자신들의 과오(침략)에 대한 반성, 그리고 그 침략을 정당화하는 뻔뻔함!

시바 료타로 작가의 유명한 원작소설로 만든 영화 〈올빼미의 성〉(1999) 속에서 풍신수길을 암살하려는 주인공 닌자(나카이 키이치)는 "나는 무익한 조선출병을 원하지 않는 사람들의 편이다."라고 말한다. 그런 식의 소극적인 반성과 참회의 메시지는, 2000년대에 들어서면서부터 보다 폭넓게 확산된다.

한국배우 욘사마(배용준)의 열풍 속에서 일본은 한국인들에게 가책을 느끼고서 화해를 시도하거나 한국인과 함께 협력하는 합작영화들을 만들어왔다. 가족드라마인 영화 〈호타루〉(2001)에서는 가미가제의 희생자였던 조선인 동료를 기리며 그의 조국에 찾아오는 노인 주인공(다카쿠라 켄)의 모습이 등장하고 〈박치기〉(2004)에서는 일본에 사는 재일 교포들과 일본인이 화해하는 감동을 보여준 바 있다. 그리고 최민수와 나가세 토모야가 힘을 합치는 형사영화 〈서울〉(2002), 한국인 일본 레슬러 역도산의 일생을 그린 〈역도산〉(2004), 무술가 최영의의 투쟁을 다룬 〈바람의 파이터〉(2004) 등이 한일합작으로 완성됐다. 〈북(北)의 영년〉(2004)에서는 메이지 유신 이후 일본 군국주의에 저항하는 사무라이 가족의 이야기가 나왔으며, TV 대하사극 〈천지인〉(2010)에서는, 임진왜란에 파병된 우에스기 가문의 무사들이 조선인들에게 속죄하는 모습이 등장하기도 했다.

한일 양국의 이해와 화해를 시도하는 움직임은 한일합작 영화 〈KT : Kill The Target〉(2002)에 이르러 본격적으로 심화된다. 김대중 납치사건을 정면으로 다룬 이 영화에서 주인공 일본인은 한국인들을 위해 희생하려는 양상으로까지 발전한다. 주인공인 일본군 자위대 장교 도미타(사토 고이치)는 상부의 지시에 따라 박정희 대통령의 라이벌이자 '한국의 케네디'로 불리는 김대중(최일화)을 납치하여 죽이려는 한국 중앙정보부(KCIA) 요원들에게 협조하는 임무를 맡게 된다. 야스쿠니 신사 참배를 거부할 만큼 올곧은 신념을 지닌 도미타는 김대중 살해를 위해 수단방법을 가리지 않는 KCIA의 팀장 김차운(김갑수)의 잔인무도함을 목격하면서 점점 회의를 느낀다. 결국 한국인들이 자신을 밀어냄에도 불구하고 자위대 장교로서의 명예를 위해, 그리고 한국 민주주의를 위해 이 사건의 전모를 밝히려던 그는 동포인 자위대에게 암살당하고 만다.

반면에! 일본의 입장만을 내세우면서 자신들의 피해를 강조하고 나아가 군국주의의 부활을 시도하는 거센 목소리들도 일본 영상 문화 속에서 공존했다. 리들리 스콧 감독의 미일 합작영화 〈블랙 레인〉(1989)에서 일본인들은 미국인 형사(마이클 더글라스)에게 미국의 원자폭탄 투하가 의리 없이 돈만 아는 일본의 괴물들을 만들었다며 그 책임을 거칠게 추궁한다.

2000년대에 들어서면서부터는 한국(남북한)인들에 대한 적대감을 노골적으로 표출하는 경향이 두드러지기 시작한다. 〈용(龍)과 같이〉(2007)처럼 야쿠자들의 세력다툼에 끼어들어 주인공을 구해주는 북한군 출신 저격수 박철(공유)같은 긍정적인 캐릭터도 있었지만 대부분의 영화들 속에서 한국인이나 북한인은 말썽을 일으키는 사회 부랑자나 범죄세계의 용병으로 표현되곤 했다.

〈망국의 이지스〉(2005)에서는 일본의 최첨단 이지스함을 점령하는 테러범들의 지휘자로서 한국인 용하(나카이 키이치)라는 캐릭터가 등장하는 단계로까지 악화됐다. 태평양전쟁 당시에 미군의 요격으로 침몰당한 거대전함 야마토의 활약상을 다룬 〈남자들의 야마토〉(2005)는 극우적인 외침의 신호탄과도 같았다.

이렇게 한국인을 적대시하는 기류는 오시이 마모루 감독이 연출했던 극장판의 TV용 26부작 애니메이션 시리즈 〈공각기동대 SAC : 웃는 남자〉(2002)와 〈공각기동대 SAC : 개별 11인〉(2004)에서 본격화된다. 작품의 배경은 사이보그 여전사 쿠사나기 모토코 소령이 이끄는 공안 9과의 대테러 요원들이 활약하는 서기 2032년! 일본 옆의 '반도'가 전쟁에 휩싸여 패망하자 그곳에 살던 '반도인' 난민들이 대량으로 일본에 들어와 게토를 만들어 살면서 흉악범죄를 일으키는 상황이 계속 발생한다. 그러자 그들에 대항해 민족주의를 부르짖는 테러범들이 우후죽순으로 등장해 반도인과 일본정부를 공격한다는 내용으로 시리즈가 흐른다. 노골적으로 한국과 한국인을 경계하는 모습이 아닐 수 없다.

추적해보면 일본에게도 나름의 사연이 있음을 알게 된다. 서기 663년에 나당연합군과 싸워서 자신들의 모국인 백제를 부활시키려 했던 시도가 백강 전투의 참패로 이어져서, 일본 열도로 쫓겨 갔다는 비통함! 그 복수를 위해서 8세기에 신라를 침공했다가 도리어 대파당한 것에 대한 분노! 삼별초의 연합체결 제안을 무시했다가 여몽연합군의 공격을 받아 잠시나마 본토 일부가 쑥대밭이 되고 아녀자들까지 학살당했다는 것에 대한 원한! 그리고 자국의 안전을 위해서 늘 한반도와 대륙을 복속시켜놔야 한다는 불안감! 그런 감정들과 위기의식이 일본인의 영혼을 살기충천한 칼로 만들었으리라! 대륙과의 우호증진에 목말라 하면서도 일본인들이 침략노선을 고집하는 이유가 거기에 있는 것이다. 문제는 그들의 이런 강경노선이 날이 가면 갈수록 강해진다는 데에 있다.

2010년대에 들어서면서부터는 일본의 근대개혁을 이룬 사카모토 료마의 생애를 담은 〈료마전〉(2010)과, 여성판 료마전이라 할 수 있는 〈야에의 벚꽃〉(2013) 등이 TV 드라마로 인기를 끌었는데 그 중에서도 일본 무사정권의 시대를 연 12세기의 독재자 다이라노 키요모리를 재조명하며 그의 업적과 삶을 찬양한 〈다이라노 키요모리〉(2012)가 대하 사극으로 등장했다는 것은 특히 주목할 만하다.

만화원작의 검협물 영화 〈바람의 검심 : 전설의 최후〉(2014)에서 주인공 검객 '켄신'(사토 다케루)은, 일본을 집어삼키려는 군국주의 세력과 자본주의에 대항해 필사적으로 싸웠다. 그런데 지금 일본 영상문화의 움직임은 켄신이 바랬던 방향과는 엇박자로 흐르는 듯하다.

〈암살〉에서 기무라는 한국 독립을 위해 희생하는 선한 일본인으로 등장했다. 하지만 요즘 일본 내에서는 '오른손'의 음성이 점점 커지고 있는 추세다. 장차 가까운 미래에 한국과 만나게 될 일본인의 모습은 카와구치일까, 기무라일까?

1911년과 2015년! 105년의 이야기!

1911년에 염석진의 친일파와 일본 총독 암살 작전으로 시작되었던 영화 〈암살〉은, 친일파가 돼버린 염석진의 암살로 1949년에 끝이 난다.

〈아나키스트〉(2000)에서 의열단의 막내였던 상구(김인권)는 해방이 된 후 선배들이 이루지 못 한 친일파 처단 임무의 완수를 위해서 권총을 들고 나선다. 하지만 그는 실패했다. 대하 라마 〈여명의 눈동자〉 마지막 회에서 주인공 장하림(박상원)은, 해방 전에 자신을 고문했던 최악질 조선인 형사 스즈끼가 남한 경찰의 고위 간부이자 '빨치산 토벌

대장'인 최두일(박근형)이 되어 자신에게 빨갱이(윤여옥, 최대치)들을 공격하라는 명령을 내리자 몹시 씁쓸해한다.

영화 〈암살〉에서는 앞서의 작품들과 달리, 광복 이후 응어리처럼 사람들 가슴 속에 남아있던 70년 묵은 한(恨)을 시원하게 풀어주었다. 일제강점기에는 독립투사들을 잡아들이고, 해방 이후에는 어떻게 하면 독립운동가와 약자들을 때려잡고 짓밟을까만 고집하는 악질 경찰조직의 수뇌가 된 염석진의 처단! 바로 그것이 수천만의 한국인이 이 영화의 엔딩에 열광하는 이유다. 마치 1949년에 좌절된 반민특위가 2015년에 부활하여 그 임무를 완수한 느낌이랄까! 그런데 현실은 어떠한가?

이시명 감독의 SF 액션 영화 〈2009 로스트 메모리즈〉(2001)는 이토 히로부미가 안중근 열사에게 사살당하지 않았고 그로 인해 일본이 미국에게 패망하지 않았다는 전제 하에 스토리를 전개한다. 영화 속의 배경은 서기 2009년으로 대동아제국 수립 100년째를 맞는 '일본 제3의 도시' 서울이다. 주인공 사카모토(장동건)는 본래 조선인 핏줄이었지만 완벽한 황국신민 엘리트로 자라나 일본인 친구 사이고(나카무라 토오루)와 함께 첨단 경찰조직인 JBI (Japanese Bureau of Investigation)의 선봉장으로서, 조선인 레지스탕스 '반역자 조센진'들을 사냥하고 처단하는 임무에 열의를 불태운다. 그 과정에서 사카모토는 레지스탕스의 여성 리더인 '센진 리더' 오혜진(서진호)으로부터 자신이 조선인임을 깨닫게 되고, 민족의 비극적인 역사를 알게 된다.

"만약 역사가 달라졌다면?"이라는 가정 하에 펼치는 '대체 역사물 장르'의 대표작이지만 그 영화는 잠시나마 관객들에게 섬뜩한 전율을 안겨준 바 있다. 만약 그 설정대로 현실의 역사가 흘러왔다면 염석진은 〈여명의 눈동자〉의 스즈키(박근형)처럼 진화했을 것이고 나아가 사카모토의 할아버지가 되었을 것이다. 또한 그는 '일본 제3의 도시, 서울'

의 지배자가 되었을 것이다. 물론 가상의 영화에 대입해본 가상의 결과일 뿐이다.

그런데! 2015년 10월 14일에, 황교안 총리는 "일본과 협의해 우리가 필요성이 있다고 판단되면 (일본군의) 입국을 허용할 수 있다!"라고 발언한 바 있다. 그는 다음날 본인 발언을 해명했지만. 10월 21일에 '나카타니 겐' 일본 방위상은 "한국의 지배가 유효한 범위는 휴전선 남쪽뿐이다."라고 한국 측에 응답했다.

14년 전, 영화 〈2009 로스트 메모리즈〉가 하마터면 우리의 미래가 됐을지도 몰랐단 생각에 많은 사람들이 현실에 안도했다. 다행이니까! 그러나 정말 다행일까!

영화 〈데블스 오운〉(1997)에서, 아일랜드의 완전독립을 위해 영국군 무장헬기들을 공격할 스팅거 미사일을 구입하려고 뉴욕에 잠입한 IRA의 과격파 프랭키 앤젤(브래드 피트)은, 동포 미국경찰 톰(해리슨 포드)의 총에 맞아 쓰러지면서 슬프게 읊조린다. "괜찮아. 어차피 아일랜드 이야기에는 해피엔딩이 없으니까!"

부디, 한(韓) 민족에게는 반드시 '해피엔딩'만이 있기를, 진심으로 기도한다.

걸작의 탄생

젊은 시나리오 작가들이 그룹을 결성, 공동 작업 과정을 통해 서로의 장단점을 보완하여 작품성 있는 오리지널 시나리오를 완성시키는 창작 프로젝트. 공동 집필 프로젝트에 참여한 각 작가의 스토리는 다른 작가들이 서로에게 객관적 감상평을 전해준다. 그리고 토론을 통해 새로운 아이디어를 제공하거나, 보완, 수정과정을 거쳐 참여 작가 스토리 모두를 오리지널 시나리오로 완성할 수 있게 한다. 참여 작가들의 스토리가 오리지널 시나리오로 창작, 완성되어 가는 공동 집필 전 과정을 〈계간 시나리오〉에 공개 연재하고 완성된 시나리오는 저작권위원회와 협의하여 각 작가가 작품의 저작권을 소유한다.

1. 거인할망_김수정
2. 색지─야한 종이_김주용
3. 밀사(密士)─귀신들린 변호사_김효민
4. 하모니카_양동순
5. 엄마의 남자친구_윤현호
6. 가족의 복수_이충근
7. 패밀리 대첩_임의영
8. 임시보호_조영수

거인할망

| 김수정 |

시놉시스

■ 로그라인

거인 할망과 외로운 소년의 따뜻한 우정 이야기

■ 메인플롯

기괴한 소문에 휩싸인 낡은 집에서 살아가는 거인증 할머니가 외로운 소년과의 우정을 통해 세상 밖으로 나오게 되는 이야기

■ 캐릭터

김복수(73세) : 거인증 환자.

이가온(12세) : 엄마가 죽고 난 뒤 아빠와 제주도로 이사를 온 아이.

복수의 그림자 : 외로운 복수에게 친구가 되어준 유일한 존재.

공씨(56세) : 마을의 주민자율방범대 대장

■ 줄거리

초등학교 5학년인 가온이는 얼마 전 아빠와 제주도로 이사를 왔다. 가온이의 엄마는 병이 나으면 가온이와 함께 제주도에 가기로 약속했으나 끝내 그 약속을 지키지 못하고 세상을 떠났다. 가온이의 아빠는

엄마와의 추억이 담긴 지미봉의 종달리 마을로 터전을 정하는데 가온이에게는 모든 것이 낯설기만 하다. 외톨이인 가온이에게는 엄마가 선물해준 검은 고양이 '블랙캣'이 유일한 친구다. 그러던 어느 날, 엄마의 분신과도 같은 블랙캣이 사라지자 가온이는 블랙캣을 찾기 위해 온 동네를 헤매지만 블랙캣의 흔적은 어디서도 찾을 수가 없다.

애타하는 가온이에게 반 친구들은 블랙캣을 찾지 못할 거라 말하며 언덕 위 외딴 집을 손가락으로 가리킨다. 그곳은 바로 마귀할멈의 집. 아주 오래 전에 지어졌다는 적산가옥 마당에는 잡초들이 성성하고 그 사이로 집 없는 길고양이들이 항상 진을 치고 있다. 밤이 되면 긴 그림자가 창문 앞을 서성거리지만 실제로 마귀할멈을 본 사람은 아무도 없다. 마귀할멈은 옛날 옛적부터 개와 고양이를 잡아먹으며 그곳에 살았는데 누군가 언덕 위에 집을 짓자 그 가족들을 모두 꿀꺽 삼켜버린 뒤 그 집을 차지했다는 무시무시한 이야기만 전해내려 올 뿐이다. 마귀할멈이 동물을 얼마나 많이 잡아먹었는지 밤이 되면 고양이처럼 야광 눈을 희번덕거리고, 굶주린 들개 소리를 내며 때로는 어린 아이들도 잡아먹는다는 무시무시한 소문 때문에 낮에도 그 집 앞으로 사람들이 다니지 않는다.

반 친구들은 예전부터 마을의 고양이들이 사라져 왔으며 가온이의 고양이도 마귀할멈에게 잡혀 먹혔을 것이라며 찾는 것을 포기하라고 말한다. 하지만 가온이는 블랙캣을 찾기 위해 마귀할멈의 집으로 향한다.

가온이는 용기를 내어 조심스럽게 마귀할멈 집의 초인종을 누른다. 집 안에서 아무런 대답소리가 들리지 않자 스스로 문을 열고 안으로 들어가는데 소문으로 듣던 것보다 더 음산한 기운에 겁을 먹는다. 가온이는 블랙캣을 찾기 위해 집 안을 돌아다니다가 집주인과 마주하게 된다. 이 집에 살고 있는 사람은 마귀할멈이 아니라 거인증에 걸린 할머니, '김복수'였던 것이다. 오래된 집 상태 때문에 낡은 나무 마루 사이로 발이 빠진 가온이는 복수의 도움으로 위기에서 벗어나고, 다리에 붕대를 감은 블랙캣을 찾아 복수의 집에서 도망쳐 나온다.

동물병원에 블랙캣을 데려간 가온이는 블랙캣의 상처가 이미 치료를 잘 받았다는 이야기를 듣게 되고, 그제야 복수가 블랙캣을 가둔 것이 아니라 돌봐줬다는 사실을 깨닫는다.

어린 시절 복수는 남다른 발육상태와 외모로 인해 마을 사람들에게 두려움의 대상이 되었고, 마을에서 가장 아름다운 여인이었던 복수의 어머니는 그런 복수를 부끄러워하여 집 밖으로 나오지 못하게 했다. 외로운 복수의 곁을 지켜준 것은 그림자뿐이었다. 그림자는 복수에게 설문대 할망 이야기를 들려주면서 복수도 설문대 할망처럼 큰 키로 의미 있는 일을 할 수 있을 거라며 복수를 따뜻하게 감싸 주었다. 복수에게는 두 가지 취미가 있는데 자신의 집에 찾아오는 길고양이들에게 먹이를 주는 것과 쌍안경으로 마을 사람들을 관찰하는 것이다. 사실 복수는 또래 아이들과 어울리지 못하는 가온이를 이미 알고 있었다. 항상 외톨이인 가온이를 보면 어린 시절의 자신을 보는 것만 같아 자꾸 가온이의 행동을 살피게 되었다. 그러던 어느 날, 가온이가 자신의 집에 찾아 온 것이다. 복수는 가온이에게 따뜻하게 대해주고 싶었지만 어떻게 해야 할지 알 수가 없어서 그만 겁을 주고 만 것이다. 가온이가 블랙캣을 데리고 간 이후로 다시는 자신의 집에 찾아오지 않을 것이라 생각했지만 가온이는 또다시 복수의 집 초인종을 누르게 된다.

블랙캣은 다리가 낫자 또다시 고양이 친구들이 있는 복수의 집으로 찾아가고, 블랙캣을 찾기 위해 가온이도 복수의 집에 자주 들르게 된다. 가온이는 블랙캣을 잘 돌봐준 복수에게 학교 앞에서 파는 불량식품을 사기도 하고, 학교에서 배운 것들을 복수에게 가르쳐 준다. 가온이가 실수로 복수의 쌍안경을 깨뜨리게 되자 복수는 크게 상심한다.

가온이는 사과의 의미로 복수에게 돋보기를 선물한다. 항상 멀리 있는 것만 바라보던 복수는 이제 자기 주변 가까이 있는 것들에 대해 관심을 갖게 된다. 가온이의 방문으로 복수의 꽁꽁 얼어 있던 마음이 조금씩 녹기 시작한 것이다.

복수의 집에 비가 새자 가온이는 자신의 우산을 지붕 위에 꽂는다. 평생을 집 안에서만 보내 우산이 필요하지 않았던 복수에게 첫 우산이 생긴 것이다. 복수는 원래 비 오는 날을 싫어했다. 사람들이 우산을 쓰면 쌍안경으로 봐도 누가 누군지 알 수 없었던 것이다. 하지만 자신도 우산 속으로 들어갈 수 있다고 생각하자 우산을 직접 써보고 싶은 마음이 생긴다.

복수는 가온이와 함께 우산을 쓰고 제주도의 아름다운 장소들을 직접 찾아가는 상상을 한다. 설문대 할망의 치마에서 쏟아진 흙으로 만들어졌다는 한라산과 오름들, 할망의 발가락이 섬 끝 절벽에 박혀서 만들어졌다는 범섬의 콧구멍 동굴, 할망의 세찬 오줌 줄기로 바다 저 멀리 떨어져 나간 우도, 할망의 등잔불을 올려놓은 등경돌…. 그날 밤, 복수는 세상구경을 하는 행복한 꿈을 꾼다. 길고양이들은 외로운 복수에게 친구가 생긴 것을 기뻐하지만 모두가 복수의 변화를 반기는 것은 아니었다. 복수가 점점 세상 밖으로 관심을 갖게 될수록 그림자의 불안은 점점 커져만 갔다.

한편 마을의 길고양이뿐만 아니라 집에서 키우는 반려동물들까지 사라지면서 마을 사람들의 복수에 대한 의심은 점점 커져만 간다. 하지만 길고양이 불법 포획자는 마을의 주민방범대 대장인 공 씨이고, 블랙캣이 없어진 날도 블랙캣이 공 씨가 놓은 통 덫에 걸려 위험에 처한 상황 속에서 복수가 블랙캣을 구해준 것이었다. 복수는 그 사실을 가온이에게 알려주고, 가온이는 마을 사람들에게 이 소식을 전하지만 아무도 가온이의 말을 믿어주지 않는다.

가온이는 공 씨가 범인이라는 사실을 밝히기 위해 공 씨를 미행하다가 마을 외곽에 버려진 창고가 공 씨의 은신처라는 사실을 알게 된다. 공 씨가 떠난 뒤 창고에 몰래 들어간 가온이는 커다란 철장우리 안에 갇혀 있는 십여 마리의 고양이들을 발견한다. 그런데 고양이들이 바닥에 쓰러져 있는 것이다! 가온이는 고양이들이 모두 죽은 줄 알고 깜짝 놀라는데 다행히 고양이들은 잠든 것이었다. 고양이들이 소리를 내면 사람들이 알게 될까봐 마취약을 섞은 사료를 먹인 것이다. 철장문을 열고 안으로 들어간 가온이는 고양이들을 탈출시키려고 하지만 고양이들은 잠에서 깨어나질 않는다. 다시 돌아온 공 씨에 의해 가온이가 갇히게 되는데 그 사이 잠에서 깨어난 고양이 한 마리가 탈출에 성공해 복수의 집으로 향한다.

탈출한 고양이를 통해 공 씨가 가온이와 고양이들을 잡아 놓은 사실을 알게 된 복수는 그림자의 만류에도 불구하고 집 밖으로 나간다. 복수가 마을에 나타나자 마을은 아수라장이 되고, 사람들의 반응에 복수 역시 두려움에 휩싸인다. 고양이들의 도움을 받아 무사히 마을을 빠져나온 복수는 공 씨의 은신처로 향한다.

한편 탈출을 시도하던 가온이의 실수로 창고에 불이 난다. 순식간에 창고는 불바다가 되고, 가온이와 잡혀 온 동물들은 2층에 갇히게 된다. 복수를 뒤쫓아온 마을 사람들은 창고에 갇혀 있는 가온이와 동물들을 보고서야 그동안 복수와 가온이가 한 말이 사실이라는 것을 깨닫는다. 복수는 사람들의 만류를 무릅쓰고 창고 안으로 들어간다. 복수를 뒤따라온 그림자의 안내로 복수는 창고의 비밀통로를 통해 가온이와 동물들을 무사히 구해낸다.

정신을 잃어가던 복수는 자신도 설문대 할망처럼 의미 있는 일을 했다며 희미하게 웃는다.

병원에서 깨어난 가온이는 제일 먼저 복수를 찾는다. 커튼 밖으로 길게 나온 복수의 발을 보자 그제야 평안히 잠이 드는 가온이. 가온이는 복수와 함께 설문대 할망이 사라졌다는 한라산 물장오리 연못 속에서 헤엄치며 즐거운 시간을 보내는 꿈을 꾼다.

한라산에 오른 가온과 반 친구들. 그리고 그 뒤로 복수가 모습을 드러낸다. 한라산 정상에서 기념사진을 찍는 복수와 아이들.

복수의 방에 제주도 곳곳에서 복수와 다양한 사람들이 함께 찍은 사진 액자들이 줄지어 놓여 있다.

작가들의 코멘트

김주용 작품 재미있게 잘 읽었습니다. 마음이 따뜻해지는 동화 한 편을 읽은 기분입니다. 그래도 단점을 찾자면 설문대 할망의 소재를 억지로 끼어맞춘 것 같은? 이야기 속에서 잘 녹여지지 않은 것 같습니다. 설문대 할망 이야기는 그저 복수의 꿈이라든가, 아니면 나중에 아이와 함께 설화 속 장소를 찾아가는데, 마치 그런 게 드라마 ppl을 보는 기분입니다. 복수가 설문대 할망처럼 되고픈 꿈이 있는 것은 훌륭한 설정이라고 생각합니다. 산타를 믿는 순수한 아이를 보는 것처럼요. 아이가 산타가 없다는 것을 알았을 때 좌절하는 것처럼, 그리고 기적처럼 산타와 만나게 되고 썰매를 타고 하늘을 나는 것처럼 뭔가 반전과 드라마틱함이 필요하다고 생각합니다.

김효민 설문대 할망이라는 소재가 특이하고 좋은 것 같다. 제주도를 배경으로 기획한 애니메이션 시놉이란 점이 차별성 있어 보인다. 개발되는 단계에서 거인 할망이 집에 틀어박히게 된 이유가 좀 더 자세히 그려져야 할 것 같고 뒷부분에 공 씨 캐릭터와 관련된 이야기들이 줄어들어야 할 것 같다. 그 부분이 설문대 할망 설화와 잘 어울리지 않는 듯. 복수와 가온의 판타스틱한 모험을 주 사건으로 가면 어떨까 생각해봤다. 복수가 집을 나선 후의 이야기가 많이 나오면 좋을 것 같다. 복수와 가온이 모험을 하고 서로의 상처를 치유해가는 과정이 더 많이 그려진다면 따뜻한 이야기가 될 듯.

양동순 선문대 할망(또는 설문대 할망) 전설은 동화책으로도 어린이 연극으로도 많이 알려진 이야기다. 이 글 역시 그것이 소재라고는 하나, 그 설화를 버리고 간다고 해도 무방할 만큼 개연성이 없어 보인다. 이 글은 모험극으로 풀어야 재미있을 것 같은데… 복수와 가온이의 협동으로 공 씨를 물리치고 마을의 고양이를 구하는 내용이 핵심이라면 구체적인 방법이 필요하겠다. 시놉으로만 봐서는 어떻게 협동하고 어떻게 공 씨를 공격해 고양이를 구할지 표현이 되어있지 않다. 또한 복수와 그림자의 갈등도 약하고, 가온을 경계하는 그림자의 모습도 없어 아쉽다. 이 글은 제주도의 풍광을 담은 관광 그림엽서 같은 느낌이 들어 왠지 모르게 허전한 느낌이 많이 드는 것 같다.

윤현호 지금 이야기에서는 공 씨가 길고양이 불법 포획을 통해 극의 안타고니스트를 담당하고 있는데, 그런 그에게 합당한 이유나 아이의 시선이 아닌 어른의 시선에서 정당성과 필요성을 가지면 어떨까요? 결국 가온이는 공 씨에 의해 감금되기까지 하는데, 이는 길고양이 포획 정도를 일삼는 공 씨를 악역으로 만들기 위한 너무 과한 설정이 아닌가 싶어, 그에게 오히려 어른들의 시선 안에서 '그럴 만 했네.'라는 생각을 갖게 만드는 모습을 보이면 어떨까 하는 생각이 듭니다. 복수의 나이 설정에 황망한 느낌이 듭니다. 설화를 바탕으로 하여, 신비스러움 혹은 미스테리한 느낌을 살리기 위해서 그러신 것 같은데 73세 나이에

'구출'이라는 활동적인 액션을 취하기에는 맞지 않는 설정 같습니다. 관행적으로 애니메이션 시나리오는 실사로, 실사는 애니메이션으로라는 생각 하에 이 이야기를 실사화 해야 한다는 생각이 강합니다. 시놉에서는 복수와 가온이 행복한 시간을 맞이하고, 복수는 세상 사람들과 소통한다는 느낌으로 끝났는데, 복수와 가온은 계속 행복했다는 결말인가요? 가온으로 이야기가 시작되었으니 아직 가온의 이야기는 끝나지 않은 것이지요? 두 사람이 꼭 행복하지 않기를 바라는 건 아니지만, 복수가 어머니를 잃은 가온을 위해 진정으로 의미 있는 현실적인 일을 할 수 있었으면 좋겠습니다. 시놉으로 봤을 때는 상당 부분 애니메이션을 염두해 두고 작성된 듯하나, 애니매이션으로서의 가치나 재미보다는 실사로 하였을 때 오히려 메리트가 있다 생각하여 그 부분을 염두해 두고 시놉을 작성하시는 것은 어떠신지 생각해봅니다.

이충근 잔잔한 감동이 느껴져 좋았고, 제주도라는 공간이 주는 매력이 느껴져 더 좋았어요. 이야기 속에 조금 판타지한 장면이 들어가도 좋아할 것 같아요. 거인증인 복수에게 한 가지 신기한 능력을 주면 이야기가 어떨까 하는 생각도 하고요. 외로운 가온에게 한 가지 꿈이 있다는 설정이 있으면 어떨까 하는 생각도 해보네요.

임의영 좋은데요. 한국 신화에서 출발한 것도 좋고, 거인증 환자 복수 설정도 괜찮은 것 같습니다. 항상 멀리 있는 것만 바라보던 복수가 자기 주변 가까이 있는 것들에 대해 관심을 갖게 되고, 집에만 있다가 가온이와 함께 제주도를 돌아보게 되는 등 성장해가는 모습도 좋고. 단지 애니메이션인데 너무 잔잔하기만 한 게 아닐까 싶은 생각이 있습니다. 아이들이 흥미를 가지려면 재밌는 에피소드가 더 첨가되어야하지 않을까요. 큰 재미가 아니어도 작은 반전들의 코믹함 같은? 그림자가 그런 역할들을 맡아주면 좋을 텐데 지금은 생각보다 존재감이 너무 없습니다.

조영수 거인증 할머니와 아이의 우정 이야기. 처음에는 실사 극영화 이야기라고 생각해 거인증 할머니의 분장을 어떻게 해야 하는 걸까 고민(?)했고, 그 캐릭터가 관객들에게 과연 호감을 줄 수 있을까 염려했지만 뒤늦게 애니메이션 시놉시스라는 것을 알게 되고 안도(?)했다. 애니메이션으로는 무척 잘 어울리는 이야기라는 생각이 들기 때문이다.

타지에서 온 아이의 개인적인 이야기가 보강되면 좋을 것 같다. 가족, 친구, 현재 낯선 곳에서 겪는 감정 등 아이의 속내가 시놉에는 잘 보이지 않는다. 외로워서 자꾸 복수를 찾아가는구나 생각해볼 뿐. 반면 복수의 사정은 비교적 자세히 설명이 되어 흥미로웠다. 어머니가 엄청난 미인이었다니! 얼마나 괴로웠을까. 제주도라는 공간적, 지역적 특색을 살려 이야기를 구성한 것이 특히 좋았다. 제주도, 하면 많은 이미지가 떠오르기 때문.

수정 시놉시스
■ 줄거리

파도소리가 들려오는 평화로운 제주도의 밤. 자기 방에서 자고 있던 가온이가 갑자기 눈을 뜬다. 지진이 일어난 듯 집이 무너져 내리고 있다. 블랙캣을 부르며 집안을 살피던 가온이가 위험한 상황에 놓인 블랙캣을 발견한다. 블랙캣을 구하려다가 결국 지붕에서 떨어지는 잔해에 깔리고 마는데…. 다행히 꿈이다. 하지만 이불에서 느껴지는 축축한 기분은 꿈이 아니다.

초등학교 5학년인 가온이는 아직도 악몽을 꾸면 오줌을 싼다. 고양이 블랙캣이 그런 거라고 둘러대지만 엄마는 동네 창피해서 이불을 밖에 널지도 못한다며 화를 낸다. 가온이는 엄마의 비위를 건드리지 않으려고 블랙캣 목욕도 시키고 밥도 챙겨 준다.

동생이 갖고 싶다는 가온이의 바람이 이루어진 것은 아니었지만 아빠가 새끼 고양이었던 블랙캣을 집에 데려왔을 때만 해도 가온이네 가족은 행복했었는데…. 언제부터 엄마, 아빠의 사이가 멀어진 것인지 가온이는 알 수가 없다. 그래도 다음 달이면 아빠가 제주도에 올 것이다. 가온이는 자신이 블랙캣을 얼마나 잘 돌보고 있었는지 아빠한테 보여줄 생각에 벌써부터 들떠있다. 어쩌면 이번 기회를 통해 엄마, 아빠가 다시 잘 지내게 될 지도 모를 일이다.

그러던 어느 날, 블랙캣이 사라지고 가온이는 블랙캣을 찾기 위해 온 동네를 헤매지만 블랙캣의 흔적은 어디서도 찾을 수가 없다. 애타하는 가온이에게 동네 아이들은 블랙캣을 찾지 못할 거라 말하며 오름 위 외딴 집을 손가락으로 가리킨다.

그곳은 바로 마귀할멈의 집. 아주 오래 전에 지어졌다는 3층 높이의 적산가옥 마당에는 잡초들이 성성하고 그 사이로 집 없는 길고양이들이 항상 진을 치고 있다. 밤이 되면 긴 그림자가 창문 앞을 서성이지만 실제로 마귀할멈을 본 사람은 아무도 없다. 마귀할멈은 옛날 옛적부터 고양이를 잡아먹으며 그곳에 살았는데 누군가 오름 위에 집을 짓자 그 가족들을 모두 꿀꺽 삼켜버린 뒤 그 집을 차지했다는 무시무시한 이야기만 전해내려 올 뿐이다. 마귀할멈이 동물을 얼마나 많이 잡아먹었는지 밤이 되면 고양이처럼 야광 눈을 희번덕거리고, 굶주린 고양이 소리를 내며 때로는 어린 아이들도 잡아먹는다는 무시무시한 소문 때문에 낮에도 그 집 앞으로 사람들이 다니지 않는다. 아이들은 가온이의 고양이도 마귀할멈에게 잡혀 먹혔을 것이라며 찾는 것을 포기하라고 말한다. 하지만 가온이는 블랙캣을 찾기 위해 마귀할멈의 집으로 향한다.

가온이는 용기를 내어 조심스럽게 마귀할멈 집의 초인종을 누른다. 집 안에서 아무런 대답소리가 들리지 않자 스스로 문을 열고 안으로 들어가는데 소문으로 듣던 것보다 더 음산한 기운에 겁을 먹는다. 집 안으로 들어간 가온이는 많은 고양이들 사이에서 블랙캣을 발견한다. 하지만 목소리만 들려오는 마귀할멈은 블랙캣이 자신의 고양이라고 주장하며 가온이에게 나가라고 소리친다. 가온이는 덜덜 떨면서도 블랙캣 없이는 절대로 돌아갈 수 없다며 울먹인다. 마귀할멈이 고양이 돌보는 일을 도와주면 고양이 중 한 마리를 줄 수도 있다고 말하자 가온이는 매일 방과 후 마귀할멈 집으로 와서 고양이들을 돌보기 시작한다. 길고양이들에게 먹이를 주고 다친 곳을 치료해주며 외딴 집에 자주 오게 된 가온이는 드디어 집주인과 마주하게 된다. 이 집에 살고 있는 사람은 마귀할멈이 아니라 거인증에 걸린 할머니, '김복수'였던 것이다.

어린 시절 복수는 남다른 발육상태와 외모로 인해 마을 사람들에게 두려움의 대상이었다. 마을에서 가장 아름다운 여인이었던 복수의 어머니는 복수를 부끄러워하여 집 밖으로 나오지 못하게 했다. 아버지는 복수를 위해 높은 집으로 이사를 하고, 복수가 불편하지 않도록 집안 곳곳을 수리하며 딸을 사랑으로 감쌌다. 하지만 복수가 좋아하는 오징어 많이 잡아 내일 오겠다며 바다로 나간 아버지는 끝내 돌아오지 못했다. 외로운 복수의 곁을 끝까지 지켜준 것은 그림자뿐이었다. 복수는 그림자가 그림자 인형극으로 들려주는 설문대 할망 이야기를 좋아했다.

엄청나게 큰 키의 설문대 할망의 치마에서 쏟아진 흙으로 만들어졌다는 한라산과 오름들, 할망의 발가락이 섬 끝 절벽에 박혀서 만들어졌다는 범섬의 콧구멍 동굴, 할망의 세찬 오줌 줄기로 바다 저 멀리 떨어져 나간 우도, 할망의 등잔불을 올려놓은 등경돌…. 설문대 할망이 제주도를 만들었다는 이야기는 언제 들어도 신기하고 재미났다. 하지만 이야기의 끝은 복수의 마음을 항상 아프게 했다. 설문대 할망과 사는 것이 불편해진 사람들이 할망의 자존심을 건드려 한라산 물장오리 연못에 들어가 보도록 유인하자 설문대 할망이 물장오리에 빠져 영영 나오지 못했다는 것이다.

고양이들은 가온이를 좋아하며 따르지만 그림자는 가온가 블랙캣을 얻기 위해 복수를 이용하는 것이라며 가온이를 경계한다. 집 없는 길 고양이들에게 진심으로 대해주고, 혼자 지내는 복수를 걱정해주는 가온이에게 조금씩 마음의 문을 열게 된 복수는 결국 블랙캣을 가온이에게 돌려준다.

드디어 아빠와 만나게 된 가온이. 오랜만에 모두 모인 가족들과 함께 한라산에 오른 가온이는 세상을 다 얻은 듯 행복한 시간을 보낸다. 하지만 아빠의 재혼 소식을 듣게 되고, 한라산 아래에서 기다리고 있는 새엄마와 의붓동생을 만나게 된다. 옛날로 다시 돌아갈 수는 없지만 이제 더 이상 서로를 미워하지 않는 부모를 보며 가온이는 새로운 가족들을 받아들일 결심을 한다.

한편 복수의 집 지붕 한 곳이 무너지며 위험한 상황에 이르자 구청에서 철거명령이 내려진다. 하지만 집밖의 세상이 두려운 복수는 집에서 떠나기를 거부한다. 집이 무너지기 시작하자 복수는 지하실로 들어가 죽음을 기다리고, 복수의 소식을 들은 가온이가 복수의 집에 찾아온다. 고양이들의 도움으로 집 안에 들어간 가온이는 집밖으로 나오도록 복수를 설득하고, 복수는 가온이와 함께 나가기로 결심한다. 집이 계속 무너지는 위험한 상황 속에서 복수는 가온이와 고양이들의 도움으로 무사히 집에서 빠져 나온다.

병원에서 깨어난 가온이는 제일 먼저 복수를 찾는다. 커튼 밖으로 길게 나온 복수의 발을 보자 그제야 평안히 잠이 드는 가온이. 복수, 설문대 할망과 물장오리 연못 속에서 함께 헤엄을 치며 즐거운 시간을 보내는 꿈을 꾸는 가온이의 입가에 미소가 번진다.

색지_야한 종이

| 김주용 |

시놉시스

■ 로그라인

"남자는 결코 뚫을 수 없다는 그것… 어서 그 종이를 우산처럼 쓰시지요."

■ 메인플롯

가난한 유생은 '남자는 결코 뚫을 수 없는 종이' 콘돔을 만들었고, 천하일색 기생은 여성을 임신으로부터 해방시킬 피임에 대해 연구 중이다. 발칙한 그들의 파란만장한 러브스토리가 펼쳐진다.

■ 캐릭터

규호(28세. 남) : 몰락한 양반가문의 보잘것없는 후손.

예은(24세. 여) : 천하일색 기생.

경식(51세. 남) : 의금부판사.

정숙(44세. 여) : 경식의 본처. 바람난 사대부 부인.

■ 줄거리

규호는 올해도 고향 친구인 관철과 함께 또 다시 과거시험에 낙방하고 말았다. 규호는 병든 아버지와 다 쓰러져가는 초가집에서 단둘이 살아간다. 찢어지게 가난한 이름뿐인 양반 집안의 유일한 희망 규호. 그런 규호는 차마 병든 아버지에게 낙방했단 말을 못한 채 합격했단 거짓말을 하고 만다. 종진은 기쁨에 동네방네 소문을 내러 다니지만 곧 규호의 거짓말은 탄로 나고, 종진은 충격에 시름시름 앓다 죽고 만다. 규호는 자신의 불효에 큰 충격을 받아 아버지 산소 옆에서 삼년상을 치르려고 하지만 몸이 약해 그것도 못할 짓이다. 그후, 고을 이방이 규호에게 가문과 아버지의 명예를 지키기 위해 효자문을 세우자고 제안한다. 단, 효자문을 세우기 위해서는 고을 원님에게 드릴 뇌물이 필요하다고. 규호는 갈등하다가 결국 아버지와 가문의 명예를 지키기 위해 효자문을 세울 결심을 한다. 그러나 집안에 돈은 한 푼 없고, 규호에게는 기막힌 손재주만이 있었다. 규호는 번뜩이는 아이디어를 내 공부하던 사서삼경을 찢어 종이콘돔을 만들어 팔기 시작한다. 곧 규호는 행랑아범인 만수와 함께 한양으로 상경한다. 본격적인 종이콘돔 장사를 위해서.

한양에서 규호는 불세출의 기녀 예은과 운명적인 사랑에 빠지게 된다. 그런데 예은한테는 그녀를 호시탐탐 노리는 의금부판사 대감 경식이 있었다. 예은은 단호히 경식을 거부하지만 경식의 검은 욕망은 점점 커져만 간다. 규호의 빚이 걷잡을 수 없이 커져갈 때쯤, 규호는 예은과 크게 다투게 된다. 예은이 피임 관련 책을 내고자 하는 것에 규호가 기겁하기 때문이다. 규호는 예은이 자기와 사귄 이유도 피임도구인 색지를 실험하기 위해서였다고 의심한다. 그후, 규호는 경식의 검은 속내도 모르고 경식에게 돈을 받고 고향으로 내려간다. 규호는 뇌물을 써서 효자문도 세우고 열심히 과거공부에도 매진한다.

한편 예은은 의금부로 압송된다. 사대부의 후실부인에게 피임을 시켰다는 죄목 때문에 그녀는 지방관아의 천한 관비로 전락하고 만다.

거기서 파주목사 도곤에게 갖은 고초를 당하고 눈까지 멀게 된다. 규호는 예은을 그리워하다 다시 한양으로 올라가고 예은의 불행한 소식을 듣게 된다. 그는 예은을 구하기 위해 파주목으로 달려간다.

그러나 결국 예은은 목숨을 잃는다. 규호는 처절한 자기반성을 하며 뇌물로 세운 효자문을 스스로 불태운다. 그리고 불타는 효자문 앞에서 경식과 최후의 대결을 펼친다.

작가들의 코멘트

김수정 '종이 콘돔' 이라는 아이디어가 무척 재미있었습니다. 그런데 시놉 끝부분에서 예은이 죽어서 많이 아쉬웠습니다. 여성 캐릭터들을 잘 활용했으면 좋겠습니다. 예은에게 피임과 관련된 정보가 있다는 것을 아는 정숙, 왕가의 여인들까지 합세해서 예은과 그녀의 책을 자기 수하에 넣기 위해 힘겨루기를 하거나 서로 의견을 교류하는 것이죠. 피임과 관련된 사람들을 없애려던 높으신 분들은 막상 범인들을 잡았더니 자신의 아내도 관련되어 있다는 것을 알고 이러지도 저러지도 못하고요. 소재가 발칙하고 재미있으니까 결말도 음란서생처럼 가볍고 가도 좋을 듯합니다.

김효민 한 번도 들어본 적도 없고 상상해 본 적도 없는 조선시대의 콘돔. 누구나 관심을 가질만한 소재라고 생각이 든다. 캐릭터 설정도 잘 되어 있고 규호와 예은의 러브스토리도 기대된다. 그런데 이것이 어떻게 엮어야 효과적일지에 대해서는 아직 답을 찾지 못한 것 같다. 일단 장르적으로 불분명하다는 생각이 드는데 멜로인지 로맨틱 코메디인지 정치드라마인지 애매하다. 조선시대 이야기여서 필연적으로 스케일이 있을 수밖에 없는 이야기인데 장르가 불분명하면 뒷부분으로 갈 수록 이야기의 맥을 짚기 힘들 것 같다. 이 부분에 대해서 좀 더 고민해보면 분명히 재미있는 시나리오가 나올 수 있을 것이다.

양동순 이색적인 소재가 우선 눈길을 사로잡는다. 멋진 조선판 페미니즘 영화가 탄생하겠구나… 하는 기대감도 컸다. 그런데 이야기는 뒤로 갈수록 산으로 가고 있네. 비록 예은과 규호의 사랑이 어긋나고 헤어진다고 해도 또한 그들의 가치관이 달라 콘돔 사업도 피임책자도 만들지 못한다 해도 그들의 사랑은 애틋해야 하는데, 덥석 죽음으로 엔딩을 처리하는 건 작가가 좀 무책임해 보인다. 이 글 역시 장황한 소재에 비해 스토리가 매우 약하다. 구체적으로 어떤 이야기를 할 것인지 확실한 중심을 잡고 에피소드를 엮어야 할 것 같다. 규호는 효자문을 세울 돈을 마련하기 위해 콘돔 장사를 시작했지만 예은과의 사랑으로 그녀를 이해하고 그녀가 하고자 하는 걸 도와야 하지 않나 싶다. 어이없이 경식의 돈을 받아-그것이 오해였는지는 몰라도-고향으로 가버리는 건 너무 허무하다. 그 두 사람이 조선의 성문화를 위해 어떤 위대한(?) 노력을 하는 과정이 필요한 부분인 것 같다. 다소 코믹하면서도 절절한 멜로를 섞어 예은과 규호의 사랑 속에 조선 시대적 상황을 녹여준다면 김홍도의 춘화도는 더욱 빛날 것 같다. 근데… 이런 소재는, 작품을 멋들어지게 완성할 작가적 역량이 매우 필요로 하는 부분이라서 어떻게 풀어갈지 궁금하고 기다려진다.

윤현호 현대의 잘 알려진 대표적 피임도구라 할 수 있는 '콘돔'을 소재로 활용한 19금 사극 멜로를 잘 풀어낸 것 같습니다. 콘돔이라는 것이 보편적으로 성적 해방을 모티프 하는 것인데, 이에 반하는 사극을 다루는 시대에 사랑과 신념을 위해 자신의 전부를 거는 남녀의 순정을 그린다는 아이러니한 주제의식이 좋은 것 같습니다. 아직 엔딩이 구체적으로 나오지 않은 것 같아 안타까웠습니다. 규호와 경식의 최후의 대결에 흥미진진한 기대를 거는 것이 관객 한사람으로서의 마음인가 봅니다. 규호와 경식의 대결이 진부하지 않고, 말 그대로 '최후'라고 할 만한 대결이 된다면 더 재미있지 않을까 생각해 보았습니다.

이충근 소재가 굉장히 흥미롭네요. 사극 멜로라고 했는데 두 주인공의 감정은 시놉시스에 잘 드러나지 않아서 공감이 확 가지는 않아요. 절세미인 기생 예은이 규호에게 호감을 갖고 운명적인 사랑을 하는 상상이 처음부터 그려지지 않으니 이야기에 빠져들지 못하고 마지막에 감동을 느끼지 못하는 것 같아요. 그리고 소재에 비해 전체 이야기가 매력적이지 않는 듯해요. 이 부분들은 수정을 하면 할수록 좋아질 거라는 생각이 들어요. 정말 기대되는 작품이네요.

임의영 일단, 조선 콘돔 '색지'라는 설정이 매우 흥미롭습니다. 그런데 전개되는 이야기는 문득문득 뜬금없고 규호와 예은의 사랑도 크게 와 닿지가 않습니다. 예은은 왜 피임책을 쓰려고 할까요? 써봐야 양반 외엔 읽을 수 있는 사람도 드물었는데. 자신 같은 기생들의 원치 않은 임신을 피하려고? 그럴 수는 있겠으나 이야기가 '책'과 콘돔으로 양분되어 버리는 느낌이 들어서 책은 없애고 콘돔 이야기에 집중하는 게 좋지 않을까 싶습니다. 끝에서 '불타는 효자문 앞에서 경식과 최후의 대결을 펼친다.'고 했는데 왜 대결을 펼칠까요? 예은이가 경식 때문에 죽은 것 같지도 않은데. 경식과의 대결이 왜 절정이 돼야 할까요? 그 사이의 이야기가 더 있어야 할 것 같습니다. 경식이 규호의 콘돔 장사와 밀접한 연관이 있고, 그게 규호를 압박해서 망하게 하든지, 역적이 되게 하고 결국 예은까지 죽게 만들어야 경식과 최후로 대결을 하려고 하지 않을까요. 지금은 콘돔 이야기하다가 갑자기 연적과의 싸움으로 끝난 것 같아서요.

조영수 과거 시험 거짓말로 인해 아버지가 죽고 효자문을 세우기 위한 뇌물을 벌기 위한 것보다 이 소재에 어울리는 동기로 종이콘돔을 만들기 시작하면 어떨까 싶다. 말하자면 색과 여자. 종이콘돔을 만드는 규호와 피임책을 쓰는 예은은 잘 어울리지만 효자문을 세우기 위한 돈을 벌기 위함이 동기라는 것이 어딘가 잘 어울리지 않는다는 생각이 든다. 아니, 그보다 더 좋은 동기가 있을 것 같다. 더 도발적인 동기 부여가 있고, 그것이 규호를 파국으로 몰고 가는 이야기쯤이면 어떨까 싶다. 소재 자체가 정말 매력적이고 시각적으로도 매혹적이며 분명 호기심을 가질 만한 소재이므로, 좀 더 그것에 어울리는 주인공 세팅이면 좋겠다. 조선시대 '카사노바' 설정은 식상하겠지만, 그런 식의?! 두 사람이 사랑에 빠지고 사랑을 하는 과정을 디테일하게 그려야 할 것 같다. 시놉시스에서는 많이 생략된 듯 보인다. 이것은 분명 사랑이야기이고 사랑 이야기가 되어야 할 것 같으니까. 예은이 후실의 피임을 권유했다는 이유로 몰락하는 지점이 매력적인 라인으로 느껴졌다. 이와 함께 예은과 예은의 일을 아우르는 몇 몇 여자 캐릭터들이 보강되면 어떨까 싶다.

수정 시놉시스

■ 로그라인

남자는 결코 뚫을 수 없는 종이라니…! 종이까지 음란해지니 조선의 풍기가 땅에 떨어졌도다!

■ 메인플롯

만신의 아들이자 사대부 권세가의 서자인 한량은 '남자는 결코 뚫을 수 없는 종이' 콘돔을 만들었고, 탁월한 의술과 미색을 갖춘 약방 기생은 여성을 임신으로부터 해방시킬 피임에 대해 연구 중이다. 발칙한 그들이 궁궐의 위험한 스캔들에 휘말리며 파란만장한 스토리가 펼쳐진다.

■ 캐릭터

예은(25세. 여) : 의녀이면서 기녀 역할도 겸한 약방기생.

규호(25세. 남) : 사대부 권세가의 서자이자 만신의 아들. 한량이자
천하의 바람둥이.

■ 줄거리

한양의 유명한 한량 규호. 어느 날 그가 심히 기괴한 미녀라는 약방 기생 예은에 대해 알게 된다. 이 약방기생은 특이한 피임법을 아는 남정네에게만 몸을 준다는 것. 그 말에 규호는 잔뜩 호기심이 올라 그녀를 찾아가 그녀 앞에서 사서삼경 대학을 꺼내 읊는다. 그리고는 책을 찢어 남자 거시기에 씌우는 종이콘돔을 만든다.

"이 그릇되고 모순된 세상에 핏줄은 가져서 무엇 하리. 그리하여 나 사서삼경을 찢어 거시기에 씌웠소. 이상과 달리 부정한 억압이 판을 치는 세상에 좆을 먹인… 색지라고 하오." 그러나 당연하게도 그녀는 쉽게 몸을 허락하지 않는다. 조금 더 연구개발과 실험을 해보라는 것. 그후 규호는 색지의 종이접기 방식을 달리하기도 하고 기름을 바르기도 하면서 조금 더 완벽한 종이콘돔을 만들기 위해 노력한다. 그 외에도 규호는 예은의 마음을 사로잡기 위해 다양한 노력을 기울이고 마침내 예은과 정을 통하게 된다.

규호와 예은은 다양한 성적 모험을 하고 여러 사건을 함께 겪으며 서로에 대한 마음이 깊어지게 된다. 그리고 예은이 하고 있던 연구가 뭔지 알게 되는 규호. 그것은 바로 피임 관련 정보를 수집하고 피임도구나 피임약을 실험하는 것이었다. 규호는 예은의 연구 가치에 동조

한다.

그러던 어느 날, 세자빈이 병환에 시달리게 되고 의술이 탁월한 예은을 궁에게 찾게 된다. 예은은 궁궐에 세자빈을 치료하러 갔다가 그만 소식이 뚝 끊기고 만다. 그렇게 예은은 감쪽같이 유령처럼 사라졌다. 그리고 얼마 후 예은의 집에 사헌부 사람들이 쳐들어와 쑥대밭을 만들어놓는다. 예은의 피임 연구 자료들은 범죄 증거가 되고 양반가 부인을 피임시켰다는 죄목으로 예은은 수배자가 된다. 또한 도성의 다른 많은 평민이나 천민 여인들에게 각종 피임을 시켰다는 죄목도 추가된다. 규호는 예은이 자기에게 말도 없이 도망칠 리 없다고 확신한다. 뭔가 예은이 사라진 데에는 음모가 있을 거라고 추측하고 그녀를 찾을 결심을 한다. 규호는 어머니인 만신을 찾아가 점을 쳐달라고 한다. 그녀는 예은이 죽었다고 한다. "정말입니까? 제 점괘는 그렇게 안 나오는데요?" "넌 신기가 좁쌀만큼도 없지 않느냐?" "바라면 저승에서도 사람을 데려올 수 있잖습니까. 전 믿습니다." 규호는 예은을 되찾기 위해 유명 기생집 별감에게 부탁한다. 그렇게 규호는 궁궐에서 사라진 예은의 단서를 얻기 위해 궁궐에서 종이꽃을 만드는 궁중 화장이 된다.

규호는 궁중 화장으로 일하면서 세자빈에게 접근하기 위해 무척 애를 쓴다. 그러다가 마침내 예은이 남긴 것처럼 보이는 메시지를 발견한다. 규호는 예은의 메시지를 따라 천민들이 모여 사는 어느 동네로 찾아간다. 그곳에서 예은의 인체 실험 대상이었던 한 아줌마를 알게 된다. 그녀는 피임약을 먹고 평생 불임이 되었다고. 그녀를 보면서 규호는 예은에 대한 의구심이 깊어진다. 목적을 위해서라면 수단을 가리지 않는 독한 예은에 대한 환멸이다. 하지만 도리어 천민 아줌마는 예은에 대해 고마움을 느끼고 있었다. 그 당시는 정말 절박했기 때문이다. 남편이 괴물 같았다고. 지금 그녀가 키우는 어린 자식만 7명이다.

그리고 그녀는 예은이 만든 약이 뭔지 알고 있다. 규호는 그 약에 대해 듣는다. 그런데 규호는 궁궐에 돌아와서 세자빈이 마시는 차를 보면서 깨닫게 된다. 저것이 바로 불임에 이르게 하는 위험한 약이라고. 세자빈은 자기도 모르게 피임약을 복용하고 있었던 것이다. 예은이 사라진 이유는 세자빈이 앓고 있던 병환이 뭔지 알고 있었기 때문이다. 바로 세자빈은 예은이 만든 피임약을 먹고 부작용에 시달린 것이다. 예은은 어떻게 자기가 만든 피임약을 세자빈이 먹고 있는지 알 수가 없었다. 그러다가 범인 중 한 명이 예은과 가까운 사이일 수밖에 없단 사실을 깨닫게 된 것이다.

그렇게 규호는 궁궐의 위험한 음모의 한가운데로 휘말려 들어가게 되는데… 그리고 과연 예은은 어디로 사라진 것인가?

밀사(密士)-귀신들린 변호사

| 김효민 |

시놉시스

■ 로그라인

변호사 천기명, 귀신과 소송을 벌인다.

■ 메인플롯

변호사 천기명, 의문의 살인사건을 통해 악령인 귀신과 조우하게 되고, 그 힘을 빌어 성공하지만 결국 파멸을 원하는 귀신에게 벗어나기 위해 귀신을 상대로 한 소송을 벌이게 된다.

■ 캐릭터

천기명(35세/40세) : 무사안일주의로 살아가는 국선 변호사.

민시나(22세/27세) : 귀신들린 여자.

서윤도(35세/40세) : 기명의 친구.

천수민(2세/7세) : 천기명의 아들.

■ 줄거리

폭우가 쏟아지던 여름밤. 강남의 타워펠리스에서 잔혹한 살인사건이 벌어진다. 세국인터네셔널의 대표로 부동산, 건설뿐 아니라 최근

제2금융권까지 문어발식 사업확장을 해 오던 오세국 회장과 그의 일가족이 살해된 것. 현장에서 체포된 살해용의자는 22세 여대생 민시나. 미스테리한 일가족 살해사건의 유력한 용의자가 된다. 혈혈단신 고아에 오세국 회장의 후원을 받으며 의학대학 공부를 하는 것으로 밝혀진 민시나에게는 국선 변호사가 배정된다. 그가 바로 천기명이다.

사건은 현장에서 용의자가 체포되며 오히려 미궁 속으로 빠져든다. 용의자가 바로 가녀린 외모의 22세 여자이기 때문이다. 고등학생 아들이 있는 오세국의 일가족 4명을, 특별한 흉기도 없는 여자가 단독으로 살해했다고 하기에는 시체의 손상 정도는 너무나 처참했다. 살인사건은 오세국의 제2금융권 뇌물수수 스캔들과 얽혀 언론과 대중의 집중 관심을 받는다. 그저 안정적으로 월급이나 꼬박꼬박 받으며 살아보려 국선 변호사를 자원했던 기명은 이번 사건을 맡게 된 것이 탐탁지 않다. 두려움에 떨면서도 결코 입을 열지 않는 민시나도 골치지만 앞뒤가 맞지 않는 사건의 정황 또한 난감하다. 변호의 포인트를 찾지 못하고 무료하게 흘러가는 시간.

그 즈음 평소 잔병치레가 잦고 약하던 기명의 아들이 경기를 일으키며 위독해진다. 불안한 마음에 점을 보러 간 아내에게 무당은 귀신이 보인다는 이상한 소리를 한다. 기명 또한 컨디션이 급격히 나빠지고 계속되는 악몽에 시달리게 되는데….

죄수 면회실. 이전과 달리 기명에게서 두려움을 느끼는 시나. 더듬더듬 겨우 입을 뗀 시나는 오세국 일가를 죽인 것은 자신이 아니라 귀신이라고 한다. 그리고 두려운 눈빛으로 이어지는 그녀의 말. 기명의 곁에 귀신이 있다는 것이다. 어쩐지 찜찜하고 불쾌한 시나의 변호를 포기하려는 기명에게 잘난 동기, 윤도가 자신이 시나를 변호하고 싶다는 뜻을 전달하자 윤도에 대한 라이벌 의식 때문에 거절하는 기명. 이를 계기로 시나의 사건에 집중하는데….

시나의 알리바이를 찾기 위해 오세국 주변을 조사하다 정체불명의 괴한에게 쫓겨 외딴곳에 갇히게 된 기명. 죽었구나 생각하는 순간 그를 찾아온 것은 바로 시나가 말한 귀신이었다. 귀신은 괴한의 몸을 빌려 기명에게 메시지를 전달한다. 감옥에 있는 시나를 반드시 무죄로 풀려나게 하라는 것. 위기모면을 위해 귀신과 위험한 약속을 하게 되는 기명. 하지만 기명은 금세 약속을 잊고 시나 사건을 윤도에게 넘기려 한다. 자신이 잡고 있기에는 위험한 사건이라고 판단한 기명, 시나와 귀신에게서 벗어나려고 한다. 그러나 집에 돌아간 기명 앞에는 귀신에 홀려 초점을 잃고 있는 아내와 아들. 약속을 지키라는 귀신의 메시지가 기다리고 있다.

귀신의 위협에 가족의 목숨이 위태롭다고 생각한 기명은 사건해결에 박차를 가한다. 오세국의 주변을 조사하던 중 금융비리 스캔들로 인해 오세국의 죽음을 원하는 사람이 많았다는 사실을 알게 되는 기명. 이를 통해 시나의 범죄동기 없음을 입증하려 한다. 하지만 이번에 기명을 거부하는 것은 바로 민시나. 사건이 마무리되면 예전처럼 다시 귀신에 씌워 살 것을 두려워한 시나는 변호를 거부하고 급기야 자살을 시도한다. 결국 시나의 비협조 속에 1심에서 사형을 언도 받게 된다.

한편 시나는 기명을 통해 죽은 줄 알았던 엄마가 살아있다는 사실을 듣게 된다. 엄마를 만나기 위해 살아야겠다고 회심하는 시나. 항소가 신청되고 천기명과 민시나 둘은 힘을 합쳐 재판에서 승소한다. 일약 스타로 떠오른 기명, 떠밀려 맡게 된 사건이었지만 이번 사건을 통해 변호사로서 의미와 가치를 깨달아 간다.

제대로 된 변호사의 삶을 살아보려는 기명에게 귀신은 오세국과 같은 금융비리자들의 변호를 명령한다. 거물들을 변호하고 성공가도를 달리라는 달콤한 제안을 하는 귀신. 오세국을 조사하던 중 다른 거물 비리 금융인들의 추태를 알게 된 기명, 망설이지만 결국 귀신의 제안을 받아들이고 그와 계약을 맺게 된다.

5년 후, 백혈병에 걸린 아들과 근심에 빠진 아내를 뒤로 한 채 일에 몰두하고 있는 천기명의 모습. '나쁜 놈'들을 변호해 승승장구 하는 기명. 귀신과의 관계가 점점 공고해져 가는 기명은 급기야 귀신의 메시지를 다른 사람에게 전하는 접신의 역할까지 하게 되고, 몸과 마음은 황폐해져 간다. 어느 날, 기명은 아들 때문에 가게 된 병원 응급실에서 태아의 목숨을 구하기 위해 자궁 내 수술을 요구하는 젊은 부부를 만나게 된다. 문제는 엄청난 수술비용. 보험 적용이 되지 않는 천문학적 수술비용 때문에 위기에 빠진 젊은 부부는 보험회사를 상대로 힘겨운 투쟁을 벌이고 있었던 것. 유명 변호사인 기명에게 도와 달라며 매달리는 산모. 자신 또한 아픈 아이의 아버지인 기명은 흔들린다. 귀신은 기명에게 계약을 기억하라고 경고하지만 기명은 고민 끝에 결국 보험사를 상대로 한 대형소송에 뛰어든다. 귀신의 방해를 받으며 또다시 위기에 빠지게 되는 기명. 잠시 욕망 때문에 빼앗겼던 인간 본연의 마음을 지키고자 드디어 시작된 귀신과의 사투! 승리의 여신은 어느 편에 서게 될까.

작가들의 코멘트

김수정 귀신의 도움을 받아 승승장구하게 되는 욕망의 변호사가 귀신의 지배에서 벗어나기 위해 사투를 벌이는 상황이 흥미롭습니다. 우리나라에서도 퇴마와 관련된 이야기들이 영화화 되고 있어서 관심이 가는 소재입니다. 짧은 시놉에 다양한 캐릭터들이 귀신을 중심으로 서로 연결되는 지점들이 맞물리고 있어서 시놉에서 언급되지 않은 부분들에서 궁금한 점들이 많습니다. 서윤도라는 캐릭터가 중요한 역할을 할 것 같은데 서윤도는 왜 시나의 변호를 맡으려고 했나요? 서윤도도 귀신과 관련된 인물인가요? 귀신은 왜 시나를 무죄 방면 시키려고 한 것인가요? 가난한 부부의 태아와 귀신은 어떤 관계가 있는 것인가요? 시놉만 읽었을 때는 오세국 일가 살인사건이 보험사건보다 더 큰 비중을 차지하는 것처럼 보입니다. 귀신이 기명에게 구체적으로 어떤 도움을 주고, 기명과 귀신이 어떤 계약을 맺었는지가 중요할 듯싶습니다.

김주용 작품 재미있게 잘 읽었습니다. 개인적으로 호러 장르를 좋아하는데, 호러와 법정스릴러, 미스터리 등이 잘 접목된 흥미로운 아이템이라고 생각합니다. 여기서 아직 나오지 않은 악역들을 잘 구성하면 좋을 것 같습니다. 오세국 일가족 살인사건의 진범은 도대체 누구인지 궁금합니다. 귀신한테 빙의된 어떤 사람인지, 아니면 그냥 다른 악한 인간들인지 말입니다. 그리고 모든 것을 조종하려고 하는 귀신이라는 캐릭터도 조금 더 알고 싶습니다. 왜 하필 귀신은 기명에게 금융비리 연루자들을 변호하라고 명령하는지도 흥미로웠습니다. 이 귀신은 서양의 악마처럼 뭔가 인간의 악한 탐욕을 먹고 힘을 키우는 것도 같고, 또는 뭔가 귀신보다 사악한 인간(권력과 돈이 많은)이 배후로 있는 것도 같고요.

양동순 '귀신과의 거래'라는 소재가 흥미롭고 여기에 거물급을 상대로 한 법정 스토리가 엮이면서 스케일 또한 커진다. 장르를 어떻게 잡고 갈지는 알 수 없으나 코믹 요소와 휴머니즘 요소가 모두 들어 있어 어떻게 풀어도 재미는 있을 것 같다. 다소 부담이 되는 건 법정신일 텐데…. 우리나라 영화 대부분이 그러하듯 법정신이 할리우드 영화처럼 감동적이거나 치밀하지 않다. (변호인 빼고) 그런 점으로 미루어 볼 때 법정신을 어떻게 끌고 갈지가 주목된다. 하지만 기명이 변하는 과정은 다소 힘이 떨어진다. 아이가 귀신을 보는 능력이 있는 걸 활용하는 방식도 시놉 상에서는 취약해 보인다. 내공이 느껴지는 시놉이긴 하나 그만큼 공부도 자료 조사도 충분해야 할 것 같다. 또한 오세광 일가족의 살인사건으로 드러나는 거물들의 비리를 어떤 식으로 들춰낼 것인지 궁금증을 자아내며 휘몰아치듯 계속되는 사건에 사건들이 긴장감을 준다. 근데, 아쉬운 건 시나의 캐릭터다. 귀신 들렸다는 것 빼고는 뭐 이렇다 할 기대감을 갖게 하지 않는 것이 다소 아쉽다. 기명의 캐릭터를 보면서 배우 이선균이 떠오르는 건 나만의 오해인가? 제목도 아쉽다. '밀사'라는 제목만 봤을 땐 사극인 줄 알았다는.

윤현호 귀신의 힘을 빌어 재판을 승소해 나가는 설정은 재미있을 수 있다. 그런데 이 이야기가 상업성을 갖춘 영화나 드라마 콘텐츠가 되려면 지금의 설정으로는 부족함이 있지 않나 생각이 든다. 지금은 오히려 여타 콘텐츠들과의 차별성에 있어서 경쟁력이 없지 않나 생각한다. 독특한 설정의 이야기라 하더라도 이야기의 스케일을 키우기만 해서는 오히려 재미가 없어질 것 같다. 공포면 공포, 재판이면 재판, 밀도 있게 그려줘야 할 듯. 앞서서도 얘기했지만, 긍정적 방향이든 부정적 방향이든 주인공이 초인적 존재의 힘을 빌려 이야기를 진행하는 방식이 그 자체로 재미있을 수 있으나 차별성과 상업성을 가진 콘텐츠가 될 수 있는가가 의문이다. 많은 영화나 드라마들이 생각이 났다. 욕망에 의해 악마와 거래하는 배우와 그의 아내를 그린 로만 폴란스키 감독의 〈악마의 씨〉(1968) 사건과 재판 과정 안에 악마가 개입되어 있던 키아누 리브스 주연의 〈데블스 에드버킷〉(1997) 유령을 증인으로 내세운 사상 초유의 재판을 그린 〈멋진 악몽〉(2011) 가깝게 한국 작품으로는 살인사건을 다룬 이야기에 미스터리 장르가 혼재되었던 〈박수칠 때 떠나라〉(2005) 그리고 최근 귀신과 사건을 해결해나가는 형사 〈처용〉 시리즈까지. 이러한 작품들 사이에서 현재의 이야기가 단순히 그 사이즈를 키우며 최근 영화 〈베테랑〉스러운 '갑 혹은 지배세력에 대한 역공'이라는 의미까지 전달하게 될 때 그 안에서 개인의 욕망에 의한 고뇌와 갈등이 관객에게 인상적일 수 있나 의문이다. 또한, 재판 과정이 여간 밀도 있고 설득력 있게 그려지지 않는 한 재미가 없어질 것 같다. 한 사건을 물고 늘어지는 것이 역시나 이야기 밸런스에 도움이 될 것 같다는 생각이다. 지금의 주인공 설정인 무사안일주의 변호사 캐릭터가 어떻게 표현될지 걱정이 되기도 하고 기대가 되기도 한다. '변호사 임에도 무사안일주의'라는 설정이 잘 그려진다면 색다른 캐릭터를 만드는 것이지만, 여성관객들의 지지를 받기 어렵지 않을까. 〈성난 변호사〉의 이선균 분이 연기한 캐릭터도 셜록 홈즈와 관련된 다양한 시리즈, 〈아이언맨〉의 토니스타크와 같이 지니어스한 건방짐을 갖추려고 노력했듯, 기본적으로 주인공 캐릭터는 발산하는 것이 수렴하는 것보다 관객의 지지를 받기 수월하다고 생각한다. 이야기의 치명적인 매력, 셀링포인트가 무엇인지 한 번 생각해보게 된다. 이야기가 벌려져 있지만, 그 안에 집중하면 파괴력이 있을만한 장르적 요소들이 분명히 있다는 느낌이다. 휴먼 드라마를 배제한 재판과 공포의 장르적 특성을 철저히 살리는 이야기가 되면 좋을 것 같다.

이충근 귀신과 계약을 맺는 변호사가 참 매력적이네요. 오세국 회장의 일가족 사건과 5년 후에 보험회사의 의료분쟁으로 나눠지는 걸 봐서 영화가 아니라 드라마 시놉이라는 생각이 들어요. 만일 영화 시놉이라면 메인플롯을 정해서 명료하게 이야기를 풀어나가면 좋을 것 같구요. 그리고 시놉 상에 잘 드러나지 않은 것 같은데 귀신이 기명에게 붙어 있고 시나를 무죄로 풀려나게 하라는 주문 등 귀신이 왜 그러는지가 궁금하네요. 또 윤도의 캐릭터가 더 살아나면 좋을 것 같아요.

임의영 귀신은 왜 기명에게 시나를 반드시 살리라고 하나요? 귀신이 비리자들을 천기명에게 변호하라고 하는 이유는 뭘까요? 귀신이 원하는 게 뭔지 모르겠습니다. 천기명의 파멸을 원하는 건지, 나쁜 자들의 세상을 만들려고 하는 건지. 누가 귀신이 된 것이며 귀신의 궁극적인 목표가 뭔지를 설정하는 게 좋을 것 같습니다. 그리고 처음 민시나 사건과 5년 후 백혈병에 걸린 아이 사건은 영화 내에서 1부 2부 라고 할 만큼 이야기가 나뉘어져 있는 것 같습니다. 5년 후 이야기는 없애고 앞부분을 더 물고 늘어지는 게 나을 것 같습니다. 전체적으로 지금 이야기가 2시간 분량보다 많아보여서 뒷부분을 없애고 귀신과 스타가 된 천기명의 대결로 정리를 하면 어떨까요.

조영수 이 이야기는 1부 살인사건 소송, 2부 보험회사 소송 이렇게 분리된 느낌이 든다. 앞에 살인사건 이후 중후반에 5년 후 하고 시작되는 구조여서 더 그렇게 보인다. 전체적으로 보자면 100분 영화 시나리오의 구조라기보다는 10부작 혹은 12부작 드라마의 1, 2회 느낌이 난다. 다른 얘기가 될 수도 있지만, 나는 드라마 쪽으로 풀어도 경쟁력 있는 이야기가 될 수도 있겠다는 생각이 든다. 케이블 드라마 쪽에서 비슷한 캐릭터들이 많았던 것 같긴 하지만, 차별 지점을 찾아서 가도 좋을 듯싶다. 안주하고 싶었던 국선 변호사라는 캐릭터는 너무 많이 있어 왔으니 - 드라마 〈너목들〉, 영화 〈소수의견〉 등 - 좀 더 매력적인 주인공을 우선 세팅한 뒤에. 그리고 나는 이 귀신의 의도와 목적과 속내가 너무 궁금하다. 이 귀신은 대체 왜 이러는 걸까. 이 귀신에게도 사정이 있을 것이다. 인간이었을 때이든 지금이든. 그것에 대한 이야기도 해주면 어떨까 싶다. 그냥 나쁜 악귀인 것 같기도 아닌 것 같기도…. 그냥 나쁜 악귀다 이러면 할 말이 없고. 이 영화의 장르는 무엇이 될까. 어찌 보면 블랙 코미디가 될 수도 있을 것 같고 어찌 보면 공포스러울 것 같기도 한데… 장르가 다소 애매해 보인다.

수정 시놉시스

■ 메인플롯

변호사 천기명, 의문의 살인사건을 통해 악령인 귀신과 조우하게 되고, 그 힘을 빌어 성공하지만 결국 파멸을 원하는 귀신에게 벗어나기 위해 귀신을 상대로 한 소송을 벌이게 된다.

■ 줄거리

폭우가 쏟아지던 여름밤. 강남의 타워펠리스에서 잔혹한 살인사건이 벌어진다.

세국인터네셔널의 대표로 부동산, 건설뿐 아니라 최근 제2금융권까지 문어발식 사업 확장을 해 오던 오세국 회장과 그의 일가족이 살해된 것. 현장에서 체포 된 살해 용의자는 22세 여대생 민시나. 미스테리한 일가족 살해사건의 유력한 용의자가 된다. 혈혈단신 고아에 오세국 회장의 후원을 받으며 의학대학 공부를 하는 것으로 밝혀진 민시나에게는 국선 변호사가 배정된다. 그가 바로 천기명.

사건은 현장에서 민시나라는 용의자가 체포되며 오히려 미궁 속으로 빠져든 형국이다. 용의자가 가녀린 외모의 22세 여자이기 때문이다. 고등학생 아들이 있는 오세국의 일가족 4명을, 특별한 흉기도 가지고 있지 않은 여자가 단독으로 모두 살해했다고 하기에는 각각 시체의 손상 정도는 너무나 처참했다. 살인사건은 오세국의 제2금융권 뇌물수수 스캔들과 얽혀 언론과 대중의 집중 관심을 받는다. 그저 안정적으로 월급이나 꼬박꼬박 받으며 살아보려 국선 변호사를 자원했던 기명은 이번 사건을 맡게 된 것이 탐탁지 않다. 두려움에 떨면서도 결코 입을 열지 않는 민시나도 골치지만 앞뒤가 맞지 않는 사건의 정황 또한 난감하다. 변호의 포인트를 찾지 못하고 무료하게 흘러가는 시간. 그 즈음 평소 잔병치레가 잦고 약하던 기명의 아들 수민이 경기를 일으키며 위독해진다. 불안한 마음에 점을 보러 간 아내에게 무당은 귀신이 보인다는 이상한 소리를 한다. 기명 또한 컨디션이 급격히 나빠지고 계속되는 악몽에 시달리게 되는데….

죄수 면회실. 평소에 기명에게 한마디도 하지 않던 시나. 기명을 향해 아무런 반응을 보이지 않던 시나인데, 오늘 민시나가 이상하다. 천기명에게서 두려움을 느끼는 시나. 더듬더듬 겨우 입을 뗀 시나는 오세국 일가를 죽인 것은 자신이 아니라 귀신이라고 한다. 그리고 두려운 눈빛으로 이어지는 그녀의 말. 기명의 곁에 귀신이 있다는 것이다. 어쩐지 찜찜하고 불쾌한 시나의 변호를 포기하려는 기명. 그런데 기명이 싫어하는 잘난 동기 윤도가 사건의 담당 검사라는 것을 알게 된다. 이를 계기로 시나의 사건에 집중하게 되는 기명. 기명은 상식적으로는 납득할 수 없는 일가족 살해사건에 시나가 단독범일 수 없다는 가설을 세우고 시나의 알리바이를 찾기 시작한다. 시나의 알리바이를 찾기 위해 오세국 주변을 조사하다 정체불명의 괴한에게 쫓겨 외딴곳에 갇히게 된 기명. 죽었구나 생각하는 순간 그를 찾아온 것은 바로 시나가 말한 귀신이었다. 귀신은 괴한의 몸을 빌려 기명에게 메시지를 전달한다. 감옥에 있는 시나를 반드시 무죄로 풀려나게 하라는 것. 위기모면을 위해 귀신과 위험한 약속을 하게 되는 기명. 하지만 위기를 모면한 기명은 두려운 마음에 시나의 사건을 포기하려고 한다. 자신이 잡고 있기에는 위험한 사건이라고 판단한 기명, 시나와 귀신에게서 벗어나려고 한다. 그러나 집으로 돌아간 기명 앞에는 귀신에 홀려 초점을 잃고 있는 아내와 아들. 약속을 지키라는 귀신의 메시지가 기다리고 있다.

귀신의 위협에 가족의 목숨이 위태롭다고 생각한 기명은 사건해결에 박차를 가한다. 오세국의 주변을 조사하던 중 금융비리 스캔들로 인해 오세국의 죽음을 원하는 사람이 많았다는 사실을 알게 되는 기명. 이를 통해 시나의 범죄동기 없음을 입증하려 한다. 하지만 이번에 기명을 거부하는 것은 바로 민시나. 사건이 마무리되면 예전처럼 다시 귀신에 씌워 살 것을 두려워한 시나는 변호를 거부하고 급기야 자살을 시도한다. 결국 시나의 비협조 속에 1심에서 사형을 언도 받게 된다.

한편 시나는 기명을 통해 죽은 줄 알았던 엄마가 살아있다는 사실을 듣게 된다. 엄마를 만나기 위해 살아야겠다고 회심하는 시나. 항소가 신청되고 천기명과 민시나 둘은 힘을 합쳐 재판에서 승소한다. 일약 스타로 떠오른 기명, 떠밀려 맡게 된 사건이었지만 이번 사건을 통해 변호사로서 의미와 가치를 깨닫고 조금은 단단해진 천기명 변호사다.

제대로 된 변호사의 삶을 살아보려는 기명에게 귀신은 오세국과 같은 금융비리 인물들을 변호하라고 명령한다. 거물들을 변호하고 성공가도를 달리라는 달콤한 제안을 하는 귀신. 오세국을 조사하던 중 다른 거물 비리 금융인들의 추태를 알게 된 기명. 귀신의 제안을 거절한다. 하지만 아들 수민이 백혈병 수술을 하게 되고, 큰돈이 필요해진 기명은 귀신의 제안을 받아들이고 결국 그와 계약을 맺게 된다.

귀신과의 계약으로 인해 거물급 비리 인사 소송을 주로 전담하게 되는 천기명. 처음에는 탐탁지 않고 부끄럽기도 한 일이었는데. 돈을 벌고, 인정을 받고 무엇보다 재수 없는 동기인 서윤도를 이기기까지 하니 나름 재미도 있고, 보람도 있는 것처럼 느껴진다. 기명이 변한 것이다. 그렇게 귀신과의 계약에 충실하게 살아가게 되는 기명.

오세국의 죽음과 함께 부도가 난 세국인터내셔널. 부도로 인해 주식은 휴지조각이 되었고 거리에 나앉게 된 피해자들은 10만 명에 달했다. 피해액은 8조 원. 대형부도 사건은 오세국 회장의 일가족이 살해되며 언론의 수면 위로 떠오르지 못했지만 수많은 가정이 파탄 나고, 수백 명의 사람들의 자살을 부른 사건이었다. 천기명이 고위직들과 교류하며 알게 된 사실은 이 대형 부도 사건을 만들어낸 이들이 정치와 경제 부문에서 요직을 차지하고 있다는 것. 수많은 이들을 고통과 죽음으로 몰아넣고 저희들끼리 부를 나눠 갖는 사이코패스들이다. 그들에 의해서 돌아가고 있는 사회. 환멸을 느끼는 기명. 그러나 자신도 이미 그들과 같은 부류가 되었고, 그 한복판에서 벗어날 수 없게 되어 있음을 본다.

어느 날, 오세국 일가족 살인사건의 부검을 담당했던 의사가 기명을 찾아온다. 오세국의 시체가 진짜 오세국이 아니었다는 말을 전하는 부검의. 담당 변호사였던 기명에게 양심선언을 하며 다가온 의사는 세국인터내셔널 사건을 다시 수사해야 하고, 진범을 찾아야 한다고 말한다. 자신이 맞서야 하는 세력이 얼마나 거대하고 치밀한 악한들인지 알고 있는 기명은 이 제안을 거절한다.

부와 명성만 있다면 모든 것이 괜찮을 것만 같은 시기, 아들 수민이 다시 죽음의 위기에 봉착한다. 병명도 모른 채 시름시름 앓는 수민. 신기가 있는 할머니가 지나가며 아들에게 귀신이 씌었다고 하는데…. 귀신의 정체를 알 수 없어 쫓아낼 수도 없는 상황. 기명은 오세국의 개인무당이나 다름없었던 민시나를 떠올린다. 사건이 종료된 후 감쪽같이 모습을 감춘 민시나. 그녀를 찾는다면 수민을 살릴 수 있을 것이라 생각한 기명. 가까스로 숨어있는 시나를 찾아낸 기명. 시나는 수민에게 씌인 귀신을 단번에 알아본다. 아들을 살리기 위해서는 오세국을 찾아내야 한다고 말하는 시나. 오세국을 찾기 위해 귀신과의 계약을 깨고, 지금껏 변호해왔던 재계 인사에게 소송을 거는 기명. 세국인터내셔널을 속속들이 알고 있던 시나와 함께 소송을 준비하는데…. 기명은 귀신과의 소송에서 이기고 아들을 살릴 수 있을까. 오세국 일가족 살인사건의 진범이 밝혀지며 오세국의 행방을 알게 되는 기명과 시나. 조여드는 귀신의 궤계. 천기명의 모든 것을 건 소송은 성공할 수 있을까.

하모니카

| 양동순 |

시놉시스

■ 로그라인

　사랑, 그 돌이킬 수 없는 파멸!

■ 메인플롯

　"내가 사랑하는 남자, 다른 여자와 나누어 갖고 싶지 않아!" 오직 너의 여자가 되고 싶어…. 호르몬으로 조금씩 너에게 다가가다 마침내 완전한 여자가 되던 날, 난 세상을 다 가진 것처럼 행복했어. 너의 성적 취향이 바뀌기 전까지는….

■ 캐릭터

　선우(37세) : 체인 헤어샵 〈코코〉 CEO.

　인후(37세) : 건축 사무소 〈대청마루〉 공동 대표.

　정인(31세) : 일정한 직업 없이 아르바이트로 생계유지.

■ 줄거리

　옷이며 손과 얼굴에 피가 튀긴 선우, 화장대 앞에 앉아 거울 속에 자신을 들여다본다. 떨리는 손으로 화장을 지우는 선우. 조금씩 드러나는 선우의 얼굴은 어느 새 고교시절 은석(선우)으로 변해 있다. 그런 모습이 보기 싫어 거울을 깨버리는 선우.

일진에게 진탕 맞고 있는 선우를 쌈짱 인후가 구해준다. 평소 인후를 짝사랑하던 선우는 가슴이 떨려 그대로 도망치지만 결국 둘은 세상 둘도 없는 친구가 된다. 인후에 대한 선우의 마음은 차츰 사랑으로 발전하고 인후 역시 선우를 사랑하게 된다. 인후의 취향에 맞는 여자가 되고 싶은 선우는 호르몬 주사를 맞으며 그가 원하는 모습이 되어 간다. 몸도 마음도 오롯이 인후만을 위한 여자가 되던 날 선우는 세상을 다 가진 듯 행복했다. 선우를 향한 인후의 사랑도 날이 갈수록 뜨거워졌다. 불같은 선우와 인후의 사랑은 식을 줄 모르는 용광로 같기만 한데….

어느 날 인후 앞에 정인이 나타나고, 불안을 느낀 선우의 예감처럼 인후는 정인에게 흔들리기 시작한다. 정인 역시 인후를 만나 이혼의 아픔을 극복해 가며 행복한 나날을 보내게 된다. 질투심이 극에 달한 선우. 그러나 선우를 향한 인후의 사랑은 언제나처럼 똑같기만 한데… .

정인은 인후에게 다른 여자인 선우가 있는 것을 알게 되면서 차츰 거리를 두려하지만 생각처럼 쉽지 않다. 그러던 차에 전남편이 찾아와 다시 시작하자며 지난날을 눈물로 후회한다. 정인은 혼란스럽고 그녀를 향한 사랑이 이제는 너무 깊어 도저히 포기할 수 없게 되어버린 인후는 선우에게서 점점 멀어진다.

사랑이 변한 게 아니라, 사람 또한 변하지 않았지만 가슴 속에 숨겨져 있던 또 다른 모습의 사랑이 생겨났을 뿐이라고 인후는 말한다. 하지만 선우에게 있어 인후의 새로운 사랑은 분명한 배신인 것이다.

인후, "난 너에게 아무것도 강요하지 않았어. 있어달라고도 부탁하지 않았어. 우리가 사랑한 것 선택일 뿐이고 달라진 것 또한 선택일 뿐이야."

선우, "난 모든 걸 다 희생했어. 너를 위해서가 아니라, 너니까! 그래서 난 절대 널 다른 여자와 나눠 가질 생각이 없어."

끝내 정인을 선택한 인후를 결코 포기할 수 없는 선우는 돌이킬 수 없는 파멸의 선택을 하기에 이른다. 내가 가질 수 없는 너라면 다른 사람도 가질 수 없는 거니까.

깨진 거울 앞에 앉아 선우는 곱게 화장을 한다. 그리고 인후가 위로처럼 들려주던 하모니카를 불며 마지막 눈물을 흘린다. (끝)

작가들의 코멘트

김수정 읽고 나서 여러 가지 궁금증을 갖게 하는 이야기였습니다. 선우는 원래 성정체성에 대해 혼란을 겪지 않았는데 오로지 인후의 성적 취향을 위해 성전환 수술을 받은 것인가요? 인후는 선우를 사랑하지만 자신의 취향 때문에 선우를 받아들이지 못하자 선우가 성전환을 선택한 것인가요? 선우의 손과 얼굴에 묻은 피의 의미는 무엇인가요? 인후를 죽인 건가요? 아님 정인을 죽인 건가요, 둘 다 죽인 건가요? 사랑하는 사람을 위해 성전환 수술을 받는다는 설정이 파격적이라서 시놉을 처음 읽었을 때는 그 부분에 집중이 되었는데 글을 읽을수록 그것이 중심은 아닌 것 같네요. 파격적인 설정보다는 디테일한 감정 부분이 더 잘 살아서 이 장르에 관심이 없는 사람들도 공감할 수 있는 사랑에 대한 하나의 이야기가 되었으면 합니다.

김주용 작품 재미있게 잘 읽었습니다. 솔직히 말해 작가님이 아직 성적 취향의 다양성에 대한 이해가 부족해보였습니다. 일단, 읽으면서 가장 궁금했던 것은 선우와 인후가 언제 섹스를 하는지, 그들의 섹스 또는 유사성관계의 모습이 어떠한지, 그런 디테일한 점이었습니다. 이런 멜로 장르에서는 그런 디테일들이 중요하다고 생각합니다. '여장 남자?'에서 완벽한 트랜스젠더가 된 후는 섹스의 모습이 다르지 않나? 그런 의문이 듭니다. 선우가 트랜스젠더가 되고난 후 처음으로 섹스를 하는 것인지? 그리고 선우는 자기가 트랜스젠더가 된 걸 희생이라고 생각하던데, 보통 트랜스젠더들은 여자가 된 걸 기쁘게 받아들인다고 알고 있습니다. 그렇다면 선우는 보통의 트랜스젠더들에게 왕따를 당할 텐데 아직 이런 디테일들이 부족해 보입니다. 인후는 선우한테 여자가 되어달라고 강요하지 않았다고 합니다. 그의 취향이 상당히 모호합니다. 처음 인후가 선우한테 사랑을 느끼게 된 것이 성별과 관계가 없다면 그걸 어떻게 표현하실지도 궁금합니다.

김효민 주인공들의 강렬한 감정이 인상적이었던 시놉이었습니다. 성전환을 할 만큼 강렬한 사랑이라 감정이입이 되기도 하지만 지금은 주인공의 행동에 동기가 약해 보입니다. 세 사람의 치정멜로. 성전환이라는 이슈도 중요하지만 서로가 더 깊게 얽혀들 수 있는 더 큰 사건이 필요해 보입니다. 강렬한 멜로는 언제나 관객을 잡아끄는 힘이 있다고 생각합니다. 파격적인 설정으로 시작한 만큼 상상을 뛰어넘는 멜로가 될 수 있었으면 좋겠습니다.

윤현호 '성전환을 하면서까지 집착하게 만드는 사랑'이라는 소재가 다소 파격적이면서도 흥미를 유발한다. 그런데 인후가 공부도 운동도 싸움도 연애도 모두 다 잘한다는 데에서 그만, 진부해져 버리고 만다. 보통의 경우, 모든 면에서 완벽해 보이는 인물이 이런 범상치 않은 사랑을 할 경우 그럴만한 일반적인 당위성이 제시되어야 관객을 납득시킬 수 있을 거라 생각하는데, 개인적으로 느끼기에 이 부분에 부족함을 느낀 것이 이야기에 힘을 반감시키지 않았나 생각한다. 갖고 싶은 남자는 이래야 한다는 클리셰를 벗어나는 것이 오히려 이야기에 힘이 보태진다고 생각한다. 이런 종류의 멜로는 감수성 충만하고 로맨틱, 혹은 에로틱한 에피소드가 얼마만큼 이야기를 뒷받침해주냐가 관건인데, 작가님께서 어떤 구체적 구상을 하고 계신지 궁금함을 자아낸다. 작가님의 의도대로라면, 이 이야기에 희생의 플롯을 차용할 듯하여, 이는 치정멜로에 어울리는 좋은 생각인 것 같기는 하지만. 기존의 멜로물과 어떤 차별성을 둠과 동시에 대중성까지 갖춰 나갈 수 있을지 고민을 해보셔야 할 것 같고, 지금 제시된 캐릭터의 성향으로만 극을 이끌어가기에는 다소 어렵지 않나 싶어 캐릭터를 조금 더 추가 그리고 연구해보시라는 말씀을 드리고 싶다.

이충근 파격적인 소재가 흥미로웠어요. 궁금한 게 있는데요. 선우가 인후를 남자일 때부터 좋아하고, 인후도 선우를 남자일 때 좋아하는 걸로 이해를 했어요. 이게 맞지요? 맞다면 왜 선우는 여자가 되려고 하는 건가요? 선우는 인후의 취향에 맞는 여자가 되려고 하는데, 현재로도 둘은 충분히 사랑을 하는데 왜 선우가 여자가 되려고 하는지 이해가 되지 않아서요. 이런 생각이 드는데요. 둘이 사랑하지 않고 선우가 인후를 짝사랑하는데… 선우는 인후에게 다른 여자 친구가 있고 질투를 느끼게 되고, 그 여자의 모습처럼 되려고 하는 게 조금 더 자연스럽지 않을까 하는 생각이 들어요. 피가 튄 선우가 화장을 하는 장면이 참 좋아요. 짧은 줄거리보다 트리트먼트나 시나리오를 읽고 싶게 하는 작품이네요.

임의영 〈글루미 선데이〉〈가면〉 등이 떠오릅니다. 선우가 원래는 남자였다가 여자가 됐다는 걸 제외하면 전형적인 멜로이야기로 보입니다. 음…. 일단 인후! 이 인물에 대해 확실히 하는 게 좋을 것 같습니다. 인후는 선우가 남자일 때부터 좋아했습니다. 근데 여자가 된 후에도 좋아합니다. 양성애자인가요? 아니면 남자든 여자든 상관없이 '너'니까 좋아한다. 이런 운명적 사랑을 원하는 사람인가요? 남자일 때부터 좋아한 선우를 여자가 돼서도 좋아하는 인후까지는 매력이 있는데, 이런 인후가 정인을 좋아하게 되면서부터 매력이 확 떨어지는 것 같습니다. 보통 남자가 되어버렸다고 할까? 게다가 결국 정인을 택한다는 데서는 약간 실망이 됩니다. 인후는 끝까지 당당했으면 좋겠습니다. 그리고 '둘 다 사랑한다.'를 넘어 '또 다른 사람도 사랑하게 될 거 같다.'까지 가면 어떨까요? 선우가 진짜 돌아버리게요.

조영수 전체적으로, 특히 메인 플롯에 다소 추상적인 표현이 있고 아직 기승전결이 시놉시스에 전부 드러나지 않아 이야기의 흐름을 쉬이 파악할 수는 없지만, 치정 멜로 장르(라고 표현을 해도 된다면)로써 인물 세팅은 잘 되어있는 것 같다. 인후를 사랑해서 여자가 되기로 결심하고 진행되는 과정을 디테일하게 그리면 여타 멜로 영화들과 차별화 되는 지점이 될 수 있을 듯하다. 아직은 어떤 영화가 될지 잘 모르겠다. 좀 더 자세한 시놉시스를 기대해본다. 지금보다 사건적으로는 더 파격적이어도 좋을 것 같다.

수정 시놉시스
■ 로그라인
 "내가 사랑하는 남자, 다른 여자와 나누어 갖고 싶지 않아!"
■ 줄거리
 미친 듯이 차를 몰아 내달리는 초조한 선우와 그를 향한 인후의 절박한 표정이 교차해 보인다.

피가 번진 선우, 화장대 앞에 앉아 거울 속에 자신을 들여다보며 파르르 떨리는 손으로 화장을 지운다. 조금씩 드러나는 선우의 얼굴은 어느 새 고교시절 은석(선우)으로 변해 있다. 그런 모습이 보기 싫어 거울을 깨버리는 선우.

일진에게 진탕 맞고 있는 선우를 싸움 짱인 인후가 구해준다. 평소 인후를 짝사랑하던 선우는 가슴이 떨려 그대로 도망치지만 결국 둘은 절친이 된다. 인후에 대한 선우의 마음은 차츰 사랑으로 발전하고 (처음부터 사랑이었던 선우), 인후 역시 선우를 사랑하게 된다. 인후에 대한 사랑이 커져갈수록 그의 취향에 맞는 여자가 되고 싶은 선우는 호르몬 주사를 맞으며 그가 원하는 모습이-원한다고 착각한 모습이-되어 간다. 하지만 그럴수록 선우를 바라보는 인후의 마음은 아프기만 한데…. 몸도 마음도 오롯이 인후만을 위한 여자가 되던 날 선우는 세상을 다 가진 듯 행복했다.

어느 날 인후 앞에 정인이 나타난다. 우연히 인후가 선우에게 오르 가즘을 느끼지 못한다는 걸 알게 된 정인의 의도적인 접근이었으나 인후는 그 사실을 알지 못한 채 가엾은 그녀의 처지를 안타까워하며 조금씩 가까워진다. 불안한 선우. 깊어지는 인후와 정인의 사랑. 그렇게 차츰 선우와 인후 사이엔 말로 표현할 수 없는 미묘한 간극이 생기기 시작한다. 하지만 그 불안한 관계는 정인의 옛 연인이 나타나면서 새롭게 전개된다. 추악한 옛 연인과의 관계로 고통스러워하는 정인을 위해 인후는 자신의 모든 걸 다 버리고 그런 인후를 되찾기 위해 선우는 급기야 위험한 결심을 한다.

그러나 인후는 돌아오지 않고. 결국 자신이 무슨 짓을 했는지 인후에게 털어놓는 선우. 충격에 빠지는 인후와 정인. 인후는 고교 때 선우를 희롱했던 체육교사의 '의문의 죽음'도 선우의 짓임을 알고 괴로워한다.

인후를 사랑해서가 아니라 인후이기 때문에 죽을 수도 있다는 선우를 위해 정인은 쓸쓸함을 느끼며 떠나기로 한다.

인후는 괴롭다. 자신의 성적인 정체성도, 선우의 집착도… 이젠 무섭다. 그 무서움은 다시 정인을 찾게 하고. 인후는 술김에 해서는 안될 선우의 과거를 까발리고 만다. 그에 충격을 받은 선우. 이젠 물러서고 싶지 않은 정인. 다시 세 사람의 감정이 뒤엉키면서 결국 파국을 향해 치닫는다. "부디 오늘은 나를 죽이러 와 줄 거라고 믿어."

며칠이 지나도 오지 않는 인후에게 선우는 마지막과도 같은 메시지를 남긴다. 인후는 정인에게 고백한다. 선우는 첫사랑이었으며 아직도 사랑하고 있다고. 선우가 남자든 여자든 상관없이 자신이 줄 수 있는 온 마음으로. 육체적 관계는 중요하지 않다고. 그럼에도 불구하고 선우가 오롯이 여자가 되었을 때 그 뜨거운 육체에 환희를 느꼈으며 그렇게, 그렇게 사랑도 완성되어가는 것 같았다고. 하지만, 그럴수록 알 수 없는 허무가 느껴졌고 정인을 만나면서 사랑의 빛깔은 무채색에서 빨갛게 변해버렸다는 것. 그런데 이제 정인과의 사랑을 멈추고 싶단다. 인후는 말한다. 사랑이 변한 게 아니라, 사람 또한 변하지 않았지만 가슴 속에 숨겨져 있던 또 다른 모습의 사랑이 생겨났을 뿐이라고. 그렇지만 선우에게 있어 자신의 새로운 사랑은 분명한 배신이었을 테니 이제 그만 아프게 했던 걸 용서받고 싶단다. 그리고 인후는 선우에게 애원한다.

평생 노예로 살아도 좋으니까 제발 정인만은 살려달라고. 그 말이 더욱 외롭게 들리는 선우는 끝내 정인을 죽일 결심을 한다.

정인은 또 다시 어디론가 떠날 준비를 하고, 선우는 그녀를 쫓고, 인후는 그런 선우를 쫓으며 깊은 밤, 세 사람은 출구를 알 수 없는 질주를 시작하는데… 쾅! 정인이 타고 있는 택시를 들이받는 선우. 기사는 즉사하고, 겨우 정신을 차린 정인을 향해 또 다시 돌진하는 선우. 낭떠러지로 떨어지는 택시는 그만 폭발하고 만다. 활활 타오르는 불길을 보며 묘한 희열을 느끼는 선우는 기쁨의 담배를 피우는데, 큭! 그를 뒤에서 찌른 인후는 차마 선우의 눈을 볼 수 없어 돌아보려는 그를 다시 한 번 더 찌른다. 바닥에 떨어진 담배. 그리고 피가 흥건한 칼. 자괴감에 선우를 찌른 손을 내려다보며 부들부들 떨고 있는 인후의 눈에서는 하염없이 눈물이 흘러내리고 있다. 눈동자에 핏줄기가 선연한 선우, "희생을 착각이라고 말하지 말았어야지. 사랑을 위한 배려를!" 겨우 고개를 들어 선우를 보는 인후를 향해 선우는 한치의 망설임도 없이 그의 심장에 비수(미용 가위)를 꽂는다. 크윽! 첫사랑을 이렇게 끝내고 싶지 않았다며 괴로워하는 선우의 눈에서는 피눈물이 뺨을 타고 흘러내린다. 선우의 어깨로 쓰러져 몸을 기대는 인후는 그렇게 선우의 품에서 영원히 잠이 든다.

깨진 거울 앞에 앉아 선우는 곱게 화장을 한다. 그리고 인후가 위로처럼 들려주던 하모니카를 불며 기쁨인지 슬픔인지 알 수 없는 눈물을 흘린다.

엄마의 남자친구

| 윤현호 |

시놉시스

■ 로그라인

우리 엄마가 연애한다. 내 친구랑.

■ 메인플롯

절친한 친구의 누나와 비밀연애를 하는 이광수가 이혼한 자신의 엄마와 절친한 친구가 연애중이라는 사실을 알게 되고는 두 사람을 갈라놓지만, 자신의 이별을 통해 두 사람을 이해하게 되면서 결국 사랑의 큐피드가 되어준다.

■ 캐릭터

이광수(27세) : 공대생 출신 작가지망생.

손호준(27세) : 프랜차이즈 베이커리 파티쉐. 광수의 절친. 성령의
　　　　　　　남친.

김성령(41세) : 백화점 여성복 매니저. 광수의 엄마.

손예지(30세) : 토익학원 마케팅부서 사원. 호준의 누나. 광수의
　　　　　　　여친.

이강호(44세) : 광수의 아빠. 성령의 전남편.

박상원(34세) : 광수 롤모델

■ 줄거리

공대생 출신 작가지망생 이광수는 절친한 친구(손호준)의 누나(손예지)와 비밀연애 중이다. 자신의 본능과 감성, 자유를 갈망하는 작가적 소양까지 이해해주는 예지를 사랑하지만 결혼은 여전히 남 얘기인 광수. 그런 광수에게 청천벽력 같은 소식이 떨어진다. 예지가 자신의 임신 소식을 알리며, 광수에게 결혼을 하든지 아니면 아이를 지우고 헤어지든지 선택하라 한 것. 이혼한 철없는 아버지와 함께 지하방에서 살고 있는 광수는 자신이 아무런 생활력도 없는 것을 알기에 인생 최대의 고민에 빠지지만, '어떻게든 되겠지.'라는 생각으로 결혼을 결심하고 이 사실을 엄마(김성령)에게 먼저 고백하기로 한다.

광수는 자신의 엄마가 어린 나이에 결혼 후 이혼까지 겪어보았기에 자신의 혼란스러운 상황을 잘 이해해 줄 거라 믿었다. 그런데 말없이 불쑥 찾아간 엄마의 집 앞에서 광수는 믿지 못할 광경을 목격한다. 그건 바로 절친한 친구인 호준의 차에서 자신의 엄마 성령이 내리는 장면. 광수는 잘못본거겠지 라고 생각하려 했으나, 의심은 점점 커져 미행까지 하게 되고, 결국 두 사람이 연애 중이었다는 사실을 알게 된다. 그것도 1년 동안.

호준의 누나인 예지가 자신의 아이를 임신한 마당에 말도 안 되는 두 사람의 관계를 모른 척 할 수는 없는 노릇. 광수는 고심 끝에 자신이 처한 상황을 먼저 호준에게 고백하기로 한다. 그러면 호준이 자연스레 엄마와의 관계를 끝낼 거라 생각했기 때문인데…. 광수는 잊고 있었다. 호준은 대학시절부터 사랑에 빠지면 물불 안 가리고 미쳐버리는 '사랑 또라이'였던 것을. 아니나 다를까. 광수가 호준에게 고백한 다음날, 예지로부터 전화가 온다. 호준이 자신을 영원히 찾지 말아달라는 메모 한 장 달랑 써놓고, 집을 나가 버렸다는 것. 우여곡절 끝에 호준을 찾아낸 광수는 자신의 엄마와 만나지 말라는 돌직구부터 던지는데 호준은 자신의 모든 것을 바꾼다 하더라도 성령에게 프러포즈 할 거라는 결심을 말한다.

절치부심 끝에 광수는 두 사람 사이를 먼저 갈라놓기로 한다. 엄마에게 있는 사실 그대로 말할까도 생각해 봤으나, 그렇게 되면 엄마가 받을 수치심이 너무 클 거라는 상원(광수의 정신적 지주)의 조언 때문에 하지 않기로 했다. 대신 상원은 두 사람 사이에 고춧가루를 뿌릴 수 있는 삐뚤어진 계획들을 알려준다.

첫 번째, 호준을 도와주는 것처럼 다가가서, 엄마의 단점에 대해 험담하고, 호준에게 젊은 여자들을 자연스럽게 만나게 해주는 것. 광수는 결국 호준을 이해하는 꼴이 돼버리는 이 방법이 미친 짓이라고 생각했지만 받아들이기로 한다. 왜냐하면 호준은 이미 미친놈 같으니까. 그러나 계획은 실패로 돌아간다. 그의 마음은 예상대로 너무 완고했다.

두 번째, 그렇다면 호준으로 하여금 엄마가 싫어하는 행동을 골라서 하도록 만들자. 일명 '정떨어지게 하기' 작전. 상원은 성령이 가장 싫어했던 사람의 행동을 생각해보라고 제안한다. 광수의 머리에 스치는 남자는 바로 성령의 전남편이자 자신의 아빠(이강호). 광수는 아빠를 탐구한 끝에, 호준으로 하여금 성령이 싫어할만한 행동을 하도록 만드는데 웬걸, 오히려 성령의 좋았던 추억들을 되살려줘 두 사람 사이를 돈독하게 만들어주는 꼴이 돼버린다. 상황이 역효과를 낳자, 상원은 광수가 엄마의 여성적인 부분 대해 잘 모르는 것 같다며, 엄마에 대해 먼저 면밀히 파악하라고 지시한다. 그동안 호준과의 데이트를 몰래 관찰하며, 엄마한테서 볼 수 없었던 모습들을 많이 봐왔던 터라, 광수는 상원의 말에 일리가 있다고 생각하고 즉각 계획에 착수하기로 한다. 광수는 엄마에게 데이트를 신청하고 '그녀가 정말로 싫어하는 게 뭘까'

라는 해답을 얻으려는데 객관적인 관찰자의 눈으로 살펴본 결과였을까 그 과정 속에서 여자로서의 엄마의 매력만 알게 돼버린다. 그러나 소득이 아예 없는 것은 아니었다. 성령이 아들인 광수와의 데이트 끝에 자신의 전남편인 강호의 이야기를 꺼내며, 자신이 이혼한 진짜 이유를 말해준 것. 그건 바로 '상대방의 흔들리는 마음'이었다.

아주 간단한 진리였지만, 호준의 마음을 흔드는 것은 여간 어려운 일이 아니라 생각하던 광수는 우연히 예지로부터 결정적 한방을 먹일 단서를 얻게 된다. 그것은 바로 호준의 첫사랑. 그 여자로 하여금 호준을 만나게 하고, 그 상황을 우연히 엄마가 보게 만들어서 엄마의 마음이 호준에게서 떠나도록 하는 계획을 세우는 광수. 예상대로 사랑에 늘 목숨을 걸어왔던 호준은 첫사랑과의 만남을 거절하지 못했고, 그 상황을 엄마로 하여금 우연히 지켜보게 까지 만들었다. 하지만, 두 사람 사이는 생각보다 더 단단했을까. 오히려 이 일을 계기로 호준에게 프러포즈 할 타이밍만 만들어 준 꼴이 돼버린다.

일촉즉발의 상황. 어머니가 잠깐 자리를 비운 사이, 광수는 완력으로라도 호준을 제지하려고 실랑이를 벌이는데 의외로 일이 아주 간단하게 해결된다. 호준과 광수가 친구 사이라는 것을 알게 된 성령이 호준에게 먼저 헤어지자고 얘기한 것. 그런데 광수가 원하는 바로 그 상황이 되었건만 광수의 기분은 좋지가 않다. 집으로 돌아가는 길에 성령은 광수 앞에서 울음을 터트린다. 너무 미안하고 창피하다며. 광수는 엄마를 살짝 흔들어보려는 듯 맘에 도 없는 말을 꺼낸다. "엄마도 여자잖아. 이해해." 그러나 성령은 "엄마 여자 아니야. 광수 엄마야." 라고 이야기 한다. 그렇게 성령은 마음을 정리했고, 호준은 유학을 떠나기로 한다.

이제는 다시 광수 본인의 문제에 집중할 차례. 예지와 결혼하겠다는 굳은 의지를 안고 예지의 회사 앞을 찾아간 광수였는데, 그곳에서 예지에게 다른 남자가 생긴 것을 목격하게 된다. 더더욱 충격적인 것은 예지의 임신 사실조차 거짓이었다는 것. 광수와 예지는 의외로 차분하게 다투게 되고, 광수는 이 과정 속에서 오히려 자신의 엄마이자 여자인 성령을 이해하게 된다. 광수는 예지와 만나는 동안 한 번도 보여준 적 없던 가장 믿음직하고 남자다운 모습으로 헤어짐을 맞이하고, 호준과 성령을 다시 이어주기로 결심한다.

호준이 유학길에 오르기 위해 공항에서 수속 절차를 밟는 동안, 광수는 부리나케 공항으로 달려가 그곳을 배회하여 호준을 찾아낸다. 그리고 호준에게 큰 소리로 고백한다. "우리 엄마한테는 너가 필요해. 그러니까 제발 가지마." 그러나 호준은 유학길에 오른다. 성령은 몇 달 후 또 다른 연애를 시작했고, 호준은 유학 간 곳에서 새로운 여자친구를 사귀었다. 호준과 광수는 여전히 친구로 지낸다. 예지와는 영영 안보는 사이가 되었지만. 광수는 자신의 인생에서 가장 드라마틱했던 이 이야기를 상원에게 시나리오로 만들도록 제안한다.

작가들의 코멘트

김수정 지금 이야기에서는 언제나 아들이 1순위였던 엄마라서 엄마의 남자친구가 아들의 친구라는 사실을 알고 바로 포기하는데 만약 엄마가 포기하지 않는다면 어떨까요? 결국 성령과 호준이 헤어지더라도 항상 아들이 1순위였던 엄마도 인생에 한 번쯤은 여자로써 단 하루라도 살아보고 싶어 하는 모습이 보이면 어떨까 하는 생각이 듭니다.

엄마와 아들의 나이 설정이 당황스럽습니다. 성령과 호준의 나이 차를 줄이기 위해서 그러신 것 같은데 14살에 아이를 낳으려면 초등학생 때 임신을 해야 하는데 로맨틱 코메디에는 맞지 않는 설정 같습니다.

시놉에서는 성령과 호준은 헤어지는 것으로 끝났는데 두 사람이 헤어지는 결말인가요? 광수의 활약이 아직 남아 있는 것인가요? 두 사람이 꼭 이어지는 결말을 원하는 건 아니지만 광수가 성령과 호준을 위해 의미 있는 일을 할 수 있었으면 좋겠습니다. 시놉 상으로만 봤을 때는 영화 보다는 단막극 같은 느낌이 들어서 영화적인 면을 시놉에서 더 드러낼 수 있었으면 합니다.

김주용 아들 친구와 엄마의 사랑이야기를 로맨틱코미디로 잘 풀어내신 것 같습니다. 주인공의 사랑과 엄마의 사랑이 대비되면서 진정한 사랑이란 나이차가 문제가 아니다 라는 주제가 좋은 것 같습니다. 엔딩에서 엄마와 아들 친구의 사랑이 이루어지지 않아서 안타까웠습니다. 둘이 조금 더 잘 되기를 바라는 게 읽는 사람의 마음인가 봅니다. 성령과 호준이 잘 되고 광수한테 새로운 멋진 사랑이 찾아오는 엔딩이 더 로맨틱하지 않을까 생각해 보았습니다.

김효민 엄마가 자신의 친구와 사랑에 빠진다는 설정은 재미있는 것 같다. 그런데 영화 소재가 되려면 지금보다는 더 깊은 이야기가 있어야 하지 않나 생각이 든다. 지금은 드라마 소재로 더 어울리는 느낌이 많다. 가벼운 로맨틱 코메디의 이야기라고 해도 엄마가 친구랑 사랑에 빠진 것을 너무 가볍게 다루면 오히려 재미가 없어질 것 같다. 로맨스는 확실하게 그려줘야 할 듯. 주인공인 예지와 광수의 이야기가 하나의 축을 이루고 있는데 이 이야기가 재미가 없는 것 같다. '결혼적령기의 여자가 남자에게 임신했다고 거짓말해서 결혼할 수 있나 없나 테스트 하다가 떠나간다.' 정도인데 설득력 있게 그리지 않는 한 비호감일 것 같다. 엄마의 치명적인 매력은 무엇인지 한 번 생각해보게 된다. 관객들도 납득할만한 독특한 매력이 있으면 좋을 것 같다.

양동순 '내 친구와 사랑에 빠진 엄마'라는 소재가 다소 도발적이면서도 흥미 유발적이다. 그런데 엄마가 나를 14살에 낳았다는 데에서 그만 확, 깨고 만다. 보통의 경우 그 나이에 애를 낳는 케이스는 흔치 않고 이 이야기에는 더욱 맞지 않는다. 일반적인 케이스로 엄마가 나를 낳아 내 친구보다 훨씬 더 많은 나이인 것이 오히려 이야기에 힘이 보태진다. 이런 종류의 로맨틱 코미디는 기상천외하고 깜찍, 발랄한 에피소드가 얼마만큼 이야기를 뒷받침해 주냐가 관건인데, 작가가 어떤 구상을 하고 있는지 궁금하다. 작가의도대로라면, 나의 사랑과 엄마의 사랑을 비교하는 방식인데 좋은 생각인 것 같기는 한데… 기존의 로코물을 어떻게 피해 갈 수 있을지에 대한 고민을 해야 할 것 같고, 지금 제시된 캐릭터로는 다소 어렵지 않나 싶어 캐릭터에 대한 연구를 좀 더 해 보라는 말씀을 드리고 싶다.

이충근 엄마도 여자다, 그래서 연애한다, 그런데 내 친구랑… 굉장히 흥미롭네요. 다들 얘기하듯 성령의 나이를 조금 더 올려도 충분히 매력적인 여자라면 사랑 또라이 호준이와 충분히 사랑을 할 수 있을 것 같아요. 그리고 어려운 거지만… 광수가 성령과 호준을 떨어뜨리려는 에피소드가 조금 더 기발했으면 좋겠어요. 광수가 성령과 사이가 안 좋아도 재밌을 것 같아요. 그래서 광수가 호준에게 성령에 대해 들으면서 엄마의 참모습을 알게 되고 절대 이해할 수 없던 엄마의 말과 행동들이 하나둘씩 이해가 되는 과정도 재밌을 것 같아요. 그래서 광수는 호준과의 연애는 절대 안 된다고 하지만 점점 성령도 여자라는 걸 알게 되는….

임의영 '엄마도 여자임을 알게 되는 아들 이야기' 주제가 좋습니다. 아들의 시각에서 끌어간 이야기 구성도 좋구요. 설정이 좀 자연스럽지 않았다는 게 약간 찝찝합니다. 왜 그랬는지는 충분히 알겠지만 성령은 너무 어린 나이 14세에 광수를 낳았고, '성령과 광수 친구 호준' '광수와 호준 누나' 커플까지 너무 얽히고설키게 만들었다는…. 또 한 가지는 광수가 성령과 호준 커플을 헤어지게 만들기 위해 시도하는 작전들이 이미 여러 영화나 드라마들에서 많이 나온 방법들이라는 것입니다. 기대가 되어야 되는데 약간 뻔하다는 생각이 듭니다. 신선하고 새로운 이야기였으면 좀 더 재밌을 것 같습니다.

조영수 엄마가 아들의 친구와 연애 혹은 사랑의 감정을 느끼는 이야기는 몇 번 있어 와서 새롭다는 느낌은 들지 않았지만, 주인공 자신이 그 친구의 누나와 연애 중이라는 복잡한 관계는 이 이야기의 포인트가 될 수 있을 것 같다. 그 특별한 관계 속에서 긴장감이나 아이러니, 서스펜스(?)까지 노려보는 시나리오가 되었으면 하는 바람이 든다. 예지의 캐릭터가 개인적으로 현실감 넘치고 좋은 캐릭터라는 생각이 든다. 개인마다 사정은 있다지만 14살 출산은 너무 과장된 것처럼 느껴진다. 여자 나이 45-46 정도도 충분히 매력적일 수 있다고 생각한다. 연령 세팅에 용기를 가지시길!

수정 시놉시스

■ 메인플롯

절친한 친구의 누나와 비밀연애를 하는 이광수가 이혼한 자신의 엄마와 절친한 친구가 연애중이라는 사실을 알게 되고는 두 사람을 갈라놓지만, 자신의 이별을 통해 두 사람을 이해하게 되면서 결국 사랑의 큐피드가 되어준다.

■ 줄거리

공대생 출신 작가지망생 이광수는 절친한 친구(손호준)의 누나(손예지)와 비밀연애 중이다. 자신의 본능과 감성, 자유를 갈망하는 작가적 소양까지 이해해주는 예지를 사랑하지만 결혼은 여전히 남 얘기인 광수. 그런 광수에게 청천벽력 같은 소식이 떨어진다. 예지가 자신의 임신 소식을 알리며, 광수에게 결혼을 하든지 아니면 아이를 지우고 헤어지든지 선택하라 한 것. 이혼한 철없는 아버지와 함께 지하방에서 살고 있는 광수는 자신이 아무런 생활력도 없는 것을 알기에 인생 최대의 고민에 빠지지만, '어떻게든 되겠지.'라는 생각으로 결혼을 결심하고 이 사실을 엄마(김성령)에게 먼저 고백하기로 한다.

광수는 성령이라면 자신의 상황을 잘 이해해주고 해결책을 줄 거라 믿었다. 그래서 그렇게 말없이 불쑥 찾아갔는데 성령의 집 앞에서 광수는 믿지 못할 광경을 목격한다. 그건 바로 절친한 친구인 호준의 차에서 자신의 엄마 성령이 내리는 장면. 광수는 잘못본거겠지 라고 생각하려 했으나, 의심은 점점 커져 미행까지 하게 되고, 결국 두 사람이 연애 중이었다는 사실을 알게 된다. 그것도 1년 동안!

호준의 누나인 예지가 자신의 아이를 임신한 마당에 말도 안 되는 두 사람의 관계를 모른 척 할 수는 없는 노릇. 광수는 고심 끝에 자신이 처한 상황을 먼저 호준에게 고백하기로 한다. 그러면 호준이 자연스레 엄마와의 관계를 끝 낼 거라 생각했기 때문인데, 광수는 잊고 있었다. 호준은 대학시절부터 사랑에 빠지면 물불 안 가리고 미쳐버리는 '사랑 또라이'였던 것을. 아니나 다를까. 광수가 호준에게 고백한 다음 날, 예지로부터 전화가 온다. 호준이 자신을 영원히 찾지 말아달라는 메모 한 장 달랑 써놓고, 집을 나가 버렸다는 것. 우여곡절 끝에 호준을 찾아낸 광수는 자신의 엄마와 만나지 말라는 돌직구부터 던지는데 호준은 자신의 모든 것을 바꾼다 하더라도 성령에게 프러포즈 할 거라는 결심을 말한다.

절치부심 끝에 광수는 두 사람 사이를 먼저 갈라놓기로 한다. 엄마에게 있는 사실 그대로 말할까도 생각해 봤으나, 그렇게 되면 엄마가 받을 수치심이 너무 클 거라는 상원(광수의 정신적 지주)의 조언 때문에 하지 않기로 했다. 대신 상원은 두 사람 사이에 고춧가루를 뿌릴 수 있는 삐뚤어진 계획들을 알려준다.

첫 번째, 깐죽대기. 호준을 도와주는 것처럼 다가가서, 엄마의 단점에 대해 험담하고, 호준에게 젊은 여자들을 자연스럽게 만나게 해주는 것. 광수는 결국 호준을 이해하는 꼴이 돼버리는 이 방법이 미친 짓이라고 생각했지만 받아들이기로 한다. 왜냐하면 호준은 이미 미친놈 같으니까. 그러나 계획은 실패로 돌아간다. 그의 마음은 예상대로 너무 완고했다.

두 번째, 그렇다면 호준으로 하여금 엄마가 싫어하는 행동을 골라서 하도록 만들자. 일명 '정떨어지게 하기' 작전. 상원은 성령이 가장 싫어했던 사람의 행동을 생각해보라고 제안한다. 광수의 머리에 스치는 남자는 바로 성령의 전남편이자 자신의 아빠(이강호). 광수는 아빠를 탐구한 끝에, 호준으로 하여금 성령이 싫어할만한 행동을 하도록 만드는데… 웬걸, 오히려 성령의 좋았던 추억들을 되살려줘 두 사람 사이를 돈독하게 만들어주는 꼴이 돼버린다. 상황이 역효과를 낳자, 상원은 광수가 엄마의 여성적인 부분 대해 잘 모르는 것 같다며, 엄마에 대해 먼저 면밀히 파악하라고 지시한다. 그동안 호준과의 데이트를 몰래 관찰하며, 엄마한테서 볼 수 없었던 모습들을 많이 봐왔던 터라, 광수는 상원의 말에 일리가 있다고 생각하고 즉각 계획에 착수하기로 한다. 광수는 엄마에게 데이트를 신청하고 '그녀가 정말로 싫어하는 게 뭘까'라는 해답을 얻으려는데 객관적인 관찰자의 눈으로 살펴본 결과였을까. 그 과정 속에서 여자로서의 엄마의 매력만 알게 돼버린다. 그러나 소득이 아예 없는 것은 아니었다. 성령이 아들인 광수와의 데이트 끝에 자신의 전남편인 강호의 이야기를 꺼내며, 자신이 이혼한 진짜 이유를 말해준 것. 그건 바로 '상대방의 흔들리는 마음'이었다.

한편, 최근 들어 한창 설레발 치고 다니는 광수의 모습이 걱정스러웠는지, 광수에 대해 얘기를 나누기 위해 성령과 연락하여 만나게 된 강호. 오랜만에 성령을 만난 강호는 이상하게도 성령이 예뻐 보이고 (사실은 그날 호준과 데이트가 있었다.) 성령에게 온 가족이 함께 저녁 식사를 할 것을 제안하지만 거절당한다. 그러나 성령의 거절이 단호하지 않다고 생각했는지, 헛물켜고, 그녀에 대한 마음의 불씨를 다시 지피기 시작하는데.

아주 간단한 진리였지만, 호준의 마음을 흔드는 것은 여간 어려운 일이 아니라 생각하던 광수는 우연히 예지로부터 결정적 한방을 먹일 단서를 얻게 된다. 그것은 바로 호준의 첫사랑. 그 여자로 하여금 호준을 만나게 하고, 그 상황을 우연히 엄마가 보게 만들어서 엄마의 마음이 호준에게서 떠나도록 하는 계획을 세우는 광수. 예상대로 사랑에 늘 목숨을 걸어왔던 호준은 첫사랑과의 만남을 거절하지 못했고, 그 상황을 엄마로 하여금 우연히 지켜보게 까지 만들었다. 하지만, 두 사람 사이는 생각보다 더 단단했을까. 오히려 이 일을 계기로 호준에게 프러포즈 할 타이밍만 만들어 준 꼴이 돼버린다. 설상가상, 우연히 그 장소를 지나가던 강호까지 자리에 합세. 상황은 알 수 없는 형국으로 흘러가는데!

일촉즉발의 상황. 어머니가 잠깐 자리를 비운 사이, 광수는 완력으로라도 호준을 제지하려고 실랑이를 벌이는데 의외로 일이 아주 간단하게 해결된다. 호준과 광수가 친구 사이라는 것을 알게 된 성령이 호준에게 먼저 헤어지자고 얘기한 것. 그런데 광수가 원하는 바로 그 상황이 되었건만 광수의 기분은 좋지가 않다. 집으로 돌아가는 길에 성령은 광수 앞에서 울음을 터트린다. 너무 미안하고 창피하다며. 광수는 엄마를 살짝 흔들어보려는 듯 맘에 도 없는 말을 꺼낸다. "엄마도 여자잖아. 이해해."

그러나 성령은 "엄마 여자 아니야. 광수 엄마야."라고 이야기 한다.

그렇게 성령은 마음을 정리했고, 호준은 유학을 떠나기로 한다. 이제는 다시 광수 본인의 문제에 집중할 차례. 예지와 결혼하겠다는 굳은 의지를 안고 예지의 회사 앞을 찾아간 광수였는데, 그곳에서 예지에게 다른 남자가 생긴 것을 목격하게 된다. 더더욱 충격적인 것은 예지의 임신 사실조차 거짓이었다는 것. 광수와 예지는 의외로 차분하게 다투게 되고, 광수는 이 과정 속에서 오히려 자신의 엄마이자 여자인 성령을 이해하게 된다. 광수는 예지와 만나는 동안 한 번도 보여준 적 없었던 가장 믿음직하고 남자다운 모습으로 헤어짐을 맞이하고, 호준과 성령을 다시 이어주기로 결심한다.

호준이 유학길에 오르기 위해 공항에서 수속 절차를 밟는 동안, 광수는 부리나케 공항으로 달려가 그곳을 배회하여 호준을 찾아낸다. 그리고 호준에게 큰 소리로 고백한다. "우리 엄마한테는 너가 필요해. 그러니까 제발 가지마." 그러나 호준은 유학길에 오른다. 성령은 몇 달 후 또 다른 연애를 시작했고, 호준은 유학 간 곳에서 새로운 여자친구를 사귀었다. 호준과 광수는 여전히 친구로 지낸다. 예지와는 영영 안보는 사이가 되었지만. 광수는 자신의 인생에서 가장 드라마틱했던 이 이야기를 상원에게 시나리오로 만들도록 제안한다.

가족의 복수

| 이충근 |

시놉시스

■ 로그라인

당신의 아빠는 안녕하십니까?

■ 메인플롯

대한민국에서 최고 잘나가는 검사, 그런데 대한민국에서 최고 고지식한 아빠와 산다. 법정에서보다 집에만 오면 아빠와 치열하게 싸우는 검사 아들. 그리고 하루아침에 회사에서 쫓겨난 아빠는 회사를 상대로 복수를 꿈꾸며 블랙컨슈머가 된다.

■ 캐릭터

창호(31살) : 서울중앙지검 검사. 효식의 아들.

효식(56살) : 현성기업 부장. 창호의 아버지.

순임(54살) : 마트 비정규직. 효식의 어머니. 창호의 부인.

아영(35살) : 효식의 딸.

미주(7살) : 아영의 딸.

어릴 적 김정일보다 더 독재자처럼 보이던 아버지 밑에서 자라난 창호는 아버지의 무서움과 엄마의 뒷바라지 덕에 명문대 법대를 수석으로 졸업하고 검사가 된다. 그런데 여전히 올드한 생각을 가진 아버지 효식의 말과 행동이 답답한 창호는 매번 효식과 부딪친다. 액자에 걸린 가훈 '가화만사성'이란 말이 무색할 정도로 하루가 멀다 하고 티격태격하는 부자로 인해 집안이 조용할 날이 없다! 검사답게 아버지에게 사사건건 따지고 들어가는 창호. 이제 컸다고 대드냐며 버르장머리 없는 놈이라 혼을 내는 효식은 자기의 뜻대로 되지 않자 순임에게까지 화를 낸다.

둘째가라면 서러울 정도로 가부장적이고 고지식한 집안의 가장 효식. 그래도 회사에서는 근면·성실해 부장까지 올라갔지만… 곧은 성격으로 라인을 타지 못하고 만년부장이다. 그런데 그 누구보다 열심히 일했던 효식에게 회사는 명퇴를 강요한다. 평소 아부라고는 모르는 효식은 억울하고 분하지만, 회사를 나올 수밖에 없다. 회사를 나오는 그날! 사장실까지 찾아가 한마디라도 하고 나오려하지만… 꾹 참는 효식. 어떻게든 회사에 꼭 복수를 하겠다고 다짐한다!

이런 효식을 옆에서 평생 보필한 아내 순임. 효식의 말이라면 된장이 똥이라도 해도 믿고 참고 살았던 세월. 하지만 순임은 갱년기 증상이 나타나면서 우울증에 시달린다. 몰라주는 가족들에게 서운한 순임, 그렇다고 크게 기대도 하지 않는다. 그리고 노후 준비로 큰돈을 한번 벌어보자는 생각에 친구를 통해 어렵게 강남 귀족계에 들어간다. 곗돈이라고 하기에는 엄청난 액수의 돈이 오고가는 계모임. 순임은 강남부인들의 허세 쩌는 말과 행동에 주눅이 들지만, 질수 없다는 생각에 자신도 허풍을 떤다. 그리고 아버지의 무한독재를 탈출하고자 일찍 결혼을 선택한 아영. 하지만 남편이 아버지 같은 사람인 걸 알고, 이혼한 후 눈칫밥 먹으며 집에 빌붙어 산다. 아영은 효식과 창호의 싸움에 눈치 보기 바쁘다. 기존의 권력이냐! 새로운 권력이냐!를 판단하기 쉽지 않은 아영.

그나마 집에서 제일 자유로운 아영의 딸 미주. 하지만 미주는 아침 6시에 일어나야 하고 밥 먹을 때 TV 보지 말라는 등 효식의 잔소리에 스트레스를 받는다. 더군다나 요즘 들어 계속해서 티격태격하는 효식과 창호 때문에 힘든 미주. 그래도 미주는 재롱과 애교로 효식을 기분 좋게 한다. 그리고 미주는 용돈 때문이라도 창호에게는 다정하다.

검사로 승승장구하는 창호, 선배들도 다들 미래의 검찰총장감이라고 칭찬한다. 이런 창호지만 집에만 들어오면 효식과 싸운다. 효식과 창호, 서로를 이해하지 못하고 점점 갈등의 골만 깊어진다. 순임과 아영은 이 둘 사이에서 이러지도 저러지도 못한다.

큰돈을 곧 손에 쥐는구나 하던 순임은 강남 귀족계의 계주가 도망가는 바람에 그동안 퍼부은 곗돈을 모두 날리고 혼자 끙끙 앓는다. 결국 순임은 가족한테 말도 못하고 한 푼이라도 벌려고 마트 알바를 시작한다. 하지만 가정주부로만 평생 살았던 순임에게 사회는 냉정하다. 한편으로 효식이 얼마나 힘들게 회사생활을 했을까 하는 생각에 마음이 짠한 순임.

효식도 회사를 퇴직한 걸 가족에게 말하지 못한다. 가장으로써의 자존심, 아니면 가족들에게 무시당할 까봐…. 효식은 매일 출근하는 척하면서 새로운 직장을 알아보지만 여의치 않다. 그래도 집에 들어오면 가장으로써 큰소리치는 효식. 이제나저제나 집안에서 효식과 창호의 날선 대립은 여전하다. 이들 사이에서 눈치 보기 바쁜 순임과 아영, 미주.

집 안에서 TV 리모컨은 언제나 효식의 손에 있다. 저녁이면 효식의 유일한 낙인 일일드라마 보기. 피도 눈물도 없을 것 같은 효식이 드라마를 보며 몰래 눈물을 흘린다. 그런데 전 회사를 퇴직하기 바로 전에 구매한 스마트 TV가 갑자기 나오지 않는다. 망할 놈의 현성기업! 개똥같은 회사가 TV 하나 제대로 못 만드냐며 화를 내는 효식. 결국 그날은 드라마를 못보고 화가 난 효식은 사장의 얼굴과 회사 생각을 하니 분통이 터져 잠도 제대로 못 잔다.

다음날 드라마 클라이맥스 장면에서 뚝 꺼져버린 TV를 들고 서비스 센터를 찾아가는 효식, 회사 로고를 보며 쫓아낸 사장의 얼굴이 생각나 부아가 치밀어 오른다. 그런데 불친절한 직원의 태도에 회사 사장의 얼굴이 오버랩 되면서, 화가 더 나는 효식은 버럭 화를 낸다! 서비스 센터가 떠나가라 소리를 지르는 효식에게 직원들은 죄송하다고 사정하며, 새 TV로 교체해 준다. 당당히 서비스 센터를 나오는 효식은 뭔가 카타르시스를 느낀다. 쫓겨난 회사를 상대로 치사한 거 같기도 하지만 뭔가 복수한 기분이 든 효식! 웃는다.

회사에 복수한 기분이 든 효식은 집에 있던 전 회사 제품을 일부러 하나둘씩 고장을 내고, 서비스 센터에 가서 당당히 교체를 요구한다. 배 째라는 효식의 성격을 당해내지 못하는 직원들. 효식은 마치 사장과 회사에 복수하는 느낌이 들어 기분이 상쾌하다. 그런데 이런 일이 계속 반복되자, 효식의 이름이 현성 본사에 들어가고 효식은 블랙컨슈머 명단에 오른다. 효식도 양심이 살짝 찔린다. 매일 티격태격하는 창호지만, 아들이 대한민국 검사다. 검사 아버지인데 전 회사에 치사하게 불법적인 방법으로 복수하는 자신이 부끄럽다. 그런데 이런 모습을 들켜버렸다! 그것도 하필 손녀 미주한테…. 창피하고 부끄러운 효식. 그런데 오히려 효식을 이해한다는 미주. 효식과 미주는 절대 비밀이라며 누구한테도 말하지 않기로 약속한다.

그런데 세상에 비밀은 없는 법! 효식은 순임이 강남 귀족계에 들어가서 곗돈을 날려버린 사건과 대형마트에서 몰래 일한 걸 알게 된다.

그런데 더 화가 나는 건 비정규직인 순임이 하루아침에 마트에서 쫓겨난 것이다. 아직도 퇴직한 걸 가족들에게 말 못한 효식은 순임을 보니 마치 자신의 모습처럼 느껴져 더 화가 난다. 그런데 그 대형마트가 현성기업의 계열회사다! 다시 회사 사장의 얼굴이 떠오르는 효식!

다시 복수의 칼날을 가는 효식은 순임이 다녔던 대형마트에서 물건을 산 후 유통기한을 조작해, 유통기한이 지난 물건을 팔았다며 직원에게 찾아가 항의한다. 하지만 효식의 기에 눌리지 않는 만만치 않은 점원의 얼굴에 회사 사장의 얼굴이 오버랩 되면서, 배 째라며 그 자리에 드러누운 효식. 결국 점원의 패로 끝나고 효식은 상품권을 두둑이 받아 챙겨 나온다. 그런 효식이 멋져 보이는 순임도 마트에 뭔가 복수한 기분이 들어 상쾌하다.

효식의 명단이 다시 현성기업 본사로 들어가고, 블랙컨슈머 명단 제일 상위 클래스에 오른다. 현성기업은 블랙컨슈머의 명단을 경찰에 보내고 신고한다. 그리고 강남 귀족계 사건이 대대적으로 뉴스에 보도되고, 순임은 참고인 조사를 받으러 오라는 검찰의 연락을 받는다.

효식의 블랙컨슈머 사건을 맡게 된 창호의 동료 검사. 창호는 효식이 조사 대상인 블랙컨슈머 명단에 있는 걸 보고 놀란다. 그리고 창호는 효식의 회사에 전화를 해 퇴직 사실을 알게 된다. 아직 효식과 가족들은 크게 커져버린 사건에 대해 모른다. 차마 창호는 가족들 앞에서 곧 검찰조사를 받게 될 효식에 대해 얘기를 꺼내지 못한다. 여전히 집안에서 큰소리를 치는 효식. 도무지 아버지를 이해하기 어려운 창호.

효식은 출두명령을 받고 자신도 놀란다. 일이 이렇게 크게 될지는 자신도 몰랐던 것! 곧 검사의 조사를 받게 된 효식은 이 상황을 어떻게 해야 할지…. 하지만 창호에게 말하지 못한다. 그리고 같은 날 순임도 검사에게 참고인 조사를 받는다. 순임은 창호에게 혹시나 피해가 갈까 노심초사 하는데….

작가들의 코멘트

김수정 집안 가훈은 '가화만사성'이지만 가화만사성하지 못한 집안 식구들 각자가 가지고 있는 아이러니한 상황, 화목해야 할 가족과 블랙컨슈머를 연결시킨 것이 재미있습니다. 점점 블랙컨슈머들의 행태가 교묘해지고 커지면서 기업들의 대응 방법도 치밀해지고 있는데 그런 현실적인 에피소드들이 합쳐지면 흥미로운 이야기가 될 것 같습니다. 블랙컨슈머로써의 활동이나 재미를 주기 위해서는 아버지뿐만 아니라 다른 가족들까지도 블랙컨슈머 활동을 소소하게나마 하면 어떨까 하는 생각이 듭니다. 특히 이혼하고 친정에 얹혀 있는 아영 캐릭터가 30대 여성이기 때문에 화장품, 살림 관련 제품, 아이 물건까지 다양한 제품에 대해 블랙컨슈머로 활약하기 적합한 인물 같아서 아영 캐릭터를 잘 활용해 보시면 좋겠습니다.

김주용 아들이 검사이고 아버지가 블랙컨슈머가 되는 설정을 보았을 때, 후반부가 아버지가 다니던 회사의 비리를 아버지와 아들이 함께 파헤치고 결국 사회정의를 거두는 이야기가 될 거라고 생각했었습니다. 설정에서는 그런 재미가 느껴졌습니다. 아버지와 아들이 결국 어떻게 화해하고 가족애를 되찾느냐가 중요한 포인트 같습니다. 이야기가 어떻게 잘 마무리될지 기대됩니다.

김효민 가족극과 블랙컨슈머 소재를 결합한 것이 재미있다. 앞부분이 너무 긴 것 같다. 읽어보면 뒷부분에 아버지가 다니던 회사를 상대로 블랙컨슈머가 되는 것이 주요 이야기인데 지금은 가족들 간의 역학 관계를 설명하는 데 분량이 많이 할애된 것 같다. 주요사건을 좀 더 써주거나 앞의 캐릭터 소개를 조금 줄여도 될 듯. 하나 둘 블랙컨슈머가 되며 가족이 이상한 형태로 뭉쳐가는 모습이 재미있을 것 같다. 정상적인 것, 바른 것을 강요했을 때는 계속 분열되던 가족이 세상과 등을 돌리고, 불만을 표출하는 과정에서 서로 똘똘 뭉치면 묘한 카타르시스가 있을 것 같다. 궁금한 점은 아들과 아버지의 갈등이 심각하게 표출되는데 이들의 갈등의 이유가 명확하지 않다는 것이다. 두 사람의 갈등의 이유를 모르니 나중에 조사 받으러 온 아버지와 검사인 아들이 어떻게 화해하게 될지도 잘 그려지지 않는 것 같다. 이 부분이 잘 보완되었으면 좋겠다.

양동순 그런데 이 가족, 요즘의 가족형태라기보다는 어쩐지 90년대스러운 다소 공감의 폭이 넓지 않은 모습이다. 하지만 효식의 행동은 응당 이해가 된다. 청춘을 다 받친 회사에서 하루아침에 정리해고 되는 기분을 당해보지 않은 사람으로 알 수는 없으나 절망스러울 것이리라! 그래서 당연히 복수심도 생기고, 그들을 상대로 소소한 싸움에서 이겼을 때 느끼는 통렬함은 이루 말 수 없을 것이다. 하지만 효식의 행동은 처음부터 끝까지 같은 행태의 반복이란 점이 아쉽다. 처음엔 자신을 버린 회사를 혼내주기 위해서 시작했지만, 차츰 그것이 정의사회를 구현하는 행동으로 옮겨가야 공감할 수 있지 않을까 싶다. 또한 손녀와 공범이 되는 설정은 다소 위험할 수도 있겠으나 그런 만큼 재미도 클 수 있겠다. 문제는 아버지와 아들의 법적인 대립을 어떻게 붙일 것인가 인데. 아마도 범죄자 취급을 하던 아버지를 서서히 이해해가며 창호 역시 정의로움에 대해 곱씹게 되어야 하겠지. 그러기 위해선 대체 창호는 왜 검사가 되었는지부터 새로 수정해야 할 것 같다. 시놉 상으로 보면 단순히 아들 하나 잘 키우려는 엄마의 도움과 아버지에 대한 반항인데 이것으로는 조금 약하지 않나. 뭔가 창호의 생각은 부모와는 달라야 할 것 같다. 신분 상승이라든지, 권위의식에 사로 잡혀

서라든지. 암튼, 시끌벅적한 가족 코미디가 탄생할 것 같아 읽는 내내 기분은 좋았다.

윤현호 대립하는 검사 아들과 명퇴 아버지. 그리고 아버지는 블랙컨슈머가 되다. 흥미롭습니다. 줄거리가 끝까지 완결되지 않아서 앞으로 어떤 식으로의 이야기가 전개 될지 궁금합니다. 그리고 어려운 거지만 효식의 블랙컨슈머로서의 활동 에피소드가 조금 더 기발하고 리얼했으면 좋겠어요. 추후 이야기 진행을 머릿속에 그리고 계시겠지만, 효식과 창수를 포함한 온 가족이 블랙컨슈머로서 대기업에 대항하는 것도 재밌을 것 같아요. 창수는 처음에 효식의 뜻을 거스를 수 없어서 블랙컨슈머로 같이 활동하지만, 이건 아니다 싶어 빠질 때 쯤, 정말 검사가 해결해야 할 거대한 비리나 음모와 마주하게 되고, 이 사건을 해결하려다 난항을 겪을 때, 아버지인 효식의 활약으로 사건을 해결해가는 과정도 재밌을 것 같아요. 그리고 그 과정 속에서 창수는 효식을 여전히 고리타분하다 생각하지만, 한편으로는 이해하게 되는… 가능성이 풍부한 이야기라 기대가 됩니다. 잘 수정하시길 바랍니다.

임의영 '블랙컨슈머'란 모티브는 괜찮아 보입니다. 어떻게 구성하느냐에 따라 아주 좋은 이야기가 될 수도 있겠습니다. 가족들이 전부 우울해 보입니다. 맛깔스럽거나 좀 다른 캐릭터의 가족도 등장하면 좋겠습니다. 시놉의 내용이 전체의 중간 정도까지 밖에 안 나온 것 같습니다. 이 뒤로 나올 이야기들이 사실 더 중요한데 뒷얘기가 없어서 아들이 어떻게 아버지의 울타리가 돼줄지 궁금합니다. 이야기가 절정에까지 이르려면 아버지와 아들이 피의자와 검사로 법정에 서야할 것 같은데 그것도 너무 뻔할 것 같아서 어떻게 진행시키는 게 좋을지 감이 안서서 어떻게 끌고 가실지 기대 반 우려 반입니다.

조영수 메인플롯과 시놉시스가 좀 다른 듯한 느낌을 받았다. 그리고 이 이야기에 섞이지 않는 두 가지 갈래의 이야기가 있는 듯하다. 효식의 이야기와 창호의 이야기. 물론 추후에 검사 아들이 블랙컨슈머 아버지를 상대하는 이야기가 될 수도 있는데, 그렇다면 검사보다는 형사가 어울리지 않을까 생각해 봤다. 검사가 블랙컨슈머를 담당하는 일까지는 생기지 않을 것 같다. 아니면 효식이 더 큰 어떤 일을 저지르거나.

이것이 효식과 회사의 대결 이야기인지, 부자간의 전쟁 이야기인지 노선을 분명하게 정해서 가면 어떨까 싶다. 초중반까지 가족을 설명하는 소소한 에피소드만 있고 사건이 없어 따라가기 애매한 지점이 있다. 퇴직 후 전 직장을 상대로 블랙컨슈머가 되는 효식의 이야기가 재미있었다. 짓궂은 영감 캐릭터. 나머지 가족들 이야기는 서브플롯 정도로 줄이고 이것에 집중하면 〈어바웃 슈미트〉 같은 소소한 장점을 가진 매력적인 영화가 될 수 있을 것 같다. 이에 따라 제목도 수정하면 어떨까 하는 의견을 제시해본다.

수정 시놉시스

- 로그라인

저기요? 당신은 오늘 가족들에게 '고마워.'라고 말했나요?

- 줄거리

어릴 적 김정일보다 더 독재자처럼 보이던 아버지 밑에서 자라난 창호는 아빠의 공포와 엄마의 뒷바라지 덕에 명문대 법대를 수석으로 졸업하고 검사가 된다. 그런데 여전히 올드한 생각을 가진 아버지 효식의 말과 행동이 답답한 창호는 매번 효식과 부딪친다. 액자에 걸린 가훈 '가화만사성'이란 말이 무색할 정도로 하루가 멀다 하고 티격태격하는 부자로 인해 집안이 조용할 날이 없다! 검사답게 아버지에게 사사건건 따지고 들어가는 창호. 이제 컸다고 대드냐며 버르장머리 없는 놈이라 혼을 내는 효식은 자기의 뜻대로 되지 않자 순임에게까지 화를 낸다.

둘째가라면 서러울 정도로 가부장적이고 고지식한 집안의 가장 효식. 상고를 졸업하고 회사에 취직, 근면·성실해 부장까지 올라갔지만… 불법적인 회사의 모습을 참지 못하고 바른 말만 하다가 라인을 타지 못한 채 만년부장이다. 가족을 위해 버텼던 회사 생활! 그런데 그 누구보다 열심히 일했던 효식에게 회사는 희망퇴직 대상자라며 퇴직을 강요한다. 평소 아부라고는 모르는 효식은 억울하고 분하지만, 회사를 나올 수밖에 없다. 회사를 나오는 그날! 사장실에 찾아가 한마디라도 하고 나오려하지만… 사장실 앞에서 들어가지 못하는 효식. 어떻게든 회사에 꼭 복수를 하겠다고 다짐한다!

효식을 옆에서 평생 보필한 아내 순임. 효식의 말이라면 된장이 똥이라도 해도 믿고 참고 살았던 세월. 하지만 순임은 갱년기 증상이 나타나면서 우울증에 시달린다. 몰라주는 가족들에게 서운한 순임, 그렇다고 크게 기대도 하지 않는다. 순임은 노후준비로 큰돈을 한번 벌어보자는 생각에 친구를 통해 어렵게 강남 귀족계에 들어간다. 곗돈이라고 하기에는 엄청난 액수의 돈이 오고가는 계모임. 순임은 강남부인들의 허세 쩌는 말과 행동에 주눅이 들지만, 질수 없다는 생각에 자신도 허풍을 떤다.

아버지의 무한독재를 탈출하고자 일찍 결혼을 선택한 아영. 하지만 남편이 아버지 같은 사람인 걸 알고, 이혼한 후 눈칫밥 먹으며 집에 빌붙어 산다. 아영은 효식과 창호의 싸움에 눈치 보기 바쁘다. 기존의 권력이냐! 새로운 권력이냐!를 판단하기 쉽지 않은 아영.

그나마 집에서 제일 자유로운 아영의 딸 미주. 하지만 미주는 아침

6시에 일어나야 하고 밥 먹을 때 TV 보지 말라는 등 효식의 잔소리에 스트레스를 받는다. 더군다나 요즘 들어 계속해서 티격태격하는 효식과 창호 때문에 힘든 미주. 그래도 미주는 재롱과 애교로 효식을 기분 좋게 한다. 그리고 미주는 용돈 때문이라도 창호에게 다정하다.

검사로 승승장구하는 창호, 선배들도 다들 미래의 검찰총장감이라고 칭찬한다. 이런 창호지만 집에만 들어오면 효식과 싸운다. 가난한 집안에서 어렵게 공부를 해 상고를 졸업하고 사회생활을 시작한 효식. 하지만 학연도 혈연도 지연도 없는 사회에서 성실함만으로 버티기엔 척박하고 힘들었던 효식의 인생. 오직 가족을 생각하며 버틴 세월. 자식이 자신처럼 살기를 바라지 않은 효식은 콤플렉스처럼 자식에게 집착했다.

그런 효식을 이해하려고 하지만… 과거 창호에게 효식은 독선적이고 가부장적인 아빠로 창호의 마음에 상처로 남았다. 시간이 흐르면서 효식과 창호는 점점 서로를 이해하지 못하고 갈등의 골만 깊어진다. 둘을 지켜보는 순임과 아영은 둘 사이에서 이러지도 저러지도 못한다.

큰돈을 곧 손에 쥐는구나 하던 순임은 강남 귀족계의 계주가 도망가는 바람에 그동안 퍼부은 곗돈을 모두 날리고 혼자 끙끙 앓는다. 결국 순임은 가족한테 말도 못하고 한 푼이라도 벌려고 마트 알바를 시작한다. 하지만 가정주부로만 평생 살았던 순임에게 사회는 냉정하다. 한편으로 효식이 얼마나 힘들게 회사생활을 했을까 하는 생각에 마음이 짠한 순임.

효식도 회사를 퇴직한 걸 가족에게 말하지 못한다. 가장으로써의 자존심, 아니면 가족들에게 무시당할까봐…. 효식은 매일 출근하는 척하면서 새로운 직장을 알아보지만 여의치 않다. 그래도 집에 들어오면 가장으로써 큰소리치는 효식. 이제나저제나 집안에서 효식과 창호의 날선 대립은 여전하다. 이들 사이에서 눈치 보기 바쁜 순임과 아영,

미주.

집안에서 TV 리모컨은 언제나 효식의 손에 있다. 저녁이면 효식의 유일한 낙인 일일드라마 보기. 피도 눈물도 없을 것 같은 효식이 드라마를 보며 몰래 눈물을 흘린다. 그런데 전 회사를 퇴직하기 바로 전에 구매한 스마트 TV가 갑자기 나오지 않는다. 망할 놈의 현성기업! 겉만 대기업이지 순 비리만 저지르는 개똥같은 회사가 TV 하나 제대로 못 만드냐며 화를 내는 효식. 결국 그날은 드라마를 못보고 화가 난 효식은 사장의 얼굴과 회사 생각을 하니 분통이 터져 잠도 제대로 못 잔다.

다음날 드라마 클라이맥스 장면에서 뚝 꺼져버린 TV를 들고 서비스 센터를 찾아가는 효식, 회사 로고를 보며 쫓아낸 사장의 얼굴이 생각나 부아가 치밀어 오른다. 그런데 불친절한 직원의 태도에 회사 사장의 얼굴이 오버랩 되면서, 화가 더 나는 효식은 버럭 화를 낸다! 서비스 센터가 떠나가라 소리를 지르는 효식에게 직원들은 죄송하다고 사정하며, 새 TV로 교체해 준다. 당당히 서비스 센터를 나오는 효식은 뭔가 카타르시스를 느낀다. 쫓겨난 회사를 상대로 치사한 거 같기도 하지만 뭔가 복수한 기분이 든 효식! 웃는다. 효식의 집. 갑자기 잘 되던 현성밥통이 고장 난다. 온 가족이 아침밥도 못 먹고 집을 나가는 있어서는 안 될 일이 일어난다! 효식의 아침밥은 꼭 온 가족이 먹어야 한다는 일념에 치명타를 가한 현성밥통! 효식은 당장 밥통을 들고 서비스 센터를 찾아가 직원과 한바탕 논쟁을 펼친다. 1년이 갓 지난 제품이지만 무상서비스를 받아 나오는 효식은 다시 카타르시스를 느낀다. 효식은 양심이 살짝 찔린다. 매일 티격태격하는 창호지만, 아들이 대한민국 검사다. 검사 아버지인데 전 회사에 치사하고 살짝 불법적인 방법으로 복수하는 자신이 부끄럽다. 그래도 현성기업의 비리를 알고 있고, 뭔가 자신이 정의사도가 된 것 같은 효식. 그런데 효식이 회사에 쫓겨난 걸 들켜버렸다! 그것도 하필 손녀 미주한테…. 창피한 효식. 그런데 오히려 효식을 이해한다는 미주. 효식과 미주는 절대 비밀이라며 누구한테도 말하지 않기로 약속한다. 그런데 세상에 비밀은 없는 법! 효식은 순임이 강남 귀족계에 들어가서 곗돈을 날려버린 사건과 대형마트에서 몰래 일한 걸 알게 된다. 그런데 더 화가 나는 건 비정규직인 순임이 하루아침에 마트에서 쫓겨난 것! 그리고 마트에서 비밀리에 벌어지는 제품의 유통기한 조작! 아직도 퇴직한 걸 가족들에게 말 못한 효식은 순임을 보니 마치 자신의 모습처럼 느껴져 더 화가 난다. 그런데 그 대형마트가 현성기업의 계열회사다! 비리의 온상인 현성이 사람들 먹는 걸로 장난질까지! 다시 회사 사장의 얼굴이 떠오르는 효식! 복수의 칼날을 가는 효식은 순임이 다녔던 대형마트에서 물건을 산 후 유통기한을 조작해, 유통기한이 지난 물건을 팔았다며 직원에게 찾아가 항의한다. 하지만 효식의 기에 눌리지 않는 만만치 않은 점원의 얼굴에 회사사장의 얼굴이 오버랩 되면서 배 째라며 그 자리에 드러누운 효식. 마트에서 가끔 유통기한을 속였다는 걸 알고 있는 점원은 효식의 성깔에 결국 상품권을 선물하고 사건을 무마한다. 그런 효식이 멋져 보이는 순임도 마트에 뭔가 복수한 기분이 들어 상쾌하다.

순임은 미주에게 효식이 회사에서 쫓겨난 일을 듣는다. 효식은 할 수 없이 순임에게 희망퇴직을 할 수 밖에 없었고, 그리고 현성이 얼마나 못된 회사인지 그동안 가족들을 생각하며 참았던 회사의 일들을 순임에게 고백한다. 마트에서 일해 보고 얼마나 효식이 힘들었을까를 생각했던 순임은 효식을 위로한다. 그런데 효식은 이참에 우리가 현성기업을 혼내주자며 순임에게 블랙컨슈머가 되자고 한다. 처음에 나쁜 짓 아니냐며 안 된다던 순임은 효식의 설득에 넘어간다. 또 집에서 놀던 딸 아영도 효식과 순임과 함께 하기로 의기투합(?)한다. 효식, 순임, 아영은 집에 있던 현성기업 제품을 일부러 하나둘씩 고장을 내고, 서비스 센터에 가서 당당히 교체를 요구한다. 배 째라는 효식의 성격을 당해내지 못하는 직원들. 또 순임과 아영의 여성 유아상품 공략도 만만치 않다. 효식은 마치 사장과 회사에 복수하는 느낌이 들어 30년 쌓인 스트레스가 풀린다. 그리고 이런 비리를 저지르는 기업은 망해야 한다는 생각에 마치 정의사도가 된 것 같은 효식과 순임, 아영. 그런데 이런 일이 계속 반복되자 효식과 순임, 아영의 이름이 현성 본사에 들어가고 세 명은 블랙컨슈머 명단에 오른다. 효식이 제일 상위에, 조금 더 아래쪽에 있는 순임과 아영. 현성기업은 블랙컨슈머의 명단을 검찰에 의뢰하고 신고한다. 그리고 강남 귀족계 사건이 대대적으로 뉴스에 보도되고, 순임은 참고인 조사를 받으러 오라는 검찰의 연락을 받는다.

창호는 한창 불법식품유통 관련에 조사를 벌인다. 제보를 받기도 하고 직접 조사를 벌이는 창호. 옆방 동료검사와 대화중 블랙컨슈머 사건을 듣게 된다. 그런데 창호는 블랙컨슈머 명단에서 효식과 그 밑으로 보이는 순임과 아영의 이름을 보고 놀란다. 그리고 창호는 효식의 회사에 전화를 해 퇴직 사실을 알게 된다. 아직 효식과 가족들은 크게 커져버린 사건에 대해 모른다. 차마 창호는 가족들 앞에서 곧 조사를 받게 될 효식과 가족들에 대해 얘기를 꺼내지 못한다. 여전히 집안에서 큰소리를 치는 효식. 도무지 아버지를 이해하기 어려운 창호.

효식은 출두명령을 받고 놀란다. 일이 이렇게 크게 될지는 자신도 몰랐던 것! 곧 검사의 조사를 받게 될 효식은 이 상황을 어떻게 해야 할지…. 하지만 창호에게 말하지 못한다. 그리고 같은 날 순임도 검사에게 참고인 조사를 받는다. 순임은 창호에게 혹시나 피해가 갈까 노심초사한다. 효식은 창호를 찾아가보려고도 하지만 아버지로써 체면 때문에 가지 못한다. 처음으로 취조실에 들어가 본 효식은 집에서의 모습과는 달리 말도 제대로 못한다. 아들 같은 검사 앞에서 한없이 작아지는 효식. 그런 효식의 모습을 보는 창호의 마음 한쪽이 아프다. 창호는 동료검사에게 자신의 아버지라고 말을 차마 꺼내지 못한다. 그런데 효식에게 너무 심하게 몰아붙이는 동료검사의 모습과 집에서와는 달리 아무 말 못하는 효식의 모습에 울컥하는 창호. 검사에게 당하는 효식의 모습을 보며 결국 창호는 동료검사에게 자신의 아버지라고 얘기를 하고, 효식을 만나러 취조실에 들어간다. 집에서와 달리 기가 푹 죽은 효식은 그 동안에 이야기를 창호에게 꺼낸다. 그리고 창호는 아버지이자 인간 효식이 살아온 이야기를 듣는다. 지금까지 30년을 넘게 살면서 효식과 창호가 해보는 가장 긴 대화다. 효식의 말을 들으면서 마음 한편이 아파오는 창호…. 그동안 힘든 사회생활도 가족을 위해 버렸던 아버지 효식. 자식은 자신처럼 살게 하고 싶지 않았던 아버지 효식. 누가 뭐래도 가족을 지키기 위해 살아온 아버지! 그리고 어머니의 모습까진 보게 된 창호. 그리고 겉만 대기업이지 비리를 저지르고 있는 현성기업! 검사로써 가만히 있을 수 없는 창호! 블랙컨슈머 효식과 순임, 아영 그리고 검사 창호까지 합세해 현성기업을 상대하는데….

패밀리 대첩

| 임의영 |

시놉시스

■ 로그라인

황혼이혼 날 배달된 아기! 대가족의 살벌한 전쟁이 시작된다.

■ 메인플롯

합의이혼을 하려는 노부부에게 아기가 담긴 택배가 온다. 밖에서 낳아가지고 온 아기라는 의심을 하던 차에 아기를 탈취하려는 검은 세력들이 등장한다. 그들로부터 아기를 구하려는 가족들의 한판 승부.

■ 캐릭터

철수(75세) : 25살에 결혼. 금혼식을 앞두고 있다.

영희(70세) : 20살 꽃다운 나이에 결혼.

하남(51세) : 장남. 정치가 부부.

두남(45세) : 둘째 아들 형사부부.

세주(39세) : 딸. 남편과 운동선수 부부.

세남(27세) : 셋째 아들 늦둥이. 부인과 취업준비생 부부.

■줄거리

　너무 오래된 부부, 철수와 영희는 금혼식 날 서로 깨끗하게 갈라서기로 합의를 한다. 신나게 노래 부르고, 케이크 자르고, 아들 딸, 손주 재롱 잘 보고서 답사하러 일어난 두 사람에게서 나온 말 "그 동안, 가족과 배우자를 위해 살았고 늦둥이 막내도 결혼시켰으니 이제부턴 자신들을 위해 살겠다."며, "오늘 잔치는 이혼 기념 파티쯤으로 여기라."는 말을 남기고 홀연히 법원으로 떠난다. 남은 가족들 황당! 1차 멘붕.

　철수와 영희가 이혼하면 여러 가지 불편한 점이 생기는 가족들. 특히 SNS에 부모의 금혼식을 언급하며 선거전 이미지 확보에 철수와 영희를 이용했던 하남은 갖가지 방법을 동원하고 은근히 협박까지 하지만 철수와 영희의 결심은 확고하다.

　마지막으로 한 집에 자는 철수와 영희. 다음날 새벽 철수는 짐을 싸서 집을 나가려는데 퀵 배달이 하나 온다. 이런 새벽에 무슨 퀵이 오나 싶었지만 일단 얼떨결에 받았는데 뭔가 심상치 않아 보이는 상자. 잠깐 망설이던 철수, 자신과는 이제 상관없다 싶어 현관에 그냥 두고 나가려는데 상자가 스윽 움직이는 것 같다. 그 순간 공포가 몰려오는 철수. 설마 잘못 봤겠지 하고 기다리고 있으려니 또 툭⋯ 투둑⋯ 하고 안에서 뭔가가 꿈틀거린다. 아직 자고 있는 영희를 깨우는 철수. 투덜거리는 영희를 끌고 나와 상자를 앞에 두고 고민한다. '갖다 버릴까⋯ 풀어볼까⋯.'

　"안에 동물 같은 게 들어있을지도 모르는데 버리면 안 된다."는 영희와 "혹시 뱀 같은 게 있으면 어쩌냐."는 철수. 긴 입씨름 끝에 그래도 확인을 해봐야겠다는 합의를 보고 조심조심 열려고 하는데 작은 울음소리 같은 게 나고! 영희 "난 또⋯.뭐라고! 고양이네. 고양이. 누가 고양이를 배달시켰을까?" 하고 있는데 철수가 상자에서 꺼낸 것은 고양이도, 뱀도 아닌, 이제 막 배꼽을 자른 갓난아기다. 놀라서 떨어뜨릴 뻔한 철수. 그때부터 아기는 울기 시작하고. 기가 막혀서 누가 보냈는지 확인하려고 퀵 회사에 전화를 하지만 보낸 사람은 알 수 없다는 답변을 듣는다. 아이를 어떻게 하긴 해야겠는데 일단 울음을 멈추게 하려고 영희가 아무리 안고 업어줘도 시끄럽게 빽빽 울어대던 아기가 철수에게 가더니 울음을 뚝 그친다. 너무 어색하고 어설픈 철수, 5분을 못 견디고 영희에게 아기를 넘기면 또 다시 울기 시작하는 아기. 이렇게 아기와의 하루를 허겁지겁 보내게 되는 철수와 영희. 그날은 철수만 힘든 게 아니었다. 워킹 맘이었던 영희도 아기를 낳기만 했지 기른 건 친정엄마여서 육아에 대해 별로 아는 게 없었다. 전쟁 같은 며칠이 지나고, 주민센터에서 소개해준 사회복지시설에 아기를 데리고 가는 철수. 하지만 아기는 역시 철수에게서 떨어지자 또 자지러지게 울기 시작한다. 그래도 놓고 나오긴 했는데 아기걱정에 뒤척이며 잠을 이루지 못하는 철수. 다음날 복지시설 앞에서 서성이며 들어갈까 말까 고민하고 있는데 담당자가 나오더니 혹시 입양 전까지 잠시 키워줄 수 있냐는 제안을 한다. 못이기는 척 아기를 데리고 집으로 돌아오는 철수. 아기를 안고 들어오는 철수를 보고 기가 찬 영희, 아기도, 철수도 내 집에서 당장 나가라고 하는데 혼자선 절대 아기를 돌볼 자신이 없는 철수가 이런 저런 핑계를 대며 눌러앉는다. 이날부터 철수와 영희, 그리고 아기의 삼파전이 시작된다. 울고, 싸우고, 먹이고, 싸고⋯. 어쩌다 웃고, 피곤해서 곯아떨어지고⋯.

그로부터 일주일 뒤. 철수와 영희의 늦둥이 막내아들 결혼식.

이제 갓 두 달 됐음직한 아기를 안고 나타난 철수를 보고 가족들 2차 멘붕!

게다가 그 꼬장꼬장하고 가부장적이던 철수가 젊은 아빠들이 주로 한다는 아기 띠를 매고 버젓이 걸어들어 오자 자신의 눈을 의심한다.

결혼식 피로연에서 신랑신부는 뒷전이고, 이 아기는 누구냐를 가지고 가족들의 팽팽한 설전이 벌어진다. 결국, 철수가 뒤늦게 어디서 낳아 와서 마치 배달된 양 꾸몄다는 의견에 합의한다. 듣고 있던 영희, 다시 생각해보니 어쩐지 이상한 게 한두 가지가 아니다. 철수만 보면 울음을 멈추던 아기. 그리고 복지시설에 맡기는 척 하다가 다시 찾아온 것 하며, 앞뒤가 짝짝 맞아 떨어지지 않은가. 뒷목 잡고 쓰러지는 영희. 가족들 이제 모두 영희 편이 돼서 엄마의 이혼에 찬성하고 아빠 타도를 외친다.

결혼식에서 돌아온 철수는 영희의 살벌한 시선을 피해, 고되고 고된 아기 뒤치다꺼리를 혼자 다 한다. 하지만 더 이상 혼자 버틸 수가 없게 된 철수는 가사도우미를 부르고. 들어온 가사도우미, 젊고 서글서글하다. 철수에게도 잘하고, 아기도 곧잘 보는 도우미. 형사인 두남이 부부는 도우미의 뒤를 캐다가 도우미가 전과자인데다가 진짜 아이 엄마일지도 모른다는 의심을 하기 시작하고. 차마 그런 얘기는 못하고 도우미를 내보내라고 하지만 철수도 영희도 그럴 생각이 전혀 없다. 엄마를 없애고 집에 눌러앉을 수도 있겠다는 걱정에 셋째인 운동선수 부부는 각자의 운동기구겸 무기인 양궁과 펜싱을 들고 짐을 싸서 집으로 들어온다. 하지만 각자 바쁜 터라 하루 종일 집에 있을 수는 없는데….

드디어 엄마가 사라지는 사건이 발생한다. 철수가 도우미와 짜고 엄마를…? 가족들 총출동하는데 엄마는 멀쩡하게 돌아오지만 때맞춰 강도가 들어온다. 가족들 강도를 때려잡는데, 강도가 탈취하려던 것은 뜻밖에 아기다. 가족들 3차 멘붕!

도우미 여자도 아기를 빼돌리려고 했던 게 드러나고, 아기를 자신들이 말하는 곳으로 데려오라는 협박 전화도 온다. 보통은 아기를 유괴한 후 돈과 아기를 바꾸자고 하는 게 순서 아닌가? 돈을 줄 테니 자신들이 원하는 장소에 아기를 갖다 놓으라니…!

어떻게 해서든 아기를 빨리 내보내려던 가족들은 '아기 사수'로 방향을 급선회. 결전을 준비한다.

대체 어떤 아기기에 무시무시한 집단들이 서로 가져가려고 하는 것일까…!

어쨌든 아기를 뺏길 수는 없다. 협상의 달인 첫째 정치가 부부와 강도쯤이야 매일 같이 상대하는 둘째 형사부부. 싸움에선 누구에게도 지지 않는 국가대표 운동선수 부부 셋째. 그리고 산전수전 고시원까지 모두 섭렵한 악바리 취준생 부부의 패밀리 대첩은 그렇게 끝을 향해 달려간다.

폭풍이 지나가고, 다시 아웅다웅하며 시시껄렁한 걸로 싸움이나 하는 평범한 가족으로 돌아온 그들. 이때, 아기를 입양하겠다는 철수와 영희. 가족들 4차 멘붕!

51세 첫째 아들. 아니 내가 이 나이에 손주도 아니고 1살짜리 동생을 본다는 게 말이 되냐. 그 옆에 있던 첫째 아들의 네 살짜리 손주, "그럼 이 애기가 작은할머니야?"

작가들의 코멘트

김수정 정치가, 형사, 운동, 취준생 각 부부 캐릭터들 보는 재미가 있을 것 같습니다. 개인적으로는 취준생 부부가 다른 영화에서 보지 못했던 캐릭터라 관심이 갑니다. 그런데 네 명의 자식들 모두 부부로 출연한다면 등장인물이 많다는 생각이 듭니다. 한 둘 정도는 갔다 오거나 뭔가 하자가 있는 인물로 그려지면 어떨까요? 무시무시한 놈들과 상대할 때 형사 부부와 운동 부부가 해결하는 방법이 겹칠 수도 있을 것 같아서 각 직업을 잘 살려서 해결 방법을 모색하시면 좋을 듯싶습니다. 등장인물들 나이대를 좀 젊게 하면 어떨까요? 칠순이면 저희 부모님 연세인데… 아무리 영화라고 하지만 칠순 부부가 갓난아기를 입양하는 상황은 공감하기가 어렵네요.

김주용 줄거리에 나온 이야기의 분량이 영화로 따지면 얼마나 되는지가 중요할 것 같습니다. 아직 이야기에 나오지 않은 분량을 30분 정도로 잡아서 속도감 있게 처리한다면, 줄거리에 나온 이야기가 70분? 내외가 되는 것 같은데 그 시간의 이야기의 에피소드가 산만해 보입니다. 깔끔한 정리가 필요할 것 같습니다. 그리고 황혼부부의 사랑을 되찾아야 할 텐데, 그 이유가 아이가 될 수도 있고 자식들이 될 수도 있을 텐데, 자식들이 상당히 많고 그들 중 누가 네거티브한 역할을 맡을 것인지, 그들 캐릭터의 분별을 어떻게 가져갈 것인지도 궁금한 지점입니다.

김효민 황혼이혼, 퀵으로 배달된 아기, 정치가, 형사, 운동선수 부부 등 깨알 같은 설정들이 어우러져서 기본 세팅 자체가 재미있게 되어 있는 것 같다. 아기를 배달한 사람이 누구인지 밝혀지지 않고 이야기가 끝난 것 같은데 언뜻 보면 위험한 것 같은 이런 설정도 가능하리라 생각한다. 그런데 황혼이혼의 이유가 궁금하다. 주인공들의 직업이랄까 전사가 드러나지 않아서 의아하다. 할머니 할아버지가 과거 첩보원이었고 '미세스앤 미스터 스미스'같은 관계였다면 어떨까. 그런 코믹하고 반전이 있는 전사가 있으면 좋을 것 같다. 황혼이혼의 이유가 끝까지 숨겨져 있다가 뒷부분에 검은 세력으로부터 아기를 구조할 때 나와도 재미있을 것 같다.

양동순 〈세 남자와 아기바구니〉도 생각나고 〈거침없이 슛 뎀 업〉도 생각나게 하는 다소 흥미가 반감되는 소재인 것 같지만 자세히 들여다보면, 황혼이혼이라는 부분을 섞었다는 게 새로울 수 있다고 생각한다. 하지만 이야기는 진행될수록 개연성이 약해지고 포커스가 희미해진다. 작가가 중심을 잘 잡아서 작업해야 할 것 같다. 각자의 이익을 위해서 부모의 행복 따위는 무시해 버리는 자식들의 꼬락서니를 지금보다 부각시키고, 이혼을 포기하고 다시 금혼식을 맞는 부부로 돌아가는 철수와 영희의 화해무드에도 신경을 써 줘야 할 것 같다. 어쨌든 가족이란 지지고 볶고 뒤엉키고 그래도 결국은 혈연 아닌가! 치열하고 눈물 콧물 다 짜내는 에피소드는 얼마든지 많을 것 같아 안심이지만, 결국 엔딩을 어떻게 지을지는 다소 의문이 든다. 근데, 사족 하나… 결혼 50주년이면 그들의 결혼은 1965년인데, 그때 영희가 워킹맘이었다고? 그 당시 대한민국은 여자를 밖으로 내돌리는 것에 대한 남자들의 비참함이 곁들여 있던 시기로 알고 있는데 과연?

윤현호 학창시절부터 배워온 전형적인 배움의 산물이지만, 현대는 대가족에서 핵가족 그리고 점점 '일인 가족화' 되어 가기에 '가족의 의미를 되돌아보는 액션 활극'이라는 이야기의 목적의식이 좋습니다. 황혼이혼을 앞둔 부부의 시각에서 끌어간 이야기 구성도 흥미롭구요. 설정이 좀 자연스럽지 않다는 게 찝찝합니다. 왜 그랬는지는 십분 이해가 가지만 황혼이혼 시기에 맞물려 떨어진 아기의 등장은 이야기의 목적에 이야기가 잠식된 프로파간다가 아닌가 하는…. 또 한 가지는 아이의 등장으로 인해 진행되는 사건들이 이미 90년대의 여러 영화나 드라마들에서 많이 나온 진행이라는 겁니다. 기대가 된다기보다 그럴 줄 알았다는 생각이 듭니다. 이야기의 장르적 특성상 조금더 황당무계하고 얼토당토 하지 않은 이야기였으면 좀 더 재미있을 것 같습니다.

이충근 황혼이혼으로 영화가 시작하면서 아기가 나타나는 것도 좋고 그 아기의 비밀도 궁금하네요. 그리고 가족들의 캐릭터가 다양하고 흥미롭네요. 이 캐릭터들 속에서 아기의 비밀을 풀어야 할 것 같다는 생각이 들어요. 돈을 주면서까지 아이를 데려가려는 세력이라면 엄청난 부와 권력이 있을 거라는 예상이 되는데요. 그렇다면 이 집안 자체도 그에 부합하는 부와 권력이 있어야 이야기가 더 재밌게 풀어지지 않을까 하는 생각이 들어요. 아기의 비밀이 참 궁금하네요.

조영수 로그라인도 강력하고 정말 재미있는 설정이다. 황혼 이혼을 앞둔 늙은 부부 앞에 신생아가 나타나다니…! 이혼도 미루고 당장 아기 수습부터 해야 하는 아이러니한 상황이 정말 재밌다. 가족 코미디로써 무척 훌륭한 세팅이라는 생각이 든다. 게다가, 약간은 정형화 되긴 했지만 적재적소에 쓰일 자식들의 직업까지! 큰 웃음 유발하는 재밌는 에피소드가 많이 생길 수 있을 것 같다. 아기가 누구인지는 실은 크게 중요하지 않을 수도 있지만, 뭔가 허를 찌르는 엄청난 반전까지 보여줄 수 있으면 이 영화는 몹시 훌륭한 가족 코미디 영화가 될 것 같다. 〈장수상회〉같은 미덕을 가진. 정말 기대된다. 아울러 재미있는 이야기에 맞게 제목도 좀 더 좋은 제목을 만나면 좋을 것 같다.

수정 시놉시스
■ 줄거리

너무 오래된 부부, 철수와 영희는 금혼식 날 서로 깨끗하게 갈라서기로 합의를 한다. 신나게 노래 부르고, 케이크 자르고, 아들 딸, 손주 재롱 잘 보고서 답사하러 일어난 두 사람에게서 나온 말 "그 동안, 가족과 배우자를 위해 살았고 늦둥이 막내도 결혼날짜 받아놨으니 이제부턴 자신들을 위해 살겠다."며, "오늘 잔치는 이혼기념 파티쯤으로 여기라."는 말을 남기고 이혼서류를 제출하러 홀연히 법원으로 떠난다. 남은 가족들 황당! 1차 멘붕.

철수와 영희가 이혼하면 여러 가지 불편한 점이 생기는 가족들. 특히 부모의 금혼식을 언급하며 선거전 이미지 확보에 철수와 영희를 이용했던 하남이나 취직이 힘들면 부모의 집이라도 담보로 삼아서 사업을 해야겠다는 구상을 하고 있는 세남은 절대 이혼은 안 된다며 갖가지 방법을 동원해 이혼을 막으려고 한다. 이혼확정까지 3달의 숙려기간이 필요하다는 걸 알게 된 가족들은 이혼을 못하게 은근히 협박까지 하지만 철수와 영희의 결심은 확고하다.

마지막으로 한 집에 자는 철수와 영희. 다음날 새벽 철수가 짐을 싸서 집을 나가려는데 퀵 배달이 하나 온다. 이런 새벽에 무슨 퀵이 오나 싶었지만 일단 얼떨결에 받았는데 뭔가 심상치 않아 보이는 상자. 잠깐 망설이던 철수, 자신과는 이제 상관없다 싶어 현관에 그냥 두고 나가려는데 상자가 스윽 움직이는 것 같다. 그 순간 공포가 몰려오는 철수. 설마 잘못 봤겠지 하고 기다리고 있으려니 또 툭… 투둑… 하고 안에서 뭔가가 꿈틀거린다. 아직 자고 있는 영희를 깨우는 철수. 투덜거리는 영희를 끌고 나와 상자를 앞에 두고 고민한다. '갖다 버릴까… 풀어볼까….'

"안에 동물 같은 게 들어있을지도 모르는데 버리면 안 된다."는 영희와 "혹시 뱀 같은 게 있으면 어쩌냐."는 철수. 긴 입씨름 끝에 그래도 확인을 해봐야겠다는 합의를 하고 조심조심 열려고 하는데 작은 울음소리 같은 게 난다! 영희 "난 또… 뭐라고! 고양이네. 고양이. 누가 고양이를 배달시켰을까?" 하고 있는데 철수가 상자에서 꺼낸 것은 고양이도, 뱀도 아닌, 이제 막 배꼽을 자른 갓난아기다. 놀라서 떨어뜨릴 뻔한 철수. 그때부터 아기는 울기 시작하고. 기가 막혀서 누가 보냈는지 확인하려고 퀵 회사에 전화를 하지만 보낸 사람은 알 수 없다는 답변을 듣는다. 아이를 어떻게 하긴 해야겠는데 일단 울음을 멈추게 하려고 영희가 아무리 안고 업어줘도 시끄럽게 빽빽 울어대던 아기가 철수에게 가더니 울음을 뚝 그친다. 너무 어색하고 어설픈 철수, 5분을 못 견디고 영희에게 아기를 넘기면 또 다시 울기 시작하는 아기.

이렇게 아기와의 하루를 허겁지겁 보내게 되는 철수와 영희. 아기좀 같이 돌보자고 하는 철수에게 그럴 수 없다고 딱 잘라 말하는 영희. "집안일이라고는 밥 먹고 쑤시는 이쑤시개마저도 제 손으로 한 번 가져가 본 적 없는 철수와 살면서, 이민 간 첫째 딸까지 합쳐서 다섯 애들 치다꺼리 하느라고 인생 다 바쳤는데 이제 와서 다시 아기한테 손댈 생각 추호도 없다."고 하는 영희. 어찌해야 할지 고민하느라 전쟁 같은 며칠이 지나고, 주민 센터에서 소개해준 사회복지시설에 아기를 데리고 가는 철수. 하지만 아기는 역시 철수에게서 떨어지자 또 자지러지게 울기 시작한다. 그래도 놓고 나오긴 했는데 아기 걱정에 뒤척이며 잠을 이루지 못하는 철수. 다음날 복지시설 앞에서 서성이며 들어갈까 말까 고민하고 있는데 담당자가 나오더니 메르스 때문에 아기를 임시로 맡을 위탁가정이 턱없이 부족하니 혹시 입양 전까지 잠시 키워줄 수 있냐는 제안을 한다. 못이기는 척 아기를 데리고 집으로 돌아오는 철수.

아기를 안고 들어오는 철수를 보고 기가 찬 영희. 아기도, 철수도 내 집에서 당장 나가라고 하는데 혼자선 절대 아기를 돌볼 자신이 없는 철수가 이런 저런 핑계를 대며 눌러앉는다. 이날부터 철수와 영희, 그리고 아기의 삼파전이 시작된다. 울고, 싸우고, 먹이고, 싸고…. 어쩌다 웃고, 피곤해서 곯아떨어지고….

그로부터 일주일 뒤. 철수와 영희의 늦둥이 막내아들 결혼식.

이제 갓 두 달 됐음직한 아기를 안고 나타난 철수를 보고 가족들 2

차 멘붕!

　게다가 그 꼬장꼬장하고 가부장적이던 철수가 유모차를 끌고 들어오자 자신들의 눈을 의심한다. 결혼식 피로연에서 신랑신부는 뒷전이고, 이 아기는 누구냐를 가지고 가족들의 팽팽한 설전이 벌어진다. 자식들은 설마하니 일흔 넘은 철수가 밖에서 낳아왔겠냐며 고개를 설레설레 흔드는데, 철수가 옛날부터 바람기가 얼마나 많았는지 아냐며 싸질러 놓은 애가 한 둘이 아닐 수도 있다고 주장하는 영희. 철수는 영희가 의부증이라며 강력히 반발하고 나서는데!

　결국, 철수가 뒤늦게 어디서 낳아 와서 마치 배달된 양 꾸몄다는 의견에 합의한다. 듣고 있던 영희, 다시 생각해보니 어쩐지 이상한 게 한두 가지가 아니다. 철수만 보면 울음을 멈추던 아기. 그리고 복지시설에 맡기는 척 하다가 다시 찾아온 것 하며, 앞뒤가 짝짝 맞아 떨어지지 않은가. 뒷목 잡고 쓰러지는 영희. 가족들 이제 모두 영희 편이 돼서 엄마의 이혼에 찬성하고 아빠 타도를 외친다.

　결혼식에서 돌아온 철수는 영희의 살벌한 시선을 피해, 고되고 고된 아기 뒤치다꺼리를 혼자 다 한다. 하지만 더 이상 혼자 버틸 수가 없게 된 철수는 고심 끝에 가사도우미를 부르고. 들어온 가사도우미는 젊고 서글서글하다. 철수에게도 잘하고, 아기도 곧잘 보는 도우미. 형사인 두남은 어쩐지 도우미의 눈빛이 마음에 안 든다. 도우미의 뒤를 캐는 두남. 도우미가 전과자인데다가 진짜 아이 엄마일지도 모른다는 의심을 하기 시작하고. 차마 그런 얘기는 못하고 도우미를 내보내라고 하지만 철수도 영희도 그럴 생각이 전혀 없다. 도우미가 있어 그나마 두 사람 모두 평화를 찾은 것이다. 하지만 두남은 도우미가 엄마를 없애고 집에 눌러앉을 수도 있겠다는 걱정에, 넷째인 운동선수 부부를 집으로 들여보낸다. 각자의 운동기구겸 무기인 양궁과 펜싱을 들고 집을 싸서 집으로 들어오는 두주와 사위. 하지만 각자 바쁜 터라 하루 종일 집에 있을 수는 없는데….

드디어 영희가 사라지는 사건이 발생한다. 휴대폰도 받지 않고, 갈 만한 곳을 다 찾아봤지만 보이지 않는다. '철수가 도우미와 짜고 엄마를…?' 큰일 났다 싶은 가족들 총출동하는데 영희가 멀쩡하게 돌아온다. 30년 동안 한 번도 못가 본 단풍구경을 갔다 왔다는 것. 허탈한 가족들, 괜히 오버했다 싶지만 이왕 온 거, 집에 가서 밥해먹기 싫으니 걱정해준답시고 눌러앉아 저녁을 때우려고 한다. 폭발한 영희, 빗자루를 들고 빨리들 가라고 쫓아내는데 누군가 베란다를 타고 옆집 옥상으로 도망가는 게 보인다.

'우리 집에 강도라니!' 가족들 기어코 쫓아가 강도를 때려잡는다. 이럴 때는 죽이 짝짝 맞는 가족들. 그런데 강도가 탈취하려던 것은 뜻밖에 아기다. 가족들 3차 멘붕!

도우미 여자도 아기를 빼돌리려고 했던 게 드러나고, 아기를 자신들이 말하는 곳으로 데려오라는 협박 전화도 온다. 보통은 아기를 유괴한 후 돈과 아기를 바꾸자고 하는 게 순서 아닌가? 돈을 줄 테니 자신들이 원하는 장소에 아기를 갖다 놓으라니…!

어떻게 해서든 아기를 빨리 내보내려던 가족들은 '아기 사수'로 방향을 급선회. 결전을 준비한다.

대체 어떤 아기기에 무시무시한 집단들이 서로 가져가려고 하는 것일까…!

상류층의 더러운 뒷이야기에 빠삭한 첫째 하남은 모 일류 기업의 형제들의 난에 의해 막 태어난 후계자를 없애려는 음모가 있다는 찌라시를 들고 온다. SNS의 달인 취준생 세남은 유력인사를 위해 비밀리에 연구 개발된 유전병 치료용 아기가 도난당했다는 소문을 물고 온다.

어쨌든 아기를 뺏길 수는 없다. 협상의 달인 첫째 정치가 부부와 강도쯤이야 매일 같이 상대하는 둘째 아들 형사. 싸움에선 누구에게도 지지 않는 국가대표 운동선수 부부 넷째. 그리고 산전수전 고시원전까지 모두 섭렵한 악바리 취준생 부부의 패밀리 대첩은 그렇게 끝을 향해 달려간다.

아기를 탈취하려던 세력들, 대부분 도망가고 마지막 남은 한 명의 상대를 제압하는 가족들. 대체 누가 왜 아기를 데려가려고 하는 거냐고 물어보려는 찰나, 마지막 남은 그 한 명이 어이없게 죽어버린다. 이런~~!

그렇게 폭풍이 지나가고, 다시 아웅다웅하며 시시껄렁한 걸로 싸움이나 하는 평범한 가족으로 돌아온 그들. 이때, 아기를 입양하겠다는 철수와 영희. 가족들 4차 멘붕!

51세 첫째 아들, '아니 내가 이 나이에 손주도 아니고 1살짜리 동생을 본다는 게 말이 되냐'며 기막혀하고, 그 옆에 있던 첫째 아들의 네 살짜리 손주, '그럼 이 애기가 작은할머니야?' 하는데 철수와 영희, '정 그러면 니들 중 한 명이 입양하든가' 하고 말하면 자식들 모두 한목소리로 "싫어!"

임시보호

| 조영수 |

시놉시스

■ 로그라인

동물보호 활동가 지윤, 같은 활동을 하는 선영의 집에만 임시보호를 가면 동물들이 죽어 나오자 그녀를 의심하고 좇게 된다.

■ 메인플롯

동물보호 활동가인 지윤은 언젠가부터 유기 동물 보호소에서 봉사 활동을 하는 선영이 수상하다. 수려한 외모에 천사라 불리는 그녀의 집에만 임시보호를 가면 동물들이 죽어 나오기 때문. 이에 그녀를 의심하고 뒤를 캐보게 되는데….

■ 캐릭터

박지윤(28세) : 채식주의자에 열혈 동물보호 활동가.

라선영(34세) : 역시 열혈 동물보호 활동가.

■ 줄거리

오랜 연애 끝에 이별하는 지윤. 예상치 못한 이별에 정신이 쏙 빠진다. 그는 지윤을 가장 잘 이해해주던 사람이었다. 실의에 빠진 지윤,

더욱더 동물보호 활동에 매진한다. 쉽게 입양해 쉽게 동물을 버리는 사람들과 대판 싸우기도 하고 그들에게 쥐어뜯기기도 한다. 그녀의 집에는 동거하는 개 두 마리, 고양이 두 마리가 있다. 나머지 두 아기 고양이들은 임시보호 중인 고양이들이다. 동네 아이들이 하수구에서 건져와 잠시 맡고 있다. 아예 입양을 해 함께 살기에는 지금 있는 집은 너무 번잡하다. 그래서 인터넷에 입양 신청을 해놓은 상태. 시련 후, 혼자 활동하다가 본격적으로 구조 활동을 시작하게 된 지윤. 사람들은 지윤에 친절하긴 하지만, 그녀가 예민하고 혼자 있는 걸 좋아하는 탓에 그녀에게 완전히 마음을 열지는 않는다.

열성으로 활동에 임하는 지윤. 얼마 전부터 지윤은 선영 때문에 신경이 쓰인다. 호탕하고 쾌활하고 유머러스한데다가 자신을 화려하게 꾸밀 줄 아는 여자 라선영. 사람들이 새끼 고양이나 강아지를 임보(임시 보호)하려는데 반해, 사람들이 꺼리는 장애견, 아픈 성묘를 임보해준다. 애꾸눈 고양이, 절름발이 강아지 등…. 사람들은 그녀를 천사라고 칭한다. 성격도 모난 곳 없이 훌륭하고 동물들도 누구보다 사랑해준다고.

선영은 늘 약간 겉도는 것 같은 지윤을 신경써주지만, 지윤은 왠지 모르게 그녀가 꺼려진다. 전에 그녀가 임보해 준 고양이 세 마리와 개 두 마리가 죽은 것이 못내 마음에 걸린다. 사람들은 자신의 사비를 몇백 만원이나 털어 그 동물들을 병원에서 끝까지 치료해주고 장례까지 치러줬다며 그녀를 칭찬하지만 그녀는 그것이 영 찜찜하다. 그리고 여덟 번째 그녀가 임보를 맡은 러시안 블루 고양이. 일본인 사업가가 1년간 기르다 일본으로 돌아가게 되면서 아파트 지하실에 버린 고양이다. 사람을 경계하지만, 선영은 그런 고양이를 파랑이라고 부르며 데려간다. 그리고 몇 주 후, 그녀는 또 파랑이가 죽었다는 소식을 전한다. 그전까지만 해도 천사, 천사 부르던 사람들, 뭔가 찜찜해진다. 또야? 또 죽었어? 왜 선영 씨 집에만 임보 가면 멀쩡한 애들도 다 죽는 거야? 사람들은 정말 의아하다. 그리고 지윤은 그것이 우연이 아니라고 확신하게 된다. 지윤이 구조한 파랑이는 아주 건강한 고양이였다. 이에 대해 항의하자, 선영과 선영의 패거리 두 명이 외려 지윤을 나쁜 사람으로 몬다. 선영과 선영 패거리, 이렇게 셋은 보호소에서도 가장 오래 활동하고 가장 많은 일을 하고 있어, 사람들도 별다른 소리를 하지 못한다. 지윤이 보호소 사람들에게도 어필해보지만, 모두가 천사 같은 선영 편이다.

그날 이후, 지윤은 이상한 기운에 시달린다. 누군가 자신을 쫓고 자신의 집 근처를 어슬렁거리고 있다는 느낌을 받는다. 집 안의 개, 고양이들도 바깥의 인기척을 느끼고는 짖거나 으르렁거린다. 그리고 어느 날, 집에 돌아와 보니, 임보를 맡았던 아기 고양이 두 마리가 죽어 있다. 당황하는 지윤, 병원으로 달려가지만 이미 늦었다. 의사는 질식사 한 것 같다고 말한다. 지윤은 고양이들을 묻어준다. 그 일이 있은 후, 보호소 사람들은 지윤을 꺼린다. 선영 패거리들이 임보 간 고양이 두 마리가 죽었다며, 자신들과 달리 임보를 맡았으면서도 내내 집을 비우고 자신의 애완견, 고양이와 함께 어린 고양이들을 두었다며 성의도, 열의도 없다고 몰아세운다. 지윤은 억울하지만 제대로 변명할 말을 찾지 못한다. 그러자 선영이 와서 패거리들을 나무란다. 자신도 그런 일이 있지 않았느냐고. 그러자 패거리들은, 자기 돈 몇 백 만원까지 들여 최선을 다해 치료한 것과 지윤의 일은 분명 차이가 있다고 말한다. 그들은 의도적으로 지윤을 찍어내리려는 심산을 내비친다. 그걸 아는 사람도, 모르는 사람도 지윤을 슬슬 피하기 시작한다.

그 후 지윤은 전보다는 동물보호 활동을 등한시한다. 그러다 비오는 날 웬 트럭 밑에서 슬프게 우는 개를 구조한다. 딱 봐도 관리가 잘 된 애완견이다. 이름표에 '잘 키워주세요.'라고 쓰인 문구를 본다. 버려진 개다. 지윤은 개를 집으로 데려가지만, 자신의 반려동물들이 웬일로 그 개를 싫어하자 하는 수 없이 보호소에 바래다준다. 전과 달리, 유난히 정이 가고 이번만큼은 입양을 하고 싶었으나, 포기하고 만다. 며칠 후 보호소로 간 지윤. 자신이 구조한 개가 안 보이자 직원에게 묻는다. 그러자 그 개는 선영이 임보를 맡고 있다는 말을 전한다. 소름이 끼치는 지윤. 불길한 예감에 그녀의 주소를 알아내 그녀의 집으로 향하는데, 집 앞에 선영이 보인다. 케이지를 차 뒷좌석에 넣고 운전해 어디론가 가는 선영. 지윤은 재빨리 택시를 잡아타고 그녀를 뒤쫓지만, 중간에 놓치고 만다. 선영의 집 앞에서 기다리는 지윤. 한참 후 돌아온 선영은 특유의 천사 목소리로 지윤을 맞이하는데 지윤, 선영 품 안의 작은 단지를 본다. 지윤이 쳐다보자, 슬픈 표정으로 고개를 끄덕이는 선영. 쫘악! 지윤, 선영의 뺨을 올려붙인다. 놀라는 선영. 순간, 사악한 표정이 얼굴에 드러난다. 그리고 이내 자신은 아무 것도 모른다는 듯이 또 천사 같은 얼굴을 한다. 의도적으로 한참 보호소에 가지 않는 지윤. 드디어 선영이 또 고양이 한 마리를 임보해 간다. 그녀의 집 근처에서 잠복을 하는 지윤. 선영이 집을 나간 사이, 그녀의 집으로 몰래 잠입한다. 그곳에서 지윤은 놀라운 광경을 목격하게 되는데….

작가들의 코멘트

김수정 얼마 전 용인 캣맘 사건의 범인이 밝혀질 때까지 일주일 동안 뉴스에서 계속 이 사건을 다룬 것만 봐도 '임시보호'는 지금 시대에 관심이 가는 흥미로운 소재라고 생각합니다. 개인적으로는 동물을 키워본 경험이 없어서 지윤이 선영에게 의심을 품는 부분은 이해가 되지만 선영의 집까지 찾아가는 것에는 공감이 잘 되지 않았습니다. 선영의 집까지 잠입하기 위해서는 뭔가 더 직접적인 계기가 있으면 어떨까 하는 생각이 듭니다. 동물 학대와 관련된 물건을 선영이 가지고 있는 것을 보게 된다든지요. 겉으로는 천사처럼 보이지만 뒤에서는 끔찍한 일을 저지르는 선영이라는 캐릭터가 흥미로운데 선영에 대해서 아직까지 설명되는 부분이 없어서 많이 궁금합니다. 동물을 학대하거나 죽는 장면이 나올 수밖에 없을 것 같은데… 소재 때문에 영화를 보러 오는 관객들이 이런 장면에 충격을 받을 것 같아서 수위 조절에 대해 많은 고민이 필요할 듯합니다.

김주용 작품의 엔딩이라든가 선영 캐릭터의 동기 같은 게 나왔다면 더 할 말이 많았을 텐데 하는 아쉬움은 있었습니다. 보면서 이 이야기의 장르나 톤앤매너가 불명확해 보였습니다. 스릴러라고 보기에는 동물들이 너무 쉽게 죽어 나가는 것 같아 긴장감이 부족해 보였습니다. 동물보호 활동의 의미가 무엇인지 그쪽의 깊은 관심이 없는 사람이 보면 조금 흥미가 떨어집니다. 어떤 한 동물의 목숨을 지키기 위해서 사력을 다하는 주인공의 모습을 보여준다면 긴장감이 있을 것도 같습니다. 지윤 캐릭터가 나쁘진 않은데, 그녀만의 성장 포인트나 욕망이 그렇게 매력적으로 다가오진 않았습니다. 지금은 지윤보다 선영이 더 강해보입니다.

김효민 동물 임시보호라는 소재는 굉장히 시의성이 있는 것 같다. 그런데 이 이야기는 영화 소재로는 이야기가 너무 작은 것이 아닌가 하는 생각이 든다. 지금의 스케일보다는 이야기를 더 키울 수 있으면 더 좋은 출발이 되지 않을까 싶다. 이야기 자체에 큰 흐름이, 사건이 없는 것 같다. 선영과 지윤의 갈등이 큰 축인데 이 갈등도 모호하다. 선영과 지윤은 각자의 배경이 없이 어떤 사건 때문에 갑작스럽게 조우하는 것 같아서 설득력도 떨어진다. 이야기의 테마가 무엇인지 명확히 하면 좋을 것 같다. 그래야 선영과 지윤이 갈등하는 이유, 양상, 결과가 나올 것 같고 큰 사건의 틀이 잡힐 것이다. 동물보호 이야기이긴 하지만 사회적으로 약한 처지에 속한 집단에 관한 이야기이기 때문이다. 단순히 소재를 이용한다는 느낌이 들지 않게 진정성 있는 접근을 해야 한다. 선영과 지윤이 임시보호를 하게 되었고 어떻게 만나게 되었는지는 이야기에서 중요한 문제인 것 같다.

양동순 선영이 동물들에게 무슨 짓을 하는지 처음부터 끝까지 궁금하게 만드는 스릴러적인 요소가 강하다. 지윤의 성격이 남에게 자신을 드러내지 않는 약간은 폐쇄적인 것으로 그려져 있는데 동물을 그토록 사랑하는 사람이라면 기본적으로 폐쇄성은 어울리지 않는다. 지윤의 닫힌 마음을 오픈해 주어야 보는 사람들이 이 이야기에 공감을 할 것 같다. 또한 스릴러적 요소가 강한 것에 비해 취약한 에피소드는 이야기의 힘을 방해하고 있다는 느낌이 있어 풍부한 에피소드 보완이 필요해 보인다. 지윤이 사건을 혼자 해결해 가는 방식인지 작가에게 질문하고 싶은데, 만약 아직 그 부분을 생각해 두지 않았다면… 헤어진 남친에게 도움을 받는 건 어떨까 싶다. 이를 테면, 남친이 경찰이라든가 어떤 도움을 줄 수 있는 위치의 직업으로 설정해서 함께 사건을 파헤치는 방식은 어떨까 생각해 본다. 선영이 돈으로 맞선다면 지윤이도 뭔가 그에 대응할 무기가 필요하지 않을까? 또 하나 추천하자면, 동물보호소에서 누군가 선영의 만행을 알고 있는 사람이 있는데 침묵할 수밖에 없는 입장이거나-벙어리, 아니면 살짝 정신이 모자란-하는 캐릭터를 하나 두는 것도 괜찮지 않을까 싶다. 작가의 역량에 따라서 상당히 흥미로운 시나리오가 나올 것 같아 기대가 되는 시놉이다.

윤현호 동물의 의문사나 실험 등을 소재로 한 이야기들이 더러 있었으나 국내에서 크게 흥행한 사례가 없었기에 다소 불안한 느낌이 없지 않지만, 최근 '캣맘' 사건이라든지 사회적 이슈와 맞물릴 수 있다면 이 이야기의 긍정적인 효과를 볼 수 있을 것 같다. 바람이 있다면, 동물을 소재로 한 (일종의 장르가 되어버린) 가족적 분위기를 배제하고, 스릴러로서의 긴장감이나 아이러니, 서스펜스 등을 잘 살려보는 시나리오가 되었으면 한다. 특히 지윤의 캐릭터가 독특하여 대중적으로 호기심을 자아내는 좋은 캐릭터가 될 거라는 생각이 든다. 아쉬운 점은, 동물보호 활동가라는 직업(?) 설정이 너무 막연하게 느껴진다는 것이다. 동물보호 활동가가 구체적이고 디테일하게 묘사 될 때 관객으로 하여금 충분히 매력적으로 다가갈 수 있을 거라 생각한다. 극 초반 동물보호 활동가의 묘사에 빛이 발하기를!

이충근 시놉 마지막에 지윤이 어떤 광경을 목격했는지 궁금하더라구요. 지윤이 실의에 빠진 후 동물보호 활동에 더 매진하는데요, 이전부터 지윤은 동물에 대한 사랑이 많은 캐릭터라는 생각이 들어요. 지윤이 왜 위험을 무릅쓰고, 욕을 먹으면서까지도 동물을 보호하려는지, 지윤의 과거에서 어떤 계기가 있으면 하는… 이야기가 들어 있으면 좋겠다는 생각이 들어요. 그리고 이야기의 시작을 선영의 집에만 가면 동물들이 죽어나가는 데서부터 해도 좋을 듯해요. 그래야 지윤이 선영을 꺼려하게 되는 것도 자연스러울 수 있다는 생각과 임보해 동물들을 죽이는 에피소드의 반복을 줄일 수 있지 않을까하는 생각이 들었어요. 정말 선영이 왜 그랬는지 참 궁금하네요.

임의영 요즘 반려동물들에 대한 관심이 늘어나는 것을 볼 때 알맞은 설정으로 보입니다. 그러나 약간 단선적이란 느낌이 있습니다. 비슷

한 이야기들의 반복. 그리고 처음부터 의심한 선영이 그대로 가해자였
다는 점. 보호소 이야기 외에 서브플롯을 만들기 어려운 구조. 선영이
왜 그랬을까도 지금 전혀 안 나와 있는데 그게 가장 중요하지 않을까
요? 반려동물들을 좋아하는 사람은 공감이 되겠지만 저같이 보통 관객
들에게는 동물살해 이야기를 스릴러로 받아들이기에는 조금 부족하다
는 생각이 듭니다. 단지 동물만 죽이는 게 아닌 것으로 설정하면 어떻
겠습니까? 선영이가 일부러 동물들을 죽이고 그걸 지윤이 의심하게 만
들어서 진짜 원하는 건 지윤을 죽이려 한 거였다면 어떨까요? 그리고
원래 선영이가 전에도 다른 보호소에서 그런 짓을 한 거였던 거죠. 그
러면 이야기 스케일도 좀 더 커지고, 다른 서브플롯들도 만들 수 있을
것 같다는 의견입니다.

수정 시놉시스
■ 줄거리

　지윤은 일명 캣맘이라 불리는 열혈 동물 활동가다. 늦은 밤 배낭에
사료와 생수통을 메고 다니며 길고양이들에게 밥을 주고 다니는데, 가
끔 이를 불쾌하게 여기는 이웃들과 마찰을 빚기도 한다. 하지만 굴하
지 않고 꿋꿋하게 해내는 지윤. 그녀 역시 처음에는 벌벌 떨고 울기도
했지만, 그럴수록 강해져야 한다고 마음을 다잡았다. 그녀가 동물보호
활동만큼이나 애를 쏟는 일은 채식을 하는 것. 이 두 가지 활동이 그녀
의 인생의 거의 전부라 할 수 있는데, 오년 간 이를 묵묵히 지켜보던
지윤의 애인은 도저히 버티지 못하겠다며 한 마디 남기고 그녀를 떠나
버린다.

　"넌 너무 착한데, 그게 나를 너무 숨 막히게 해."

　이별 후 실의에 빠지는 지윤, 더욱더 동물보호 활동에 집착적으로

매진한다. 실연의 고통이 히스테리로 번져 동물을 버리는 사람들, 길고양이 보호활동에 시비를 거는 사람들과 대판 싸우기도 한다.

혼자 활동을 하다가 실연 후 본격적으로 동물보호 활동을 시작하게 된 지윤. 사람들은 지윤에게 친절하긴 하지만, 그녀가 예민하고 혼자 있는 걸 좋아하는 탓에 그녀에게 완전히 마음을 열 수는 없다. 하지만 지윤은 그 누구보다 활동에 힘쓴다.

활동 1년 후, 그녀는 본업인 번역일보다 동물보호 활동에 매진 중이다. 고속도로에 버려진 반려견, 지하실에 갇힌 채 버려진 반려묘만 보면 가슴이 찢어질 듯 아프다. 입에 풀칠 할 정도의 돈은 지윤이 먹고 입는 돈으로 나가는 대신 집에 있는 반려동물들과 활동하는 데 쓰인다. 이제 활동이 그녀의 모든 것이 되었다.

그런 지윤은 한 달 전부터 활동에 참여한 선영 때문에 신경이 쓰인다. 쾌활하고 유머러스한데다가 자신을 화려하게 꾸밀 줄 아는 여자라선영. 사람들이 귀여운 새끼 고양이나 강아지를 임보(임시 보호)하려는데 반해, 사람들이 꺼리는 장애견, 아픈 성묘를 임보한다. 애꾸눈 고양이, 절름발이 강아지 등…. 사람들은 그녀를 천사라고 칭한다. 성격도 모난 곳 없이 훌륭하고 동물들도 누구보다 사랑해준다고. 1년 동안 활동한 지윤보다, 사람들은 선영을 더 좋아하고 따른다.

선영은 늘 약간 겉도는 것 같은 지윤을 신경써주지만, 지윤은 왠지 모르게 그녀가 꺼려진다. 얼마 전 그녀가 임보해 간 고양이 세 마리와 개 두 마리가 죽은 것이 못내 마음에 걸린다. 사람들은 자신의 사비를 몇 백 만원이나 털어 동물들을 병원에서 끝까지 치료해주고 장례까지 치러줬다며 그녀를 칭찬하지만 그녀는 그것이 영 찜찜하다. 주변 동물병원을 다 돌았지만 선영이 다녀간 흔적은 없었기 때문. 그리고 이미 그녀가 다섯 마리의 강아지, 고양이를 데려갔는데 가는 족족 전부 죽었기 때문이다. 애초에 아픈 아이들이었기에 그녀를 의심하는 이는 없다.

몇 주 후, 선영은 또 자신이 임보해 간 고양이 파랑이가 죽었다는 소식을 전하며 엉엉 운다. 사람들은 그런 그녀를 외려 위로하며 감싸준다. 하지만 지윤은 의심스럽다. 지윤이 구조한 파랑이는 아주 건강한 고양이였다. 이에 대해 항의하자, 선영과 선영의 패거리 두 명이 도리어 지윤을 나쁜 사람으로 몬다. 선영과 선영 패거리, 이렇게 셋은 보호소에서도 가장 많은 일을 하고 있어, 사람들도 별 다른 소리를 하지 못한다. 지윤이 보호소 사람들에게도 어필해보지만, 모두가 천사 같은 선영 편이다.

그날 이후, 지윤은 이상한 기운에 시달린다. 누군가 자신을 쫓고 자신의 집 근처를 어슬렁거리고 있다는 느낌을 받는다. 어느 날은 집에 돌아와 보니, 임보를 맡았던 아기 고양이 두 마리가 죽어 있다. 당황하는 지윤, 병원으로 달려가지만 이미 늦었다. 의사는 질식사 한 것 같다고 말한다. 지윤은 고양이들을 묻어준다. 그 일이 있은 후, 보호소 사람들은 지윤을 꺼린다. 선영과 선영 패거리들이 교묘하게 지윤을 따돌리는 것이다. 그걸 아는 사람도, 모르는 사람도 지윤을 슬슬 피하기 시작한다.

이후 지윤은 전보다는 동물보호 활동을 등한시한다. 당장 생활이 너무 엉망이 된 것을 수습해야 하는 상황. 얼마간 일에 몰두하는 지윤. 그러다 비오는 날 웬 트럭 밑에서 슬프게 우는 개를 구조한다. 딱 봐도 관리가 잘 된 애완견이다. 지윤은 개를 집으로 데려가지만, 자신의 반려동물들이 그 개를 너무 싫어하자 하는 수 없이 보호소에 데려다준다. 전과 달리, 유난히 정이 가고 이번만큼은 입양을 하고 싶었으나, 포기하고 만다. 이름을 달래라고 지어준다.

한참 후 오랜만에 보호소로 간 지윤은 달래가 보이지 않자 직원에게 묻는다. 그러자 달래는 선영이 임보를 맡고 있다는 말을 전한다. 소름이 끼치는 지윤. 불길한 예감에 그녀의 주소를 알아내 그녀의 집으로 향하는데, 집 앞에 선영이 보인다. 케이지를 차 뒷좌석에 넣고 운전해 어디론가 가려는 선영. 케이지 안에 있는 개는 바로 달래다. 달려가 온몸으로 선영을 막는 지윤. 뒷좌석의 케이지를 꺼내려 안간힘을 쓰지만 차문은 잠겨 있다. 선영은 무표정한 얼굴로 말한다.

"나는 살아봐야 고통만 받을 게 뻔한 아이들을 보내주려는 것뿐이야. 좁은 철창 안에 갇혀 목숨만 겨우 연명하는 게 과연 의미 있는 일일까?"

"좋은 주인을 만날 수도 있는 거야." 지윤이 주먹을 꽉 쥐고 받아친다.

"웃기지마. 그럴 거면 애초에 버리지도 않았겠지. 인간은 믿을 수 있는 존재가 아니야. 자기 좋자고 코딱지만 한 원룸에 한 마리 데려다 가둬 놓고 하루 종일 집 비우질 않나, 좀 컸다고 버리고 다른 새끼 강아지 데려오질 않나, 빌라 옥상에 자기 몸 크기만 한 집에 가둬놓고 기르질 않나. 이기적이야. 그런 인간들을 만나는 게 오히려 지옥인 거라고."

지윤을 확 밀치고 차에 오르는 선영. 무섭게 출발한다. 선영의 말에 잠시 흔들렸던 지윤, 정신을 차리고 재빨리 택시를 잡아타고 그녀를 뒤쫓는다. 달래를 구하기 위해.

드라마
시나리오
작법

신봉승 작가/석좌교수

1933년, 강원도 강릉 출생. 경희대학교 대학원 국문학 석사. 1960년 현대문학 시와문학평론 추천 등단. 2009년 추계예술대학교 문화예술경영대학원 영상시나리오학과 석좌교수. 한국방송대상, 대종상 아시아 영화제 각본상, 한국펜문학상, 서울시문화상, 대한민국예술원상, 위암 장지연 상 등 수상. 『영상적 사고』 『신봉승 텔레비전 시나리오 선집』(5권) 『양식과 오만』 『시인 연산군』 『국보가 된 조선 막사발』 등 다수. 대하소설 『조선왕조 500년』(48권) 『소설 한명회』(7권) 『조선의 정쟁』(5권) 등 다수. 현재 대한민국예술원 회원.

드라마의 구조

| 신봉승 |

Ⅰ.카타르시스

아리스토텔레스(Aristoteles · B.C.384~322. 그리스)라는 이름을 들어보지 못한 사람은 없을 것이다. '그리스의 철학자'라고 누구나 대답할 수 있을 것이기 때문이다.

그는 마케도니아 남쪽 섬의 소도시 스타에이도스에서 의사의 아들로 태어났고, 17세 때에 플라톤의 아카데미에 들어가서 무려 20년 동안 건실한 제자로, 탁월한 협조자로 활동하다가 플라톤 사후에 불멸의 철학적 업적을 남겼다. 그의 수많은 업적과 저서를 일일이 소개하고자 하여 아리스토텔레스를 여기서 거론하는 것은 아니다. 다만 그의 위대한 업적 가운데서 우리가 이 자리에서 거론해야 할 가장 중요한 사실은 그의 예술론 가운데서도 『시학(詩學)』만은 그냥 넘길 수가 없기 때문이다.

예술은 모방(模倣)이며, 예술의 목적은 정신적 오락, 또는 영혼의 카타르시스이다.

아리스토텔레스의 이 탁월한 예술론은 영화를, 연극을, 드라마를 논하기에 앞서 반드시 거쳐야 하는 텍스트겠지만, 특히 카타르시스를 예술론에 도입했다는 사실은 그의 명성에 버금갈 만큼 경이로운 일이다. 아리스토텔레스의 예술론, 특히 극예술론의 집성이라고도 불리는 『시학』은 차라리 드라마론의 성전(聖典)이라 불러도 무방할 것이다.

1. 시학(Poetica)

『시학』은 B.C.330년경 아리스토텔레스의 강의 초고의 일부이다. 원래는 2부로 되어 있었으나 희극(喜劇)을 언급한 부분은 전해지지 않고, 모방양식으로서의 비극론(悲劇論)만 26장이 전해지고 있다.

〈모방양식으로서의 비극, 서사극, 희극에 관한 예비적 고찰〉에서 시작하여 〈비극의 정의와 그 구성준칙〉을 논하고 〈플롯〉〈비극의 배열과 길이〉 등을 거쳐, 〈비극의 서사시에 대한 우위성〉에 이르기까지 드라마 〈비극〉의 핵심 부문을 상세히 논의하고, 분석하면서 강의하고 있다.

비록 카타르시스를 상론한 부분은 전해지고 있지 않다고 하더라도, 또 지금에 이르러 수정의 여지가 있다고 하더라도 그것이 극(드라마)을 논하는 최초의 기록이자 논거라는 점에서 시나리오를 쓰고 드라마를 쓰고자 하는 사람들은 반드시 정독해 볼 필요가 있는 성전임을 명심해 두기 바란다.

그럼 여기서 카타르시스(Catharsis)와 예술의 관계를 살펴보기로 한다.

카타르시스의 사전적인 뜻은 첫째 정화(淨化 : purification)로 보는 것이며, 둘째 배설(排泄 : excretion)로 보는 것이다. 이 두 가지 견해에 대하여서는 많은 사람이 뜻을 달리하고 있으나, 그것은 종교적인 것과 의학적인 은유로 보는 데서 견해의 차이를 드러낼 수밖에 없었다. 그러나 여기서는 카타르시스의 종교적 은유, 혹은 의학적 은유를 두고 해석하고 설명할 겨를이 없다. 카타르시스가 예술에 끼치는 영향, 또는 예술과 카타르시스와의 관계를 명확히 해두는 것으로 충분할 것이기 때문이다. 그것이 곧 카타르시스와 드라마(극)의 관계를 해명하는 지름길이 될 것이기 때문이다.

먼저 카타르시스와 인간의 관계를 살펴보아야 할 것이다. 드라마가 〈인간의 갈등〉을 그리는 예술이기 때문이다. 모든 인간에게는 참기 어려운 비극이 있으며, 비극적인 고통이 따르게 마련이다. 가령 좋은 직장에 있다가 갑자기 실직자가 된다든가, 대학입시에 실패하여 낙망하게 된다든가, 수억의 돈을 쓰고서도 국회의원 선거에서 낙선을 하는 따위의 비극은 때로 죽음과 직결이 되는 좌절일 수도 있을 것이며, 목숨을 내건 사랑에서 실연을 하는 경우도 죽음과 연결되는 것을 종종 보게 된다.

그런 좌절이나 고통을 극복하지 못하고 죽음을 택하는 사람도 있지만, 더 많은 사람들이 그와 같은 좌절을 딛고 굳건히 살아갈 수가 있는 것은 스스로 자위할 수 있는 능력이 있기 때문이다. 자위에는 자기변명도 포함된다. 죽지 않고 살 수 있게 해주는 자위(자기변명)를 카타르시스, 즉 정화작용(淨化作用)이라고 한다.

이 정화작용을 보다 구체적으로 설명하기 위해서는 『이솝우화』의 한 토막을 예로 들 수가 있을 것이다. 꾀 많은 여우가 길을 가다가 탐스럽게 익은 포도를 보게 된다. 금세 군침이 돌며 먹고 싶은 충동을 느끼지만, 불행하게도 포도를 따기에는 키가 모자라서 점프를 시도할 수밖에 없다. 그래서도 포도를 딸 수가 없다면 좌절하기 마련이다. 결국 여우는 애석하게도 포도를 소유하는 것을 포기할 수밖에 없다. 그때 여우는 중얼거릴 것이다. '저 포도는 실 거야….'라고. 포도가 시어서 먹지 못할 것이기에 애써 딸 필요가 없다는 여우의 단념이 곧 자위이며 자기변명이다. 그러니까 여우에게 있어서 그와 같은 카타르시스가 있었기 때문에 마음 편하게 포도나무 밑을 떠나갈 수가 있는 것이다.

이와 같은 자기변명적인 카타르시스는 비단 여우에게만 해당되는 것이 아니고 우리 인간들에게도 지극히 필요하다. 자위, 자기변명과 같은 것도 카타르시스가 되겠지만, 마음에 맺혀 있는 한이 풀어지는 것도…, 혹은 골치 아팠던 고민이 해명되어 시원해지는 심정도…, 아무리 은밀한 비밀이라도 그것을 남에게 전하는 쾌감도…, 자신의 부끄러운 과거를 고백하고서야 비로소 새로운 삶을 열어갈 수 있는 따위의 일련의 행위는 모두가 카타르시스, 즉 정화작용에 해당된다.

인간의 내부에 잠재된 문제를 발설해 내는 것이 고백이라면, 그 고백이 예술로 승화하기 위해서는 반드시 카타르시스라는 과정을 거쳐야 할 것이다.

2. 표현

언어를 사용하지 않았던 원시인들에게도 표현은 있었다. 그것이 어찌 원시인뿐이겠는가. 새들에게도 개에게도 혹은 돼지에게도 표현하는 능력은 있는 것이다. 아주 쉽게 다시 설명하자면 기쁠 때와 슬플 때는 그것을 나타내는 소리가 다르다는 것이 동물들의 공통점이다. 그 소리는 그와 유사한 생명체들에게 이해되고 전달이 된다. 그러므로 소리에 기호적인 해석이 부여되는 것이다. 이와 같은 사실에 대한 견해를 플로리다 대학의 모리스(Charles William Morris. 미국) 교수는 아주 절묘하게 설명하고 있다.

모리스 교수는 종래까지 있었던 기호이론에서 크게 두 가지로 나뉘어져 있었던 기호(sign)와 상징(symbol)에다 신호(signal)를 하나 더 추가했다.

생물에 있어서 기호가 사용된다면 그 생물을 해석자라고 부른다. 예컨대 목장에서 소에게 사료를 주기 위하여 종을 친다면 소들은 그 종소리를 듣고 몰려온다. 이때 종소리는 기호인 것이며 소는 기호의 해석자가 되는 것이다. 상징이라는 것은 해석자가 만들어 낸 기호인 까닭으로 그 기호와 같은 의미를 가진 전혀 다른 상징으로 대응할 수 있게 되는 것을 의미한다. 즉 우리가 한 편의 시를 읽을 때 그 시에 쓰인 시어로써 전혀 다른 상징을 찾아내는 경우를 말하는 것이다. 그리고 신호는 기호와 상징이 아닌 모든 기호적인 요소를 말한다.

여기서 중요한 것은 기호와 신호는 하등동물에게도 적용이 되지만, 상징은 인간만이 전유하고 있다는 사실일 것이다. 상징이 예술적 차원으로 비교되고 해석된다면 예술은 하등동물에게 적용이 될 수 없다는 분명한 결론을 얻게 된다. 이 같은 모리스의 이론을 표현이라는 말에 적용을 한다면 하등동물도 쓰고 있는 표현은 의사의 전달만을 위한 단순한 표현일 뿐, 예술이라고는 할 수가 없다. 그렇다면 표현에도 예술적 표현과 그렇지 않은 표현이 성립된다. 바로 이 점이 카타르시스 예술론에 접근하는 화두가 될 것이다.

미국의 철학자이며 교육학자인 존 듀이(John Dewey. 1859~1952)는 즉시발산(卽時發散)과 자기노출(自己露出)이라는 말로 예술적 표현과 비예술적 표현을 구별하였다.

표현은 흥분이나 충동이 없이는 이루어지지 않는다. 그러나 웃음이나 울음과 같이 즉시 발산되는 내적인 움직임은 그 표출과 함께 사라져 버리고 만다. 발산한다는 것은 씻어 없애는 것이며, 내어 던지는 것이다. 이와는 달리 표현한다는 것은 거기에 머물러 있는 것이다. 하염없이 흐르는 눈물은 위안을 가져올 것이고, 또 파괴 작용은 내적인 분노를 가지게 하는 출구를 줄 것이다. 그러나 객관적인 조건을 해결하지 않고 흥분을 구체화하기 위해서 제작하는 것 없이는 표현이란 있을 수 없다. 그러기에 가끔 자기표현의 활동이라고 불리는 것은 오히려 자기노출의 활동이라는 편이 옳을 것이다.

이와 같은 듀이의 견해를 상세히 살펴보면 〈즉시발산은 사라져 가는 것〉이며 〈표현하는 것은 발전하는 것이며, 완성할 때까지 제작성취〉하는 것이라고 되고 있다. 이것을 다른 말로 바꾸어 설명하면 기호와 상징으로 구별할 수 있게 된다. 웃는 일, 우는 일, 재채기를 하는 따위는 그것이 기호적인 노출이기 때문에 전달의 의미 이상은 함유하지 못한다. 그러나 상징적인 표현이 되면 언어라는 매개체를 사용한다는 점에서 전혀 다른 의미를 부여하게 되며, 언어라는 매개체를 사용한다 할지라도 전달이냐 정화냐에 따라서 예술이냐 아니냐를 구별하게 된다.
다음 예문을 살펴보면 이해가 빠를 것이다.

A.   서해 해상에 중심을 두게 될 폭 넓은 고기압권에 들게 되겠으므로 전국적으로 맑은 날씨가 계속되겠으므로 전국적으로 맑은 날씨가 계속되겠고 바다의 물결은 모든 바라에서 비교적 잔잔하겠다.

B.   이것은 소리 없는 아우성
저 푸른 해원(海原)을 향하여 흔드는
영원한 노스탤지어의 손수건
순정은 물결같이 바람에 나부끼고
오로지 맑고 곧은 이념의 푯대 끝에
애수는 백로처럼 날개를 펴다.
아아 누구던가
이렇게 슬프고 애달픈 마음을
맨 처음 공중에 단 그는.

A는 2000년 4월 24일의 우리나라 일기 개황이며, B는 청마 유치환(柳致環)의 시 「깃발」이다. 이 두 문장을 놓고 쓰인 목적을 살핀다면 아주 간단한 해답이 나온다. A의 문장은 전달만을 위한 것임을 알게 되고, B의 문장은 상징이라는 것을 알게 된다. 또한 A의 문장은 4월 24일이 지나가면 아무 쓸모가 없다. 그러나 B의 문장은 언제라도 다시 읽고 생각하게 된다. 그러므로 A문장은 전달기능으로서의 문장이 되는 것이며, B문장은 정화기능으로서의 문장이 된다. 다시 바꾸어서 설명을 하면 A문장은 비예술적 표현이 되는 것이며, B문장은 예술적 표현이 되는 것이다.

여기에 이르면 예술적 표현이란 카타르시스를 통해서만 성립된다는 결론을 얻게 된다. 인간(작가)의 내부에 응결된 의식이나, 사상이 카타르시스의 과정을 거칠 때 비로소 예술적 표현, 즉 예술작품이 탄생한다면 다음과 같은 공식을 만들어 낼 수가 있을 것이다.

예술적 표현 = 카타르시스+형식+기교

이와 같은 공식은 모든 예술에 해당이 되겠지만, 그것이 연극이나 영화, 그리고 TV드라마의 장르에서는 더욱 복잡한 양상을 띠게 되면서 미묘한 관계를 성립하게 한다.

연극, 영화, TV드라마는 앞에서 설명한 대로 작가 개인의 창작 행위로써 끝나지 않는다. 어떠한 경우에도 배우(탤런트)와 관객(시청자)이 필요하게 되고, 또 연출자를 필요로 한다. 그러므로 희곡이나 시나리오 또는 TV드라마의 극본이 완성되는 과정은 작가가 선택한 형식이므로 작가의 카타르시스를 필요로 한다. 거기에 시나리오 혹은 영화적인 기교가 접목되는 것으로 한 편의 작품이 완성된다.

또 배우들은 자기에게 돌아온 전혀 별개의 인물인 등장인물로 변신을 해야 한다. 그 변신은 반드시 배우의 카타르시스를 필요로 한다.

꼬끄랑(Benoit Constant Coquelin. 1841~1901. 프랑스)의 〈낮잠〉
이란 에피소드는 배우의 카타르사스를 한 마디로 표현해 주는 좋은 예
가 될 것이다.

꼬끄랑은 프랑스 최고의 배우이지만 『예술과 배우』 『독백술』 『배우
술』과 같은 유명한 저서를 남길 만큼 걸출한 이론가이기도 했다.

그가 어느 연극에서 낮잠을 자는 사람의 배역을 맡은 일이 있었다.
그날 꼬끄랑은 몹시 피로했던 모양으로 낮잠을 자는 연기를 하는 도중
에 깜빡 잠이 들어버렸다. 그 다음 날 신문평에서 꼬끄랑은 혹독한 비
판을 받아야 했다. 낮잠 자는 연기가 평소의 그답지 않게 매우 부실했
다는 것이었다. 여기서 우리는 하나의 모순을 발견하게 된다. 낮잠을
자야 하는 대목에서 정말로 잤는데 그것이 왜 혹평을 받아야 하는 것일
까. 바로 이 점이다. 비단 〈잠〉뿐만이 아니라 〈걷는 일〉 〈뛰는 일〉 〈
웃는 일〉에 이르기까지 연기와 실제의 행위는 어떠한 경우에도 동일할
수 없다는 사실을 일깨워주기 때문이다.

어떤 행위가 연기(演技)로 재현(再現)될 때는 반드시 카타르시스라는
과정을 거쳐야 한다. 때문에 꼬끄랑이 실제로 잠이 든 것은 이미 연기
가 있었으며, 실제로 잠이 들었다는 사실은 그의 연기가 카타르시스의
과정을 거치지 않았기 때문에 혹평의 대상이 되는 것이다.

이 점에 대해서 스타니스랍스키(Konstantin Sergeevich Stani-
slavskii. 1863~1938. 러시아)의 〈돼지 소리〉라는 에피소드도 꼬끄랑
의 〈낮잠〉 못지않게 카타르시스에 대한 큰 교훈으로 남아 있음을 상기
할 필요가 있을 것이다.

관객들도 마찬가지다. 영화를 보는 일, 연극을 보는 일은 보는 사람
자신(관객)들이 그들의 심리적 이행(移行)의 일종으로 카타르시스의 과
정을 거치게 된다. 다시 말하면 등장인물의 처지를 자기의 처지로 바
꾸어 가면서 거기에 빠져들어 가는 행위가 바로 카타르시스인 것이다.

이와 같이 드라마(劇)는 작가의 카타르시스, 배우의 카타르시스, 그리고 관객의 카타르시스까지를 공유한다. 그러므로 나는 카타르시스를 하나의 항목으로 설정하게 되었고, 그것을 이해하게 하기 위하여 장황한 설명을 할 수밖에 없었다. 물론 아리스토텔레스가 카타르시스를 예술론(비극론)에 적용하였다는 사실과 드라마가 가지는 특수성(작가, 배우, 관객의 공존)도 고려되었다.

독자들이여, 카타르시스의 과정과 작용을 확실하게 정복해두기를 바란다. 좋은 작가로 달려가는 지름길이 될 것이기 때문이다.

II. 드라마의 원리

우리는 드라마(Drama)라는 말을 많이 쓴다.

장르로 사용하는 경우에도 〈라디오 드라마〉, 〈TV드라마〉, 〈모노 드라마〉 등으로 쓰며, 일반적으로도 극이라는 말 대신 드라마라는 말을 쓰는 경우도 허다하다. 또한 선배 작가가 후배 작가의 시나리오나 TV드라마의 극본을 읽고 난 다음, 〈이 작품에는 드라마가 없다〉 또는 〈드라마가 약한 것이 결함이다〉라는 등의 말도 자주 쓴다. 이와 같은 말들은 신인들이 작품을 심사할 때도 거침없이 되풀이된다. 그렇다면 드라마란 무엇인가, 무엇을 드라마라고 하는지 그 어원에서부터 접근해 보자.

드라마(극)라는 말은 희랍어의 〈행한다〉 또는 〈나타낸다〉라는 동사 DRAN에서 나온 말이다. 이것이 오늘날에 와서 〈행위〉라는 말로 통용되게 되었다. 여기서 말하는 행위는 〈우연한 행위〉가 아니라는 사실이 매우 중요하다. 우연한 행위가 아니라는 사실은 〈무엇인가 나타내려는 행위〉를 의미하는 것이 아니고 무엇인가. 때문에 〈무엇인가 나타내려는 행위〉는 스토리를 가진 의식적인 행위(Action)라고 보는 것이 옳다. 이와 같은 행위를 드라마의 원형이라고 본다면, 드라마에 대해 최초로 원리 혹은 법칙 또는 이론을 가한 사람은 역시 아리스토텔레스이다.

1. 아리스토텔레스의 3단계설

앞서 소개한 그의 『시학』 제6장에서 드라마의 구조에 대하여 다음과 같이 서술하고 있다.

…비극이 완결적이고 일정한 크기를 가지고 있는 전체적 행동의 모방이라는 것은 우리가 이미 확립한 바다. 〈일정한 크기를 가지고 있는 전체적 행동〉이라 함은 전체 중에서도 일정한 크기를 가지고 있지 않은 전체가 있기 때문이다. 전체는 시초와 중간과 종말을 가지고 있다. 시초는 그 자신 필연적으로 다른 것 다음에 오는 것이 아니고, 그것 다음에 다른 것이 존재하거나 생성하는 성질의 것이며, 종말은 이와 반대로 그 자신 필연적으로 혹은 대개 다른 것 다음에 오지만, 그것 다음에는 아무런 다른 것이 오지 않는 성질이다. 중간은 그 자신 다른 것 다음에 오고 또 그것 다음에 다른 것이 오기도 한다. 그러므로 잘 구성된 플롯은 아무 데서 시작하거나 끝나서는 안 된다. 그 시초와 종말은 지금 말한 규정에 부응하지 않으면 안 된다.

옛 문투가 되어 복잡한 것 같지만, 위의 아리스토텔레스의 말을 도시(圖示)해 보면 한층 알기 쉽고 선명해진다.

◆ 일정한 크기의 전체적 행동 ◆

시초(始初)	중간(中間)	결말(結末)
기수(起首)	중추(中樞)	결미(結尾)

일정한 크기를 가진 전체적 행동(全體的 行動)이라는 것은 너무 커도 안 되고 너무 작아도 안 된다. 다시 말하면 어떤 동물의 크기가 서울에서 부산에 이르는 것이라면 어느 누구도 그 동물의 크기를 한눈에 볼수 없을 것이며, 반대로 미생물의 경우와 같이 그것이 너무 작으면 어느 누구도 전체를 볼 수 없게 된다. 그러니까 드라마가 너무 길면 일정한 시간 안에 모두 볼 수가 없게 되는 것이며, 너무 짧아도 전체를 파악하기가 어려워질 것이다. 결국 드라마는 너무 크지도 않고 너무 작지도 않은 〈일정한 크기의 전체적 행동〉이어야 하는 것이며, 거기에서는 시초(始初)와 중간(中間)과 종말(終末)이 있어야 좋은 구성이라는 것이다.

이것을 오늘날의 극작법(劇作法) 용어로 고쳐 적으면 시초는 〈기수(起首)〉, 중간은 〈중추(中樞)〉, 종말은 〈결미(結尾)〉가 될 것이다. 물론 '아리스토텔레스의 3단계설'은 오늘의 시각에서 보면 불충분한 것이지만, 극의 최초의 이론이라는 점에서는 대단히 중요하다.

2. 한시(漢詩)의 4단계설

드라마(劇)를 발생이라는 관점에서 고찰하면 동서양의 구별이 있을수가 없다. 극의 기원은 원시사회에 있어서의 민간신앙, 다시 말해서 태양숭배에서 오는 제천의식(祭天儀式)에서 찾는 것을 정론으로 삼는다. 그 의식에 대본의 형식이 있으며 무대가 있으며 관객이 있기 때문이다. 또 그것은 동양에 있어서나 서양에 있어서나 똑같이 존재했던 원시신앙이기 때문에 어느 쪽이 먼저인가를 가리는 것은 무의미하다.

중국의 황하문명은 세계 4대 문명의 하나일 만큼 모든 문명의 역사를 포용한다. 그럼에도 불구하고 극의 이론이 대부분 서양에서부터 시작되고 동양에 있어서는 전무하다는 사실은 대단히 흥미로운 일이 아닐 수 없다. 똑같은 제천의식을 두었는데, 또 그것이 모두 극의 형태로 발전을 했을 것인데도 유독 동양에 있어서만 극의 이론이 빈곤한 것을 극이라는 형태 혹은 행위가 〈광대놀이〉로 천시되었거나, 비하된 데서 기인되었을 것이라고 지레 짐작하는 것은 큰 잘못이다.

우리에게도 『위지동이전(魏志東夷傳)』에 전하는 바와 같이 변한조(弁韓條)에 〈영고(迎鼓)〉가 있고, 고구려조에 〈10월제천…동맹(東盟)〉이 있었으며, 마한(馬韓)에 있어서의 〈무천(舞天)〉, 신라에 있어서의 〈오기(五伎)〉가 있었다. 이와 같이 극의 원시적 형태인 제천의식과 그와 연관이 있는 이벤트가 있었던 것이 엄연한 사실인데도 중국의 경우와 같이 극에 관한 이론적인 뒷받침은 전혀 없지를 않은가.

그것은 극의 양식이나 형태를 천시하거나 비하했기 때문이 아니라, 그보다 더 일성적인 곳에 그보다 더 발달한 논리적인 구조가 있었기 때문이다. 그 일상적인 논리적인 구조가 바로 한시(漢詩)의 작법에 적용되는 4단계설이다. 이 구조는 이른바 기(起), 승(承), 전(戰), 결(結)의 법칙으로 오늘날에 이르기까지 고스란히 전해지고 있다.

아리스토텔레스가 극의 구조를 3단계로 보았다는 점과 한시의 구조가 고바다 한 단계 더 많은 4단계라는 사실은 대단히 중요하고 흥미롭다.

◆ 완성된 한시 ◆

기(起)	승(乘)	전(展)	결(結)
일어난다	이어진다	뒤엎는다	끝맺는다

기, 승, 전, 결이란 한시를 지으면서 지켜야 하는 철칙이다. 다시 말하면 이 네 가지의 과정을 거치지 않았다면 완성된 한시로 평가받지를 못한다. 기는 '일어난다'는 것이니 극적요인의 제기(提起)를 말하는 것이며, 승은 '이어진다'는 뜻이니 진행의 상승(上昇)을 의미하는 것이

고, 전은 '뒤엎는다'는 뜻이라 반전(反戰), 하강(下降)을 강조하는 것이요, 결은 '끝맺는다'는 것이니 곧 엔딩이 아니겠는가. 이와 같은 한시의 이론을 극이론으로 바꾸어 놓으면 현대극의 구성이론에 조금도 손색이 없다.

그 규칙을 적용하면서 한시 한 편을 읽어보기로 한다.

> 기 · 聞余何意棲碧山(누가 나에게 묻기를 왜 새들이 지저귀는 푸른 산에 사느냐고 한다면)
> 승 · 笑而不答心自閑(웃을 뿐 대답을 하지 않음이 오히려 편하느니)
> 전 · 桃花流水杳然去(꽃잎은 떨어져 물결에 실려 어디론가 흘러가니)
> 결 · 別有天地非人間(여기야말로 사람이 사는 별천지가 아니리)

이백(李白)의 「산중문답(山中問答)」이라는 시의 전문이다. 시의 아름다움은 말할 나위가 없거니와 그 구조는 한 편의 드라마(극)가 아닐 수 없다. 아리스토텔레스의 3단계설에 비교한다면 한층 더 현대적인 구조가 아닐 수 없다.

한시의 법칙에 이와 같이 절묘한 극이론이 적용되어 있는 것은 고대 중국에도 극적인 사고방식이 있었음을 말하는 것이며, 또 그것은 앞서 말한 대로 원시신앙에서 출발된 것도 사실이나 제천의식보다 훨씬 더 일반화된 일상(한시는 누구나 지었으므로)으로 다가와 있었던 탓에 구태여 극이론으로 다시 성립하게 할 필요성을 느끼지 않았을 것이라고 짐작된다.

3. 프라이타그의 3부5점관설(三部五點官設)

위에서 살펴본 아리스토텔레스의 3단계설이나 한시의 4단계설은 모두가 역사가 깊은 것만큼 고대의 극이론이라고 보는 것이 합당하므로 근대에 들어와서 보다 본격적인 극이론이 생성되고 발표되는 것은 필연적일 수밖에 없었다. 물론 프라이타그에 의해서였다.

프라이타그(Gustav Frytarg. 1816~1895. 독일)는 독일의 극작가이다. 슐레센의 로이스브르크에서 태어나 베를린 대학을 졸업하고 잡지편집에 종사하기도 했고, 대학에 출강하면서 「신문기자」「대차(貸借)」「분실한 기수(旗手)」 등의 작품을 썼으며, 1863년에는 『희곡의 기교(Technik des Drama)』를 펴냈다. 그는 이 책에서 그 유명한 〈3부5점관설〉을 주장하였다.

3부5점관설을 도시하며 드라마의 구조를 살폈는데, 다섯 가지의 지점으로 나누었고, 상승과 하강을 분명히 했다는 점이 대단히 새로운 것이었다.

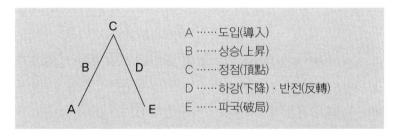

드라마는 흥분할 수 있는 요인에 따라 도입에서 정점(클라이맥스)까지 상승했다가 하강한다.

이와 같은 프라이타그의 극의 구조론은 오늘날에 이르기까지도 용어의 변화만 있을 뿐, 그 원리는 그대로 통용되고 있다.

지금까지 우리는 극의 구조에 대한 세 가지 대표적인 이론을 살펴보았다. 이로써 극의 구조와 형태는 대체로 알게 되었으리라고 생각되지만, 그와 같이 고전적인 이론을 기초로 한 현대극의 구조를 그림으로 살펴보기로 한다.

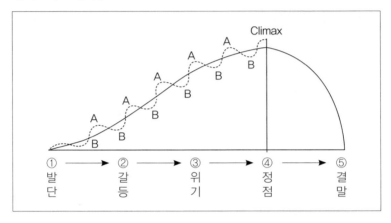

물론 이 그림은 내가 고안한 것이어서 여러 대학에서 나에게 드라마의 이론을 배운 사람들은 위의 그림을 '고래등'이라고 부른다. 이 그림을 머릿속에 그려놓고 시나리오나 TV드라마를 구성한다면 드라마투르기나 스토리의 배치와 흐름을 정확하게 파악할 수가 있을 것이다.

모든 드라마는 발단에서 시작된다. 발단은 드라마의 첫머리가 된다. 여기서 제기된 극적국면은 갈등, 위기를 거치면서 정점에 도달한다. 정점에 도달하기까지는 서서히 상승하게 된다. 그러나 정점에서 결말까지는 급격히 하강하게 된다. 여기서 주의할 점은 갈등과 위기는 별개의 순서가 아니라 동시에 진행하면서 상승한다는 사실이다.

그림에서 자세히 보면 상승 부분은 점선으로 연결되어 있다. A로 표시된 돌출 부분이 위기(크라이시스)라면 B로 표시되어 아래로 처진 부분이 갈등이 된다. 그러니까 갈등은 위기를 동반하고 상승하여야 하는 것이다.

시나리오를 쓰는 작가나 드라마를 쓰는 작가들은 자신들의 얘기가 그림과 같은 형태로 상승하고, 하강하고 있는가를 수시로 점검하면서 평가의 기준으로 삼아야 한다.

아무리 작은 이야기의 드라마일지라도, 그 형태와 진행만은 위의 그림과 같아야만 된다.

이와 같은 형태와 진행은 창작과정(Ⅱ)에서 다시 상론하기로 한다.

Ⅲ. 36시츄에이션 (극적 국면)

드라마를 거론하자면 〈시추에이션(Situation)〉말과 함께 〈드라마투르기(Dramaturgie)〉라는 말을 자주 쓰게 된다. 시추에이션이라는 말은 〈극적국면(劇的局面)〉〈극적 경과〉의 의미로 쓰여 진다. 국면이든 경과든 애매하기는 마찬가지다.

드라마에는 앞서 그림으로 본 것과 같은 형태와는 별도로 본질(本質)이라는 것이 엄존한다. 드라마의 본질을 프라이타그는 〈의지의 갈등〉이라고 말했다. 그렇다. 드라마의 본질은 '갈등'인 것이다. 갈등이 없다면 드라마의 요인이 발생하지 않는다.

극적 갈등의 상태를 시추에이션이라고 생각하면 된다. 연극이나 TV드라마에 있어서의 〈드라마투르기〉라는 말은 영화에 있어서의 〈시네마투르기〉와 같은 것이다. 그러니까 똑같은 말을 매체에 따라 다르게 부르고 있을 뿐이다.

드라마투르기라는 말은 '극의 기둥'을 의미하면서도 극작법, 극작술 혹은 연출법에까지 확대되어 사용되기도 한다. 〈드라마투르기가 되어 있지를 않다〉는 말은 '극적 갈등의 축적'이 모자란다는 뜻이므로 극작술이 미숙하다는 말과도 같다. 이를 영화적인 표현으로 옮기면 시네마투르기가 부실하다는 말이 되는 것이다.

우리는 앞에서 찰스 브라케트의 시나리오 「십훈」에서 '같은 생각을 가진 사람을 같은 장면에 등장시키지 말라'는 극단적인 표현을 읽었다. 그것은 갈등의 요인이나 축적을 방해하는 것을 경고한 말이다.

드라마의 발생이 갈등의 요인에서 시작된다는 것은 셰익스피어의 「베니스의 상인」에도 잘 드러나 있다.

어떤 사나이가 돈을 빌려 쓰고 돌려줘야 하는 기한을 어기게 된다. 이와 같은 사실이 갈등의 요인이 되는 것은, 그가 돈을 빌려갈 때 만일 기한 내에 갚지를 못하면 한 파운드의 살을 떼 주기로 한 약속이 문제 발생의 근원이 된다.

바로 이 같은 경우를 드라마틱 시추에이션이라고 생각하면 틀림없다. 그러니까 드라마의 본질은 갈등을 축적하는 것이 되겠는데 갈등에도 외적인 것, 내적인 것이 잇을 것이다. 이에 대한 상론은 잠시 덮어두기로 하고 극작법의 이론적인 배경이 되는 것 중의 하나인 〈36시추에이션〉을 살펴보기로 하자. 요컨대 드라마틱 시추에이션은 36가지밖에 없다는 이론이다.

이 이론을 최초로 발표한 사람이 카르로 고지(Carlo gzzi. 1720~1806. 이태리)이다. 고지의 이와 같은 주장에 커다란 관심을 가졌고 좀더 보완해 보려고 한 사람이 쉴러지만, 그도 역시 고지의 의견 정도에 머무르고 말았다는 것이 에케르만이 쓴 『괴테와의 대화』에 기록되어 있다. 1830년의 일이다. 그러나 고지의 36시추에이션은 전해지지 않고 있으며, 지금 우리가 말하는 〈36시추에이션〉은 조르주 폴티(Georges Polti. 프랑스)가 정해 놓은 것이다. 그는 고금(古今)의 소설 1천200편을 읽고 분석하여 극적 국면(局面)을 귀납법으로 추출해 냈는데, 모두 36종류라는 것이다.

먼저 그 36가지의 시추에이션과 해당 작품을 살펴보기로 하자.

1. **탄원(歎願)**
   세익스피어의 「존왕」
   그레고리 부인의 「달이 뜨다」

2. **구제(救濟)**
   세르반테스의 「돈키호테」
   세익스피어의 「베니스의 상인」

3. **복수(復讐)**
   세익스피어의 「태풍」
   코난도일의 「샬록 홈즈」
   르블랑의 「알센 루팡」
   듀마의 「몬테크리스토 백작」

4. **육친끼리의 복수**
   세익스피어의 「햄릿」
   르첼라이의 「로장데」

5. **도주(逃走)**
   카이저의 「아침부터 밤중까지」
   골즈워디의 「도주」
   존 포드의 「남자의 적」
   몰리에르의 「돈주앙」

6. **재난(災難)**
   세익스피어의 「헨리6세」 「리어왕」
   코르네이유의 「라시드」
   유고의 「루크레차 볼제어」

7. **참혹 또는 불운**
   메에테를링크의 「마리엔느 아가씨」

8. **반항**
   쉴러의 「빌헬름 텔」
   하우프트만의 「직장(織匠)」
   로망로랑의 「7월 14일」

9. **대담한 기획**

세익스피어의 「헨리 5세」

바그너의 「파르시바르」

10. 유괴

괴테의 「타우리스의 이피게니아」

11. 수수께끼

에드가 알렌 포우의 「도둑맞은 편지」 「황금벌레」

세익스피어의 「베니스의 상인」 「페리크리이즈」

고티의 「투란도트 아가씨」

12. 획득

비샤카다타의 「대신의 반지」

메타스타아죠의 「무인도」

13. 육친끼리의 증오

바이런의 「카인」

라브단의 「결투」

하아젠크레에페르의 「아들」

뒤비비에의 「홍당무」

14. 육친끼리의 싸움

모파상의 「피엘과 장」

메에테를링크의 「페레아스와 메리산드」

쉴러의 「돈 카르로스」

도스토예프스키의 「카라마조프가의 형제」

15. 살인적 간통

아르피에리의 「아가멤논」

졸라의 「테레즈 라깽」

16. 발광

세익스피어의 「오델로」 「멕베드」 「햄릿」

리트바크의 「뱀의 구멍」

17. 얕은 생각

입센의 「들오리」 「건축기사」

밋세의 「장난삼아 사랑은 하지 않으리」

볼테르의 「삼손」

하우프트만의 「쥐」

도오데의 「포올 따라스꽁」

18. 모르고 저지르는 애욕의 죄

소포클래스의 「오이디푸스 왕」

쉴러의 「멧시나의 신부」

입센의 「유령」

19. 모르고 육친을 살해함

유고의 「루크레티아 보르지어」

20. 이상을 위한 자기 희생

라신느의 「아우리스의 이피게니어」

바르작의 「세자아르 비로토」

메타스타아죠의 「테미스트 클레스」

코르네이유의 「테오도오레」 「폴리우크트」 「오톤」 「세르토류스」

톨스토이의 「캬츄샤」

21. 육친을 위한 자기희생

스트린드베르히의 「희생」

공쿠우르의 「샘가노 형제」

로스탄의 「시라 노 드 벨쥬락」

라신느의 「안드로마케」

22. 애욕을 위한 모든 희생

고다르의 「죠스랑」

바그너의 「탄호이젤」

마수네의 「마농」

도오데의 「사포」

듀폰의 「봐리에테」

세익스피어의 「안토니오와 클레오파트라」

졸라의 「나나」 「선술집」

와일드의 「살로메」

플로베르의 「성안토니의 유혹」

대단한 정성과 대단한 노력으로 정밀하게 짜인 보고서가 아닐 수 없다. 그러나 우리는 극적 시츄에이션이 36가지 밖에 없다고 하여 여기에 맹종할 필요는 없다. 크게 나누어서 이렇게 될 것이라는 게 폴티가 1천200편의 소설을 분석한 결과지만, 여기에는 인간과의 대립의지(對立意志)만 있을 뿐이다. 다시 말하면 인간과 동물 간에 일어날 수 있는 갈등이라든가, 인간과 홍수와 같은 자연과의 갈등은 전혀 포함되어 있지 않았다는 것이다. 그러니까 연극은 무대 위에서 성립되기 때문에 동물 등과의 갈등이나, 홍수와 같은 자연재해와의 갈등을 축적하기가 어려울 것이라는 전제나 우려가 있었을 것으로 보인다.

그러나 영화의 경우는 그 생성에서부터 매체의 성격상 동물 등과의 갈등이나 자연재해와의 갈등은 좋은 소재로 이용되어 왔다. 물론 연극의 경우도 현대에 이르러서는 동물과의 갈등, 자연재해와의 갈등도 당당한 소재로 등장하게 되었다.

여담이 되겠지만 미국의 어느 프로덕션 사무실에는 이상에서 언급한 폴티의 36시추에이션을 한눈에 볼 수 있는 도표로 작성하여 벽에 붙여 놓았다고 한다. 새로운 작품을 써야하는 작가와 작품에 대한 토론을 할 때, "…이번에는 15번, 11번, 5번, 3번으로 합시다."라는 식으로 말문을 연다는 것이다. 이것을 폴티의 36시추에이션으로 설명하면, 〈살인적 간통→수수께끼→도주→복수〉의 시추에이션을 이용하여 플롯(줄거리)을 세우자는 말이 될 것이다.

결국 위에 인용한 36시추에이션의 번호를 이것저것 필요에 따라 맞추어 놓으면 훌륭한 플롯이 된다는 사실을 알게 된다. 이 점 드라마란 극적 국면(드라마 시추에이션)을 전개하는 소재임을 잘 보여주는 예라고 하겠다.

그러나 폴티의 말을 맹종할 필요가 없음은 앞서 말한 바와 같다. 설혹 옛 소설에 활용된 시추에이션의 원형은 변하지 않았다고 하더라도 시대와 환경의 변화로 그 해석이나 방법이 달라진다는 점을 유념하지 않으면 안 된다.

가령, 30번의 〈야망〉을 예로 들어 본다면 「줄리어스 시저」의 극적 국면은 변하지 않지만, 그 상황은 오늘과 다르다는 사실을 쉽게 알 수 있다.

그러므로 작가는 그가 살고 있는 시대와 환경에서 가장 절실히 요구되는 내용의 시추에이션을 찾아내지 않으면 안 된다.

인생은 무수히 일어나는 극적 갈등의 연속이라고 보아도 무방하다. 시나리오나 TV드라마가 갈등을 드라마의 본질로 보는 것은 사실이나, 시대의 변천에 따라서 그 활용하는 방법은 판이하게 달라진다는 점을 명심하지 않으면 안 된다. 비근한 예가 되겠지만 예전의 쿠데타는 단도(칼)로 상전을 찌르는 것으로 성공하는 경우가 있지만…, 지금은 탱크가 있어야 하고, 때로는 미사일이 있어야 할 것이며, 때에 따라서는 부대를 움직여야 하는 군사 작전이 필요하지 않겠는가. 그러므로 시추에이션이란 시대의 변천과 궤를 같이 한다는 사실도 명심해야 한다.

오늘의 작가는 오늘 우리가 당면해 있는 문제를 충실히 그려 가면 된다. 다만 36시추에이션이 있다는 사실을 기억해 둘 필요가 있을 뿐이다.

구분	번호	제작연도	영화명	장르	감독	프로듀서	각본	캐스팅	크랭크인	크랭크업	제공	배급	제작사	연락처	개봉(예정)	비고
10월 개봉	1	2014	☆라이브 TV	공포	김선웅, 손광수	박은성	김선웅, 손광수	권혜욱, 고은아	2013-12-23	2014-01-14	더펀트초콤	더펀트초콤	파레토웍스/대보쥬스/더펀트초콤		2015-10-01	2014 BIFF 미드나잇패션 부문 초청작
	2	2015	성난 변호사	범죄/스릴러	허종호	소윤성	이주호, 최관영	이선균, 김고은, 침현성	2014-10-18	2015-01-20	CJ E&M 영화사업부문	CJ E&M 영화사업부문	빛나는 제작/우수영화사		2015-10-08	
	3	2015	안녕, 천우치 도울로봇대결전	애니메이션	김대청	김대청, 임민식	김대청, 권오현, 신현덕, 최민희	김율, 김새벽(목소리 출연)	2012-04	2015-07	와이드릴리즈	리틀빅픽쳐스	얼리버드픽쳐스/보물코리아크리에이브		2015-10-08	
	4	2015	미션스쿨	드라마	강의석		강의석	이해율, 임정은, 권우경	2014-07	2014-10	홀리가든	강의세월들			2015-10-15	2015 부산국제영화제 도런도관 관객상 수상
	5	2015	비밀	서스펜스/드라마	박은경, 이동하	양아영	박은경, 이동하	성형일, 김유정, 손호준	2015-02-02	2015-03-19	산수벤처스	CGV아트하우스	영화사 도로시/SH기획	02-516-4006	2015-10-15	A.K.A. 조이/2015 BIFF 한국영화의 오늘-파노라마 부문 초청작
	6	2015	더 폰	미스터리/스릴러	김봉주		김봉주	손현주, 엄지원, 배성우	2014-04-02	2015-04	NEW	NEW	미스터필름스	070-7700-8453	2015-10-22	2015 영진위 하반기 기획·개발지원작
	7	2015	흙연애가	드라마	권오광	김우성	권오광	이광수, 이천희, 박보영	2014-11-22	2015-01-23	필라멘트픽쳐스	필라멘트픽쳐스	영화사 우상/파테스파티움	02-371-8960	2015-10-22	2015 토론토국제영화제 뱅기즈 부문 초청/2015 BIFF 오픈시네마 부문 초청작
	8	2015	말하지 못한 비밀	드라마	김기엽	송동윤	송동윤	우주원, 김하늘, 은서우	2013-08-30	2013-11-10		마운틴픽쳐스	디와이엔터테인먼트/서울무비웍스		2015-10-22	A.K.A. 착고반란
	9	2014	스피드	드라마	이상우	나용국	이상우	서준영, 백성현, 임형준			산수벤처스	드림팩토리엔터테인먼트	무비엔진		2015 JIFF 코리아 시네마스케이프 부문 초청작
	10	2015	특종: 광벤살인기	스릴러	노덕	송정헌	노덕	조정석, 이미연, 김대미	2015-02-10	2015-05-19	롯데엔터테인먼트	롯데엔터테인먼트	우주필름/명필름스튜디오		A.K.A. 저널리스트
	11	2015	필름시대사랑	드라마	장률	조천정	장률	박해일, 안성기, 문소리	2015-02-28	2015-03-22	스마일이엔티	스마일이엔티	올릴필름/스마일이엔티		2015 BIFF 한국영화의 오늘-파노라마 부문 초청작
	12	2015	그놈이다	드라마	윤준형	윤닝율	윤준형, 강명길	주원, 유해진, 이이영	2015-03-16	2015-05-26	CGV아트하우스	상상필름	상상필름		2015-10-28	
	13	2014	미안해 사랑해 고마워	드라마	전윤수	이상호	박희곤, 나현	지진희, 김성균, 양유리	2014-08	2014-11-19	쇼박스	쇼박스	타임스토리엔터테인먼트	02-562-9989	2015-10-28	A.K.A. 여름에 내리는 눈
	14	2015	어떤살인	스릴러	안용훈	노일환	신리희	신현빈, 김뢰하, 윤소이			캐피탈원/엔톤소론	마인스엔터테인먼트	친종운엔터테인먼트	02-512-5110	2015-10-29	
	15	2014	거짓말	드라마	김동명	박나미	김동명	김뢰비, 전신원	2013-10-03	2013-11-20	대명문화공장	대명문화공장/리틀빅픽쳐스	방인디 필름		2015-10-29	2014 BIFF 대명칼쳐웰기비상 수상!/2015 서울국제여성화제 새로운 불결 부문 초청작
	16	2015	울보 권투부	다큐멘터리	이일하	조은성	이일하	도묘 조선 중고급학교 권투부	2012-10	2014-04	exposed Film	인디스토리	exposed Film		2015-10-29	2013 DMZ프로덕션마켓 사전제작지원작/2015 인디다큐페스티벌 개봉지원작
11월 개봉	1	2015	검은 사제들	공포/스릴러	장재현	송대찬	장재현	김윤석, 강동원	2015-03-05	2015-06-04	오파스픽쳐스	CJ E&M 영화사업부문	영화사 집	02-517-1230	2015-11-05	장재현 단편영화 (12번째 보조사제) 원작
	2	2014	☆들꽃	드라마	박석영	박성진, 전보성	박석영	조수향, 정하담, 권문수	2014-02-02	2014-02-28	인디플러그	인디플러그	무비앤프리		2015-11-05	2014 BIFF 한국영화 오늘-비전 부문 초청작/2014 올해의 배우상 수상
	3	2015	낡은 자전거	가족/드라마	문희용		문희용	최종원, 박상면, 조안				마운틴픽쳐스	영화사 북촌/대국미디어그룹/한국방송예교육진흥원		2015-11-12	동명 연극 원작/2015 영진 1분기 후반작업현황지제작
	4	2015	세상살이 사랑	멜로	김진식	유연수	김진식	한민정, 조동혁, 공예지	2015-04-20	2015-09-23	스톰픽쳐스코리아	스톰픽쳐스코리아	딥스슐픕		2015-11-12	
	5	2014	내부자들	범죄/드라마	우민호		우민호	이병헌, 조승우, 백윤식	2014-07-13	2014-11-07	쇼박스	쇼박스	(주)스튜디오문화사/문화사	02-3218-5628	2015-11-19	윤태호 동명 웹툰 원작
	6	2015	☆해에게서 소년에게	드라마	안슬기	박봉수	정지은, 안슬기	신연우, 김가현, 김효원	2014-08-13	2014-09-03		디씨드	타이기시세미/DGC		2015-11-19	
	7	2015	도리화가	사극/드라마	이종필	심재명	김아영	류승룡, 수지, 송새벽	2014-12-10	2015-01-02	CJ E&M 영화사업부문	CJ E&M 영화사업부문	영화나 담당		2015-11-25	
	8	2015	열정같은소리하고있네	드라마	정기훈	정무환	정기훈	정재영, 박보영	2015-03-22	2015-05-31	NEW	NEW	반짝반짝영화사	02-795-3041	2015-11-25	이혜린 동명 소설 원작
	9	2015	아일랜드 시간을 훑치는 섬	미스터리/드라마	박진성	고두휘, 최량명	박진성	오지호, 문가영, 유지나	2014-06-23	2014-07-28	조이언텐먼트그룹/제주영상위원회	고앤드 필름		02-540-5125	2015-11-26	A.K.A. 아일랜드-시간의 섬/2015 JIFF 한국경쟁 부문 초청작
	10	2015	위선자들	드라마	김진용	김재선	김진용	심무아, 권민호, 김정균	2015-03	2015-04	스노우하우스	마운틴픽쳐스	영화나 베이플러스		2015-11-26	
개봉준비	1	2015	실론, 세렌디피티	드라마	권중목	권홍욱	권중목	김민채, 권중욱, 이민서	2013-03-25	2015-01-16		씨제이넥스	씨제이넥스		2015-12-10	2015 광주국제영화제 한국영화의 지금 부문 초청작
	2	2014	타이밍	애니메이션/미스터리	민경조	오효석	신규해(목소리 출연)	엄심헌, 신규해(목소리 출연)	2011-09	2014-11-24	효인엔터테인먼트/베대코리아	스톰픽쳐스코리아	효인엔터테인먼트/베대코리아	02-3282-3746	2015-12-10	강물 동명 웹툰 원작/2014 BIFF 한국영화의 오늘-파노라마 부문 초청작
	3	2014	대호	사극/판타지	박훈정	박민정	박훈정	최민식, 정만식, 김상호	2014-12-15	2015-04-05	NEW	NEW	사나이픽쳐스	02-796-8204	2015-12-17	
	4	2015	국적인 하룻밤	로맨틱코미디	하기호	오재진	하기호	윤계상, 천우희			CGV아트하우스	스필지지이즈먹어즈			동명 연극 원작
	5	2014	나쁜나라	다큐멘터리	김진열		신본숙	유경근, 김청회, 최경아	2014-04	2015-08		시내아 달	4.16 세월호 참사 시민기록위원회 영상단 다큐팀	02-337-2135	2015-12	
	6	2014	얼리스, 원더랜드에서 온 소년	판타지/공포/로맨스	허은회	최윤	허은회	홍종현, 정소진, 이승연	2014-05-31	2014-07-14	VCM	인디마로			2015-12	2015 BiFan 코믹 판타스틱 시네마 부문 초청작
	7	2015	조선마술사	드라마	김대승	손세훈	조정화	유승호, 고아리, 곽도원	2015-02-27	2015-07-02	롯데엔터테인먼트	롯데엔터테인먼트	위더스필름	02-515-0936	2015-12	김탁환, 이현태 동명 소설 원작
	8	2014	히말라야	휴먼드라마	이석훈	수오, 민지운	홍형민, 황조		CJ E&M 영화사업부문	CJ E&M 영화사업부문	JK필름		2015-12	휴먼원정대 임종필 대장 실화 바탕
	9	2014	작은 형	드라마	심광진	한결	이창원	전석호, 진용욱, 민자아	2014-01-31	2014-02-25	인베스트하우스	인베스트하우스		070-8210-6777	2015-하반기	2015 JIFF 코리아 시네마스케이프 부문 초청작
	10	2015	타투이스트	스릴러	이서	차상민	이서	솔닝국, 윤주혜, 서양	2014-02-13	2014-03-20	산수벤처스	두타연	대세프쿨/크리이스토리	02-3443-9429	2015-하반기	2014 영진위 시나리오마켓 애매직/2015 BiFan 스페인호러스 집문 부문 초청작
	11	2014	나를 잊지 말아요	미스터리/멜로	이윤정	조영옥	이윤정	정우성, 김하늘	2014-08-17	CJ E&M 영화사업부문		더블유팩토리	02-518-1088	2015-하반기	이윤정 동명 단편영화 원작
	12	2015	셀디스	공포/스릴러	이용문	홍명기	김용운	홍수아, 임성언	2015-02-16	2015-03-14	라임오렌지팩토리		라임오렌지팩토리		2016-01	2015 BiFan 코믹 판타스틱 시네마 부문 초청작
	13	2015	파리의 한국 남자	드라마	전수일	김진경	전수일	조재현, 팽지민			동네픽쳐스/마운틴픽쳐스		동네픽쳐스	02-3789-8842	2016-01	2015 BIFF 한국영화의 오늘-파노라마 부문 초청작
	14	2015	꼬마오 영화감독	드라마	신연식	김지형	신연식	다.신미철, 스티브 연	2014-05-01	2014-10-10	콘텐츠판다	콘텐츠판다	루스이소니즈스		2016-01	4개의 0편 옴니버스
	15	2015	섬, 사라진 사람들	드라마	이지승	한동훈	이지승, 정재일	박효주, 세양아	2015-04-05	2015-04-27	산수벤처스	콘텐츠판다	사세이마트로지		2016-01	2015 몬트리올국제영화제 포커스 온 월드시네마 부문 초청작
	16	2014	4등	휴먼드라마	정지우	이상천	정지우	박해준, 유재상, 이항나	2014-09-28	2014-11-27	프레인글로벌	프레인글로벌	국가인권위원회/정지우필름/프레인글로벌		2016-상반기	국가인권위원회 인권영화 프로젝트
	17	2014	58박디 몽상기 일주사	다큐멘터리	김대영, 이세영	이보석, 나용국	전혜경, 김정호, 김용우		2013-08-15	2015-02-28		인디컬미디어/영화사청어람	인디컬미디어/영화사청어람		2016-상반기	2015 DMZ 영화 쇼케이스 부문 초청작
	18	2014	다른 길이 있다	드라마	조창호	조창호	서예지	김재옥, 서예지		2015-02-03		영화사율			2016-상반기	
	19	2014	달에 부는 바람	다큐멘터리	이승준	김민철	유승준, 김민철	김혜지, 김미영, 김자영	2013-01	2014-06		인자컬름/버드픽쳐스	02-730-0747	2016-상반기	2014 얌스테컴국제나다엔턴디국제영화제 장편경쟁 부문 초청작
	20	2014	글로코대회	휴먼드라마	최정엽	안병해	최정엽	지수, 수호, 류준열			CJ E&M		보리픽쳐스	02-371-6047	2016-상반기	2015 BIFF 한국영화의 오늘-파노라마 부문 초청작
	21	2014	소시민	블랙코미디	김병준	오재태	김병준	한상천, 형보자, 효효호	2014-11-05	2014-11-30		영화사 새실	영화사 새실		2016	
후반작업	1	2015	사랑하기 때문에	로맨틱코미디	주지홍		황승재, 유영아	차태현, 김유정, 서우릐	2015-07-27	2015-10-01	NEW	NEW	AD406		2016-상반기	
	2	2015	해어화	사극/드라마	박흥식	박선진		한효주, 천우희, 유연석	2015-06-20	2015-10-17	롯데엔터테인먼트	롯데엔터테인먼트	더 캠프		2016-상반기	
	3	2015	해피 페이스맨	드라마/로맨스	박현진	신일규	신일규	이미연, 유지태, 강주혁	2015-07-09	CJ E&M 영화사업부문		CJ E&M 영화사업부문	리앙필름/JK필름		2016-상반기	
	4	2015	최악의 여자(가제)	드라마	김광관	이수연	김태훈, 이은실	김광관	한여리, 이야국 로, 권율	2015-09-10	2015-10-07		인디스토리		02-722-6056	2016	
	5	2015	해빙	스릴러	이수연	권현관	김재용	조진웅, 김대명, 신구	2015-06-04	CJ E&M 영화사업부문		CJ E&M 영화사업부문	(주)재밌문화산업전문회사/위더스필름	02-515-0936	2016	
	6	2015	김옥에서 온 편지	휴먼드라마	권종관	김재용	권종관	김영민, 김상호, 성동일	2015-06-12	2015-09-26	NEW	NEW	콘텐츠케이		2016-상반기	카이스트 자회사인 영화제작사 콘텐츠케이의 실험작
	7	2015	오빠생각	휴먼드라마	이한	권중관	정지훈, 김은옥	이우택	임시완, 고아성	2015-06-12	2015-09-23	NEW	NEW	조이래빗	070-7550-3236	2016	
	8	2015	김선달	사극	박대민	김태원	박대민	유승호, 조재현, 고창석	2015-06-05	2015-09-23	CJ E&M 영화사업부문		명필름스		2016	
	9	2015	여교사	드라마	김태용	이은희		김태용	김하늘, 유이연, 이원근	2015-08-01	2015-09-10		외유내강		02-371-6047	2016	
	10	2015	순정	드라마	이은희	정문구		이은희	도경수, 김소현, 이다빛	2015-06-22	2015-09-18	리틀빅픽쳐스	리틀빅픽쳐스	주피터필름	02-2264-6953	2016-상반기	

한국영화 제작상황판 수정 및 보완·추가사항, 영화제·판권문의는 [02-6261-6576/mmple@kofic.or.kr]

구분	제작연도	영화명	장르	감독	제작사	각본	캐스팅	크랭크인	크랭크업	제작	배급	제작사	연락처	개봉(예정)	비고

시나리오

1판 1쇄 인쇄 2015년 12월 7일
1판 1쇄 발행 2015년 12월 11일

발행인 문상훈

편집주간 송길한
편집고문 최석규

자문위원 지상학, 신정숙
편집위원 강철수, 이환경, 정대성, 한유림, 이미정

홍보마케팅 본부장 강영우
홍보마케팅 팀장   정지영

취재팀장 최종현
취재기자 김효민, 최종인

편집부 강윤주, 전수영
교 정 김은희

표지디자인 송성재
본문디자인 김민정

인쇄처 가연출판사 (서울시 마포구 월드컵북로 4길 77, 3층 (동교동, ANT빌딩))
전 화 02-858-2217 I 팩 스 02-858-2219

펴낸곳 (사) 한국시나리오작가협회
주 소 서울시 중구 필동 3가 28-1 캐피탈빌딩 202호
전 화 02-2275-0566 I 홈페이지 www.moviegle.com

구입 문의 02-858-2217
내용 문의 02-2275-0566
정기구독문의 02-2275-0566

* 잘못된 책은 교환해드립니다.

저작권 찾기? 보물 찾기!

보물 찾기의 설레임을 아직도 기억하시나요? 이제 저작권 찾기 사이트로 접속하세요!
저작권 찾기 서비스가 당신의 지도와 나침반이 되어 당신이 찾던 보물을 찾아드립니다.

보물 찾기!
저작권 찾기에 접속하세요!
www.findcopyright.or.kr

내 권리에 대한 **정당한 보상을** 찾아 헤매고 계신가요?

저작물 권리자에게는 저작권에 대한 정당한 보상을
받을 수 있도록 저작권 정보와 미분배 보상금 대상
저작물 목록을 제공합니다.

저작권자가 **누구인지 몰라** 애타게 찾고 계신가요?

저작물 이용자에게는 저작권자를 알 수 없어
저작물을 이용 못하는 어려움을 해소할 수
있도록 저작권 찾기 서비스를 제공합니다.

오픈 세트장 Open Studios

순천 드라마오픈세트장 / Suncheon Drama open set
순천시 조례동 22번지
22, Jorye-dong, Suncheon-si, Jeollanam-do, Korea

완도 청해포구 / Wanddo Chunghae-port
완도군 완도읍 대신리 산47-28
Daesin-ri San 47-28, Wando-eup, Wando-gun, Jeollanam-do, Korea

나주 영상테마파크 / Naju Image Theme Park
나주시 공산면 신곡리 산2번지
Singok-ri San 2, Gongsan-myeon, Naju-si, Jeollanam-do, Korea

곡성 섬진강기차마을 / Gokseong Seomjin River Train Village
곡성군 오곡면 오지리 720-16
232, Gichamaeul-ro, Ogok-myeon, Gokseong-gun, Jeollanam-do, Korea

전남 촬영작품 Shooting in Jeonnam

- **영화** Movie

- 태극기휘날리며 (2004)
  TaeGukGi: Brotherhood
  Of War
- 너는내운명 (2005)
  You're My Sunshine!
- 타짜 (2006)
  The War Of Flower
- 천년학 (2007)
  Beyond The Years
- 마더 (2009)
  Mother
- 킹콩을 들다 (2009)
  Lifting Kingkong
- 황해 (2010)
  The Yellow Sea

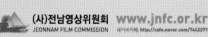

- 고지전 (2011)
  The Front Line
- 도가니 (2011)
  Silenced
- 남쪽으로 튀어 (2012)
  South Bound
- 내가살인범이다 (2012)
  Confession of muder
- 광해, 왕이된 남자 (2012)
  Masquerade
- 나의 파파로티 (2012)
  My paparotti

- **드라마** Drama

- 대장금 (2003)
  Jewel In The Palace
- 에덴의동쪽 (2008)
  East Of Eden
- 추노 (2010)
  Slave Hunter
- 대물 (2010)
  President
- 자이언트 (2010)
  Giant

(사)전남영상위원회 www.jnfc.or.kr
JEONNAM FILM COMMISSION 네이버카페 http://cafe.naver.com/7442271

전라남도 순천시 팔마로 333번지 올림픽기념 국민생활관 3층
Tel. 061)744-2271~2 / Fax. 061)744-2273 / E-mail. namdo38@empas.com
Add. Olympic Memorial Community Center 3F, 333 Palmaro, Suncheon-si,
Jeollanam-do, 540-951, korea

Jeonnam Film Commission

제빵왕 김탁구 (2010)
Bread, Love and dreams
빛과 그림자 (2011)
Light and Shadow
사랑비 (2012)
Loverain
각시탈 (2012)
Gak Si Tal
구가의 서 (2013)
Gufamily book

(사)전남영상위원회
JEONNAM FILM COMMISSION

(사)전남영상위원회는 전라남도에 영화,드라마 등 영상물 촬영과 로케이션을 지원하며, 영상문화 대중화와 영상관광 산업의 기반구축을 위해 **여수시, 순천시, 광양시**에서 설립 한 비영리 단체입니다.

전남영상위원회는 일대일 전담 로케이션 서비스와 적극적인 촬영 지원은 물론 영화촬영지를 소개하는 로케이션 팸투어, 로케이션 데이터베이스 구축사업을 통해 전라남도를 최상의 영화촬영지로 만들어 가고 있습니다.

또한, 문화소외지역을 찾아가 영화를 상영하는 '찾아가는 영화관', 영화감독과 관객과의 대화를 이끌어내는 '남도, 영화를 말하다', '우리지역 촬영 작품 시사회'등 지역의 영상문화발전을 위해 다양한 사업들을 진행하여 지역민들의 큰 호응을 얻고 있습니다.

전남영상위원회는 지역민들의 퍼블릭액세스 구현을 위하여 순천시 영상미디어센터를 운영하고 있으며, 도서지역 주민부터 어린이, 실버세대까지 다양한 지역과 계층을 대상으로 하는 영상미디어 교육사업을 활발히 추진하고 있습니다.

천혜의 자연이 영화로 만들어지는 곳. 전라남도.
전남영상위원회

The Jeonnam Film Commission is a non-profit organizatic established by Yeosu city, Suncheon city and Gwangyar city to provide support for filming and filming locations media such as movies and TV dramas in Jeollanam-do ar establish an infrastructure for the film tourism industry ar the popularization of film culture.

The Jeonnam Film Commission strives to create and off the best media filming locations in Jeollanam-do by provi ing one-on-one location services and proactive filmir support as well as offering location familiarization tou which introduce filming locations and establishing a filmir location database.

Furthermore, the Commission carries out various projec for the development of the local media culture indust which have gained much favor from local residents such the "traveling movie theater", which exhibits vario movies by visiting culturally excluded areas, "Namdo, Tal about Films", which draws out dialogues between fil directors and the audience, and "Local Film Previews".

The Jeonnam Film Commission operates the Suncheon Ci Film Media Center to grant full public access to loc residents, and also actively carries out a Film Media Educ tional Program for various regions and groups of peop ranging from island area residents to children and th elderly.

Jeollanam-do, where wonderful nature surroundings a made into films.
Jeonnam Film Commission

주요 사업내용   **Major Projects**

Support program for filming locations and filming in the Jeonnam area

Filming location familiarization tour for the Jeonnam area

Manpower training program for film culture contents (Jeonnam Acting Camp, Jeonnam Film School, Media Training, etc.)

Film Culture Base Expansion Programs ("Namdo, Talks about Film", "Travelling Movie Theater", "Culture School", film previews, local events, media archives, etc.)

Film Culture Cooperation Network Programs (participates in the Korea Film Commission Network and the Asian Film Commissions Network)

- 전남지역 로케이션 및 촬영 지원 사업
- 전남지역 로케이션 팸투어
- 영상문화 콘텐츠 인력양성 교육사업
  (전남연기캠프, 전남영화학교, 미디어교육 등)
- 영상문화 저변확대 사업
  (남도 영화를 말하다, 찾아가는 영화관, 문화학교, 시사회, 지역행사 영상아카이브 등)
- 영상문화 협력 네트워크 사업
  (한국영상위원회협의회 및 아시아영상위원회 네트워크 참여 등)

작지원시스템   **Supporting system**

- **Pre-Production**
  - 로케이션 지원신청 접수
  - 로케이션 데이터 제공
  - 영화 촬영 장소 스카우팅 지원
  - 본 촬영 지원신청 접수
  - 촬영일정 협의
  - 로케이션 섭외 및 숙식, 교통편의 제공

- **Production**
  - 촬영 인 · 허가 지원
  - 로케이션 매니저 현장 지원
    (1:1 전담 매니저 지원)

- **Post-Production**
  - 시사회 및 상영지원
  - 언론홍보 및 행사 지원

- **Pre-Production**
  - Receive the of application forms for a location
  - Supply the location data
  - Support the location scouting
  - Receive the application forms for main shooting
  - Organize the shooting schedules
  - Liaison for location
  - Offer accommodation and transportation

- **Production**
  - Support authorization and permission.
  - Assist location managers in field support man to man

- **Post-Production**
  - Assist cinema previews and screening
  - Publicize films in the press and assist with promotional activities.

완벽한 로케이션서비스
다양한 인센티브
충북 제천으로 오세요
청풍영상위원회가 함께 합니다. www.ichom.com

[영상작가전문교육원 47기 수강생 모집요강]

23년의 전통, 그리고 한국영화의 역사를 만드는 시작점.
(사)한국시나리오작가협회 부설 영상작가전문교육원이
12월 1일부터 대망의 47기 수강생 모집을 시작합니다.
지난 23년 동안 총 180여편의 입상작과 250여편의
영상화를 일궈낸 본원 출신의 작가들의 돌풍이 거셉니다.

동희선(11기)　전철홍(13기)　전철홍(13기)　이윤성(39기)　유승희(27기)　방순정(31기)　김관빈(35기)

황인호(8기)　김기덕(5기)　황조윤(13기)　김방현(22기)　김대우(1기)　황인호(8기)　이영종(12기)

1,700만 관객의 기염을 토한 〈명량〉과 〈군도〉의 전철홍 (13기)
천만관객의 위업을 달성한 본원 13기 출신 황조윤 작가의 〈광해, 왕이 된 남자〉,
한국영화의 숙원, 베니스영화제 그랑프리를 수상한 본원 5기 출신 김기덕 감독의 〈피에타〉 등
대한민국 영화계를 이끌어가는 작품성과 흥행성을 모두 갖춘 대한민국 영화시나리오 교육의 산실.
당신의 이야기가 새로운 한국영화 신화, 또 하나의 천만관객 영화가 될 수 있습니다.
영상작가교육원은 차세대 영화의 주역이 될 당신을 기다립니다.

47기 정규과정 모집요강

- ▶ 원서교부 : 2015. 12. 1(월) ~ 12. 24(목)
- ▶ 접수방법 : 인터넷접수((http://www.moviegle.com/) 및 방문ㆍ우편접수
- ▶ 원서마감 : 2015. 12. 24(목)
- ▶ 서류심사 : 2015. 12. 24(목) ~ 2015. 12. 28(월)
- ▶ 등 록 : 2015. 12. 28(월) ~ 12. 31(목)
- ▶ 등록금 : 95만원
- ▶ 개 강 : 2016. 1. 4(월)
- ▶ 상담 및 문의 : 홈페이지 Q&A 또는 사무국(02-2275-0566)
- ▶ 원서접수 : www.moviegle.com

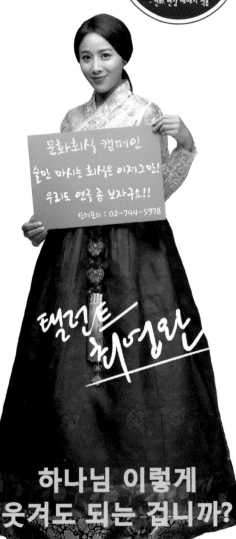